COMO VENDER UMA CASA ASSOMBRADA

GRADY HENDRIX

COMO VENDER UMA CASA ASSOMBRADA

Tradução de Beatriz S. S. Cunha

TÍTULO ORIGINAL
How to Sell a Haunted House

COPIDESQUE
Stella Carneiro

REVISÃO
Eduardo Carneiro
Jean Marcel Montassier

PROJETO GRÁFICO
Laura K. Corless

ADAPTAÇÃO DE PROJETO GRÁFICO E DIAGRAMAÇÃO
Julio Moreira | Equatorium Design

DESIGN DE CAPA
Emily Osborne

IMAGENS DE CAPA
Jeffrey Hamilton/Getty Images (casa); Ayman Alakhras/Shutterstock (carpete)

ADAPTAÇÃO DE CAPA
Henrique Diniz

CIP-BRASIL. CATALOGAÇÃO NA PUBLICAÇÃO
SINDICATO NACIONAL DOS EDITORES DE LIVROS, RJ

H435c
Hendrix, Grady
Como vender uma casa assombrada / Grady Hendrix ; tradução Beatriz S. S. Cunha. - 1. ed. - Rio de Janeiro : Intrínseca, 2024.

Tradução de: How to sell a haunted house
ISBN 978-85-510-0950-5

1. Ficção americana. I. Cunha, Beatriz S. S. II. Título.

24-93048 CDD: 813
CDU: 82-3(73)

Meri Gleice Rodrigues de Souza - Bibliotecária - CRB-7/6439

[2024]
Todos os direitos desta edição reservados à
Editora Intrínseca Ltda.
Av. das Américas, 500, bloco 12, sala 303
22640-904 – Barra da Tijuca
Rio de Janeiro – RJ
Tel./Fax: (21) 3206-7400
www.intrinseca.com.br

Amanda,

Você está comigo em todo lugar,

Eu te vejo em toda parte

E você sempre me acompanha,

Ainda que eu saiba

Exatamente

Onde te enterrei.

Capítulo 1

Louise achou que a situação podia não terminar bem, então contou aos pais por telefone que estava grávida — ela em São Francisco, eles a cinco mil quilômetros de distância. Apesar do receio de dar a notícia, ela não tinha dúvidas quanto à decisão que havia tomado, pois quando aquelas duas linhas paralelas surgiram lentamente diante de seus olhos como fantasmas, todo o seu pânico se dissipou, e ela ouviu uma voz firme e nítida dentro da própria cabeça dizer:

Agora eu sou mãe.

Mas mesmo no século XXI era difícil prever como pais do sul dos Estados Unidos reagiriam à notícia de que a filha solteira, de trinta e quatro anos, estava grávida. Louise passou o dia inteiro ensaiando diferentes maneiras de abordar o assunto com delicadeza, mas no instante em que a mãe atendeu ao telefone e o pai se juntou à ligação pela extensão da cozinha, seu cérebro parou de funcionar e ela disparou:

— Estou grávida.

Depois já foi se preparando para a torrente de perguntas.

Tem certeza? O Ian já sabe? Você vai ter a criança? Já pensou em voltar a morar em Charleston? Tem certeza de que essa é a melhor decisão? Tem ideia de como vai ser difícil fazer isso sozinha? Como você vai dar conta?

Durante o longo período de silêncio, ela foi preparando as respostas: *Sim. Ainda não. Lógico. Nunca! Não, mas vou seguir com ela mesmo assim. Sim. Eu vou dar um jeito.*

Pelo telefone, ela ouviu alguém respirar como se estivesse com a boca cheia d'água e percebeu que a mãe estava chorando.

— Ah, minha filha — disse a mãe com a voz trêmula, e Louise se preparou para o pior. — Estou tão feliz! Você vai ser a mãe que eu não fui.

O pai tinha apenas uma pergunta: o endereço certinho da casa da filha.

— Não quero ter problemas com o motorista de táxi depois que pousarmos.

— Pai — começou Louise —, não precisa vir para cá agora.

— É claro que preciso — respondeu ele. — Você é a nossa Louise.

Ela esperou pelos dois na calçada, o coração acelerando toda vez que um carro virava a esquina, até que finalmente um Nissan azul-escuro parou bem na frente do prédio onde morava. Louise viu o pai ajudando a mãe a sair do banco de trás e não conseguiu esperar mais. Correu até eles e atirou-se nos braços da mãe como se tivesse voltado a ser criança.

Os dois a levaram para comprar um berço e um carrinho. Disseram que ela era maluca por considerar usar fraldas de pano reutilizáveis na criança, debateram sobre técnicas de amamentação, vacinas e um milhão de decisões que Louise ainda precisava tomar. Compraram aspiradores nasais, fraldas, macacões, uma saída de maternidade, lenços umedecidos, pomada para assaduras, fraldas de boca, chocalhos, luzes noturnas, e Louise quase pensou que aquilo tudo era um grande exagero, até a mãe afirmar:

— Você ainda não comprou quase nada.

E ela não podia nem culpá-los por terem dificuldade de entender toda a questão com Ian.

— Casados ou não, precisamos conhecer a família dele — disse a mãe. — Vamos ser todos avós do mesmo bebê.

— Eu ainda não contei para ele — revelou Louise —, estou com menos de onze semanas.

— Bem, você não vai ficar menos grávida de agora em diante — argumentou a mãe.

— O casamento traz excelentes benefícios financeiros — acrescentou o pai. — Tem certeza de que não quer pensar melhor?

Louise não queria pensar melhor.

Ian sabia ser engraçado, era inteligente e ganhava uma quantidade indecente de dinheiro como curador de vinis raros. Vendia os achados para os graúdos da Bay Area, gente saudosista que queria reviver a infância. Ele já havia reunido uma coleção completa de LPs originais dos Beatles para o quarto maior acionista do Facebook e encontrado uma cópia pirata do show do Grateful Dead em que um membro do conselho do Twitter havia pedido a primeira esposa em casamento. Louise ficava perplexa com as quantias que as pessoas pagavam por essas coisas.

Em contrapartida, quando ela sugeriu que eles precisavam dar um tempo na relação, Ian interpretou a sugestão como uma deixa para se ajoelhar no átrio do Museu de Arte Moderna de São Francisco e pedi-la em casamento. Ficou tão chateado quando ela recusou que, por fim, Louise acabou fazendo sexo com ele por pena, e foi assim que chegou à condição atual.

Quando Ian a pedira em casamento, estava usando sua camiseta vintage do álbum *In Utero*, do Nirvana, que tinha um buraco na gola e custara quatrocentos dólares. Ele gastava milhares de dólares todos os anos em pares de tênis que insistia em chamar de "pisantes", mexia no celular enquanto ela contava sobre o dia que tivera, riu quando ela confundiu Rolling Stones com The Who e perguntava "Tem certeza?" sempre que ela pedia sobremesa.

— Pai — disse Louise —, Ian não está pronto para ser pai.

— E quem está? — perguntou a mãe.

Mas Louise sabia que Ian *realmente* não estava pronto.

Toda visita de família era sempre longa demais, e, no final da semana, Louise estava contando as horas para estar novamente sozinha em seu apartamento. Um dia antes de seus pais viajarem de volta para casa, ela se trancou no quarto para "responder e-mails" enquanto a mãe removia os brincos para tirar uma soneca e o pai saía para comprar um exemplar do *Financial Times*. Se conseguissem continuar assim até a hora do almoço, depois fizessem um passeio no parque Presidio e jantassem juntos, Louise achava que tudo acabaria bem.

O corpo de Louise, no entanto, tinha outros planos. Ela estava com fome naquele exato momento. Precisava comer ovos cozidos naquele exato momento. Tinha que levantar e ir até a cozinha naquele exato momento. Então ela atravessou a sala na ponta dos pés, tentando não acordar a mãe para não ser forçada a lidar com mais uma conversa sobre por que não deixava o cabelo crescer, ou por que deveria voltar para Charleston, ou por que deveria voltar a desenhar.

A mãe continuava deitada de lado no sofá, adormecida, com uma manta amarela cobrindo-a da cintura para baixo. A luz do fim da manhã realçava seus ossos, as pequenas rugas ao redor da boca, o cabelo ralo, as bochechas flácidas. Pela primeira vez na vida, Louise soube qual seria a aparência da mãe quando ela morresse.

— Eu te amo — disse a mãe sem abrir os olhos.

Louise congelou.

— Eu sei — devolveu ela um instante depois.

— Não — respondeu a mãe —, não sabe.

Louise esperou que ela acrescentasse algo, mas a respiração da mãe foi ficando mais pesada, mais ritmada, até transformar-se em um ronco.

Ela seguiu até a cozinha. Será que a mãe estava sonhando em voz alta? Ou será que de fato achava que Louise não sabia que ela a amava? Ou o quanto a amava? Ou que não entenderia o quanto a amava até ter ela mesma uma filha?

A preocupação a dominou enquanto ela comia os ovos cozidos. Será que a mãe estava falando sobre o fato de ela morar em São Francisco? Será que achava que Louise havia se mudado para tão longe só para aumentar a distância entre as duas? Louise se mudara para estudar, depois acabou ficando para trabalhar. No entanto, quando todos os amigos com quem você cresceu vivem dizendo o quanto sua mãe é legal, e até seus ex-namorados perguntam sobre ela quando você os encontra, é necessário aumentar a distância para conseguir viver a própria vida. Às vezes, até mesmo cinco mil quilômetros não pareciam suficientes para Louise. Ela se perguntou se a mãe, de alguma maneira, sabia disso.

E ainda havia o irmão. O nome de Mark só tinha sido mencionado duas vezes durante aquela visita dos pais, e Louise sabia que o fato de os dois não terem uma relação "normal" preocupava a mãe, mas, para ser sincera, ela não queria manter nenhum tipo de relação com o irmão — nem normal, nem anormal. Em São Francisco, ela podia fingir que era filha única.

Louise sabia que era a típica irmã mais velha, uma clássica primeira filha. Já tinha lido artigos, consultado revistas sobre o assunto, e cada uma das características se aplicava a ela: confiável, metódica, responsável, dedicada. Chegou até a encontrar a condição classificada como transtorno — Síndrome do Irmão Mais Velho —, e isso a fez se questionar a respeito de qual seria o transtorno de Mark. Babaquice Incurável, provavelmente.

Quando as pessoas perguntavam por que ela não falava com o irmão, Louise contava a história do Natal de 2016, quando a mãe havia passado o dia inteiro cozinhando, mas Mark insistira que todos o encontrassem para jantar no P. F. Chang's, e ele chegou atrasado, bêbado, tentou pedir o cardápio inteiro e desmaiou sentado à mesa.

— Por que vocês o deixam agir assim? — Louise havia perguntado aos pais na época.

— Tente ser mais compreensiva com o seu irmão — respondera a mãe.

Louise não tinha nenhum problema em compreender o irmão. Ela ganhou prêmios; Mark quase não conseguiu terminar o ensino médio. Ela havia feito especialização em design; Mark largou a faculdade no primeiro ano. Ela desenvolvia produtos que as pessoas usavam todos os dias, incluindo parte da interface do usuário da versão mais recente do iPhone; ele parecia determinado a ser demitido de todos os bares de Charleston. Morava a apenas vinte minutos de distância dos pais, mas se recusava a levantar um dedo para ajudar.

Não importava o que fizesse, o irmão era sempre elogiado pelos pais. Ele alugou um apartamento novo, e os dois agiram como se Mark tivesse derrubado o Muro de Berlim. Quando comprou uma caminhonete por quinhentos dólares e a fez voltar a funcionar, foi como se tivesse dirigido até a Lua. No dia em que Louise ganhou o Prêmio de Honra ao Mérito para Estudantes de Pós-Graduação da Sociedade de Designers Industriais da América, ela deu o troféu aos pais como forma de agradecimento. Eles o colocaram no armário.

— Seu irmão vai ficar magoado se colocarmos um prêmio em sua homenagem na estante e nada para ele — argumentou a mãe.

Louise sabia que o fato de não ter contato com o irmão era o eterno elefante na sala, o fantasma de presença constante, uma força invisível em todas as interações entre ela e os pais, especialmente a mãe, que odiava "aborrecimentos", como dizia. A mãe estava sempre "para cima", sempre "otimista", e, embora Louise não se incomodasse de ver as pessoas felizes, a felicidade obrigatória dela parecia quase patológica. A mãe evitava conversas difíceis sobre assuntos dolorosos. Coordenava um grupo de fantoches na igreja e agia como se estivesse sempre no meio de um dos teatrinhos deles. Nas poucas vezes em que perdia o controle como mãe, dizia "Você está me fazendo passar vergonha!", como se isso fosse a pior coisa de todas.

Talvez por isso Louise não houvesse pensado duas vezes quanto a ter o bebê. Tornar-se mãe permitiria que ela e sua própria mãe tivessem algo que apenas as duas compartilhassem. Isso as aproximaria. Ela suspeitava que todas as características que mais a irritavam na mãe eram as mesmas que fariam dela uma avó excepcional.

Enquanto limpava as cascas de ovo da bancada, Louise continuou a refletir que a maternidade poderia servir como uma ponte entre elas, e então, pouco a pouco, talvez os muros que ela precisara construir para se proteger fossem derrubados. Não aconteceria da noite para o dia, mas tudo bem. Elas teriam a vida inteira para se ajustar aos novos papéis: uma filha tornando-se mãe, uma mãe tornando-se avó. Elas teriam anos.

No fim das contas, ela teve cinco.

NEGAÇÃO

Capítulo 2

Louise recebeu a ligação enquanto tentava desesperadamente convencer a filha de que ela não ia gostar de *O coelhinho de veludo*.

— Acabamos de pegar todos esses livros novos na biblioteca — argumentou. — Não quer…

— *O coelhinho de veludo* — insistiu Poppy.

— Dá mais medo que *O conto de Natal dos Muppets* — avisou Louise. — Lembra como foi assustador quando a campainha se transformou na cara do homem?

— Eu quero *O coelhinho de veludo* — declarou Poppy em um tom de voz firme.

Louise sabia que era melhor jogar a toalha e simplesmente ler *O coelhinho de veludo* para a filha, mas isso só aconteceria por cima do seu cadáver. Ela deveria ter verificado o pacote antes de deixar a menina abri-lo. É claro que a avó não tinha enviado o cheque para mandar a neta ao acampamento de verão de paleontologia como havia prometido, e então resolveu ser espontânea e mandar um exemplar de *O coelhinho de veludo* porque achava que esse era o livro favorito de Louise.

Não era o livro favorito de Louise. Era, na verdade, a fonte dos pesadelos que ela tivera durante a infância. A mãe o leu em voz alta pela primeira vez quando ela tinha mais ou menos a mesma idade de Poppy, e a menina começou a chorar copiosamente quando o coelhinho foi levado para fora de casa para ser queimado.

— Eu sei — disse a mãe, interpretando mal a situação. — É meu livro favorito também.

A crueldade sentimental do livro fez o estômago de Louise se revirar aos cinco anos de idade. O menino grosseiro maltratava os brinquedos, os brinquedos carentes ansiavam (de um jeito patológico) pela aprovação dele a qualquer custo, não importava o quanto o garoto os negligenciasse, a avó era distante e assustadora, os coelhos que viviam na floresta eram valentões... mas a mãe cismava em ler esse livro para Louise antes de dormir, criando uma voz diferente para cada um dos personagens, alheia ao fato de que a menina ficava completamente assustada debaixo do cobertor, encarando o teto e agarrando os lençóis com toda a força.

Era uma aula magistral de atuação, o momento de nasce uma estrela de Nancy Joyner, e a performance era o verdadeiro motivo pelo qual a mãe continuava escolhendo o livro. No final, as duas acabavam aos prantos, mas por motivos muito diferentes.

— Isso dói? — perguntou o Coelhinho.

— Às vezes — respondeu o Cavalo de Balanço. — Quando você é de verdade, não se importa de se machucar.

Louise tinha saído com uma garota em Berkeley que tinha exatamente essa frase tatuada no antebraço, e não ficou surpresa ao saber que ela havia feito algumas tatuagens em si mesma usando uma agulha de costura presa a uma caneta Bic.

O coelhinho de veludo confundia masoquismo com amor, chafurdava em solidão, e que raio era aquele Cavalo de Balanço, afinal?

Louise não ia cometer o mesmo erro com Poppy. Coelhinho de veludo nenhum ia entrar naquela casa, ainda que ela tivesse que recorrer a golpes baixos.

— Você vai ferir os sentimentos de todos aqueles livros novos da biblioteca — disse Louise, e no mesmo instante os olhos de Poppy se arregalaram. — Eles vão ficar tristes porque você não quer ler nenhum deles primeiro. Vão até chorar.

Mentir para Poppy era horrível, e fingir que objetos inanimados tinham sentimentos parecia manipulação, mas cada vez que Louise fazia isso, sentia-se menos culpada. A mãe dela os manipulara durante toda a infância com promessas impossíveis e mentiras descaradas ("elfos existem, mas você só vai conseguir ver se ficar bem quietinha durante a viagem de carro", "sou alérgica a cachorros, então não podemos ter um"), e Louise jurou ser sempre honesta e direta quando tivesse filhos. Lógico que, no instante em que Poppy se revelou ser uma falante precoce, Louise ajustou a abordagem, mas não recorria tanto à ferramenta quanto a mãe. Isso era importante.

— Eles vão chorar mesmo? — questionou Poppy.

Droga, mãe.

— Sim — respondeu Louise. — E todas as páginas vão ficar molhadas.

No mesmo momento, graças a Deus, ela ouviu o celular tocar. Eram os acordes maiores e histéricos do toque "Summit", com aqueles sons frenéticos de pássaros, o que significava que era alguém da família ligando. Ela olhou para a tela, esperando ler "Fixo Mãe e Pai" ou "Tia Honey". Em vez disso, a tela indicava o nome de Mark.

As mãos dela gelaram.

Ele precisa de dinheiro, pensou. *Está em São Francisco e precisa de um lugar para ficar. Foi preso e precisa de mim porque mamãe e papai finalmente decidiram ser firmes.*

— Mark — disse ela assim que atendeu à ligação, sentindo o coração pulsar na garganta —, está tudo bem?

— Está sentada? Ache um lugar para se sentar — pediu ele.

Ela automaticamente se levantou.

— O que aconteceu? — perguntou Louise.

— Não surta.

Ela começou a surtar.

— O que você fez? — indagou.

— Mamãe e papai estão em um lugar melhor.

— Quê? Como assim?

— Bom, quer dizer... — Ele construiu a frase seguinte com muito cuidado. — Agora eles não estão mais sofrendo.

— Eu falei com eles na terça-feira — replicou Louise —, e não tinha ninguém sofrendo na terça-feira. Você tem que me dizer o que está acontecendo.

— Estou tentando! — retrucou ele, e a voz pareceu emotiva. — Deus, me desculpe, estou metendo os pés pelas mãos aqui. Tenho certeza de que você seria perfeita em um momento como esse. Mamãe e papai morreram.

As luzes se apagaram em todo o norte da Califórnia. Apagaram-se em toda a baía. Tudo escureceu em Oakland e Alameda. A escuridão atravessou a Bay Bridge e Yerba Buena foi tomada pelo breu, assim como a água que batia nas margens. As luzes se apagaram no Ferry Building, no Tenderloin e no Theatre District; a escuridão foi avançando sobre Louise, rua por rua, do Mission District até o parque, chegando enfim ao prédio dela, ao apartamento de baixo, ao hall de entrada. O mundo inteiro escureceu, exceto por um único holofote em cima de Louise, parada na sala de estar, segurando o celular.

— Não — disse ela, pois Mark vivia se enganando sobre as coisas. Uma vez ele chegou a investir em uma fazenda de cobras.

— Um babaca num SUV acertou a lateral do carro deles em cheio na esquina da Coleman com a McCants — revelou Mark. — Já estou conversando com um advogado. Como foram a mamãe e o papai *juntos*, ele acha que podemos conseguir um acordo gigantesco.

Não faz o menor sentido, pensou Louise.

— Não faz o menor sentido — disse ela.

— Papai estava no banco do carona, então... você sabe, ele levou a pior — continuou Mark. — Mamãe estava dirigindo, o que é péssimo porque, cara, você sabe como ela fica à noite, e estava caindo uma chuva torrencial! O carro capotou e com isso o braço dela foi arrancado do ombro. Foi horrível. Ela morreu na ambulância. Acho que saber desses detalhes ajuda a assimilar com mais facilidade.

— Mark...

Louise estava tentando respirar; ela não conseguia respirar.

— Escute — disse ele em um tom suave, as palavras saindo meio enroladas. — Eu entendo. Você está do mesmo jeito que eu fiquei quando soube, mas é importante pensar neles como energia. Eles não sofreram, certo? Porque nosso corpo é apenas um recipiente para a nossa energia, e energia não sente dor.

Louise apertou o celular com mais força.

— Você está bêbado?

Ele imediatamente ficou na defensiva; ou seja, estava.

— Essa também não é uma ligação fácil para mim — declarou ele —, mas eu quis entrar em contato com você e dizer que vai ficar tudo bem.

— Eu preciso ligar para alguém — respondeu Louise, desesperada. — Preciso ligar para a tia Honey.

— Ligue para quem quiser, mas eu quero que você saiba que tudo vai ficar bem, de verdade.

— Mark, tem três anos que a gente não se fala, e agora você me liga bêbado para dizer que mamãe e papai estão... — ela se deu conta da presença de Poppy e começou a falar mais baixo — ... nessa situação, mas está tudo bem porque eles são energia? Não está tudo bem.

— Você deveria beber alguma coisa também — devolveu ele.

— Quando isso aconteceu?

Silêncio no outro lado da linha, e então:

— Esses detalhes não importam...

A resposta ativou os alarmes internos de Louise.

— Importam, sim.

Ele respondeu como se não fosse nada de mais:

— Foi, tipo, ontem... por volta das duas da manhã. Eu estive ocupado lidando com um monte de coisas.

— Durante quarenta e uma horas? — perguntou ela, fazendo as contas.

Seus pais estavam mortos havia quase dois dias, e ela continuava andando por aí como se nada tivesse acontecido porque Mark não pôde se dar ao trabalho de pegar o celular e dar a notícia antes. Ela desligou.

Olhou para Poppy ajoelhada no chão, perto do banco do piano, sussurrando para os livros da biblioteca e acariciando-os, e enxergou na menina a própria mãe. Poppy tinha o cabelo loiro da avó, o queixo delicadamente pontudo, os enormes olhos castanhos, a estrutura pequena. Louise queria se abaixar, pegá-la no colo e enterrar o rosto no perfume adocicado da menina, mas esse tipo de gesto teatral e grandioso era típico da mãe, e jamais passaria pela cabeça da mãe que uma atitude repentina como essa poderia assustar Poppy ou fazê-la se sentir insegura.

— Era a vovó? — quis saber Poppy.

Ela adorava a avó e havia aprendido a reconhecer o toque de celular especial da família.

— Era só a tia Honey — mentiu Louise, mal conseguindo se manter de pé. — E eu preciso ligar para sua avó agora. Fique aqui e pode ver um episódio de *Patrulha Canina*. Quando ele terminar, nós duas vamos fazer um jantar especial juntas.

Poppy deu pulinhos de alegria. Ela nunca tinha permissão para usar o iPad sozinha, então o novo e emocionante privilégio a distraiu dos livros tristes da biblioteca e de quem havia ligado para a mãe dela. Louise acomodou-a no sofá com o iPad, foi até o quarto e fechou a porta.

Mark havia cometido um erro. Ele estava bêbado. Uma vez tinha investido milhares de dólares em uma fábrica de árvores de Natal no México — que se revelara ser um grande golpe — porque havia tido um "pressentimento" sobre o negócio. Louise precisava ter certeza. Chegou à conclusão de que não suportaria se ligasse para a casa dos pais e ninguém atendesse, então ligou para a tia.

Sentiu que perdia o controle dos dedos, que não obedeciam a seus comandos. Depois de abrir e fechar o aplicativo da previsão do tempo sem querer, finalmente conseguiu encontrar o número da tia Honey e fazer a ligação.

A tia (tia-avó, tecnicamente) atendeu no primeiro toque.

— O que é? — disparou ela, as cordas vocais entupidas de catarro.

— Tia Honey — disse Louise, então sua garganta se fechou e ela não conseguiu falar mais nada.

— Ah, Lulu — murmurou a tia, e as duas palavras carregavam a compaixão de um mundo inteiro.

Tudo ficou muito quieto de repente. O sistema nervoso de Louise disparou um som alto e agudo em seus ouvidos. Ela não sabia o que dizer.

— Não sei o que fazer — confessou, finalmente, a voz baixa e sofrida.

— Querida — disse tia Honey —, coloque um vestido bonito na mala e venha para casa.

A mãe de Louise também tinha uma incapacidade patológica de falar sobre a morte. Quando o tio Arthur teve um ataque cardíaco e invadiu uma estufa com o cortador de grama, a mãe disse a Mark e Louise que ela e o pai deles iam passar alguns dias de férias em Myrtle Beach, então os deixou aos cuidados da tia Honey. Quando a irmã mais velha de Sue Este morreu de leucemia no quinto ano, a mãe de Louise disse que ela era jovem demais para ir a um funeral. A amizade dela com Sue nunca mais foi a mesma depois daquilo. A mãe de Louise alegou ser alérgica a todos os animais de estimação, incluindo peixinhos dourados, durante toda a infância, e foi só quando Louise terminou a pós-graduação que a mãe revelou a verdade: simplesmente não queria ter em casa algo que pudesse morrer.

— Uma situação como essa deixaria você e seu irmão muito tristes — argumentou ela.

Quando Louise teve Poppy, prometeu falar sobre a morte de forma honesta. Ela sabia que declarar os fatos de maneira objetiva era o melhor jeito de ajudar a filha a entender que a morte fazia parte da vida. Ela responderia a todas as perguntas de Poppy com toda a sinceridade do mundo, e, se não soubesse alguma resposta, as duas dariam um jeito de encontrá-la juntas.

— Vou para Charleston amanhã — Louise avisou a Poppy naquela noite, sentada na cadeira de contar histórias ao lado da cama, sob a luz do abajur de plástico — e quero que você entenda o motivo. Seus avós sofreram um acidente muito grave. — Louise teve um flash de vidros blindados se estilhaçando, peças de metal se retorcendo. — Eles ficaram muito, muito machucados. Ficaram tão machucados que o corpo deles parou de funcionar. Sua avó e seu avô morreram.

Poppy se levantou na cama de uma só vez, colidindo com Louise como uma bala de canhão e abraçando as costelas da mãe com muita força, depois derramou-se em um choro longo e agudo.

— Não! — gritou a filha. — Não! *Não!*

Louise tentou explicar que estava tudo bem, ela também estava triste, e as duas ficariam tristes juntas, que ficar triste quando alguém morria era normal, mas toda vez que ela começava a falar, Poppy esfregava o rosto de um lado para outro no colo de Louise, como se estivesse tentando se livrar do que estava acontecendo, e gritava:

— *Não! Não! Não!*

Por fim, ao se dar conta de que Poppy não ia sair daquele ciclo tão cedo, Louise acomodou-se na cama, abraçou a filha e ficou com ela até a menina pegar no sono.

Ótima tentativa de explicar a morte de uma maneira saudável.

Louise envolveu o corpinho lânguido e febril de Poppy por horas, desejando, mais do que já desejara qualquer outra coisa, que alguém a abraçasse, mesmo que por meros sessenta segundos. Mas ninguém abraça as mães.

Ela se lembrou da mãe segurando-a no colo enquanto as duas aguardavam na sala de espera do dr. Rector. O lugar cheirava a algodão com álcool e picadinhas no dedo, mas ela distraiu Louise dizendo-lhe por que todas aquelas outras crianças estavam ali.

— Está vendo aquele garotinho ali? — disse a mãe, apontando para um menino de seis anos que estava tirando meleca. — Ele passou tanto tempo cutucando o nariz que agora só consegue sentir o cheiro das próprias digitais. Os médicos vão ter que colocar um nariz novo nele. E sabe aquele ali, mastigando a alça da bolsa da mãe? O cérebro dele foi acidentalmente trocado por um cérebro de cachorro. Aquela menininha ali, está vendo? Comeu sementes de maçã, e agora há várias macieiras crescendo dentro da barriga dela.

— Ela vai ficar bem? — perguntou Louise.

— Sim, é claro — garantiu a mãe. — Essas árvores dão maçãs deliciosas, é por isso que a trouxeram aqui. Querem que o dr. Rector plante algumas laranjeiras também.

A mãe se lembrava do aniversário de todo mundo, assim como do aniversário de casamento, de quando tinha sido o primeiro dia no novo emprego, da data prevista para o parto de todas as grávidas. Ela se lembrava do calendário inteiro da vida de cada primo, sobrinho ou membro da igreja como se fosse trabalho dela. Escrevia bilhetes, entregava tortas, e Louise não conseguia se recordar de um único aniversário em que não tivesse atendido o telefone e ouvido a mãe cantar parabéns do outro lado da linha.

Agora tudo isso havia acabado. Os cartões em toda ocasião especial, as ligações de aniversário, os boletins de Natal enviados para não sei quantas centenas de pessoas... nada disso voltaria a acontecer.

A mãe era cheia de opiniões. Tinha tantas que, às vezes, Louise sentia como se mal conseguisse respirar perto dela. *O coelhinho de veludo* era o livro favorito de Louise, nunca jogue nada fora porque sempre dá para usar de novo em outro momento, crianças deveriam ser proibidas de usar preto até os dezoito anos, mulheres não deveriam ter cabelo curto até chegarem aos cinquenta anos, Louise trabalhava demais e deveria voltar para Charleston, Mark era um gênio incompreendido e estava apenas tentando encontrar seu lugar no mundo.

Todas aquelas opiniões, todos os trabalhos artesanais, todos os bilhetes e telefonemas, a necessidade eterna de ser o centro das atenções, a necessidade exaustiva de ser querida por todos, as variações de humor que iam da mais intensa euforia à mais profunda depressão... tudo isso fazia da mãe quem ela era, mas desde cedo Louise também entendeu que a mãe era inconstante de uma maneira que o pai não era.

Ela nunca tinha visto o pai chateado em toda a sua vida. No ensino fundamental, Louise gravara *Nirvana Unplugged* por cima do vídeo da apresentação dele na Associação Regional de Ciência. Quando ele descobriu, passou um longo momento absorvendo a informação e depois disse:

— Bem, isso é para eu aprender a não me achar grande coisa.

Quando ela quis saber mais sobre eletricidade, ele lhe mostrou como usar um multímetro, e os dois percorreram a casa enfiando as pontas de prova nas tomadas da parede e encostando a outra extremidade em baterias. Ela usou o dinheiro que ganhou no Natal daquele ano para comprar um livro de introdução à eletrônica, e então ela e o pai aprenderam sozinhos a soldar, fazendo medidores de umidade e geradores de frequência na garagem juntos.

Louise saiu da cama de Poppy, tomando cuidado para não acordá-la, e foi até a cozinha. Ainda havia uma coisa que precisava ser feita.

Ela parou sozinha no escuro e rolou a tela do celular na lista de contatos até encontrar "Fixo Mãe e Pai". Desviou o olhar enquanto tentava reunir forças e em seguida tocou no número.

Eles ainda tinham uma secretária eletrônica.

— Você ligou para a residência dos Joyner — disse a voz gravada do pai no mesmo ritmo que ela ouvia há décadas. Conhecia cada pausa, cada mudança no tom da voz dele durante a mensagem. Em silêncio, ela pronunciou as palavras junto à gravação. — Não queremos ou não podemos atender o telefone neste momento. Por favor, deixe uma mensagem clara e detalhada após o sinal e ligaremos de volta assim que possível.

A secretária apitou e, do outro lado do país, na cozinha da casa dos pais, Louise ouviu o clique para gravar a mensagem.

— Mãe, pai — disse Louise, com um nó na garganta que dificultava sua respiração —, oi! Eu estava pensando em vocês... Me deu vontade de ligar, dar um oi e ver se vocês estão por aí. Mark me ligou hoje mais cedo e... se estiverem em casa... se estiverem aí, por favor, atendam. — Ela esperou por longos dez segundos. Eles não atenderam. — Estou com saudade dos dois, espero que estejam bem e... — Não sabia o que mais dizer. — Eu amo vocês. Amo muito, muito mesmo. Tá bem... tchau.

Ela afastou o celular do ouvido para desligar, mas logo voltou a encostar o aparelho na orelha e acrescentou:

— Por favor, me liguem de volta.

Louise desligou e continuou sozinha no escuro. Uma súbita certeza preencheu o seu corpo e, pela primeira vez desde quando descobrira estar grávida de Poppy, uma voz falou dentro de sua cabeça com muita clareza:

Eu sou órfã agora.

Capítulo 3

Deixar Poppy com Ian acabou sendo um grande desastre. Poppy se agarrou ao pescoço da mãe no aeroporto e se recusava a soltar.

— Eu não quero que você vá — disse, chorando.

— Eu também não quero ir — respondeu Louise —, mas preciso.

— Eu não quero que você morra! — lamentava Poppy.

— Eu não vou morrer — garantiu Louise, se desvencilhando dos braços da filha para embarcar. — Vai demorar muito para isso acontecer.

Ela foi transferindo a menina para o colo de Ian.

— Você está indo embora para nunca mais voltar! — Poppy hiperventilava, agarrando-se à mãe. — Você vai morrer igual à vovó e ao vovô!

Ian segurou Poppy no colo, colocou a mão na parte de trás da cabeça da menina e aproximou-a do peito.

— Você falou sobre m-o-r-r-e-r?

— Eu tinha que dizer alguma coisa.

— Nossa, Louise. Ela tem cinco anos.

— Eu... — Louise começou a se explicar.

— Vai, pode ir — replicou Ian. — Eu cuido dela.

— Mas... — começou de novo.

— Você não está ajudando.

— Tchau, meu amor — disse Louise, tentando dar um beijo na cabeça de Poppy.

A menina pressionava o rosto contra o peito de Ian enquanto Louise tentava dizer algo para fazê-la se sentir melhor, mas tudo o que pôde fazer foi pegar a mala, virar-se de costas e caminhar em direção à grande entrada onde uma placa indicava TODOS OS PORTÕES, se sentindo um fracasso como mãe, se perguntando como tinha conseguido estragar as coisas daquele jeito, tentando lembrar como a mãe havia explicado a morte para ela. Por fim, acabou se lembrando: nunca houve uma explicação.

Ela se sentia letárgica e péssima ao embarcar no voo. Não parava de querer se desculpar com todo mundo.

Desculpe por não conseguir achar meu cartão de embarque, é que meus pais morreram.

Desculpe por ter pisado na mochila do seu laptop, é que meus pais morreram.

Desculpe por ter me sentado na poltrona errada, é que meus pais morreram.

A ideia parecia grande demais para sua cabeça. Era o pensamento que enevoava todos os outros. Antes de a aeronave decolar, ela pesquisou "o que fazer quando seus pais morrem" e recebeu uma enxurrada de artigos sugerindo coisas como "encontre o testamento e o executor", "contrate um advogado de sucessões", "entre em contato com um contador público certificado", "garanta o acesso aos bens", "encaminhe toda a correspondência", "cuide dos preparativos para a cerimônia fúnebre, o enterro ou a cremação", "faça cópias do atestado de óbito".

Ela ficou se perguntando se deveria chorar. Ainda não tinha chorado. Quem sabe fosse se sentir melhor depois de chorar.

Quando Louise não sabia como agir, sempre fazia uma lista. Sendo mãe solo com um emprego em período integral, as listas se tornaram suas amigas. Ela abriu o aplicativo Listr no celular, criou uma nova lista chamada "Tarefas em Charleston" e apertou o sinal de mais para adicionar o primeiro item, depois ficou encarando a linha em branco por um bom tempo. Tentou organizar os pensamentos de alguma forma, mas parecia não ter controle sobre eles. Por fim, frustrada, fechou o aplicativo. Tentou dormir, mas sentia como se formigas estivessem passeando pelo seu cérebro, então pegou o celular outra vez, abriu o Listr, apertou o sinal de mais e encarou a primeira linha em branco novamente, só para voltar a fechar o aplicativo em seguida.

Em algum momento, o avião ficou frio. Sua cabeça tombou para a frente, depois tombou para trás, então ela abriu os olhos e sentiu o suor gelado escorrendo pela nuca. Gotas de suor faziam cócegas em suas costelas. Ela não sabia que horas eram. A garota da poltrona ao lado ainda estava dormindo. Uma comissária de bordo passou depressa pelo corredor. O piloto comunicou: estavam pousando em Charleston. Ela estava em casa.

Louise saiu do avião e deparou-se com um mundo claro demais, barulhento demais, quente demais, colorido demais. Palmeiras, logotipos de abacaxis, fileiras e mais fileiras de janelas banhadas pelo sol e anúncios gigantes que exibiam o horizonte de Charleston ao pôr do sol... tudo aquilo fazia os olhos dela queimarem.

Ela alugou um Kia azul compacto e percorreu a nova ponte até Mount Pleasant. O hotel processou seu check-in imediatamente, e em poucos instantes ela se viu parada em um quarto de paredes acinzentadas e detalhes em pêssego; diante dela havia uma cama coberta por uma colcha estampada com abacaxis e um quadro de palmeiras na parede.

Ela checou o celular. Mark ainda não havia ligado nem mandado mensagem, apesar de Louise ter enviado duas mensagens para ele na noite anterior. Tecnicamente, tinha desligado na cara do irmão, mas ele precisava dar a ela um desconto, porque, afinal de contas, os pais deles tinham morrido. Ao perceber a ausência de ligações perdidas de Mark, ficou decepcionada, mas não surpresa. Ficou até um pouco aliviada, na verdade. Não seria o fim do mundo se ele desse as caras apenas no funeral, quando os dois compartilhariam algumas histórias e logo voltariam às próprias vidas longe um do outro. O passado deles era complicado demais para que desenvolvessem qualquer tipo de relação a essa altura.

Ainda não era nem meio-dia. Louise precisava fazer alguma coisa. Sentia a pele úmida sob as roupas e uma coceira constante na palma das mãos. Queria se organizar, completar as tarefas pendentes. Precisava ir a algum lugar, conversar com alguém, estar perto de pessoas que conhecessem seus pais. Precisava chegar na casa da tia Honey.

Ela entrou no carro, desceu a Coleman em direção à ponte Ben Sawyer e, ao passar pela nova construção horrorosa onde antes ficava o prédio da Krispy Kreme, se deu conta de que estava prestes a atravessar o cruzamento em que os pais haviam morrido. Quanto mais perto chegava da esquina da Coleman com a McCants, mais ia soltando o acelerador, e a velocidade do carro foi caindo de cinquenta e cinco para cinquenta, até chegar a pouco mais de quarenta por hora. Faltava apenas um semáforo até lá. Louise deveria virar e pegar a rotatória para chegar a Isle of Palms, mas era tarde demais. Ela estava lá.

A cena em detalhes saltou diante de seus olhos como um filme: os cacos de plástico vermelho da lanterna traseira espalhados pelo asfalto, o vidro temperado refletindo o sol, uma calota de plástico do Volvo esmagada na entrada do posto de gasolina. Sentiu a garganta se apertar e não conseguiu forçar o peito a puxar o ar. Todo o som ao redor desapareceu, e Louise ouviu apenas um zumbido contínuo. O sol de repente ficou muito forte, a visão periférica dela se turvando. A luz mudou. O motorista atrás dela buzinou. Sem pensar, ela saiu da faixa da esquerda e virou para a direita, sem nem ao menos olhar se vinha algum carro, e logo se deu conta de que aquilo podia causar um acidente. Mas Louise não se importou. Ela precisava sair daquele cruzamento onde seus pais tinham morrido e ir visitar a casa onde eles tinham vivido.

Ninguém bateu nela. Ela entrou na McCants e seus batimentos se acalmaram. Sentiu um alívio no peito ao dobrar a esquina do quarteirão em que havia morado e, como se uma cortina se abrisse, ela viu a antiga casa da família.

Observando-a de uma nova perspectiva, Louise a enxergou como de fato era, não com a roupagem de sua história e das associações afetivas. A casinha de tijolos de um único andar era agradável quando os avós a construíram em 1951, mas, com o passar dos anos, os vizinhos foram acoplando varandas teladas à parte de trás das respectivas casas, pintaram os tijolos com tinta branca, e as venezianas com tinta preta acetinada, então todas as outras casas do bairro se tornaram maiores e mais luxuosas, enquanto a deles se transformou na casa mais miserável do quarteirão.

Ela parou na frente da garagem e saiu do carro. O veículo alugado parecia brilhante e azul demais perto do gramado seco da casa. Os arbustos de camélia que ladeavam a entrada estavam murchos. As janelas, sujas, as telas, encardidas. Seu pai ainda não tinha colocado as janelas duplas — coisa que ele sempre fazia em outubro — e ninguém tinha limpado o telhado, onde as folhas mortas dos pinheiros formavam ilhotas alaranjadas. Uma bandeira comemorativa frouxa jazia pendurada na varanda da frente, exibindo uma vela vermelha e a palavra *Noel*. Também estava suja.

A primeira linha em branco no Listr apareceu na mente de Louise e se preencheu sozinha: *Dar uma olhada na casa*. Ela começaria por ali, dando uma volta pelos cômodos e avaliando a situação. Fazia sentido, mas seus pés não saíam do lugar. Louise não queria entrar. Parecia impactante demais. Ela não queria ver a casa tão vazia.

No entanto, ser mãe solo transformou Louise numa especialista em fazer coisas que preferia evitar. Se ela não arrancasse o band-aid de uma vez e tomasse as providências necessárias, quem faria isso? Ela forçou os pés a caminhar pela grama seca, abriu a porta de tela e segurou a maçaneta da porta da frente. Não girava. Também não havia uma chave. Talvez conseguisse entrar pelos fundos? Ela contornou a lateral da casa, onde a grama amarelada se transformava em terra, destrancou o portão de alambrado que chegava até a cintura, escancarou-o com o quadril e entrou.

No meio do quintal, ela encontrou as tábuas de madeira de Mark, abandonadas; um monte de pinho amarelo que desbotou até ficar acinzentado. Louise se lembrava de como a mãe tinha ficado empolgada quando os funcionários da Lowe's entregaram a madeira para que Mark pudesse construir o deque que havia prometido colocar de pé em 2017. O material permaneceu intocado desde então, matando a grama.

Não que houvesse muita grama para matar. O quintal de trás era praticamente ignorado pela família, uma grande extensão de terra cheia de ervas daninhas e qualquer tipo de grama mutante que conseguisse sobreviver sem ser regada. Nada significativo crescia lá, exceto uma nogueira absurdamente alta bem no meio — que devia estar morta — e um cipreste retorcido no canto de trás, que havia saído do controle. Uma parede de bambu era o que separava a propriedade deles da casa dos vizinhos.

Louise agarrou a velha maçaneta da porta dos fundos da garagem e, no mesmo instante, seu coração parou. Ela esperava que estivesse trancada, mas a maçaneta girou com o movimento da mão e a porta se abriu fazendo uma sinfonia rangente de dobradiças; o som era muito familiar, e ela se obrigou a entrar.

As sombras de primos, tias e vizinhos lotaram a garagem: gente bebendo cerveja como sempre faziam no Natal, Bing Crosby tocando em um aparelho de som, as mulheres fumando Virginia Slims, acrescentando notas mentoladas à perfeição rosada do presunto de Natal. Os olhos de Louise se acostumaram com a escuridão, e os fantasmas desapareceram. A garagem pareceu ainda mais vazia do que antes.

Ela subiu os três degraus de tijolos até a porta da cozinha e congelou.

Ouviu a voz abafada de um homem que falava com confiança e autoridade de algum lugar dentro da casa. Louise olhou pela janela no meio da porta, espiando através da cortina branca na tentativa de descobrir quem era.

O piso de linóleo que imitava tijolos se estendia além do balcão que separava a cozinha da sala de jantar e acabava na parede oposta, onde a galeria de *string art* da mãe pendia sobre a mesa da sala de jantar. A toalha de mesa de plástico que a cobria mudava a cada estação; a de agora tinha poinsétias vermelhas e estava pronta para o inverno. O lustre da JCPenney pendia no alto, a cristaleira continuava encostada no canto da sala e as cadeiras estavam de costas para ela.

O homem seguia falando dentro da casa.

Louise conseguia enxergar um vislumbre do hall de entrada, o carpete verde recobrindo a parede, mas não via ninguém. Uma mulher fez uma pergunta ao homem. Será que Mark estava lá com uma corretora de imóveis? E já estava levando coisas embora? Louise não tinha visto nenhum carro do lado de fora, mas ele poderia ter estacionado na esquina. Era capaz de ser muito sorrateiro.

Ela girou o trinco cuidadosamente. A porta logo se abriu, e a voz do homem ficou ainda mais alta. Louise entrou, fechou a porta atrás de si e foi caminhando na ponta dos pés, com os ouvidos atentos, tentando entender o que o homem estava dizendo. Alguns detalhes saltaram-lhe aos olhos automaticamente: a bolsa da mãe na ponta do balcão, a luz vermelha da secretária eletrônica piscando, indicando 1 nova mensagem, o cheiro da vela Yankee aquecida pelo sol. Por fim, Louise chegou à sala de jantar e parou.

A voz do homem soava ao mesmo tempo ampla e contida. Louise percebeu que o som vinha da televisão da sala e sentiu os músculos enrijecerem, tensa. Ela olhou para o hall e, à esquerda, viu a escuridão que conduzia ao interior da casa. À direita ficava a sala, onde alguém assistia à TV. Louise prendeu a respiração e dirigiu-se a outro aposento.

As centenas de bonecos da mãe a encararam de volta. Havia bonecos com cara de palhaço no topo do sofá, um arlequim encostado em um dos braços do móvel, bonecas alemãs clássicas enchiam uma prateleira acima e uma multidão de outros bonecos observavam através das portas de vidro do armário encostado na parede oposta. Em cima do armário de bonecos havia um diorama de três esquilos empalhados. A televisão estava ligada, e os dois enormes bonecos franceses sentados lado a lado na poltrona de veludo marrom do pai assistiam ao canal de compras.

Mark e Louise.

Foram esses os nomes que a mãe dera aos bonecos feios e caros de quase um metro de altura quando os comprou, apesar da cara dura e arrogante deles e do cabelo grosso e repicado.

Não importa aonde vocês dois forem, vou ter a companhia dos meus preciosos bebês para sempre, disse ela.

A menina mantinha-se sentada rigidamente em seu vestido de verão cheio de camadas, com os braços grudados ao lado do corpo, as pernas esticadas para a frente, os lábios cor de morango franzidos em um beicinho e um olhar vazio encarando a TV. O garoto usava uma jaqueta em estilo vintage azul-marinho com gola branca arredondada e calça curta, seu cabelo loiro parecendo imitar um corte tigelinha, só que havia sido cortado com uma tesoura cega. Entre os dois estava o controle remoto. Eles sempre assustaram Louise.

Ela olhou para o hall de entrada, mas não viu outro sinal de vida — a porta do banheiro estava aberta, as portas do quarto estavam fechadas, nenhuma luz se encontrava acesa —, então ela se obrigou a pegar o controle remoto entre o boneco Mark e a boneca Louise, tentando não encostar em suas roupas, e desligou a TV. O silêncio tomou conta do ambiente, e ela ficou sozinha na casa cheia de bonecos.

Durante a infância de Louise, os bonecos da mãe ficavam em segundo plano. Se uma amiga chegava para visitar e dizia algo como "Sua mãe tem muitos bonecos", Louise respondia "É porque você ainda não viu os fantoches dela", e então mostrava a oficina da mãe. Mas na maior parte do tempo a imagem daquelas criaturas entrava por um olho e saía pelo outro. Algumas vezes, no entanto, como no primeiro Dia de Ação de Graças em que ela voltou da faculdade, ou neste exato minuto, a presença deles causava um impacto. Nesses momentos, a casa parecia superlotada de bonecos — havia olhos demais que não piscavam, sugando todo o oxigênio, observando tudo o que ela fazia.

Louise tentou olhar para qualquer outro canto e imediatamente viu a bengala ortopédica de alumínio do pai caída no carpete em frente à televisão. Era a única coisa fora do lugar na sala. Ele devia ter levado a bengala junto, não tê-la deixado em casa.

Depois de se aposentar do Departamento de Economia da Faculdade de Charleston, seu pai continuou arrumando desculpas para voltar ao campus. Cerca de um ano antes, ele estava andando pelo pátio a caminho de uma reunião do comitê consultivo quando um aluno gritou "Professor Joyner!" e jogou um frisbee em sua direção. Ele saltou para pegá-lo — um salto espetacular, segundo todos os que testemunharam a cena —, mas o problema foi a aterrissagem. Ainda assim, os médicos disseram que o verdadeiro dano havia sido causado quando o carrinho de golfe da segurança chegou e passou por cima da perna dele. O resultado? Uma fratura trimaleolar e uma luxação do tornozelo que interrompeu o fluxo sanguíneo para o pé. Três placas, catorze pinos, uma infecção óssea e três cirurgias depois, ele recebeu alta do hospital. Então vieram oito semanas de recuperação: foi proibido de carregar peso, devia usar muletas por quatro semanas, depois uma bota ortopédica e bengala por mais oito semanas. Enquanto usava a bota ortopédica, ele desenvolveu dores no quadril direito, o que exigiu mais fisioterapia, mais ressonâncias magnéticas e mais conversas sobre possíveis cirurgias.

Ao todo, ele ficou de molho por dez meses, período durante o qual a mãe de Louise se afastou do grupo de fantoches para cuidar dos horários dos analgésicos, levá-lo à fisioterapia, fazer fisioterapia com ele, acompanhá-lo para que não ficasse entediado. Até onde Louise conseguia se lembrar, o pai nunca havia tido sequer uma gripe, portanto aquela tinha sido uma perturbação de proporções sísmicas. Quando Louise voltou para casa, ele parecia ter envelhecido vinte anos em um mês, passando de um aposentado agitado a um inválido quase da noite para o dia.

Ele devia estar assistindo à TV antes de os dois saírem de carro naquela noite e se esqueceu de desligá-la, o que, na verdade, não era nem um pouco a cara dele, uma vez que o pai vivia seguindo as pessoas pela casa e apagando as luzes que deixavam acesas. Deve ter deixado a bengala cair antes de sair, o que também parecia muito improvável, já que ele mal conseguia andar sem ela.

Os joelhos de Louise estalaram quando ela se agachou para pegar a bengala, e foi quando viu o martelo. Estava do outro lado da poltrona do pai. Ela se ajoelhou, apoiando-se nas mãos para alcançá-lo, e percebeu uma longa lasca de madeira amarela faltando na borda da mesa de centro. O móvel parecia ter sido lascado pelo martelo.

A bengala, o martelo, a televisão ligada, os bonecos na poltrona do pai... tudo aquilo parecia errado. Ela olhou para os bonecos. Eles certamente haviam presenciado o que quer que houvesse ocorrido ali, mas não pareciam muito dispostos a contar o que acontecera.

Louise apoiou a bengala do pai na poltrona e colocou o martelo em cima do balcão da cozinha antes de seguir pelo corredor rumo aos quartos, os passos amortecidos pelo carpete de náilon verde durável e tecido no formato de nenúfares. Ela passou pela porta fechada do quarto de Mark e parou em frente à oficina da mãe, que ficava entre os quartos de Mark e Louise e mais se parecia com uma grande sala de costura, na verdade. Em cima da porta a mãe pregara uma placa que dizia OFICINA DA NANCY em letra cursiva com um arco-íris. Todas as noites, enquanto Mark e Louise brigavam para decidir quem ia tirar a mesa ou colocar os pratos na lava-louças, a mãe deles se recolhia para aquele cômodo. Só saía para dar boa-noite ou contar histórias na hora de dormir, mas, durante anos, Louise pegou no sono ouvindo a máquina de costura da mãe ligada do outro lado da parede e sentindo o cheiro de plástico queimado da pistola de cola quente.

Ela hesitou, a mão pairando sobre a maçaneta, e decidiu que ainda não estava pronta para enfrentar aquele cômodo. Deu meia-volta e continuou caminhando pelo corredor, até que alguma coisa chamou sua atenção e ela parou. Algo parecia errado.

Louise examinou as paredes com o olhar de um especialista em arte, observando as inúmeras fotos de família em molduras grandes e pequenas, redondas e retangulares. Havia também obras de arte da mãe (em abundância), diplomas emoldurados, programas das peças escolares de Mark emolduradas, fotos de turma emolduradas, fotos de formatura emolduradas, fotos de férias emolduradas: a Galeria Nacional de Retratos da Família Joyner, com curadoria de sua mãe.

Algo parecia errado. O silêncio da casa a deixava tensa. Então ela se deu conta de que não tinha visto a corda.

Eles costumavam prender a corda branca pela qual se puxava as escadas do sótão atrás de um quadro do pai recebendo um prêmio do Fórum Nacional de Liberdade Econômica, pois era comum alguém bater a cabeça naquela corda sempre que passava por ali. Contudo, não havia corda alguma. Louise olhou para cima e contraiu os ombros. No alto das sombras, ela viu que alguém tinha feito um péssimo trabalho em pregar o alçapão do sótão, martelando todos os pedaços de madeira que conseguiu encontrar para impedir o acesso e cortando a corda branca na base, rente à porta.

Aquilo fez Louise se lembrar do único filme de zumbi que Ian a fizera assistir, em que as pessoas tapavam as janelas com tábuas para manter os zumbis do lado de fora. Será que as molas do alçapão tinham quebrado e aquela fora a triste tentativa de conserto do pai? Será que havia guaxinins no sótão e ele fez isso para evitar que os bichos entrassem na casa? Será que cuidar do pai tinha sido difícil demais para a mãe? Será que a sujeira acumulou, os guaxinins foram atraídos para o sótão e isso foi o melhor que ela pôde fazer para remediar a situação? Louise se sentiu culpada por não ter percebido que as coisas estavam ficando tão ruins.

Ela se sentiu nervosa ali debaixo do alçapão do sótão, então continuou andando até o final do corredor e parou em frente à porta fechada do quarto dos pais quando viu a grande saída de ar no final do corredor. A grade havia caído, expondo a extensão aberta e quadrada na parede de gesso. Ela pegou a tampa do duto de ventilação e a encostou na parede. Os guaxinins do sótão haviam entrado nos dutos? Ou será que tinham sido esquilos?

Algo não estava certo. O sótão fechado com tábuas, a tampa da saída de ar quebrada, o martelo, a bengala, a TV ligada. A bolsa da mãe na ponta do balcão. Alguma coisa acontecera pouco antes de a mãe e o pai saírem de casa pela última vez. Algo ruim.

A porta fechada do quarto dos pais e a porta do antigo quarto de Louise ficavam de frente uma para a outra. Ela decidiu encerrar o passeio pela casa e sair dali. Estendeu a mão para alcançar a maçaneta da porta do quarto dos pais e se deteve. Ao entrar ali, Louise veria o cômodo vazio, e a cena seria definitiva demais. Assim, em vez disso, ela se virou e abriu a porta de seu antigo quarto.

O pai o havia transformado em um escritório fazia muito tempo. O velho computador Dell usado pela família estava em sua antiga escrivaninha, perdido em um mar de papéis e contas do pai. Louise começou automaticamente a folheá-los e organizá-los. Não se lembrava de quantas vezes havia arrumado a mesa do pai. Quase sempre que voltava para casa, ela não conseguia dormir até colocar a escrivaninha dele em ordem, e toda vez que retornava tudo tinha voltado ao sistema enigmático do pai: do arquivamento para o empilhamento.

Os movimentos dela desaceleraram quando percebeu que dessa vez a mesa do pai não voltaria a ser um caos. Dessa vez, os papéis ficariam exatamente onde ela os deixasse. O pai nunca mais mexeria naquela papelada. Ela nunca mais receberia da mãe uma mensagem inesperada e impossível de entender, cheia de emojis aleatórios e letras maiúsculas arbitrárias. Nem outros presentes espontâneos para Poppy pelo correio.

Louise colocou as contas de volta na mesa e olhou para as prateleiras acima de sua antiga cama. Viu seus anuários da escola, o cordão com sua carteira de estudante da faculdade, seu troféu das escoteiras e seus velhos bichinhos de pelúcia. Coelho Vermelho, Buffalo Jones, Dumbo e Ouricinho a encaravam da estante. Deixara de dormir com eles quando tinha cinco anos e os colocara naquela prateleira, onde se tornaram uma presença constante e silenciosa em sua vida. Pareciam tão pacientes. Era como se entendessem o que estava acontecendo.

Ela pegou Buffalo Jones e o apertou contra o peito enquanto se deitava na cama, envolvendo aquela presença suave e dócil com o próprio corpo. Louise enterrou o rosto no bichinho. Ele tinha cheiro de Febreze, e ela sentiu uma pontada no peito porque sua mãe ainda se dava ao trabalho de mantê-lo limpo.

Ela amou tanto aqueles bichinhos durante a infância... Praticava técnicas de imobilização neles na época que estava em busca do distintivo de primeiros socorros das escoteiras, insistia para que a mãe desse um beijo de boa-noite em cada um deles, mesmo depois de terem sido transferidos para a prateleira. Eles não pareciam frios e silenciosos como as bonecas esquisitas da mãe. Pareciam velhos amigos à espera de que ela voltasse para casa.

Sempre que Louise ficava ansiosa, o pai dela dizia: *Sabe, Louise, de um ponto de vista estatístico... Esses números variam bastante, mas, de modo geral, partindo de uma visão estritamente científica, tudo fica bem em uma quantidade improvável de vezes.*

Não dessa vez, pensou ela. *Dessa vez, nada nunca mais vai voltar a ficar bem.*

Louise abraçou Buffalo Jones com força, sentiu algo se quebrar dentro do próprio peito e lágrimas se formaram em seus olhos. Ela se agarrou àquele sentimento e se deixou levar por ele quando percebeu que, finalmente, estava prestes a chorar.

Na sala, a TV ligou sozinha.

Capítulo 4

— ...Em cinco parcelas tranquilas — disse um homem de voz entusiasmada — ou por um valor à vista de US$ 136,95, você leva esta linda boneca colecionável da Scarlett O'Hara feita à mão, com o vestido de gala em veludo verde, esta saia de aro e este belo case sem nenhum... custo... extra.

O corpo de Louise enrijeceu.

— É um excelente negócio, Michael — comemorou uma mulher. — Essas bonecas estão saindo muito, então, se você quiser aproveitar essa oferta incrível e esse preço único, ligue agora!

Louise se levantou e se forçou a caminhar até a porta. Ela percebeu que ainda estava com Buffalo Jones nos braços, então o colocou de volta na cama e espiou o corredor pelo canto da porta. Vazio.

A TV está com um timer programado que provavelmente bugou. É só ir lá e desligar.

Ela ergueu a cabeça, fingindo estar irritada para não dar espaço ao medo, e caminhou em direção à sala rapidamente, o som da TV ficando mais alto a cada passo. Assim que entrou na sala, viu o canal de compras passando diante dos bonecos inexpressivos de Mark e Louise na poltrona do pai. Ela pegou o controle remoto da cadeira e desligou a televisão.

A sala cheia de bonecos ficou dominada pelo silêncio. Ela jogou o controle remoto de volta na poltrona e esperou um momento, certificando-se de que a TV não fosse ligar sozinha outra vez. Os bonecos Mark e Louise agora tinham um ar de arrogância e tédio, mas, é claro, ela sabia que estava projetando isso neles. Bonecos não mudavam de expressão.

Era melhor ir logo para a casa da tia Honey. Louise deu meia-volta em direção ao seu antigo quarto para buscar Buffalo Jones. Ela queria levá-lo para casa e apresentá-lo a Poppy. Poderia até mostrá-lo à filha quando as duas se falassem por FaceTime e...

— ... quero que vocês vejam esse rosto, porque ele tem o toque frio da porcelana, mas na verdade é feito de vinil de alta qualidade...

Louise congelou no meio do corredor, os ombros encolhidos e tensos. Sentiu o rosto corar de irritação e se apegou àquela emoção para evitar que o medo se aproximasse e tomasse conta dela. Girou o corpo e foi batendo os pés de volta para a sala de estar. Os bonecos Mark e Louise estavam no mesmo lugar. Olhavam diretamente para a TV. Louise a desligou com o controle remoto, depois se ajoelhou ao lado da televisão e a tirou da tomada.

No silêncio repentino, os bonecos pareceram inquietos. Os que estavam atrás da porta de vidro, no armário de bonecos, pareciam estar brincando de estátua, como se tivessem ficado imóveis há meros segundos. Uma das bonecas alemãs clássicas na prateleira parecia ter congelado no meio de um movimento de levantar o braço. Um palhacinho no encosto do sofá parecia mal conseguir conter o riso. Eles eram pacientes. Eram astutos. E estavam em maior número.

Ela precisava tomar alguma providência para mostrar a si mesma (a *eles*) que não estava com medo, então agarrou os bonecos gigantes de Mark e Louise pelos braços e os arrastou até a cozinha, depois atravessou a porta até a garagem. Eles eram mais pesados do que ela esperava. Louise encontrou um espaço livre em uma das grandes prateleiras de madeira compensada que se estendiam pelos dois lados da garagem e colocou os bonecos em cima dela.

A breve empolgação da vitória desapareceu quando o cabelo da boneca Louise começou a tremer e o do boneco Mark começou a vibrar. Todo o corpo do boneco estremeceu, e ele tombou para o lado. Ela sentiu uma vibração estranha no ar e, de repente, ouviu um som tão alto se aproximando que fez a garagem chacoalhar. Louise se virou na direção da origem do barulho. Através das janelas da porta, viu a grade dianteira de um imenso caminhão vermelho vindo em sua direção, freando poucos centímetros antes de esmagar seu Kia. Ficou lá parado, roncando.

Ela deu uma corridinha de volta para dentro de casa, foi até a porta da frente, destrancou a fechadura e saiu. Deu de cara com o caminhão na entrada, e, em cima dele, havia uma enorme caçamba vermelha com o nome LIMPEZAS AGUTTER pintado na lateral. Atrás do caminhão havia um Honda detonado, estacionado junto à grama, e uns homens usando macacões de proteção química saíram de dentro dele.

O motor do caminhão desligou com um barulho metálico, e no silêncio repentino ela ouviu um corvo grasnar. Um homem grande, com roupa comum, desceu da cabine e se aproximou de Louise segurando uma prancheta de alumínio em uma das mãos.

— Limpezas Agutter — anunciou ele. — Você é a proprietária?

— Eu... — Ela não sabia exatamente como responder àquela pergunta. Seus pais eram os proprietários. E eles estavam mortos. — Sim.

— Roland Agutter — apresentou-se o sujeito, estendendo a mão.

Louise estendeu a dela e o homem a apertou.

— Desculpe — disse Louise, recolhendo a mão —, por que vocês estão aqui?

— Viemos limpar a propriedade — respondeu Roland Agutter. — Pelo que entendi, temos aqui um caso clássico de acumuladores, mas fique tranquila. Já vimos coisas piores, acredite. O que fazemos é o seguinte: começamos por uma ponta da casa e seguimos adiante como se fosse uma grande vassoura, eliminando tudo pela porta da frente e direto para dentro do caminhão. No final do dia, você vai ver a gente indo embora e não vai conseguir acreditar que essa casa um dia pareceu um lixão.

— Esta é a casa dos meus pais — comentou Louise.

Roland mudou sutilmente de abordagem.

— É bem provável que a vida deles tenha ficado grande demais para a propriedade — respondeu. — Vi isso acontecer um milhão de vezes. Você vai querer dar uma olhada antes de começarmos para garantir que todos os itens de valor foram recolhidos.

— Eles morreram — declarou Louise.

Era a primeira vez que ela dizia isso a um estranho. As palavras pareciam pedras em sua boca.

— O Senhor leva os melhores primeiro — disse Roland Agutter. — Pode confiar no que digo: meus rapazes serão delicados como cordeiros. Veja bem, sempre que encontramos alguma coisa que parece ter valor afetivo, colocamos o item dentro de um saco plástico e, no final, o deixamos na varanda. Você ficaria surpresa se soubesse quantos dentes de leite costumamos achar. As pessoas nem sempre os querem, mas ainda assim gostamos de separá-los porque, tecnicamente, são restos humanos.

Louise olhou para os rapazes. Tinham mesmo uma aparência que transmitia delicadeza: três homens baixos, latinos, com cortes de cabelo impecáveis, parados na calçada perto do Honda detonado, todos de macacão branco de proteção química aberto até a cintura, com braços fantasmagóricos pendendo atrás. Um deles parecia estar contando uma história muito boa.

— Quem contratou vocês? — perguntou Louise.

Roland abriu uma prancheta de alumínio.

— Joyner — leu ele. — Sr. Mark Joyner.

— Eu sou irmã dele — explicou Louise.

— Ah, sim. Ele disse para tratar do pagamento com você.

— Houve algum tipo de confusão — começou Louise.

— Uh-oh — disse Roland. — Isso não é bom.

— Porque não queremos que todos os bens dos nossos pais sejam eliminados pela porta da frente com uma vassoura, nem que todos os nossos dentes de leite sejam deixados em um saco plástico na varanda. Nossos pais morreram há três dias, então se meu irmão te disse para vir aqui e jogar tudo fora, houve um mal-entendido.

E foi neste exato momento que a caminhonete de Mark encostou.

Ela e Roland o observaram enquanto mexia em alguma coisa no banco do carona. Ele saiu do carro, bateu a porta e atravessou o gramado morto na direção deles. Encontrar Mark pessoalmente sempre era um choque para Louise, porque o que ela via diante de si não combinava com a imagem do irmão aos dezesseis anos fixa em sua mente.

O Mark diante dela estava ficando calvo e com mais barriga do que na última vez que ela o vira. Ele vestia uma camiseta do King Missile igual a uma que tivera na época do ensino médio — era impossível ser a mesma, embora estivesse suja o suficiente para dar a entender que sim — e uma camisa xadrez que Louise pensou ser da mesma época também. A maior diferença entre o Mark de sua memória e este eram as tatuagens horrorosas: uma âncora torta de desenho animado no antebraço esquerdo — copiada do tio —, um sinal do infinito que se transformava numa pena de escrever, na parte interna do antebraço direito — porque ele afirmava ser um escritor, embora não houvesse nenhuma evidência real disso —, a palavra *Foxy* em letra cursiva e extravagante na parte interna do punho esquerdo dedicada a Amanda Fox, sua namorada do ensino médio e ex-noiva, quando voltaram a ficar juntos depois de um término.

Ele tinha uma máquina caça-níquel com um trio de cerejas na lateral do pescoço e ideogramas japoneses que — em teoria — significavam "Você terá sucesso em tudo o que fizer" subindo pela parte externa da panturrilha esquerda. Por baixo daquela camiseta do King Missile havia o código de barras de um maço de Marlboro Red em cima do umbigo — feita na época em que ele parou de fumar —, uma fênix na base de sua coluna por causa do emprego que conseguiu uma vez no Charleston Grill, o nome *Amanda* no tornozelo direito — de quando ele e Amanda Fox reataram de novo — e um símbolo yin-yang feito de golfinhos no peito por causa da vez em que ele nadou com golfinhos em Key West.

Louise se sentiu mesquinha pelo que passava em sua cabeça, mas a aparência do irmão a envergonhava.

— O dia está passando e tem um monte de lixo para jogar fora — disse Mark a Roland, e então olhou para a irmã. — Oi, Louise, você chegou.

Nenhum abraço, nenhum aperto de mão, nenhuma menção à mãe ou ao pai.

— Esse "lixo" é tudo o que a mamãe e o papai tinham — replicou Louise. — Precisamos dar uma olhada na casa, examinar as coisas antes de jogar tudo fora.

— Esses caras vão ser pagos para fazer isso — argumentou Mark. — Quer dizer, eu adoraria me debruçar sobre o imposto de renda de 1984 do papai, rir, chorar e trocar histórias de família, mas alguns de nós têm emprego. Se você quiser, podemos queimar um pouco de sálvia depois e nos livrar de todas as energias ruins.

Os funcionários de Roland, nos macacões brancos de proteção química, viraram-se para observar. Louise odiava ser o centro das atenções, mas Mark tinha puxado à mãe deles. Adorava drama.

— Os bonecos da mamãe podem valer alguma coisa para um colecionador — retrucou Louise. — E alguém da Faculdade de Charleston provavelmente vai querer a pesquisa do papai. Não podemos deixar um cara qualquer jogar tudo no lixo.

— Na verdade, eu sou um especialista em remoção totalmente licenciado — defendeu-se Roland.

— Vou colocar os bonecos à venda no eBay — anunciou Mark. — E o último artigo do papai foi sobre o impacto das ferrovias privadas no crescimento da indústria têxtil da Carolina do Sul de 1931 a 1955. Acho que o mundo consegue dar um jeito de sobreviver sem essas pesquisas. Agora eu preciso que o pessoal do Roland me ajude a tirar aquela pilha de madeira do quintal e colocá-la na minha caminhonete. Acha que eles podem me ajudar, Roland? — perguntou. — Vai levar uns cinco segundos.

— Mark — disse Louise, reunindo todo amor, paciência e lembranças de infância compartilhadas que conseguiu e colocando-os no tom de voz —, você não pode pegar tudo que a mamãe fez, todo o trabalho do papai, as fotos de família, os álbuns de recortes, os diários, as roupas, as joias, os fantoches e os bonecos e jogar tudo na caçamba desse cara.

— Eles são profissionais — replicou Mark, voltando-se para Roland Agutter. — Você não vai jogar nada de valor fora, vai?

— Qualquer coisa que nos pareça ter valor financeiro, emocional ou legal, vamos deixar dentro de um saco plástico na varanda — garantiu Roland Agutter. — Eu falei isso para ela.

— Mas vocês podem deixar alguma coisa passar — argumentou Louise, e se virou para Mark, tentando assumir o papel de adulta na situação. — Eu sei que é difícil, Mark, mas vou ficar aqui por duas semanas. Não tem motivo para pressa. Vamos dar uma olhada na casa juntos e depois pedimos para esses caras voltarem.

— Escute, Louise — disse Mark. — Essa casa é o Afeganistão. Uma vez que você entra nela, nunca mais consegue sair. Como vamos saber o que jogar fora? Não vamos. Estamos envolvidos demais. Além disso, essa casa é assustadora pra caralho. Esses caras estão aqui, eles são profissionais, sabem como embalar todos aqueles bonecos, então vamos acabar logo com isso. Vai ser pá pum.

— Eu sei que você está triste e sobrecarregado... — começou Louise.

— Só porque dividimos o banheiro por quinze anos não significa que você sabe alguma coisa sobre mim — interrompeu Mark. — Meu instrutor de ioga me conhece melhor do que você.

— Você faz ioga? — perguntou ela, confusa.

— Eu tenho alguma prática — respondeu ele. — Faço de tempos em tempos. A questão é que eu sabia que você ia agir desse jeito, sabia que você ia aparecer e começar a dar ordens pra todos os lados.

— Não estou dando ordens a ninguém — disse Louise, respirando fundo.

— Você está dizendo a Roland para não entrar na casa — apontou Mark —, e está me dizendo que precisamos limpar a casa juntos. — Ele se virou para Roland Agutter. — Ela é como a Madona Mandona, não é?

— Não sei quem é essa — comentou Roland.

— Um dos bonecos da minha mãe — explicou Mark. — Inspirado na minha irmã. — E se voltou para Louise. — Eu já estou cuidando de tudo aqui.

— Madona Mandona não foi inspirada em mim — devolveu Louise.

— De acordo com a mamãe, foi, sim — afirmou Mark. — Olha, eu sei que você tem essa necessidade de estar no comando, mas eu já cuidei de tudo.

— Mark — disse Louise —, vamos segurar um pouco. Vamos para a casa da tia Honey, ok? Está todo mundo lá, podemos conversar sobre o velório.

— Pare de me dizer como fazer as coisas — replicou Mark. — Já está tudo feito. Eu fiz tudo.

— Acho que talvez seja melhor eu ir embora — sugeriu Roland Agutter —, dar um tempinho para vocês resolverem...

— Não tem nada para resolver aqui — retrucou Mark. — Está tudo resolvido. Podemos começar a encher os sacos.

— Muito obrigada pela compreensão — disse Louise a Roland Agutter.

— Você estava a cinco mil quilômetros de distância — lembrou Mark — enquanto eu estava aqui lidando com a morte da mamãe e do papai, então não vem querer se jogar do seu avião nerdola, cair aqui de paraquedas e sair dando ordens como bem entender.

— Mark! — exclamou Louise, e imediatamente se sentiu envergonhada. Ela respirou fundo e abaixou a voz. — Nós dois precisamos nos acalmar e ter uma conversa decente antes de olhar a casa. Precisamos decidir como vamos organizar o velório e todas essas coisas.

— Eu já cuidei do velório deles — disse Mark.

— Deveríamos marcar para domingo, assim todo mundo consegue ir — continuou Louise. — Eles estão na casa funerária Stuhr, certo? Constance tem uma amiga que trabalha lá, se não me engano.

— Vamos espalhar as cinzas deles na praia, na terça — declarou Mark.

— Não vamos, não — respondeu Louise.

— Eu já combinei isso com o Daniel.

— Quem é Daniel? — perguntou Louise, sentindo que precisava de mais tempo para entender o que Mark dizia.

— O cara do funeral que passou o cartão de crédito da mamãe e vai me entregar as cinzas deles na segunda-feira, às quatro e meia. Nós vamos espalhar as cinzas pela praia na terça-feira durante o nascer do sol, em um ritual hindu baseado no Asthi Visarjan.

— Você não vai fazer isso.

Ele atravessou o pátio em direção à sua grande F-150 vermelha. Sem saber o que fazer, Louise o seguiu. Sentia como se estivesse cheia de gás hélio, como se os pés mal tocassem a grama amarelada. Mark abriu a porta do carona e tirou de lá um monte de formulários com margens verdes. Louise correu até parar na frente dele.

— Eu tive que dirigir até Columbia para pegar os atestados de óbito hoje cedo — disse Mark, sacudindo o calhamaço de documentos. — Treze deles. Gastei quarenta e oito dólares com isso, sem contar a gasolina, mas Daniel disse que esses papéis são necessários para fazer praticamente qualquer coisa quando alguém morre e que eu poderia ir até lá agora ou esperar uma semana até receber. Ele tentou me vender uma urna chique quando assinei o contrato de cremação, mas vamos espalhar as cinzas na praia, então podemos ir com a mais básica, né? Aprendi isso com o papai.

Louise olhou para o contrato com o recibo grampeado na frente, os documentos do atestado de óbito, e pensou nos corpos dos pais numa geladeira em algum lugar, Mark assinando um contrato em nome deles, negociando a urna onde depositariam suas cinzas, e no momento seguinte a varanda pareceu muito distante.

— Pode dizer à tia Honey que vai ser na Station 18 às sete e meia da manhã de terça-feira, se as pessoas quiserem vir — avisou o irmão. — Cheguem lá cedo, quero pegar a maré baixa.

— Você não pode espalhar as cinzas da mamãe e do papai na praia — retrucou Louise, finalmente encontrando a voz. — É ilegal. E eu nem acho que eles queriam ser cremados.

— Primeiro: é legal, sim, eu pesquisei no Google — rebateu Mark. — Segundo: eles não disseram o que queriam, então eu tive que tomar uma decisão e fazer alguma coisa porque eu estava aqui e você não. Então eu decidi.

— Eu te liguei de volta duas vezes — disse Louise.

— Depois de ter desligado na minha cara — lembrou Mark. — Eu também estou chateado, mas não saio desligando o telefone na cara das pessoas.

— Você não pode cremar as pessoas contra a vontade delas — disse Louise, e suas têmporas latejaram com força. Ela tentou manter a calma. Estava tão calma um minuto antes! — Eles têm um jazigo para a família.

— Não têm, não.

— Têm, sim! Mamãe nos levou para vê-lo. Mais de uma vez. Ela tinha aquele sonho de que todos nós fôssemos enterrados um ao lado do outro.

— Ok — disse Mark. — Foi mal. Então vamos vendê-los. Ou, se você for encher o saco por causa disso, podemos dividir as cinzas. Você enterra a sua metade e eu espalho a minha parte na praia.

— Estamos falando dos nossos pais! — berrou Louise, e talvez fosse a primeira vez que ela berrava com um adulto em toda a vida. — Não de uma… massa de pão que você pode dividir ao meio.

— Tudo bem, pessoal — disse Roland Agutter, atrás deles. — Por que não nos acalmamos um pouco e…

— Não se meta nisso! — retrucou Louise, sem tirar os olhos de Mark. — Você não tem o direito de cremar a mamãe e o papai, e eu não vou deixar você jogar os dois no oceano. Papai nem gostava de praia!

Mark sacudiu a papelada com mais força para ela.

— Eu tenho os atestados de óbito, você não — disse ele. — É assim que vai ser, Louise. Então entre na onda ou saia da minha frente.

— Dê eles para mim — mandou Louise.

— Nem a pau!

— Eu sou a executora dos testamentos deles.

— Tem alguma prova disso aí com você? — perguntou Mark, e como ela não respondeu ele disse: — Se não puder me mostrar isso por escrito, então pode ir até Columbia e ir buscar seus próprios atestados.

Ele desviou de Louise e se dirigiu a Roland Agutter.

— Vamos pegar aquela madeira no quintal antes de vocês começarem — disse ele.

Louise olhou para o monte de documentos na mão de Mark.

São necessários para fazer praticamente qualquer coisa.

Ela, então, os arrancou da mão do irmão.

Mark se virou para a irmã boquiaberto, como se fosse um personagem de desenho animado, e por um instante ela sentiu uma sensação de triunfo, até que viu a expressão do irmão ficar sombria.

Ela virou as costas quando Mark investiu contra ela com a intenção de pegar a papelada. Ele tentou agarrar os documentos, mas Louise se abaixou para se esquivar, e então Mark agarrou a papelada com as duas mãos e puxou. Ela pressionou os polegares e a ponta dos dedos no papel, segurando-os com força, e sentiu que o contrato estava começando a rasgar.

— Pare com isso — pediu ele, sem fôlego.

— Pare você! — respondeu ela, também sem fôlego.

Ela sentiu a papelada escorregando de suas mãos, e os certificados começando a se despedaçar.

— Você vai rasgar tudo! — disse ela.

Por cima do ombro de Mark, Louise viu que um dos funcionários de Roland Agutter apontava o celular na direção deles. Ela torceu para que ele não estivesse filmando. O celular do cara se movia de um lado para o outro, acompanhando a ação. Ele estava filmando.

Mark era mais forte que ela e ia conseguir pegar a papelada. Ela ia ser excluída de todas as decisões, e ele iria até a praia jogar os pais no oceano. Isso não era o que as pessoas normais faziam, e tudo o que ela queria era que ele parasse, respirasse fundo e os dois organizassem isso juntos de uma maneira que fizesse sentido. Da maneira que ela queria. Louise sentiu câimbras nos dedos enquanto os papéis deslizavam mais um pouco. Ela sentiu as fibras dos documentos se esticando.

Reunindo toda a sua força, Louise deu um passo à frente, sugou toda a saliva disponível na boca e cuspiu na cara de Mark. O cuspe se espalhou na frente dela e formou uma grande nuvem branca, e, ao ser atingido, Mark largou a papelada, limpando a boca com as mãos.

Louise desviou de Mark depressa e correu para a varanda. Ao alcançá-la, se virou para ele, segurando a papelada com firmeza junto ao corpo. Mark começou a atravessar o gramado, furioso.

— Já deu pra gente — anunciou Roland, interrompendo Mark. — Nós não nos envolvemos em discussões de família.

— Isso não é uma discussão de família — disse Mark, virando-se para ele.

— Eu já recebi o depósito — continuou o sujeito —, então você não vai perder nada, mas eu só vou conseguir voltar aqui para fazer o serviço no mínimo na próxima terça-feira. Então vocês têm bastante tempo para resolver as suas questões.

— Não temos questão nenhuma para resolver — argumentou Mark, tentando ao mesmo tempo ficar de olho em Louise.

Enquanto os outros homens ainda estavam ali, Louise aproveitou para atravessar o gramado em direção ao carro, mantendo Roland Agutter entre ela e Mark.

— Quanto você quer para fazer o serviço agora? — perguntou Mark a Roland, tirando a carteira do bolso. — Eu pago o que for necessário.

Roland Agutter abriu bem a boca e apontou para um dente da frente que estava cinza.

— Sabe como eu consegui este dente morto? Me metendo em uma discussão de família.

— Até terça-feira — gritou Louise ao passar por Roland Agutter, depois correu em direção ao carro enquanto Mark ia atrás dela.

Louise tirou as chaves do bolso e, com o Kia entre ela e o irmão, apertou o botão do controle para abrir o carro. Mark tentou alcançar a porta do carona enquanto Louise deslizava para o lado do motorista. Ela bateu a porta e, no mesmo instante, apertou o botão de novo para trancar o carro. As travas foram ativadas ao redor dela enquanto Mark, em vão, forçava a maçaneta do lado de fora.

Louise não se conteve. Ela se inclinou para o banco do carona, encarou o rosto vermelho de Mark através da janela e…

Capítulo 5

— ...Eu falei "Chupa!" — admitiu para todos. — E talvez tenha mostrado o dedo do meio para ele. Minha cabeça meio que parou de funcionar na hora. Mas se eu não tivesse aparecido, ele teria jogado tudo fora, inclusive a mamãe e o papai.

Louise olhou para os atestados de óbito amassados e estropiados dentro da bolsa. Com a visão periférica, ela observou as primas, Constance e Mercy, a mãe delas (tia Gail) e, finalmente, a mãe da tia Gail, tia Honey, esperando o julgamento de cada uma delas.

— Mas que arrombado do caramba! — proclamou Constance.

— Olhe a boca — avisou tia Gail.

Todas esperaram que a tia Honey se pronunciasse. Ela já tinha vivido mais do que todos os outros da sua geração e não parecia ter a intenção de desacelerar tão cedo. Ainda tingia o cabelo de loiro, fazia uma maquiagem completa todas as manhãs e usava um anel em cada dedo, embora tivesse que esfregar vaselina nos nós dos dedos inchados para colocá-los.

— Essa é a minha casa — disse tia Honey —, e eu não quero ouvir ninguém aqui chamando os outros de "arrombado do caramba" quando o que queria mesmo era chamar de "arrombado do caralho". Isso inclui você, Gail. Falem logo o que querem falar ou vão embora daqui.

— Mark é um arrombado do caralho — se corrigiu Constance, prontamente.

Ninguém discutiu e Louise tentou relaxar. Ela odiava perder o controle, mas talvez só tivesse exagerado um pouquinho? Tia Honey soltou um suspiro profundo.

— Ele era um garotinho tão talentoso — comentou ela.

Louise se lembrou das peças de teatro que Mark fazia. Ela não sabia dizer se o irmão era talentoso ou não, mas ele certamente participou de muitas. A mãe se sentia profundamente validada por Mark ter entrado no teatro assim como ela fizera. Ajudou o filho a ensaiar quando ele conseguiu o papel de Dunga em *Branca de Neve e os Sete Anões*, embora Dunga não tivesse fala nenhuma. Marcou presença em todas as apresentações, fazia comentários. Todos tinham que usar roupas elegantes para as noites de estreia, como se estivessem indo a uma première de gala.

— Ele foi ladeira abaixo depois que abandonou a Universidade de Boston — disse Mercy. — Uma das filhas da minha namorada disse que tudo o que eles fazem lá na universidade é dar festas e usar d-r-o-g-a-s.

— Eu sei o que são drogas — disse tia Gail, toda magrinha sentada na ponta da cadeira como uma grande garça, as mãos cruzadas no colo, vestindo uma blusa preta de gola alta com as palavras *Glória a Deus* escritas em dourado na frente.

— Mamãe está usando drogas? — perguntou Constance, fingindo horror.

— Se tiver drogas aí, vai ter que dividir — exigiu tia Honey.

Mercy e Constance deram risada com a avó. Tia Gail apertou os lábios. Todas tinham o maxilar forte e o queixo pontudo da mãe de Louise, o mesmo corpinho pequeno (exceto Constance — de onde Constance tinha saído?), o mesmo senso de humor. Ela teve medo de que as coisas fossem diferentes sem a presença da mãe, mas a família ainda era a mesma de sempre.

— Vou pegar um pouco de vinho — anunciou Mercy levantando-se. — Quem mais quer?

— Eu — pediu tia Honey.

— Só um pouquinho — disse tia Gail, erguendo o polegar e o indicador separados por alguns centímetros.

Mercy foi para a cozinha.

Pelo menos aquilo parecia familiar. Em São Francisco, as pessoas só abriam uma garrafa de vinho nas festas — e ainda com muita relutância — e sempre ofereciam várias opções sem álcool. Ali em Charleston, elas simplesmente presumiam que você ia beber no segundo em que se sentava, e Louise sentiu-se grata por isso. Queria que o vinho a ajudasse a ignorar a sensação de que sua mãe ia entrar pela porta da frente a qualquer momento.

Quando eram crianças, ela e as primas haviam passado verões inteiros na casa de praia detonada da tia Honey, mas ao voltar àquele lugar pela primeira vez em dois anos, Louise reparou em cada mancha no carpete e percebeu o quanto a parte externa precisava de uma demão de tinta. A pele da tia Honey estava mais flácida no pescoço e no queixo. As mãos da tia Gail pareciam feixes de gravetos amarrados, cheias de veias azuis. As primas exibiam rugas ao redor dos olhos, e o pescoço de Mercy agora estava mais fino e fibroso, lembrando Louise do que ela mesma encontrava quando se olhava no espelho. Constance, por outro lado, do alto de seu um metro e oitenta de altura, continuava tão forte e robusta quanto alguém que se metia em brigas de bar.

— Louise. — Tia Honey estalou os dedos para chamar a atenção da sobrinha. — Qual é o número do seu irmão?

— Eu tenho o número do Mark, vozinha — disse Constance antes que Louise conseguisse pegar o celular.

— Disque o número e passe para mim — exigiu tia Honey, apontando para o telefone sem fio que ficava no gigantesco aparador perto da porta da cozinha.

— A senhora não precisa fazer isso — comentou Louise. — Está tudo bem.

— Não está tudo bem — respondeu tia Honey enquanto Constance pegava o telefone. — A única prole da minha irmã...

— Com exceção de Freddie — interveio tia Gail.

— A única prole da minha irmã, com exceção de Freddie — corrigiu-se tia Honey —, acabou de morrer. Eu não me importo se você nunca mais falar com o seu irmão, mas vocês dois vão agir de maneira civilizada esta semana. Há muito o que discutir e resolver, então ele vai vir aqui para discutir e resolver o que for necessário.

A ideia de estar no mesmo ambiente que Mark logo depois daquela briga entre os dois fez Louise se sentir tonta, mas ela não sabia como impedir tia Honey de chamá-lo, então ficou parada observando, impotente, enquanto Constance discava o número e colocava o telefone na mão da tia. Ela o pressionou contra uma das orelhas e o manteve ali por um longo tempo.

— Por que seu irmão é tão babaca? — perguntou Constance baixinho para Louise, o que a fez se sentir melhor.

— Mark! — gritou tia Honey. — Isso mesmo, é melhor você atender quando eu ligo... não venha com esse papinho furado para o meu lado. Escute... escute! Sua irmã está sentada bem aqui na minha frente... não interessa... *não interessa*. Você vai entrar naquela sua caminhonete e vir aqui porque precisamos planejar o velório... você não planejou o velório coisa nenhuma... ah, se fizer uma coisa dessas vai ter que jogar *o meu* cadáver na água... Mark? Mark. Mark! Pode tratar de vir para cá agora!

E desligou.

— Ele está a caminho — anunciou ela.

— Não sei por que ele está agindo feito uma criança — disse Constance.

— Porque é exatamente isso o que ele é — opinou Mercy, saindo da cozinha com uma garrafa de vinho e vários copos grandes. — Ele tem trinta e sete anos e ainda trabalha num bar.

— Onde já se viu querer espalhar as cinzas dos próprios pais na praia? — questionou Constance. — As pessoas nadam naquela água.

Mercy começou a encher os copos bem acima da metade.

— Crianças fazem pipi naquela água! — comentou tia Honey, indignada. — Peixes! Cães! É um vaso sanitário!

— Mãe! — disse tia Gail, irradiando desaprovação.

Tia Honey respirou fundo e soltou o ar.

— A única bênção em toda essa confusão é que sua mãe finalmente está com Freddie — acrescentou ela.

— Amém — disse tia Gail.

Todas beberam em silêncio.

Tio Freddie era o irmão da mãe de Louise, que pisou descalço em um prego enferrujado quando tinha cinco anos, contraiu tétano e morreu. A mãe dela estava com sete anos na época, e, por causa do tio Freddie, Mark e Louise nunca tiveram permissão de andar descalços fora de casa. Nunca. Até na praia a mãe os obrigava a usar tênis. Até dentro da água.

— Agora, *ele* era uma criança maravilhosa — comentou tia Honey. — Vocês não iam acreditar na simpatia daquele garoto... e como era esperto, ah! Era mais inteligente aos cinco anos do que qualquer pessoa nesta sala. E era lindo... Nossa! Os Cannon sempre fizeram belos meninos. Já as meninas vieram como deu.

— Valeu, vozinha — replicou Mercy.

— Se eu te mostrasse uma foto do Freddie, você concordaria comigo — garantiu tia Honey.

Louise sabia o que era crescer à sombra de um irmão mais novo que recebia toda a atenção. Ela sempre pensou que esse fato deveria tê-la aproximado da mãe, mas sempre que tentava conversar sobre Freddie, a mãe mudava de assunto.

— Quem está escrevendo o obituário? — perguntou tia Honey. — Alguém precisa pagar ao jornal para reservar um espaço maior do que aquelas caixinhas. São tão pequenas que mal dá para ler o que está escrito.

— O que aconteceu na noite em que meus pais morreram? — perguntou Louise à tia.

Todas observavam tia Honey para ver como ela lidaria com a situação.

— Ficar remoendo não vai ajudar — murmurou ela num tom de voz tenso, recostando-se na cadeira.

— Vai *me* ajudar — insistiu Louise. — Passei na casa deles hoje. A bolsa da mamãe estava no balcão, a TV ligada e a bengala do meu pai jogada no chão porque, ao que parece, eles saíram com muita pressa. O que aconteceu?

— Você não precisa ficar analisando nada disso — disse tia Honey.

A família inteira da mãe era incapaz de falar sobre morte. Depois da morte do tio Freddie, reza a lenda, a avó de Louise doou todos os seus brinquedos e roupas, em seguida queimou todas as suas fotos e fez todo mundo jurar que nunca mais mencionaria o nome dele. Disse que não seria capaz de criar um filho enquanto chorava a morte do outro. De acordo com tia Honey, só depois que ela morreu que a família voltou a falar sobre Freddie. Louise não ia viver desse jeito.

— Eu preciso saber — insistiu ela.

— Ela quer colocar um ponto final nessa história — argumentou Mercy.

— Vozinha — disse Constance em um tom de advertência.

— Tudo o que eu sei — começou tia Honey, vendo que estava em desvantagem — é que sua mãe me ligou na quarta-feira à noite, num alvoroço só, dizendo que precisava levar seu pai ao hospital porque ele havia tido algum tipo de ataque.

— Que tipo de ataque? — perguntou Louise.

— Tudo o que consegui entender foi que seu pai havia tido um ataque e ela não podia esperar uma ambulância. Eu disse a ela: "Nancy, o mundo está caindo, não invente de entrar em um carro e dirigir agora. Ligue para a emergência."

— Foi o tornozelo dele? — questionou Louise.

— Se não me engano, ela disse que foi um ataque — respondeu tia Honey, parecendo momentaneamente confusa. — Eu queria ter insistido mais para que ela chamasse a ambulância.

— Vozinha — disse Mercy —, não tem como discutir com alguém que está desesperado. Principalmente a tia Nancy.

— Depois disso você já sabe o que aconteceu — continuou tia Honey. — Seu irmão me ligou dando a notícia de que eles tinham sofrido um acidente.

— Ele falou alguma coisa sobre o que a polícia disse?

— Só contou que aconteceu. Mais nada.

O silêncio dominou o ambiente.

— O que sua mãe queria em relação a flores? — perguntou tia Gail.

— Não sei — disse Louise, tentando se forçar a se importar com as flores.

— Eles vão querer gladíolos — declarou tia Honey. — Você não acha, Gail?

— Lírios brancos — disse tia Gail. — Vou falar com Robert Wheeler. Ele fez os preparativos para o velório de Mary Emma Cunningham, quero aqueles lírios com abacaxizinhos dentro.

Elas começaram a conversar sobre flores, obituários e a listar quem precisava ser chamado. Louise se sentiu pequena e segura, bebericando o vinho, cercada por aquelas mulheres barulhentas que estavam fazendo tudo por ela. Ficou maravilhada ao ver como ficavam à vontade umas com as outras, como se davam bem de maneira tão inconsciente, como eram diferentes dela e de Mark.

— Vocês vão vender a casa? — perguntou Mercy, arrancando-a daquela linha de pensamento.

— Mercy! — repreendeu tia Gail.

— É o que todo mundo vai perguntar — disse Mercy. — Os preços por aqui estão altíssimos. A vozinha, por exemplo, poderia vender isso aqui por um milhão, fácil.

— Não ajunteis tesouros na terra — argumentou tia Gail.

— Eu não vou vender esta casa, e Louise também não vai — replicou tia Honey.

— A casa é dela — lembrou Constance.

— Minha irmã se reviraria no túmulo — comentou tia Honey.

— Só vou ficar aqui por duas semanas — disse Louise, tentando evitar conflitos. — Vou limpar e separar as coisas primeiro, depois tomar uma decisão.

— Sua mãe cresceu naquela casa — argumentou tia Honey. — Aquele terreno pertencia ao seu avô na época em que a velha região de Mount Pleasant não passava de um aglomerado de fazendas.

— Você precisa de ajuda com isso? — perguntou Mercy, virando-se para Louise, e ela não soube dizer se a prima estava realmente oferecendo ajuda ou se era apenas uma cortesia familiar de praxe.

— Não, tudo bem — disse Louise. — Não é muita coisa. Mas obrigada.

— Bem, me avise se eu puder fazer algo — pediu Mercy.

— E não dê ao Mark nada desse dinheiro — alertou Constance.

— Ela não vai vender a casa! — gritou tia Honey.

— O mais fácil é vendê-la — comentou Mercy. — É mais simples dividir o dinheiro por dois do que um imóvel. Já vi muitas famílias se estapearem por causa de uma casa depois que alguém da família morre.

— Se você vender aquela casa, alguém vai derrubá-la e construir uma mansão gigantesca e cafona — disse tia Honey a Louise. — É isso que você quer que aconteça com a casa onde você cresceu?

— Primeiro temos que ver o que está no testamento deles — argumentou Louise, tentando mudar de assunto.

— A região de Old Village está mudando — tentou explicar Mercy. — Os preços dos imóveis estão subindo, quer a gente goste ou não.

— Minha irmã queria que aquele terreno continuasse na família — declarou tia Honey.

— Porque ia acabar valorizando, e o preço ia subir — disse Mercy. — Eles deveriam vender antes que a bolha estoure.

— Esse não é um assunto apropriado para o momento, meninas — lamentou tia Gail. — Eles ainda nem foram enterrados.

Constance endireitou-se na cadeira.

— Mark chegou — disse ela.

Todas elas pararam de falar e olharam para a varanda. Passos pesados sacudiram a escada enquanto Mark subia. Louise não se sentia preparada para lidar com isso naquele momento. Não queria vê-lo tão cedo. Ela virou metade do copo de vinho de uma só vez, o que ajudou. A porta de tela foi aberta, e Louise viu a sombra de Mark. Tentou se recompor. Ele bateu na porta da frente ao mesmo tempo que a abriu.

— E aí, pessoal — cumprimentou ele.

— Olha só quem chegou! — disse Mercy, e correu para lhe dar um abraço.

Tia Gail a seguiu, e Constance também. Louise ficou em choque ao testemunhar como a postura delas mudou rápido.

— Sua mãe era uma grande inspiração — comentou tia Gail, beijando-o na bochecha. — Sempre para cima, sempre muito ativa. Aquele grupo dela não era muito o meu estilo, mas combinava com ela. E seu pai era um santo.

Louise se sentiu grata por elas estarem fazendo Mark se sentir bem-vindo, fazendo-o abaixar a guarda, dando a ela um tempo para se preparar. As três guiaram Mark para o círculo de cadeiras. Aproximando-se, ele se inclinou e deu um beijo na bochecha de tia Honey.

— Você está atrasado — resmungou ela.

Mark cumprimentou Louise com a cabeça, e ela imitou o gesto. Ele se sentou no sofá, aceitando o lugar que Mercy lhe ofereceu.

— Quer um pouco de vinho? — perguntou Mercy.

— Bastante — respondeu ele.

Mercy encheu o copo, e quando Mark esticou o braço para pegá-lo da mesa de centro, seus olhos pousaram nos atestados de óbito saindo da bolsa de Louise. Ela o viu hesitar por um momento, mas ele logo recostou-se na cadeira e bebeu um grande gole do vinho. Louise decidiu arrancar o band-aid de uma vez.

— É melhor a gente conversar sobre o que aconteceu — afirmou.

— Você fala demais — interveio tia Honey. Depois, se dirigiu a Mark. — Escute, vou ser muito clara agora: você não vai jogar seus pais na água.

Mark ergueu o copo novamente. Todas elas observaram sua garganta empurrar o líquido para baixo. Quando ele terminou, o espírito combativo parecia ter abandonado seu corpo.

— Eu não sou a Louise — disse. — Não vou brigar com todas vocês.

— Seus pais vão ser velados na Igreja Presbiteriana de Mount Pleasant, do jeito que sua mãe iria querer — declarou tia Honey. — Depois ela será enterrada em Stuhr, ao lado do irmão e dos pais dela, e então faremos a recepção aqui.

— Um grande funeral vai ser bom para todo mundo — opinou tia Gail.

— Exceto para mim — comentou Mark. — Eu queria organizar algo especial, sabem? Chamar a FCMB...

— Você teve uma chance e estragou tudo, irmão — replicou Constance. — Agora vai tratar de vestir um terno, aparecer no velório e agir feito gente.

Mark olhou para o copo e não disse nada. Depois de um segundo, deu de ombros.

— Tá bem — respondeu.

— Gail — disse tia Honey. — Preciso que você pegue de volta aquela cafeteira grande que emprestou a Layla Givens.

— Eu faço ambrosia — ofereceu Constance.

— Não é um casamento — respondeu tia Honey. — Sem ambrosia. Faremos um bolo inglês, um bolo de chocolate e biscoitos.

— Quantas pessoas vêm? — perguntou Constance.

— Provavelmente umas cem, mas vamos saber ao certo amanhã — disse tia Honey. — Gail, ligue para Lucy Miller e diga que vamos precisar de dois tipos de sanduíche: salada de ovo e pimentão com queijo.

— E o que nós vamos comer? — questionou Mercy.

— Vou fritar frango — afirmou tia Honey.

— Vai dar muito trabalho, mamãe — opinou tia Gail.

— Bem, eu não vou organizar o adeus à minha sobrinha e ao marido dela com comida de loja — retrucou tia Honey. — Eu até faria isso se a sra. Mac ainda estivesse na ativa, mas ela faleceu há muito tempo.

— Ah, o frango que ela fazia era uma delícia — disse tia Gail.

— Quem era a sra. Mac? — perguntou Mark.

— A sra. Mac era uma senhora que trabalhava no Piggly Wiggly do centro, onde construíram aqueles condomínios horrorosos — explicou tia Honey. — Ela trabalhava no departamento de rotisseria e fazia um frango frito dos deuses. Naquela época, todo velório em Charleston que prestasse tinha uma bandeja da sra. Mac. Era a única comida de loja que dava para servir sem perder a dignidade.

— Sempre gostei mais do frango da tia Florence — comentou Mercy.

— Florence deixava o frango marinar no leitelho antes de fritar — disse tia Honey. — A sra. Mac o fazia da maneira tradicional.

Louise não estava entendendo nada. Elas realmente estavam discutindo a diferença entre as receitas de frango frito de duas mulheres que tinham morrido décadas antes? Se sentia perdida na conversa.

— Mamãe fazia um ótimo frango frito — opinou Mark, e o clima ficou esquisito.

— Coloque um pouco mais desse vinho no meu copo — pediu tia Honey a Mercy.

Constance checou o celular. Tia Gail começou a falar alguma coisa, depois decidiu que não havia mais nada a dizer e tomou um gole de vinho.

— Sempre gostei por ser diferente — continuou Mark, alheio ao constrangimento delas. — Levava amêndoas e cajun. Era uma receita de família?

De que família?, pensou Louise. *Da família Manson?*

A mãe deles não era uma cozinheira muito habilidosa. Ela agia na cozinha do mesmo jeito que um esquadrão antibombas ao se aproximar de um saco de papel suspeito. Precisava de um cronômetro para cozinhar macarrão, o arroz saía sempre empapado ou queimado, às vezes as duas coisas ao mesmo tempo, e os ensopados nunca davam certo. Ainda assim, a tradição da maternidade sulista insistia que ela fizesse as refeições para a família, então ela distraía todo mundo da sua falta de habilidade ao colocar em prática as receitas exóticas que arrancava das revistas. Mark e Louise cresceram comendo moussakas gordurosas de batata, panquecas de abobrinha com gosto de fermento, chili de pimenta-preta regado com molho de chocolate, salada com vinagre de mirtilo e óleo de banana em vez do bom e velho molho de salada industrializado. As outras mulheres cochichavam sobre a comida da mãe de Louise naquele tom silencioso e trágico que se costuma adotar ao falar sobre pessoas que estão morrendo de câncer.

— Sua mãe sempre fez as coisas do jeitinho dela — comentou tia Honey.

— Não é? — Mark não desistia do assunto. — Eu sempre achava legal quando ela trazia repolho com creme azedo ou ensopado de curry e atum para o Dia de Ação de Graças em vez daquelas mesmas coisas de sempre.

Louise o observou defender a comida da mãe e percebeu de repente o quanto os dois deviam ser próximos. Ele fez teatro como ela, morava em Charleston, tinha crescido com os fantoches dela, coisa que Louise sempre tentou evitar. E então lhe veio a vontade de levantar uma bandeira branca. Eles não deveriam estar brigando assim.

— Ei, Mark — disse Louise, e todos se viraram para ela, contentes pela mudança de assunto. — Você deveria organizar a cerimônia fúnebre.

— Lulu… — começou a dizer tia Honey.

— Não — respondeu Louise. — Mark sabe mais sobre o que a mamãe ia querer do que todos nós. Ele deveria estar à frente disso. Se ele acha que nossos pais gostariam de ser cremados, então serão cremados. Se tiver ideias sobre o que poderia agradar à mamãe na cerimônia fúnebre, deveria planejar e fazer tudo de acordo com os desejos dela.

— Vai ser na igreja — insistiu tia Honey.

Louise se levantou.

— Eu tive um dia longo, então acho que vou embora — anunciou, encerrando o assunto.

Ela olhou para Mark do outro lado da mesinha de centro e, em algum lugar no rosto dele, por trás das tatuagens deprimentes, do cabelo ralo e da papada, viu o garotinho com quem cresceu.

— Não preciso que você me deixe fazer as coisas por pena — replicou ele, incapaz de abaixar a guarda.

— Você vai se sair melhor do que eu — disse ela. — Boa noite.

Mark não sabia como brigar com alguém que não revidava.

Louise se sentiu em paz.

— É — concordou ele. — Beleza. Legal.

— Fique para o jantar — sugeriu tia Honey, parecendo genuinamente angustiada por ela estar indo embora. — Já tem dois dias que as pessoas ficam trazendo comida para cá. Tem uma travessa de gratinado que posso esquentar. Foi um presente dos metodistas, eles colocaram tirinhas de queijo no formato da cruz.

— Acho que vou ligar para a Poppy e dormir — respondeu Louise.

— Eu te acompanho — disse Constance.

Elas desceram as escadas juntas e atravessaram o gramado da entrada. Ianques ricos e advogados do centro da cidade haviam construído McMansões à prova de furacões e cubos de vidro hermeticamente fechados ao longo de todo aquele quarteirão de Isle of Palms. Entre elas havia a antiga casa de praia de tia Honey, que parecia tão deslocada ali quanto seria uma mansão mal-assombrada. Era uma das poucas casas originais que haviam restado em Isle of Palms e consistia basicamente em uma pilha de tábuas brancas de madeira, já desgastadas pelo clima, e marquises de latão acima das janelas, uma construção que se equilibrava em estacas de madeira sobre um quintal composto principalmente de areia e carrapichos. Quando ela morresse, Louise pensou, alguém ia demolir aquilo tudo e construir outra McMansão no terreno.

— De verdade, você deveria deixar Mercy te ajudar com a casa — sugeriu Constance.

— Não precisa — disse Louise. — Realmente não é muita coisa.

— Não estou falando de limpar. Sabia que ela é a maior corretora de imóveis de Mount Pleasant? Ela poderia avaliar a casa para você.

A informação pegou Louise de surpresa. Na cabeça dela, as primas eram filhas de tia Gail e só tinham empregos de mentirinha.

— Quanto ela cobraria por um serviço como esse? — perguntou Louise.

Parada na escuridão do início de noite, Constance lançou um olhar para a prima.

— Lulu. Somos sua família.

Ela estendeu a mão e puxou Louise para um abraço Louise enrijeceu o corpo e tentou se afastar, mas Constance a apertou ainda mais, até que não tivesse escolha senão se render. Toda a força foi drenada de seu corpo e por um momento ela deixou a prima abraçá-la.

Depois de um minuto, as duas se afastaram. Ficaram ali paradas, estudando o rosto uma da outra. Constance colocou uma mecha de cabelo de Louise atrás da orelha.

Por que Louise não via as primas com mais frequência? Por que havia se permitido perder contato com aquelas amazonas, deusas, garotas, sua família?

— Você está bem? — perguntou Constance.

— Não — disse Louise. — Sim? Não sei.

— Eu sei que as coisas estão tensas entre você e Mark, mas vocês não vão querer se afastar por causa de dinheiro.

— Já nos afastamos há muito tempo — comentou Louise. — Está tarde demais para isso. Tanto ele quanto eu gostamos do nosso próprio espaço.

— Não dá para ter espaço na própria família — opinou Constance. — Ele é seu irmão.

— É diferente para você e Mercy. Ela é normal.

— A Mercy tem um parafuso a menos — garantiu Constance. — Teve uma época que eu passei duas semanas com um ímã na calcinha só para deixá-la feliz porque ela me disse que isso ia realinhar meu campo elétrico. Mark não é mais esquisito do que o resto da sua família.

Aquilo pegou Louise de surpresa. Ela não achava que a família fosse esquisita. As pessoas achavam que a família dela era esquisita?

— Não acho que sejamos mais esquisitos do que qualquer outra família — comentou ela.

— Confie em mim — disse Constance. — Vocês, definitivamente, são.

Capítulo 6

Nós não somos esquisitos.

Louise foi embora de Isle of Palms repetindo isso para si mesma.

Minha família não é esquisita.

Ok, tinha as bonecas. E o irmão dela provavelmente estava na fila para virar um dos esquisitões da cidade, o que era muito desagradável, mas ela era normal, e a mãe dela era tão normal quanto uma mulher que compra sessenta metros de pelúcia de uma vez para fazer fantoches poderia ser. O pai, então, praticamente era a *definição* da palavra "normal". Por exemplo, ele não comprava presentes para as pessoas — em vez disso, dava dinheiro a elas, porque, como economista, acreditava que o destinatário saberia comprar o presente ideal para si. Existe alguma coisa com mais cara de pai do que isso?

Nós não somos esquisitos.

Algumas mães tocavam sino na igreja, outras cantavam no coral; a mãe dela coordenava um grupo de fantoches para contação de histórias com mensagens religiosas que a manteve ativa até a época em que o tornozelo machucado do pai a forçou a se aposentar. Na verdade, a atividade rendia um dinheiro razoável, então, de certa maneira, toda aquela confecção de fantoches, criação de roteiros e divulgação faziam mais sentido do que os hábitos de outras mulheres da mesma idade — coisas como jogar bridge, ficar obcecada em observar pássaros ou percorrer quilômetros intermináveis em bicicletas ergométricas.

Ela saiu de Sullivan's Island pela ponte Ben Sawyer e observou a luz mudar por cima do pântano, passando do roxo-escuro ao preto como breu em ambos os lados da estrada, e pensou:

Somos tão normais quanto qualquer outra família.

Seus pais não eram abusivos, não eram alcoólatras, não traíam um ao outro nem batiam portas. Eram como milhões de outros pais totalmente normais em todo o país: iam às peças e às apresentações de coral supernormais dos filhos, os levavam para as aulas de futebol e natação, davam carona para o grupo das escoteiras e marcavam presença em formaturas.

O pai dela era um pouco quieto, mas impedia a mãe de sair flutuando. Mark tinha sido um pesadelo na época da adolescência, mas era muito comum garotos adolescentes perderem o juízo quando os hormônios batiam à porta. Ela e Mark não se falavam, mas não por causa de algum trauma terrível, apenas porque eram pessoas diferentes com prioridades diferentes. Como ele disse, os dois dividiram o banheiro por quinze anos, e isso não significava que eles precisavam ser melhores amigos para o resto da vida.

Sua mãe tinha necessidade de estar sob os holofotes, mas era por causa da maneira como fora criada. Havia também o outro lado dela. Louise se lembrou de quando o pai lhe deu uma carona do aeroporto para casa, os limpadores de para-brisa ligados.

— Quando se encontrarem, talvez você perceba que sua mãe está um pouco para baixo, mas ela vai acordar melhor amanhã — disse ele ao volante.

— O que o Mark fez? — perguntou Louise.

— Não tem nada a ver com o seu irmão — respondeu o pai, segurando firme o volante e olhando para a frente. — É que sua mãe tem alguns dias complicados de vez em quando. Você não conheceu seus avós. Eles podem ter morrido jovens, mas continuam presentes em alguns aspectos até hoje. Às vezes esse eco é mais forte que ela e acaba levando a melhor.

Louise sabia que, depois da morte de Freddie, seus avós ficaram mandando a mãe dela de um lado para outro como se fosse um panetone indesejado. Primeiro a mandaram para o tio Arthur, que morava no norte do estado, depois para a tia Honey, na praia, e, finalmente, para qualquer pessoa que aceitasse acolhê-la. Aos sete anos, a mãe de Louise aprendeu a se adaptar a qualquer lugar. Ela aprendeu a ser fofa, precoce e adorada. Passou a ser tratada como convidada de honra em tantas famílias que depois de um tempo chegou à conclusão de que ser o centro das atenções era normal.

Então o pai dela morreu. A empresa de lavagem a seco que ele tinha pegou fogo e, quando correu até a loja a fim de salvar a caixa registradora, o teto desabou sobre a cabeça dele. Nancy tinha onze anos. A avó de Louise parou de frequentar todos os lugares, exceto a igreja, e fez Nancy ficar em casa cuidando dela até o dia de sua morte, quatro anos depois. A mulher havia sido acometida por uma velhice prematura decorrente da perda do filho e do marido.

A noite era opressora nas janelas do carro de Louise, e o silêncio lhe parecia pesado. Ela sentiu vontade de fazer uma chamada de vídeo com Poppy. Depois, sentiu vontade de ligar o rádio. Não queria passar outra vez pelo cruzamento em que os pais haviam morrido.

Ela virou à esquerda na Center Street e decidiu passar pela casa dos pais, se certificar de que estava tudo bem, depois atravessar o Old Village em vez de descer pela Coleman. Louise passou pelas mesmas árvores que vira tantas vezes durante a infância, pela placa de pare no final do quarteirão que marcava até onde ela e o irmão podiam ir sozinhos quando eram crianças, pelo local em que antes ficava a casa cheia de cactos na frente, que fora demolida e transformada em uma McMansão, pela antiga casa dos Everett, que havia sido totalmente reformada, pela casa dos Mitchell, que fora vendida para uma nova família e ganhara um segundo andar, e pela casa dos Templeton, que acabara de ser colocada abaixo — e agora alguém estava no processo de construir duas casas naquele mesmo terreno.

Vocês vão vender a casa? Os preços por aqui estão altíssimos.

No instante em que o pai de Louise completou setenta anos, ela o forçou a parar e revisar seu testamento. Vender a casa e dividir o dinheiro entre ela e Mark fazia mais sentido, mas ela sabia que o pai se preocupava com a possibilidade de Mark pegar a metade do dinheiro que lhe cabia e gastá-la em mais uma caça ao tesouro fracassada, ou em uma fazenda de cobras, ou em uma fazenda mexicana de árvores de Natal, ou seja lá qual fosse a intuição do momento do irmão que ele juraria ser a solução de todos os problemas dele. Louise contou ao pai o plano que tinha em mente: deixar tudo nas mãos dela, torná-la a executora; ela venderia a casa e colocaria a metade de Mark em um fundo fiduciário. Mark ficaria chateado no início, mas assim que os cheques começassem a chegar todo mês ele se acalmaria. Isso também reduziria bastante os impostos para ela. O pai era sempre a favor da redução de impostos.

Quanto será que ela vale?

Uma grana. Todos em Mount Pleasant sabiam que qualquer coisa com quatro paredes e um telhado que não vazasse podia custar fácil meio milhão de dólares.

Meio milhão de dólares.

Louise não queria pensar em dinheiro logo depois da morte dos pais, mas, mesmo sem querer, começou a pensar numa boa faculdade para Poppy, em uma casa maior com um quintal de verdade onde elas pudessem ter um cachorro... ela poderia até ter outro filho, um irmão ou uma irmã para Poppy.

Não.

Ela viu o que acontecera entre ela e Mark e prometeu não fazer o mesmo com Poppy. Viu também os danos causados à mãe por causa do irmão, mesmo sessenta e cinco anos depois da morte dele. Os irmãos de seu pai odiavam sua mãe, e Louise sabia que os ressentimentos causados por isso faziam o pai se sentir eternamente incompleto. Era tarde demais para ela e Mark agirem como irmão e irmã, mas ela não precisava repetir o erro com Poppy. Uma única filha era mais que suficiente, e a casa onde eles haviam crescido poderia proporcionar um futuro melhor para Poppy. Poderia...

A TV estava ligada de novo.

Louise pisou no freio e o Kia parou bruscamente no meio da rua. Através da grande janela saliente da sala de estar, por trás das cortinas fechadas, ela viu uma luz azul pulsando e tremeluzindo. Tinha alguém lá dentro.

Ela desligou os faróis e estacionou o carro, depois saiu e, silenciosamente, fechou a porta, sem tirar os olhos das cortinas e da luz azul trêmula atrás delas. Foi até a varanda e tentou abrir a porta, mas Mark a trancara novamente. Ela se esgueirou pelos fundos e tentou abrir a porta traseira da garagem, mas ele também a havia trancado. Olhou pelas portas deslizantes de vidro que davam para a sala de jantar e viu a luz da TV chegando no hall de entrada, movendo-se no carpete, mas não conseguiu ver quem estava lá dentro.

Ela havia tirado a TV da tomada. Alguém tinha entrado na casa deles, provavelmente um vizinho com uma chave reserva, ligado a televisão na tomada de novo e se sentado na poltrona do pai para assistir. Aquilo a deixou furiosa. Louise queria que saíssem de lá imediatamente. Ela examinou a fechadura da porta da garagem, mas não era do tipo que dava para arrombar, e uma tira de madeira a impedia de forçar a fechadura com o cartão da biblioteca. Teria que fazer aquilo do jeito mais difícil.

Louise encontrou o pedaço do Muro de Berlim que seu pai havia trazido da viagem à Alemanha, centralizou a extremidade mais afiada no meio de uma vidraça acima da maçaneta e deu uma batidinha nela. A vidraça emitiu um som metálico de rachadura e o vidro tilintou para fora. Ela ficou imóvel, à escuta. Nenhuma luz se acendeu, nenhum cachorro da vizinhança latiu, nenhum som veio de dentro da casa. Ela puxou a manga da camisa, envolveu a mão, enfiou o braço pela moldura vazia, destrancou a porta da garagem e entrou.

Em silêncio, subiu os três degraus até a cozinha.

A voz de uma mulher veio da sala.

— ... boneca vestida para uma festa do pijama aqui na HSN, e esse maravilhoso boneco *Garotinho em Oração* da Leigh Hamilton. Vou colocá-lo no colo para vocês verem como ele é grande...

Lentamente, Louise estendeu a mão e pegou o martelo que deixara na bancada da cozinha. Ela o ergueu com uma das mãos enquanto caminhava rumo à sala de jantar, meio agachada, com os músculos das coxas doendo, e foi examinando a luz azul bruxuleante no hall em busca de uma sombra em formato humano.

— ... um convite para o mundo mágico de Leigh Hamilton, e vocês podem ver que este bonequinho está orando, orando para confessar quaisquer erros que tenha cometido, por favor, perdoem esse garotinho, pessoal...

Louise obrigou-se a colocar um ponto final naquilo de uma vez, saindo rapidamente da sala de jantar, passando pelo corredor acarpetado e virando em direção à sala de estar.

— Ei! — disse ela, na intenção de assustar quem quer que fosse.

Pupkin estava sentado na poltrona assistindo à TV, com o controle remoto ao lado. Uma música na qual ela não pensava há anos surgiu em sua cabeça:

Pupkin chegou! Pupkin chegou!
Hora de rir e brincar no meu show!

Ela se forçou a parar de pensar na música.

Pupkin estava sentado na poltrona do pai, assistindo à TV. Era o fantoche favorito da mãe dela, aquele que ela levava a todos os lugares, que ela usava para contar histórias bíblicas para crianças, que a motivou a aprender ventriloquismo, aquele com o qual ela contava histórias para Mark e Louise dormirem, que estivera na vida da mãe desde antes de os dois nascerem, que esteve com ela desde quando era garotinha, aquele a quem ela amava mais do que amava os filhos.

Aquele que fazia Louise se arrepiar por inteiro. Aquele que ela mais odiava.

Pupkin era um fantoche de mão vermelho e amarelo, com duas pernas rechonchudas de tecido penduradas na frente e dois bracinhos curtos. O rosto de plástico, branco como giz, exibia uma boca grande e sorridente e um narizinho arrebitado. Ele olhava pelo canto dos olhos arregalados como se estivesse tramando algum tipo de travessura. Sua boca e seus olhos eram contornados por grossas linhas pretas, e ele usava um macacão vermelho-sangue que tinha um capuz pontudo e era amarelo na parte da barriga. Sentado ali no escuro, com as luzes de um programa do canal de compras piscando no rosto, o boneco parecia ter saído diretamente de um pesadelo.

Louise odiava Pupkin, mas agora estava com medo dele, o mesmo medo que sentia quando era criança. Como ele tinha se mexido? Como ele conseguira chegar até a poltrona?

Mark.

É claro. Ela sentiu a tensão abandonar o corpo e afrouxou um pouco a mão que segurava o martelo. Mark tinha entrado na casa depois que ela foi embora, visto os bonecos na garagem e armado tudo aquilo. Ele sabia o quanto ela odiava Pupkin, sabia que em algum momento ela voltaria para a casa e quis assustá-la.

Louise acendeu a luz do hall. Uma das lâmpadas estava queimada. O pai sempre trocava as lâmpadas assim que queimavam, mas a tarefa deve ter sido deixada de lado por causa do tornozelo dele.

— ... essa boneca realmente me leva de volta à minha infância e àquela sensação acolhedora e segura de que tudo vai dar certo...

Ela pegou o controle para desligar a TV e parou. Era melhor deixar tudo como estava e não dizer nada a Mark. Louise não lhe daria essa satisfação, e ele ia ficar maluco imaginando se a irmã tinha visto a cena.

Sentado na poltrona do pai dela, Pupkin parecia ser o dono da casa. Parecia se encaixar melhor no lugar do que Louise, fazendo-a se sentir uma intrusa. E, realmente, ela precisara quebrar uma janela para entrar. Pupkin já estava ali antes mesmo do nascimento dela e de Mark. Conhecia a mãe deles desde os sete anos, viajou com ela para todos os shows enquanto os dois a esperavam em casa.

Louise o odiava.

Antes que conseguisse mudar de ideia, Louise foi até a cozinha, pegou uma sacola que estava debaixo da pia e voltou para a sala. Enquanto todos os bonecos observavam, ela enfiou Pupkin na sacola e a amarrou. Então Louise o levou para a garagem e, sob os olhares vazios dos bonecos Mark e Louise na prateleira, abriu a lata de lixo e jogou Pupkin lá dentro.

Se Mark perguntasse onde Pupkin estava, ela diria que não o tinha visto. Ele que ficasse imaginando o que poderia ter acontecido. Louise desligou a TV, apagou as luzes e fechou a casa enquanto os bonecos observavam cada movimento dela.

De volta ao quarto do hotel, ela passou o ferrolho extra na porta e ligou por vídeo para Ian enquanto acendia todas as luzes, checava dentro dos armários e olhava debaixo da cama.

— Oi! — respondeu Ian, pego de surpresa. — Eu não sabia que você ia ligar. — Ele saiu da frente da câmera para chamar a filha. — Poppy? Quer ver a mamãe?

Poppy não queria ver ninguém. Ian virou a câmera para que Louise a visse encolhida em uma poltrona no canto do quarto de hóspedes da casa da família dele, que ficava nas montanhas. Poppy parecia estar afundada em tristeza havia tanto tempo que nem sabia mais o que queria. O rosto inchado e as bochechas pegajosas da menina deixaram o coração de Louise apertado.

— Oi, meu amor — disse ela, com um tom de animação. — Como estão a vovó e o vovô?

Nenhuma resposta.

— Está gostando de ficar nas montanhas? Está frio aí?

Nada.

— Você jantou?

Após uma longa pausa, Ian disse:

— Ela foi para a mesa, mas não comeu nada.

— Deixe que ela responda — disse Louise. Então ela usou toda a força de vontade materna que restava em seu corpo para fazer sua voz parecer animada e disse: — Quer que eu leia uma história para você?

Poppy balançou a cabeça. Louise sentiu que era um progresso.

— Quer dizer alguma coisa para a mamãe? — perguntou Louise. — Você pode me perguntar qualquer coisa. Pode falar como está se sentindo.

Poppy começou a beliscar a calça: era o que fazia quando queria dizer algo importante. Finalmente, a menina ergueu o olhar.

— Eu não quero festa de aniversário esse ano — anunciou ela, com uma voz tão baixinha que Louise quase não conseguiu escutar.

— Por que não? — perguntou Louise. — Não vai querer um bolo, ganhar presentes e ver todos os seus amigos?

Poppy balançou a cabeça.

— Eu vou fazer seis anos — respondeu.

— Isso mesmo. Depois disso vai fazer sete e depois oito.

— Eu não quero — disse Poppy.

— Mas quando você fizer seis anos vai poder ir à escola das crianças grandes — argumentou Louise. — Vai ser divertido.

— Eu não quero — insistiu Poppy.

— Você vai fazer novos amigos.

— Eu quero ficar desse jeito.

— Quando você for mais velha talvez possa até ter um cachorro — disse Louise, embora não tivesse nenhuma intenção de realmente arranjar um cachorro. Qualquer mentira inocente era aceitável para fazer Poppy conversar.

— Não — disse a menina.

— Você não quer ter um cachorro?

— Não.

— E não quer uma festa de aniversário?

— Quando eu ficar mais velha — justificou Poppy—, você e papai vão morrer. Eu não quero que vocês morram.

E ela começou a chorar outra vez.

— Louise... — disse Ian fora da câmera, com um tom de voz que deixava transparecer sua exaustão.

— Ei, Poppy, não chore — pediu Louise, impotente, a cinco mil quilômetros de distância. — Nós não vamos morrer.

A tela balançou para um lado, depois subiu e mostrou o rosto de Ian, próximo demais da câmera.

— Mentir só piora a situação — disse ele.

— Desculpa, mas eu só...

— Você não deveria ter contado a ela sobre seus pais, para começo de conversa — disse ele. — Ela está muito cansada. Amanhã a gente conversa.

— Espere — pediu Louise.

Ele desligou.

Eu não sou uma mãe ruim.

Louise tomou um banho quente e tentou pensar em qualquer coisa que a impedisse de imaginar Poppy sozinha, triste e com medo da morte dos pais, qualquer coisa que a distraísse do fato de que aquilo era culpa sua.

O que Mark quer fazer no velório?

O questionamento surgiu em sua cabeça logo antes de pegar no sono. O que era tão importante a ponto de ele querer planejar? Tocar "Stairway to Heaven" na gaita de foles? Ela lembrou que ele tinha dito algo sobre um tal de "FCMB", um nome que já tinha ouvido antes em algum lugar, e de repente uma lembrança despertou como se sempre estivesse ali:

A Fraternidade dos Cristãos Manipuladores de Bonecos.

Quantos jantares Louise tinha passado beliscando uma fatia de quiche havaiana de abacaxi enquanto ignorava a mais recente história da mãe sobre um novo escândalo na boa e velha FCMB? Mark provavelmente convidaria Judi — a amiga da mãe que ria das próprias piadas e se apresentava como a "manipuladora-chefe" da FCMB —, junto com um monte de outros integrantes do grupo, para discursar na cerimônia fúnebre dos pais. Antes de largar a faculdade, Mark sempre gostou dos fantoches da mãe e, depois disso, nunca mais gostou de nada. Ele gostava até de Pupkin quando eram crianças, mas ela sabia que Pupkin odiava eles dois. Especialmente ela. E agora que tinha jogado aquele boneco fora, ele ficaria tão bravo e...

Bonecos não têm sentimentos, disse Louise a si mesma, interrompendo esse pensamento antes que ele saísse de controle. Ela precisava se manter sob controle.

Capítulo 7

Parada em frente à Igreja Presbiteriana Mount Pleasant, Louise observou um avestruz de penas cor-de-rosa subir os degraus da frente e entrar. O dia estava quente e claro demais para janeiro, os recepcionistas usavam terno com estampas havaianas e as recepcionistas, vestido com estampa de abacaxi. Havia senhores de suspensórios e gravata com personagens de desenho animado na calçada, conversando com mulheres de meia-idade que usavam asas de fada. Havia chapéus-panamá e *fascinators* por toda parte, e quase todas as pessoas levavam um fantoche no braço.

— Não imaginei que seria assim — disse Constance, ao lado de Louise.

— Ele falou que seria como o funeral do Jim Henson — comentou ela.

Constance deu de ombros.

— Se foi bom o suficiente para Jim Henson…

— Exatamente — concordou Louise.

Ela cogitara voltar atrás na decisão de deixar Mark planejar a cerimônia quando leu o e-mail da FCMB sobre "nos reunirmos para um festório, não para um velório" e "celebrar a ascensão de Nancy e Eric Joyner à GLÓRIA", mas o irmão dissera que ia garantir que tudo fosse de bom gosto. Afirmara que já havia até conversado com o pastor e a lembrou que os membros da FCMB eram cristãos em primeiro lugar e manipuladores de bonecos em segundo. Perguntou se ela ia ficar questionando cada uma de suas decisões, porque se esse fosse o caso, era melhor que ela planejasse tudo sozinha e ele só aparecesse no dia — ou não. Assim, Louise recuou, se esforçando muito para ser a adulta da situação.

— Qual é o problema dessas pessoas? — resmungou tia Honey, arrastando seu andador atrás delas.

— É como o velório do Jim Henson, vozinha — explicou Constance.

— Quem? — retrucou tia Honey enquanto Mercy e tia Gail a ajudavam a subir na calçada irregular.

— Uma manipuladora de bonecos se foi, querida senhora — anunciou um palhaço com sapatos grandes e uma peruca de arco-íris ao passar por elas. — Os fantoches se reúnem aqui para desejar a ela uma boa viagem. *Bon voyage!*

— Viu? — disse Mercy. — Parece legal!

— Se algum deles tentar me abraçar, eu pego minha arma e meto bala! — rosnou tia Honey.

Dentro da igreja, um recepcionista vestido com roupas de estampa havaiana as conduziu através da balbúrdia de sons, cores, penas e peles até a fileira reservada para a família. Elas se sentaram — as únicas pessoas que vestiam cores escuras no ambiente, destacando-se feito peixes fora d'água. Ao redor delas, todos os outros usavam tutus e tiaras, cartolas e bengalas, bigodes encerados com pontas extravagantes, lantejoulas coladas nas bochechas. Havia alguém por ali dedilhando um ukulele, e de vez em quando uma pessoa ou outra soprava uma língua de sogra, o que não era de surpreender, já que havia várias delas à disposição nos bancos, bem ao lado dos kazoos.

Todos usavam fantoches no braço direito, e todos os fantoches conversavam entre si. Macacos astronautas trocavam ideias com ursos policiais; porcos verdes abraçavam dragões roxos, um dos quais soltava fumaça de verdade pelo nariz.

Louise se levantou e abriu caminho até a mesa de fotos emolduradas perto do púlpito: a mãe e o pai em convenções de fantoches, a mãe e o pai na plateia em shows de fantoches, os dois colocando caixas lotadas de fantoches no carro, os dois tirando caixas lotadas de fantoches do carro. Se alguém por acaso passasse por perto da mãe de Louise, era bem provável que ela colocasse a pessoa para ajudar com as caixas.

O ponto focal da mesa era uma espécie de caixa de lenços feita de mármore verde, e Louise percebeu que aquela era a urna que ela havia escolhido. Mark insistiu que a mãe e o pai queriam ser cremados e ninguém conseguiu encontrar nada que provasse o contrário. Quando Louise ligou para a funerária Stuhr e eles lhe disseram que o contrato assinado por Mark não era reembolsável, ela pesquisou no Google e descobriu que muitas famílias enterravam as cinzas dos entes queridos em jazigos. Portanto, eles foram cremados.

Atrás da urna havia duas caricaturas emolduradas de seus pais. A versão de desenho do pai analisava quadros-negros através de óculos enormes e grossos, exibindo equações nitidamente escritas por alguém que não sabia matemática. O bigode eriçado descia até o queixo, e devia ser uma ilustração recente, porque ele estava usando a bota ortopédica em um dos pés. Uma porção de ursos vestidos como gângsteres posava ao fundo, e Louise imaginou que o artista devia ter tentado retratar os Chicago Bears.

— Erraram os ursos — disse para si mesma.

A caricatura da mãe exibia um sorriso maluco e, na mão direita, é claro, vestia Pupkin, com um sorriso parecido com o dela. Louise se perguntou se o fantoche deveria ter sido cremado junto com a mãe, mas a ideia de forçar o pai a dividir uma urna com as cinzas de Pupkin por toda a eternidade a deixava angustiada. Com sorte, Pupkin já estava na traseira de um caminhão de lixo, a caminho do lixão. Ela sentiu uma pontada de culpa pelo que havia feito, mas reprimiu a sensação. Nunca mais queria voltar a ver aquele rosto assustador e sorridente.

Atrás da mãe e de Pupkin, o caricaturista tinha desenhado cada um dos fantoches de Nancy. Quarenta anos de fantoches preenchiam o quadro: Monty, o Cão; Danny, o Dragão da Imaginação; Brilho Cósmico; Miau Miau e Rogers; o Homem do Avesso; Juiz Bom Senso; Madona Mandona; Sr. Não; Caradepizza; Irmã Caprichosa; Deuteronômio, o Burro...

— Louise — chamou um homem atrás dela.

Ela se virou e viu a única pessoa além da família que não parecia estar prestes a puxar o refrão de "Puff, o Dragão Mágico". Ele usava uma batina branca, estava com o rosto muito vermelho de sol e apertou os olhos para enxergá-la através de óculos minúsculos, estendendo a mão em seguida.

— Reverendo Mike. Esse grupo com certeza é bem diferente do que estamos acostumados.

Ele sorriu diante do caos.

— Obrigada por nos receber — disse Louise, examinando a multidão. — Sinto muito pela loucura, mas minha mãe...

— É uma loucura maravilhosa — comentou o reverendo, apertando a mão de Louise com sua mão suada. — Tal como sua mãe. É o que ela teria desejado.

Então Louise viu Mark vindo pelo corredor de short e blazer de anarruga e gravata vermelha. Para horror de Louise, ele também estava de sandálias.

— O cara do momento! — disse o reverendo Mike, e saiu apressado para cumprimentar Mark.

Todos pareciam conhecê-lo. Louise viu Judi, a manipuladora-chefe da FCMB, dar um abraço no irmão. Os manipuladores de bonecos apertavam a mão de Mark e mostravam-lhe as gravatas-borboletas giratórias, e ele apertava a mão dos fantoches, aceitava os abraços fofinhos e ria alto de suas piadas. Louise se sentiu como uma convidada em um evento estrelado por Mark Joyner. Era o mesmo sentimento que a mãe despertava nela sempre que aparecia na escola de Louise.

— Bom dia a todos. Vamos nos sentar? — A voz amplificada do reverendo Mike soou no microfone, o rosto mal ultrapassando o púlpito.

Louise foi até o banco sem graça da família enquanto todos dirigiam-se a seus lugares e o reverendo Mike sorria radiante para a assembleia.

— Celebrai com júbilo ao Senhor, todas as terras — disse ele. — Servi ao Senhor com alegria, vinde diante da Sua presença com cantos.

Bem na hora, um quarteto de fantoches uniformizados cantou "Minha Pequena Luz". Louise olhou para o folheto que tinha nas mãos, mas os nomes estavam todos empilhados em uma confusão que não fazia sentido, então ela se deixou levar pela cerimônia enquanto um manipulador de bonecos após outro pegava o microfone e contava histórias sobre a mãe dela. Às vezes, eram os fantoches que falavam. Um rato fantoche contou uma longa história sobre quando sua amiga Miau Miau perdera a voz e o quanto aquilo o deixou triste. Um marionetista cantou, outro leu um poema, e um senhor com uma enorme barba branca e rabo de cavalo fez uma homenagem por meio de música corporal, batendo as mãos ritmicamente no peito, nas laterais do corpo e nas bochechas para produzir uma série surpreendentemente expressiva de estalos percussivos.

Louise ficou encarando a caixa de lenços feita de mármore, tentando se convencer de que sua mãe e seu pai estavam realmente lá dentro. Tentava se convencer de que aquela mulher por trás de tantos shows de fantoches sobre os perigos das drogas e a glória do Senhor, e aquele homem que explicava a matemática por trás da perspectiva para ela, jaziam misturados em uma pilha de cinzas, como algo que se varre do chão, se coloca em um saco plástico e joga no lixo.

Um homem com iguanas de plástico costuradas nos ombros de sua jaqueta verde xadrez levantou-se e começou a contar sobre quando ele e a mãe de Louise substituíram dois manipuladores de bonecos bêbados em uma convenção, se apresentando na base do improviso. As pessoas riram muito daquela história.

Quando os pais se mudaram de volta para Charleston, tinham que sustentar uma criança de dois anos e um recém-nascido com o salário de um assistente de pesquisa. A mãe deles, na época, havia trabalhado como atriz durante sete anos, portanto não tinha nenhuma poupança, e qualquer ajuda da família do pai causava mais problemas do que resolvia. O único bem que possuíam era a casa que Nancy herdara da família, uma construção de quase vinte e cinco anos. As roupas das crianças eram as que Constance e Mercy perdiam conforme iam crescendo, os pratos e copos da família vinham de uma ONG, e os pais costumavam comprar refeições prontas. Eles não iam ao cinema e não tinham televisão, então a mãe se contentava com o que tinha, que era Pupkin. Ele foi a única coisa com a qual ela contribuiu para o casamento além da casa.

Pupkin contava a eles histórias sobre suas aventuras na Floresta Tique-Tum, enquanto a mãe montava cenários para aquelas histórias com árvores feitas de lenço de papel, montanhas feitas de caixas de ovos e rios feitos de filme plástico reciclado. Ela começou a criar amigos para Pupkin a partir de sacos de papel, e, durante anos, cada par de meias brancas que eles tinham ganhava um rosto desenhado nos dedos dos pés, porque serviam como fantoches nas horas livres.

Alguém disse a Nancy que ela deveria levar seus fantoches para o jardim de infância da igreja, e então ela pegou um livro sobre ventriloquismo na biblioteca e desenvolveu uma encenação em que explicava histórias da Bíblia para Pupkin, que sempre as repetia da maneira errada. Não demorou para começar a receber dez dólares por dia que passava contando histórias, então ela assumiu o sermão das crianças, e outras igrejas começaram a contratá-la. Ela foi comprando suprimentos para fazer mais fantoches, o que lhe permitiu cobrar de verdade pelo trabalho, o que a levou a alcançar o circuito de convenções de fantoches, o que levou a mais shows, o que levou a fantoches maiores, o que levou, eventualmente, até aquele momento.

Cada pessoa naquela sala, cada história, cada música, cada lembrança, tudo aquilo começou no chão de uma casa quase sem mobília, com a mãe tentando desesperadamente entreter duas crianças com apenas um fantoche de mão surrado — que tivera durante a vida inteira — e qualquer item que encontrava no lixo.

De repente, Louise quis contar a Mark como ela se sentia, quis saber se ele sentia o mesmo, quis compartilhar esse sentimento com a única outra pessoa no mundo que o entenderia. Ela se virou para procurá-lo nos bancos, e foi quando o reverendo Mike disse o nome do irmão.

— E agora Mark Joyner, filho de Nancy e Eric, gostaria de encerrar nossa cerimônia com uma canção especial.

Mark se levantou e pegou um violão. Ele caminhou até a frente da igreja, mexeu nas cordas e disse:

— Minha mãe e meu pai adoravam essa música. Eu sei que eles ficariam felizes em ouvi-la hoje.

Ele dedilhou alguns acordes e começou a tocar "The Rainbow Connection". Louise não o ouvia cantar desde o colégio. A voz do irmão soava rouca e um pouco falha, mas era forte e sincera, e quando chegou ao segundo refrão ele gritou:

— Todo mundo.

E a multidão de duzentos manipuladores de bonecos se juntou a ele.

— Agora só os kazoos — pediu em seguida.

E todos pegaram os respectivos kazoos, ao que a igreja vibrou enquanto centenas de pessoas zumbiam o verso seguinte. Louise sentiu como se alguém tivesse lhe dado um soco na cara. Foi absolutamente perfeito.

Ela não brigaria mais com Mark. Não deveria sequer ter começado a brigar com ele, para começo de conversa. Não permitiria que a questão da casa ficasse entre os dois. Na verdade, Louise decidiu nem colocar a metade dele da casa em um fundo fiduciário. O irmão era adulto, merecia ser tratado como tal, e se quisesse gastar sua parte do dinheiro em uma caça ao tesouro, quem sabe? Talvez ele desse sorte dessa vez. Não era a vida dela. Não era o dinheiro dela. Metade daquilo pertencia a ele.

A música terminou, ela e todas as pessoas aplaudiram com vontade e logo os aplausos se transformaram em uma ovação, com as pessoas se levantando. Ela sentiu que Mark merecia. Ele trotou pelo corredor, cumprimentado fantoches e seus manipuladores com tapinhas, e o reverendo Mike se levantou e disse:

— O Senhor, teu Deus, está no meio de ti, poderoso para te salvar; ele se deleitará em ti com alegria, ele se regozijará em ti com cantos. Vá agora e exulte por este mundo com seu próprio cântico!

Aplausos irromperam no ambiente, uma versão em kazoo da música "When the Saints Go Marching In" começou a ser tocada e alguém jogou confetes que se espalharam lentamente pelo santuário, caindo e brilhando no ar. Línguas de sogra soavam e confetes eram lançados como se fosse véspera de Ano-Novo enquanto Louise se levantava e ia atrás do irmão.

— Encontro vocês no carro — disse ela à família, saindo de lado da fileira.

Louise abriu caminho através da multidão de dragões, dinossauros e coisas estranhas e peludas com braços longos, bocas vermelhas e olhos de bola de pingue-pongue, todos bloqueando o corredor, até que finalmente conseguiu chegar à varanda, onde Mark estava cumprimentando as pessoas e fazendo brincadeiras. Ela colocou uma das mãos no ombro do irmão.

Ele se virou e, quando se deu conta de que era Louise, seu rosto imediatamente perdeu a alegria.

— Vamos lá — disse ele. — Não foi adequado, não foi de bom gosto, foi a cara da mamãe, mas não do papai, eu estraguei tudo.

— Foi exatamente como a mamãe e o papai gostariam que fosse — comentou Louise. — Você foi ótimo.

Mark ficou sem reação.

— Legal. Mas foi estranho você não ter falado nada.

— Sinto muito — disse Louise, ignorando a provocação. Ela conseguia agir como adulta, mesmo que ele não conseguisse. —

Estou envergonhada pela maneira como me comportei na semana passada. Não sei o que deu em mim, mas reagi de forma exagerada e não me orgulho disso, não fui justa com você. Eu não deveria ter partido para cima de você naquele dia na casa. Tudo isso tem sido demais para nós dois, mas especialmente para você. Então, me desculpe.

Mark olhou para ela sem expressão por um longo momento e então sorriu.

— Está tudo bem. Você sempre precisou que todos os olhos estivessem voltados na sua direção.

— Não fiz aquilo para chamar atenção — replicou ela, querendo que ele entendesse. — Eu fiz porque estava chateada.

— Certo. Você e mamãe, sempre causando drama.

— Isso não é justo — retrucou Louise, lembrando-se de ser a adulta.

— Como quando você fugiu de casa — disse ele e sorriu.

— Quando eu fui para a faculdade? — questionou ela.

— Um ano antes.

Louise respirou fundo. As pessoas esbarravam nela por trás enquanto abriam caminho para sair. Ela se obrigou a encarar Mark. Ele podia agir como bem entendia. Isso não significava que ela precisava responder.

— Você se saiu muito bem hoje — disse Louise. — Foi uma cerimônia perfeita, Mark. Mamãe teria ficado orgulhosa.

A casa de tia Honey ficou tão lotada durante a recepção que Louise podia sentir o imóvel balançar sobre as estruturas. Ela se sentia atordoada e meio letárgica em meio a todo aquele barulho e conversa, como se estivesse começando a pegar um resfriado, então optou por chá gelado em vez de vinho. Depois ficou presa na varanda com tantas pessoas falando com ela que se arrependeu de não ter escolhido algo mais forte. O que Mark dissera continuava assombrando sua mente:

Foi estranho você não ter falado nada.

Ela deveria ter falado alguma coisa? Por que não havia feito isso? Porque não queria brigar com Mark, nem lhe pedir nada, nem falar com ele, mas deveria. Seus pais tinham morrido, e ela não se despediu publicamente. Sentiu-se inquieta, sem foco, e desejou poder voltar para casa, para ficar junto de Poppy. Estava muito cansada.

— Só estou dizendo que teria sido bom ouvir um louvor tradicional — disse-lhe uma mulher da igreja de sua mãe. — Pelo menos um trecho de "Mais Perto Quero Estar" ou "Grandioso És Tu". Mas tenho certeza de que sua mãe adorou a cerimônia do jeitinho que foi.

Um homem vestido com um paletó de tweed e gravata de tricô amarela segurou a mão dela entre as dele e se recusava a soltar.

— Reed Kirkly — apresentou-se ele. — Eu lecionei juntamente com seu pai e queria dizer que ele era um grande pensador, e embora fosse um pouco, digamos, dogmático quando o assunto eram as tarifas, a pesquisa dele sobre a produção soviética de trigo abriu os olhos de muita gente e teve muita relevância. Muita relevância!

A sra. Stillwell, do clube do livro da mãe, com um vestido estampado floral berrante e um chapéu de palha cor-de-rosa, segurou-a pelos ombros e disse:

— Sua mãe era tão divertida! Era muito gostoso tê-la por perto. Ela era muito divertida, todos queríamos ser mais parecidos com ela. Ela era assim! Muito divertida!

Louise olhou para aquela gente falando com ela, contando histórias sobre os pais dela, elogiando a pesquisa do pai, o amor pelos Chicago Bears e pelos cachorros-quentes de Chicago, mencionando o quanto sua mãe era divertida e como seu grupo de fantoches era tão divertido quanto ela, lembrando das histórias bíblicas que ela contava aos filhos com aquele fantoche engraçado e como aquilo era divertido... e se encontrou assentindo e sorrindo conforme se perguntava por que não tinha dito nada no velório dos pais.

Ela não se sentia tão cansada desde que tivera Poppy. Tudo o que queria era ficar sozinha, ou só com as primas, pessoas que realmente conheciam seus pais, mas em vez disso tinha que atuar, como se fosse um pequeno fantoche.

O celular vibrou com uma mensagem de Ian.

POPPY ESTÁ FALANDO QUE NEM UM BEBÊ O TEMPO TODO. FEZ XIXI NA CAMA ONTEM DE NOITE. MINHA MÃE CONHECE UM BOM PSICÓLOGO INFANTIL.

O celular vibrou de novo. ACHEI QUE VOCÊ DEVERIA SABER, acrescentou Ian.

Louise começou a digitar "de jeito nenhum", que ela estaria em casa em uma semana, que a mãe de Ian não podia tomar essas decisões a respeito de Poppy, mas antes que conseguisse digitar "de jei", alguém pôs a mão em seu ombro.

— Lulu? — disse Constance em seu ouvido. — Preciso te roubar por um instante.

Ela trazia uma taça de vinho em uma das mãos e uma latinha de cerveja gelada na outra.

— O quê? — perguntou Louise, sentindo-se dividida entre Constance e a mensagem.

— Eu não quero fazer isso — disse Constance.

— O que está acontecendo? — quis saber Louise, tentando se concentrar e estar presente. — O que foi?

— Mark está enchendo o saco de Brody desde o acidente. E Brody está tentando se esquivar, mas Mark não para de insistir e quer falar com ele agora.

Louise tentou acompanhar o assunto.

— Brody, seu marido? — perguntou ela.

— Brody, meu marido — repetiu Constance.

— Mas por que Mark precisa falar com Brody?

— Para revisar os testamentos.

— Por quê? — questionou Louise.

— Ele provavelmente quer saber o que vai ganhar.

— Mas por que ele quer perguntar isso para Brody?

— Por que ele é advogado imobiliário, lembra? — respondeu Constance. — Ele pediu ao seu pai que arranjasse outra pessoa para fazer o serviço porque ele é da família, mas, bem, Brody deu a ele um desconto familiar, e você conhece o seu pai.

Louise conhecia o pai. Era um baita mão de vaca e dizia que isso era apenas "saber o valor do dinheiro".

— Então Brody está com os testamentos deles? — indagou Louise.

— Ele queria enviar os documentos por e-mail para vocês na semana que vem — explicou Constance —, mas Mark ficou atrás dele, e Brody continuou dizendo "depois da cerimônia", aí Mark praticamente avançou em cima dele no segundo que ele chegou aqui, dizendo que "depois da cerimônia" era agora, depois disse que ia contratar o próprio advogado e, bem, desculpe. Brody nem teve tempo de pegar uma bebida.

Louise ouviu o barulho e as conversas que a cercavam, as pessoas falando do velório e da música de Mark, contando histórias sobre os pais dela e comentando sobre as cinzas deles enquanto a casa de tia Honey tremia na base.

— Lulu? — perguntou Constance, tentando estabelecer contato visual.

Ela pensou na casa dos pais, em como ia limpar tudo, em toda a papelada que precisaria achar, em colocar o imóvel à venda e dividir o valor com Mark, em contas-garantia, em corretores de imóveis, em cancelar serviços, no plano de aposentadoria do pai, na Previdência Social, e ficou exausta.

— Tudo bem — disse a Constance, arrancando o band-aid. — Onde eles estão?

Ela queria um tempo depois do velório para se acostumar com a ausência dos pais antes de precisar lidar com toda aquela questão de dinheiro, mas ela era mãe — nada acontecia de acordo com o que planejava.

Capítulo 8

Constance fechou a porta do escritório de tio Claude, abafando a conversa e o barulho das famílias, dos vizinhos, dos membros do corpo docente, dos integrantes da FCMB, dos primos distantes e dos contadores de histórias profissionais que estavam amontoados na casa de tia Honey. Ainda assim, o zumbido das vozes fazia as paredes revestidas vibrarem.

Mark estava sentado na cadeira giratória de couro preto de tio Claude, atrás da imensa mesa, debaixo de um par de chifres longos pendurados na parede. Na frente da mesa havia uma plaquinha que dizia *O Grande Kahuna*. Brody estava sentado no sofá de couro preto brilhante, com os joelhos quase chegando ao rosto, e se levantou rapidamente quando Louise e Constance entraram no recinto. Constance lhe entregou uma latinha de cerveja.

— Obrigado — disse Brody, aceitando a bebida. — Oi, Louise. — Ele deu um abraço nela com um braço só. — Sinto muito pelos seus pais.

Brody dava a impressão de ser enorme. Ele era absurdo. Bonito, mais alto que Constance, simpático. Em eventos familiares, organizava jogos de futebol com as crianças, mas nunca jogava para ganhar. Não caçava nem bebia muito, ouvia e fazia perguntas inteligentes sempre que conversava com Louise. Ela o achava bom demais para aquela família.

— Obrigada, Brody — respondeu ela, com o rosto pressionado contra a lapela dele.

O marido da prima se afastou e apontou para o sofá.

— Por favor — disse. — Eu fico em pé. Con, pode ficar de olho para que ninguém entre?

Constance saiu, o zumbido de vozes ficou mais alto e quando ela fechou a porta o som foi abafado novamente, deixando os três a sós.

— Finalmente — soltou Mark detrás da mesa enquanto Louise se sentava na beira do sofá. — O show vai começar.

— Eu não preciso estar aqui para isso — disse Louise. — Já sei o que vou fazer, não importa o que aconteça.

— Ah, eu tenho certeza de que você já planejou tudo — replicou Mark. — Claro, acha que é justo ganhar mais porque deu uma neta pra eles.

— Mark, por favor — disse Brody. — Vamos ser civilizados.

— Eu não ouvi ela negar — retrucou Mark. — Mas eu ainda posso ter filhos. Billy Joel teve uma filha aos sessenta e cinco anos.

Brody fingiu muito bem que aquela conversa não estava lhe torrando a paciência.

— Como os dois sabem, eu elaborei os testamentos da mãe e do pai de vocês — declarou ele. — Normalmente enviamos esses documentos por e-mail e uma cópia impressa pelo correio, mas esta é uma situação complicada porque são dois testamentos, e um influencia o outro. Quero analisar ambos pessoalmente com vocês para explicar tudo. Eu costumo fazer isso em um momento mais adequado, depois de um tempo, mas Mark insistiu.

— Não faça a minha caveira — disse Mark. — Louise só vai ficar aqui por mais uma semana, não temos tempo para brincadeira.

— Como eu disse — repetiu Louise —, sejam quais forem os desejos da mamãe e do papai, já sei o que vou fazer.

— Só um minuto — pediu Brody, colocando a cerveja debaixo do braço, pegando o celular e rolando a tela. — Eu só preciso encontrar os documentos. Ok. Bem. Vou enviar as duas cópias por e-mail.

Mark se debruçou sobre o próprio celular, atualizando a página repetidas vezes, ansioso. Louise não tirou o dela do bolso. Ela pegou um bloco de papel da mesa de tio Claude e uma caneta do porta-lápis em formato de bota de caubói e preparou-se para fazer anotações.

— Já chegou para você? — perguntou Brody, encostando a cerveja gelada na testa.

Mark continuou arrastando o dedo pela tela do celular até ouvir um toque.

— Chegou — respondeu ele, apertando no ícone do documento.

— Amanhã eu envio cópias impressas para vocês pelo correio, mas quero repassar alguns detalhes com os dois agora — disse Brody. — Vamos começar com o testamento do pai de vocês. Se tiver algo que não tenham entendido ou quiserem que eu repita, é só falar, combinado? Somos uma família, então tenho todo o tempo de que vocês precisarem hoje.

Brody encostou-se no batente da porta, equilibrou a cerveja no braço do sofá e segurou o celular à sua frente, pronto para se dirigir ao júri. Mark continuou rolando a tela, seus olhos movendo-se de um lado para outro. Louise se preparou para vê-lo explodir.

— Vocês dois estão vivendo a condição incomum em que o tio Eric e a tia Nancy faleceram quase que simultaneamente — disse Brody. — Isso gera algumas ramificações legais, então a primeira coisa que precisamos fazer é consultar o testamento do primeiro falecido, ou seja, o pai de vocês, e...

— Esse documento deixa tudo pra Louise! — exclamou Mark, batendo com força na mesa do tio Claude.

Louise respirou fundo.

— Mark, eu gostaria de explicar tudo em detalhes, etapa por...

— Ela fica com tudo? — gritou Mark, os olhos marejados, arregalados. — Ela abandonou os dois!

Louise ouviu a mágoa em sua voz e ficou feliz por ter tomado aquela decisão.

— Fala sério, cara — disse Brody. — Não precisa agir assim.

— Quanto eles têm? — questionou Mark. — A casa? Algum dinheiro no banco? Tudo vai para ela. Eu sabia que eles iam fazer isso, eu nunca fui nada pra eles.

— Óbvio que é — rebateu Louise. — A mamãe e o papai sempre se importaram muito com você, Mark, e você sabe que eu vou te entregar metade de tudo, não sabe? Não importa o que eles tenham dito nos testamentos, metade de tudo é seu.

— Eu estive conversando com um advogado no trabalho — disse Mark, e Louise sabia que ele se referia a algum advogado aleatório que frequentava o bar. — Ele disse que é sempre a mesma coisa: o dinheiro entra em cena e fode com tudo.

Louise ficou calada porque não precisava mais discutir com Mark. Tantas brigas, tanta frustração, mas, no final, o pai a havia deixado no comando porque sabia que ela faria a coisa certa quanto ao irmão. Não importava o tempo que fosse levar, ela sabia que ia valer a pena. Sua consciência estaria tranquila. E então eles nunca mais precisariam se falar.

— Você nem deveria ser o advogado deles — reclamou Mark com Brody, que, Louise pensou, estava demonstrando a paciência de um santo. — Você é da família.

— Eu também não estou feliz com a ideia — disse Brody —, mas foi isso que eles escolheram, e agora eu tenho a responsabilidade de garantir que vocês dois estejam cientes dos últimos desejos deles. Posso continuar?

Louise percebeu que ele havia se dirigido a ela porque ela era a executora.

— Claro — respondeu.

Mark podia reclamar o quanto quisesse, mas, pela primeira vez em uma semana, não havia tensão nos ombros de Louise. Ela sentiu os ossos se realinharem, se endireitou no sofá, relaxou a mandíbula. Em alguns meses, poria um fim à presença de Mark em sua vida para sempre, e faria tudo do jeito certo.

— Vou contratar outro advogado — anunciou Mark.

— É uma prerrogativa sua — disse Brody. — Bem, eu queria explicar o documento em detalhes desde o início, mas, já que vocês pularam etapas, vamos continuar daí. Como vocês viram, se sua mãe falecesse antes do seu pai, ele deixaria tudo para Louise. Mas se seu pai falecesse antes da sua mãe, e isso consta nas páginas por onde vocês apenas passaram os olhos, ele deixaria tudo para a sua mãe. É de praxe pessoas casadas deixarem seus bens um para o outro. Então, voltando, no caso de a sua mãe ter falecido antes do seu pai, tudo ficaria para a Louise. Mas, pelo que entendemos, na verdade, foi o contrário que aconteceu.

Ele virou o celular para que os dois pudessem ver a tela.

— De acordo com o relatório do acidente que recebemos na sexta-feira — prosseguiu Brody —, a morte do pai de vocês aconteceu primeiro. Desculpe parecer um pouco macabro, mas às vezes a lei exige que sejamos precisos. De acordo com o que sabemos, quando a equipe médica da emergência chegou ao local do ocorrido, a mãe de vocês ainda estava consciente, mas o pai de vocês já havia falecido. Ela faleceu a caminho do hospital Roper.

Um silêncio carregado preencheu a sala por um minuto inteiro. Até Mark ficou quieto. Brody virou o celular para eles e apontou para alguma coisa na tela.

— Então, se vocês olharem o segundo documento que enviei — continuou. — Louise, tem certeza de que não quer acompanhar?

— Não precisa — respondeu ela.

— A mãe de vocês deixa todos os bens dela para o pai de vocês, caso ela faleça antes — disse Brody. — Se o seu pai falecer antes dela, sua mãe herdará os bens dele, e então deixará todos os bens dela, que agora incluem os dele, para o Mark. Cem por cento.

Outro longo silêncio se desenrolou. Louise esperou o resto. Brody olhou para ela.

— Às vezes, um pai nomeia seus filhos adultos como correpresentantes de seu testamento, mas neste caso ela não apenas deixou todo o patrimônio para Mark, como também decidiu nomeá-lo representante dela.

Houve outro silêncio prolongado enquanto Brody analisava a reação de Louise.

— Vocês entendem o que estou dizendo? — perguntou ele.

Mark entendia. Ele pulou da cadeira de tio Claude e deu um soco no ar.

— *Sim!* — gritou.

— Estamos em um velório, Mark — disse Brody. — Não é lugar para comemorações.

Louise jurou para si mesma que não ia chorar. Sua mãe havia organizado todo aquele showzinho para humilhá-la, portanto ela se recusava a chorar. Seus ombros começaram a tremer, e uma lágrima quente escorregou pela sua bochecha. Ela não ia chorar. Quase conseguia ver o pai encostado na parede oposta, penteando o bigode com a ponta dos dedos, exibindo aquele semblante infeliz e arrependido que assumia quando se dava conta de que havia feito algo errado. Louise enxugou as bochechas com força. Ela não ia chorar.

Ao lado da mesa, Mark fazia uma dancinha da vitória.

— Quanto? — perguntou ele. — Qual é a bolada?

— Teremos que fazer o inventário da propriedade — explicou Brody, e pela cara dele parecia que estava passando mal com toda aquela situação. — Isso é algo que você vai ter que discutir com o seu novo advogado, se decidir contratar um.

Louise esperou Mark dizer que ia dividir a casa com ela. Esperou ele dizer que a propriedade obviamente pertencia a ambos. Esperou ele tomar a atitude que ela tomaria. Ela nunca, nem por um segundo, presumiu que as posses dos pais não pertenciam a ambos os filhos. Até tinha tomado a decisão de não abrir o fundo fiduciário, havia resolvido agir de maneira adulta e esperava que Mark fizesse o mesmo.

— Mas se você tivesse que chutar um número — pediu Mark, sentando-se e pegando uma das canetas de tio Claude.

Toda criança faz a mesma pergunta aos pais: quem vocês amam mais? Os pais podem até se esquivar desse questionamento durante toda a vida, podem evitá-lo por anos, mas uma hora, de um jeito ou de outro, a resposta acaba aparecendo.

— Mark — disse Louise, e ele não conseguiu ouvi-la porque estava cobrindo Brody de perguntas a respeito de períodos de carência, contas-garantia e ação reivindicatória. — Mark! — gritou ela, mais alto do que fora a intenção.

Ele parou e olhou para a irmã. Brody também.

— Eu paguei pela urna da mamãe e do papai — disse ela. Foi a única coisa em que conseguiu pensar.

— Ok, valeu — disse ele.

Brody tentou ajudar.

— Esse tipo de custo normalmente é descontado da propriedade — explicou, estimulando Mark.

— Eu sou obrigado? — perguntou Mark.

— Bem... — Brody nitidamente não queria responder. — Não.

— Ótimo! — respondeu Mark. — Então, eu li na internet sobre seguro de direito de propriedade. Ter um desses vai me ajudar a vender a casa mais rápido, certo? Quanto custa?

— Mark — disse Brody —, ela é sua irmã.

— E daí? Mamãe e papai deixaram tudo para mim. Eu só estou respeitando o desejo deles.

Louise se levantou. As vozes do outro lado da porta pareceram ainda mais altas. Ela sentiu o chão ceder sob seus pés e todo o ambiente tombar para um lado. Brody encostou no braço dela.

— Não! — exclamou ela, e ele congelou.

Então Brody enfiou algo pequeno, duro e afiado na mão dela. Louise olhou para baixo e viu um envelope branco e grosso.

— Sua mãe queria que você ficasse com isso — disse ele, mas Louise não estava mais ouvindo, pois já estava segurando a maçaneta e saindo do cômodo, rumo ao turbilhão de amigos, vizinhos e familiares dos pais.

Todas aquelas pessoas eram como estranhos para ela. Constance, parada ao lado da porta, viu a prima sair do escritório.

— Louise — chamou, mas ela havia se jogado no meio da multidão, cambaleando em direção à luz que entrava pela porta do quintal. — Louise!

Ela foi caminhando vacilante em meio à massa, os pés batendo com força no chão enquanto esbarrava nas bebidas das pessoas e ouvia o teto desabar. Ela sentiu o chão se estilhaçando, as tábuas e toda a estrutura vindo abaixo. Agarrou a maçaneta da porta, abriu-a e saiu para o quintal, unindo-se aos fumantes.

— Licença, licença — dizia, abrindo caminho ao descer as escadas como se precisasse vomitar, tentando inalar algum oxigênio no meio daquela névoa de nicotina.

Sua cabeça doía tanto que ela não conseguia enxergar. Precisava encontrar o carro. Ela se virou para o outro lado na tentativa de cortar caminho por baixo da casa e chegar no gramado da entrada.

— Louise! — Constance agarrou-a pelo braço e a virou para si.

— O quê? — rebateu Louise, respirando com dificuldade.

— Brody me contou — disse a prima, e fitou Louise profundamente com aqueles olhos azuis desbotados. — Eu sinto muito.

Louise se lançou contra o peito de Constance e sentiu os braços da prima a envolverem. Ela ia dividir tudo com ele. Louise só queria ficar no comando para que tudo fosse feito da maneira correta, só queria que eles dois se despedissem de forma amigável, mas ele a odiava.

As lágrimas de Louise a pegaram de surpresa. Ela estava chorando, finalmente estava chorando, mas não pela morte dos pais. Estava chorando porque não havia sobrado mais ninguém na família exceto Mark, e ele a odiava com muita força.

Constance a embalou suavemente de um lado para o outro enquanto Louise chorava em seu peito.

— A gente amava sua mãe e seu pai — sussurrou Constance, acariciando o cabelo de Louise enquanto ela chorava ainda mais. — Shh, shh, shh, shh, vai ficar tudo bem. Vai ficar tudo bem.

Sabe, Louise, dizia o pai, *de um ponto de vista estatístico... Esses números variam bastante, mas, de modo geral, partindo de uma visão estritamente científica, tudo fica bem em uma quantidade improvável de vezes.*

Não mais. O pai estava morto. A mãe escolhera seu irmão. E o irmão a odiava. Não havia mais nada ali para Louise.

Ela se afastou do abraço, enxugando o rosto. Constance lhe entregou um lenço de papel, e Louise assoou o nariz. Quase devolveu o lenço para a prima, mas logo percebeu o quanto aquilo seria nojento e então amassou o papel usado e o enfiou no bolso. Foi quando percebeu que ainda estava com o envelope na mão.

— Você pode subir e pegar minha bolsa no quarto da tia Honey? — perguntou ela. — Eu não quero mais ficar aqui. Vou para casa.

RAIVA

Capítulo 9

Louise andava de um lado para outro em seu quarto no hotel: da poltrona perto da janela, passando pelos pés da cama até a porta do banheiro, e então voltando para a janela. Ela não deveria estar mais ali. Tinha planejado voltar para o hotel, trocar a data da passagem de avião e ir para casa. Queria chegar ao aeroporto, dormir durante o voo e acordar já quase pousando em São Francisco. Queria estar com Poppy. Que Mark vencesse. Que ficasse com tudo. Ela não se importava mais.

Mas o envelope estava ali em cima da cama. Um quadradinho cor de linho sobre a colcha com estampas de abacaxi. Um dos envelopes de sua mãe.

— Droga, droga, droga — sussurrava Louise para si mesma.

Ela não queria abri-lo. Qualquer coisa que sua falecida mãe tivesse a dizer só tornaria a situação ainda pior. Aquele envelope só traria mais complicações. Tudo o que poderia ser dito já estava dito, todas as conversas entre as duas haviam sido encerradas, não fazia sentido algum analisar o passado. A mãe havia rejeitado os desejos finais de seu pai e escolhido Mark em vez de Louise, portanto, ela e Mark nunca se dariam bem. Fim.

Decidiu que ia ler o bilhete no avião. Ou quando estivesse de volta em São Francisco. Ou nunca.

Ela abriu o armário, jogou a mala em cima da cama e começou a dobrar as camisas. Olhou para o quadrado de papel com seu nome escrito na caligrafia da mãe. Era tarde demais. Não restava o que fazer. A história de sua família estava terminada e nada iria mudar isso. Mark tinha vencido. Não importava o que ela fizesse, ele sempre vencia.

Louise tirou do cabide o vestido que tinha usado no velório e o colocou dobrado dentro da mala. Pegou tudo do banheiro, verificou as gavetas, certificou-se de que não havia nada debaixo da cama, depois fechou o zíper da mala e a colocou perto da porta. Deu outra olhada ao redor do quarto. Não havia sobrado nada além do envelope em cima da cama. Ela não podia deixá-lo ali, ou a camareira ia pensar que ela o esquecera e eles enviariam pelo correio para o endereço dela. Louise pegou o envelope, mas, antes que pudesse rasgá-lo em pedaços, o abriu, tirou o cartão que havia dentro e começou a ler.

Ela precisava ler.

Louise, dizia, e ela podia ouvir a voz da mãe, podia vê-la sentada à mesa da sala de jantar escrevendo a carta com a caneta hidrográfica roxa que sempre usava. *Pedi a Brody que te entregasse esta carta caso uma situação como essa acontecesse, e se você está lendo isso agora é porque aconteceu.* Ela não conseguia escrever a palavra *morte* nem quando se referia à dela própria.

Fico muito orgulhosa da vida que você construiu e mais orgulhosa ainda da mãe que você se tornou. Você tem tanto e conquistou tudo com seu trabalho árduo. Mark tem tão pouco comparado ao que você conquistou.

Louise sentiu um frio na espinha e continuou lendo.

Tomei essa decisão porque sei que você será capaz de cuidar de si mesma e de Poppy, não importa o que aconteça, mas Mark não tem ninguém. Você tem tanto e ele tem tão pouco... Também tenho certeza de que se as coisas apertarem para você, tudo o que precisa fazer é pedir, e ele ficará feliz em compartilhar o que tem. Afinal, Mark é seu irmão, que te ama e te admira, independentemente de como ele aja. Eu sei que você não ficará ressentida por eu ter optado pela decisão mais difícil, embora necessária. Por favor, cuide do seu irmãozinho. Eu te amo para sempre. Mamãe.

Louise queria gritar coisas que nem sequer eram palavras, apenas sons colossais de fúria. Queria destruir o quarto de hotel com as próprias mãos. Ela rasgou a carta em pedacinhos, se encolheu toda e se deixou cair na cama com os punhos cerrados, pressionando-os contra as têmporas até sentir dor. Abriu a boca em um grito silencioso, depois cobriu o rosto com as mãos como se usasse uma máscara e apertou a mandíbula, rangendo os dentes até ouvir o desgaste do esmalte.

Mark tinha ficado com tudo — *tudo!* —, e a mãe, de alguma maneira, achava que esse era o certo a se fazer? Não uma divisão dos bens, não cinquenta por cento para cada um. Foi tudo para Mark e nada para Louise, porque Mark merece e Louise, bem... ela pode se virar sozinha! Eles não conseguiam enxergá-lo como ele de fato era, como Louise o enxergara durante toda a vida.

Louise havia se juntado às escoteiras assim que pôde. Ela adorava a ideia de fazer parte de um exército de garotas uniformizadas e eficientes enviadas para consertar tudo o que havia de errado no mundo. Naquela época, fazia limpezas no Pinewood Derby, vendia a maior parte dos biscoitos e colecionava distintivos em sua faixa. Ficou obcecada por primeiros socorros — a obsessão era tamanha que a menina organizou a visita de um paramédico para dar uma pequena palestra à tropa. Ela só saiu das escoteiras anos depois, quando as amigas resolveram que estavam velhas demais para aquilo.

Mark havia ingressado no grupo de escoteiros, mas nunca ganhou um único distintivo de mérito. Por fim, acabaram lhe dando um distintivo insignificante, logo acima daquele que se ganha ao entrar nos escoteiros, e apenas por pena. Depois de um ano e meio, ele desistiu e simplesmente não apareceu para pegar a carona um dia. Em algum momento, a família começou a dizer que tanto Louise como Mark haviam entrado para os escoteiros, mas tinham desistido por acharem competitivo demais. Louise se irritava toda vez que ouvia aquilo. Ela gostava de competição. Era Mark o preguiçoso.

A carreira teatral de Mark no ensino médio mostrou a Louise exatamente a pessoa que ele se tornaria no futuro. Tia Honey estava certa: ele tinha talento, e a família fazia mesmo garotos muito bonitos. Não demorou mais do que uma única produção para o diretor do Dock Street Playhouse perceber que se colocasse Mark em um papel de irmão mais novo ou melhor amigo, ele roubaria a cena do garoto esforçado que fora escalado para o papel principal — ainda que o garoto cantasse, dançasse e atuasse muito bem. Mark começou a conseguir papéis mais importantes, e as pessoas continuaram comprando ingressos. O teatro organizou suas temporadas em torno dos pontos fortes de Mark, apresentando musicais como *Oliver!* e *Huckleberry Finn*.

Quanto mais importante era o papel, mais atenção ele recebia e menos ele se esforçava. Mark não desgrudava do roteiro até o último minuto e, às vezes, nem sequer conseguia decorar as falas, além de faltar aos ensaios técnicos. Na noite de estreia de *Onde florescem os lírios*, ele perdeu a deixa e, quando subiu no palco, atrasado, estava com um chupão no pescoço — marca que Louise tinha certeza de que não estava ali duas cenas antes.

Ele arrancava risadas facilmente com as caras e bocas que fazia. Ofuscava os outros atores. Qualquer talento que tivera naquela época, contudo, Mark fora preguiçoso demais para cultivar. Quando ele abandonou a faculdade, os pais pagaram um apartamento para ele no centro da cidade. Quando pediu Amanda Fox em casamento, os pais o ajudaram a comprar o anel. Tudo foi entregue a ele de bandeja.

Louise trabalhava, sempre se esforçava, e não esperava que outras pessoas fizessem tudo por ela. Ela era como o cavalo de *A revolução dos bichos*, que trabalhou e trabalhou até o mandarem para o matadouro. Louise não desistia.

Assim, ela foi até os computadores do hotel, imprimiu os documentos que Brody havia mandado por e-mail, sentou-se no quarto, espalhou os testamentos da mãe e do pai em cima da mesa e começou a lê-los, linha por linha.

EU, NANCY COOKE JOYNER, residente do condado de CHARLESTON, no estado da CAROLINA DO SUL, lavro, publico e declaro que no presente testamento particular exaro minha última vontade, revogando assim todo e qualquer testamento e codicilo anteriores feitos por mim.

O segundo nome da mãe era Cook, mas ela acrescentou o "e" por efeito estético quando foi para a Sarah Lawrence estudar atuação. Louise passou a infância ouvindo sobre como a mãe havia sido designada para o antigo dormitório de Jill Clayburgh e como fizera aulas de oratória com o cara que dirigiu *Tomates Verdes Fritos*. Ela soletrava "theatro" do jeito mais pretensioso, com um h, mas uma coisa tinha em comum com Louise: Nancy Cooke Joyner trabalhava.

Depois da faculdade, ela se mudou para Nova York e passou quatro anos trabalhando em uma chapelaria, fazendo testes de elenco durante o dia. Nunca chegou à Broadway, mas foi por pouco. Um dia, ouviu que em Chicago havia uma boa cena teatral, menos competitiva, e então foi para lá, onde conheceu um rapaz que lhe deu o maior papel de sua vida: o de sra. Joyner.

A família do pai odiava a mãe de Louise e Mark, mas isso não a impediu de permanecer ao lado dele. Ela era tão alegre, tão otimista, amava tanto o pai de Louise e Mark que fez a coisa toda dar certo. Mesmo no dia do casamento — quando nenhum membro da família dele compareceu à prefeitura, quando tiveram que pedir às pessoas atrás deles na fila para serem testemunhas, quando não ganharam um único presente de casamento — ela fez dar certo. Louise viu isso na única foto dos dois no dia do casório: a mãe usando uma minissaia branca e botas de cano alto e o pai com um bigode incrivelmente grosso e desgrenhado, morrendo de rir de alguma coisa que ela havia falado. Era um dia frio e cinzento, eles estavam do lado de fora de algum prédio municipal na fria e cinzenta cidade de Chicago, e por causa da mãe dela aquele foi o melhor dia da vida dos dois.

Eles se mudaram para Charleston por causa da carreira dele e voltaram para o lugar que, no fim das contas, era o seu único bem: a casa na qual Nancy crescera. Comiam o que dava e usaram roupas de segunda mão por anos, mas a mãe cantava músicas de musicais, começou seu grupo de fantoches, teve Louise e Mark e agia como se aquele tivesse sido o plano desde o início.

Louise não teve uma televisão em casa durante os primeiros três anos de vida, já que os pais não tinham condições de comprar uma na época, mas isso não importava. Desde os três anos da menina, todas as noites a mãe colocava Pupkin em uma das mãos e transformava o quarto da filha na casa mágica da Floresta Tique-Tum. Ela contava histórias elaboradas na hora de dormir sobre o Tronco Tique-Taque e o Pomar de Ossos, a amiga de Pupkin, Pardalina, que sempre o resgatava no último instante, e o assustador Homem do Avesso que vivia nas árvores. Quando Mark nasceu, ele também se sentava com elas e, antes mesmo de entender as palavras, já ficava hipnotizado pela voz da mãe, pelos truques de Pupkin, pela atenção da irmã.

Durante aquelas histórias para dormir, a mãe e Pupkin preenchiam o quarto. Se Louise fosse capaz de desviar os olhos deles, veria que as paredes do quarto haviam desaparecido, substituídas pela Floresta Tique-Tum, e Morcegos Açucarados estariam voando por entre as árvores.

Em algum momento depois que Louise completou cinco anos, as histórias perderam o brilho. Ela começou a escovar os dentes sem ajuda e ir para a cama sozinha. Adorava ser responsável, gostava de ter a própria independência, e receber elogios dos pais tornou-se um vício — Louise amava ouvi-los dizer com admiração que ela já era uma menina grande. Parecia mais real do que ouvir mais uma história sobre Pupkin se metendo em problemas e finalmente encontrando o caminho de volta para casa graças ao trabalho duro de Pardalina.

Mark, no entanto, continuou ouvindo. A mãe achava que o filho era fascinado pelas histórias elaboradas sobre as aventuras de

Pupkin, mas Louise sabia que ele só queria a atenção dela. Mark vivia para aquilo. A mãe era seu sol, e ele orbitava ao redor dela, absorvendo cada elogio, seguindo-a até o teatro, aceitando todas as suas sugestões.

Até que um dia ele parou.

Todas as referências neste Testamento aos Descendentes de qualquer pessoa terão em vista seus filhos biológicos e/ou filhos legalmente adotados, salvo indicação do contrário, bem como qualquer um dos filhos biológicos e/ou legalmente adotados de seus filhos ao longo das gerações vindouras.

Mark decidiu que odiava Louise logo depois de voltar de uma viagem de esqui com a igreja. Ele tinha acabado de completar catorze anos.

— São os hormônios — explicou o pai depois que Mark entrou no quarto dela e esmagou todos os seus gizes pastel oleosos no tapete.

— Não entendi por que esse escândalo todo, Louise — dissera a mãe. — É só lavar.

Mas aquele não era o ponto. A questão era que Mark entrava no quarto dela e quebrava as coisas o tempo inteiro e nunca era punido como deveria. Uma vez ele arrancou um autorretrato do caderno de desenho dela, acrescentou umas espinhas e colou no espelho do banheiro com um balão de diálogo saindo da boca da irmã com os dizeres "Eu tiro meleca".

Ele escondia Pupkin na cama dela — coisa que Louise odiava — e propositalmente não dava descarga no banheiro que os dois compartilhavam. Certa vez, em um Halloween, colocou um dos sutiãs da irmã no peito de Baudelaire, o golden retriever dos Mitchell, e todos acharam muito engraçado. Exceto Louise.

Ela percebeu que era impossível vencer. A única solução ao seu alcance era se concentrar e trabalhar sério, portanto decidiu terminar o ensino médio um ano antes. Fez aulas avançadas, se matriculou no curso de verão e pressionou os pais a permitir que ela se formasse com um ano de antecedência.

Louise parou de desenhar por diversão e focou em criar um portfólio de design. Ela abriu mão das atividades extracurriculares e pegava carona até a Faculdade de Charleston todos os dias depois da escola, onde assistia ao maior número possível de aulas de CAD, Photoshop e design do primeiro ano, já que eram gratuitas para os filhos dos professores.

— Você só está copiando o que vê na vida real — dissera a mãe. — Por que não pode fazer seu portfólio de design *e* continuar desenhando coisas da sua imaginação?

— Estou levando o design a sério — dizia Louise.

— Você é nova demais para levar qualquer coisa a sério!

Louise cortou o cabelo e o pintou de preto porque achou que isso a ajudaria a ter a aparência de uma pessoa pronta para a faculdade.

— Você tinha um cabelo cor de avelã tão lindo — lamentou a mãe.

— Castanho — corrigiu Louise.

— Castanho-avermelhado — disse a mãe. — Você tinha um cabelo castanho-avermelhado belíssimo, agora está parecendo a filha de Edgar Allan Poe.

No final, graças à persuasão do pai, ela se formou um ano antes, como planejava, mas os pais não tiveram um segundo de paz, pois na mesma época Mark começou a falar sobre estudar na Universidade de Boston. Era caro, o pai lhe disse, mas se ele quisesse mesmo ir, podia começar a juntar o próprio dinheiro.

— Mas você pagou para a Louise ir para Berkeley! — protestou Mark.

— Sua irmã está pagando a moradia e a alimentação sozinha. Além disso, ela conseguiu uma bolsa de estudos — respondeu o pai.

— Eu estou sendo punido por não ser a Louise! Isso é discriminação!

Mark se enfureceu e discutiu porque queria que os pais pagassem o valor integral. Arrumou alguns empregos, mas não conseguiu economizar um centavo sequer. Abriu um buraco na parede do quarto deles com um chute. Louise agradecia por ter passado a maior parte do tempo do outro lado do país nessa época.

Por fim, o pai decidiu que as brigas intermináveis, os buracos na parede, as batidas de porta... nada disso valia o estresse que causava. Então, concordou em pagar pela faculdade de Mark. Louise quis apontar como aquela decisão era hipócrita, mas sabia que isso só faria com que os pais defendessem Mark com ainda mais convicção. Especialmente a mãe. Ela sempre defendeu Mark, mesmo depois que ele abandonou a faculdade no primeiro ano.

Eu concedo todos os bens tangíveis em minha propriedade no momento de minha morte, incluindo, sem restrições, objetos pessoais, roupas, joias, móveis, acessórios, utensílios domésticos, automóveis e outros veículos, juntamente com todas as apólices de seguro que cobrem tais bens tangíveis, de acordo com aqueles designados no Anexo — Designações de Beneficiários.

Mark abandonou a faculdade quando Louise estava no segundo semestre do terceiro ano e, aparentemente, criou uma confusão tão grande que a mãe teve que buscá-lo em Boston e levá-lo para casa. Naquele verão, ao voltar para Charleston, Louise deu de cara com o estrago.

Ela se levantara cedo naquela manhã e tinha ido até a cozinha para tomar café antes de Mark acordar, mas no instante em que pôs o pé no chão de linóleo da sala de jantar, estacou. A mãe estava sentada no balcão da cozinha, de costas para Louise, curvada como uma marionete com os fios cortados.

Aquela mulher, que tanto se orgulhava da postura, que sempre se declarava já ser "baixinha o suficiente sem ficar curvada", estava ali com os ombros caídos, sentada em um banquinho, tão absorta no que estava fazendo que nem sequer ouviu a filha se aproximar.

— Mãe — chamou Louise.

A mãe teve um sobressalto.

— Você me assustou — disse, colocando a mão no peito e virando-se para trás.

Seus olhos pareciam em carne viva nas bordas. Pupkin estava em uma de suas mãos.

— Vocês dois tomando café da manhã juntos? — perguntou Louise, caminhando em direção à geladeira.

A mãe deu um sorrisinho amarelo.

— Pupkin é um bom amigo — respondeu ela. Pupkin inclinou a cabeça para Louise. — Ele sempre me anima quando estou triste.

Louise olhou para o malicioso rosto de palhaço de Pupkin.

— Sim — disse Louise —, ele é muito reconfortante.

— Vocês dois não gostam dele — rebateu a mãe—, mas eu conheço esse carinha há muito tempo. Você e seu irmão cresceram e foram para a escola. Seu pai sai para o trabalho. Mas Pupkin está sempre aqui comigo.

A mãe parecia mais magra, as bochechas esticadas demais sobre as maçãs do rosto. Pela primeira vez, Louise notou os ossos da mãe sob a pele e ficou com raiva por Mark tê-la deixado daquele jeito.

— Vocês precisam estabelecer alguns limites para o Mark — disse Louise —, ou as coisas nunca vão melhorar.

A mãe deu um suspiro profundo, quase como um soluço.

— Você precisa ser mais compreensiva com o seu irmão. A faculdade foi difícil para ele.

Apesar disso, tão deprimida que mal conseguia se mover, tendo como único amigo um estúpido fantoche, ela defendeu Mark.

LISTA — DESIGNAÇÕES DE BENEFICIÁRIOS

Nome do beneficiário: Mark Joyner

Vínculo: Filho

Herança legada: Todos os bens pessoais tangíveis e todas as apólices e rendimentos de seguros que cobrem tais bens, todas as residências sujeitas a quaisquer hipotecas ou onerações sobre eles e todas as apólices e rendimentos de seguros que cobrem tais bens.

Porcentagem de herança: 100%

Nome do beneficiário: Louise Joyner

Vínculo: Filha

Herança legada: Coleção de arte

Porcentagem de herança: 100%

A mãe se recuperou depressa. Passou novamente a frequentar as convenções da FCMB, a agendar apresentações de fantoches, e tinha novos fantoches para mostrar a Louise sempre que a filha voltava para casa. Começou a mais uma vez focar em sua "arte".

Louise não queria ser maldosa, mas o que sua mãe fazia não era arte — pelo menos não de acordo com o que ela entendia da definição da palavra. Era uma distração, algo com que ocupava o tempo. A energia que tinha acumulada depois de Mark e Louise crescerem era canalizada para coisas como as peças em ponto cruz emolduradas uma ao lado da outra nas paredes da sala de estar, o enorme bordado da Árvore da Vida que ficava acima do sofá, as peças de *string art* penduradas sobre a mesa da sala de jantar, as aquarelas do pôr do sol e do mercado do centro da cidade expostas nos corredores e as pequenas corujas feitas de conchas com olhos arregalados que se apinhavam em todos os parapeitos das janelas. A mãe tinha fases, como a dos porta-retratos — que se dividiu em uma fase de porta-retratos feitos em mosaico, seguida por uma fase de porta-retratos feitos de concha, seguida por uma fase de porta-retratos cobertos de lantejoulas.

Ela transformara a casa deles na Galeria de Porcarias de Nancy Joyner, com exposições em constante rotação; um museu dela mesma, repleto de projetos artísticos, peças artesanais e pinturas com cara de livro de colorir. Louise parou de enxergar aquilo tudo com o passar dos anos, assim como havia parado de enxergar os bonecos, mas agora se via contabilizando todas as peças emolduradas pela casa e as empilhadas na garagem, assim como provavelmente algumas outras escondidas no sótão, tanta coisa em tudo que era canto. A coleção de arte de sua mãe.

Ela nunca tecera um único comentário sobre isso, exceto no segundo ano do ensino médio, quando a mãe fez um curso de taxidermia e trouxe para casa o projeto final: o Presépio dos Esquilos. Era exatamente o que o nome levava a crer, uma pequena maquete de madeira do estábulo de Belém com Maria e José curvados sobre a manjedoura na qual estava o Menino Jesus, com a diferença de que todos eram esquilos. Esquilos mortos.

A mãe o colocou em cima do armário de bonecos, deu alguns passos para trás e perguntou a Louise o que ela achava.

— Nojento — respondeu Louise.

A mãe revirou os olhos.

— Certo, você não gosta da técnica, entendido. Mas e quanto à arte?

Louise olhou para os dois esquilos cinzentos mortos curvados sobre um esquilo vermelho menor, deitado de costas na manjedoura entre os dois.

— Você não acha que é uma blasfêmia? — perguntou Louise.

A mãe pareceu genuinamente confusa.

— Em que sentido? — questionou ela.

— É o momento mais sagrado do cristianismo. E você transformou todos os personagens em esquilos.

— É para ser engraçado — argumentou a mãe. — Não acho que Jesus fique ofendido por darmos risada às vezes.

Mas qual é o sentido?, Louise queria perguntar. *Qual o sentido de passar tanto tempo costurando, pintando, colando e fazendo toda essa porcaria?*

Vinte anos depois, Louise finalmente entendeu.

Nome do beneficiário: Louise Joyner

Vínculo: Filha

Herança legada: Coleção de arte

Porcentagem de herança: 100%

O sentido, percebeu ela, era que, pela primeira vez na vida, Mark não ia vencer, afinal.

Capítulo 10

Enquanto o caminhão com a caçamba de lixo vermelha e brilhante da Limpezas Agutter parava em frente à garagem, Louise tomou um falso gole de seu copo vazio do Starbucks. Ela estava sentada na varanda desde o nascer do sol, tentando pensar em uma frase engraçada para quebrar o gelo e evitar que Roland Agutter ficasse irritado com ela.

Muitas pessoas estavam prestes a ficar irritadas com ela.

O motor do caminhão vibrava, mas logo ficou em silêncio. Em seguida, Roland Agutter desceu da cabine e atravessou o gramado orvalhado da frente. Louise se levantou e tomou outro gole falso de café.

— Parece até que estou tendo um déjà-vu — disse Roland, parando em frente à casa. — Se você abrir a porta da frente e a da garagem, eu posso deixar minha caçamba aqui na entrada.

A luz do sol refletiu nas janelas do Honda detonado quando o carro parou na frente da casa e suas portas se abriram.

— Quero que vocês esvaziem a casa — declarou Louise —, quero mesmo. Por mim, vocês estão livres para fazer o trabalho para que foram contratados, mas, antes de começarem, preciso examinar a propriedade e retirar as obras de arte da minha mãe.

— Claro — disse Roland, assentindo antes mesmo que ela terminasse. — Vamos levar meia hora para nos prepararmos.

— Talvez eu precise de um pouco mais de tempo — afirmou Louise.

— A coleção de arte é muito grande?

— A casa está meio que lotada disso.

— Talvez você possa escolher uma ou duas de suas peças favoritas, que tal? — sugeriu Roland.

— Quem me dera — disse Louise, levando outra vez o copo vazio do Starbucks à boca e sugando ar para evitar encontrar o olhar de Roland. Ela até fingiu engolir.

— Eu vou conseguir entrar nessa casa hoje? — perguntou Roland. — Seu irmão me ligou ontem para garantir que eu viesse hoje.

— Mil perdões, Roland.

Frustrado, o sujeito olhou para a esquerda de Louise, depois para a direita, para o telhado, e então novamente para ela.

— O meu trabalho seria muito mais fácil se você e seu irmão resolvessem seus problemas antes de me ligarem de novo.

— Me desculpe, de verdade — disse Louise.

A luz do sol da manhã refletiu na caminhonete de Mark quando ele dobrou a esquina e parou na frente da casa. O irmão ficou sentado dentro do carro por um minuto, encarando Louise pela janela. Ela conseguia ver a mente dele trabalhando, tentando entender o que a irmã estava fazendo ali, até que de repente as coisas pareceram se encaixar na cabeça do irmão, e a expressão no rosto dele mudou. Mark saiu da caminhonete batendo o pé e atravessou o gramado. Louise, por sua vez, se arrependeu de não ter comido nada no café da manhã, porque o café queimava dentro de seu estômago vazio como ácido.

— Não ouça o que ela está falando! — gritou Mark para Roland Agutter. — Ela não sabe de nada! Esta aqui é a minha casa! Ela não tem nenhum controle sobre essa propriedade!

Agutter nem esperou que Mark os alcançasse — saiu andando e dirigiu-se aos homens parados junto ao Honda para lhes dizer que não haveria serviço naquele dia. Mark o parou no meio do gramado.

— Aonde você está indo? — perguntou ele, colocando a mão no ombro do homem.

Roland Agutter puxou o braço.

— Toda vez a mesma coisa — disse ele, subitamente furioso. — Toda. Maldita. Vez. O dinheiro aparece, e a família entra em combustão.

Mark ficou parado ali, o observando ir embora. Louise queria explicar para Agutter que a questão deles não chegava nem perto disso; a situação da família não era uma clássica briga por herança. Era o irmão dela quem estava causando todos os problemas, não ela! Ela estava disposta a dividir tudo meio a meio. Mas, em vez de se explicar, Louise observou Roland Agutter conversar com os funcionários, subir de novo no caminhão, ligar o motor e partir. O Honda o seguiu. O caminhão acelerou ruidosamente até o fim do quarteirão, fez a curva e desapareceu, deixando apenas o silêncio.

Mark se virou para ela, furioso.

— Sua idiota egoísta — disse ele. — Sinto muito que mamãe e papai não tenham feito o que você queria pela primeira vez, mas eles deram a casa para mim, não para você, então vê se dá o fora daqui.

Louise havia se preparado para aquele momento a manhã inteira.

Fique firme, olhe nos olhos dele, não ceda em absolutamente nada.

— Talvez seja bom melhorar um pouco sua interpretação de texto — declarou ela. — Por que você não repassa o testamento da mamãe de novo com Brody…

No instante em que ela disse "Brody", Mark começou a falar por cima dela.

— Ele é *meu* advogado — rebateu ele. — Não seu. Você não pode falar com ele!

— Não — respondeu ela, contente por ter algo contra ele mais uma vez. — Ele é o advogado da propriedade.

— Que pertence a mim! — argumentou Mark.

— Dê uma olhadinha na lista ao final — disse ela, pegando o celular e abrindo o e-mail: — Nome do beneficiário: Louise

Joyner. Vínculo: Filha. Herança legada: Coleção de arte. Porcentagem de herança: 100%.

E deu a ele um segundo para assimilar a informação.

— E daí? — questionou Mark.

— Você entende o que ela quis dizer com coleção de arte? — perguntou Louise. — Significa tudo o que a mamãe já fez. Toda a arte dela. Todas as pinturas, as peças com cordas, os porta-retratos, os esquilos. Tudo.

Mark ficou menos tenso, e seus músculos relaxaram.

— Grande merda — disse ele, tentando parecer corajoso. — Pode ficar com tudo. Na verdade, estaria até me fazendo um favor.

— Muito obrigada por essa permissão tão generosa, da qual eu não preciso — respondeu Louise. — Vou tentar me apressar, mas, sinceramente, se demorar mais de uma semana, vou ter que voltar para São Francisco e deixar essa tarefa inacabada, o que significa que você não vai poder fazer nada com a casa até eu voltar.

Uma mulher com um casaco vermelho passou ao lado dos dois empurrando um carrinho de bebê. Louise se sentiu péssima discutindo novamente com o irmão no gramado da frente, os dois sendo resquícios do antigo bairro. Eles não se encaixavam entre aqueles novos moradores praticantes de ioga.

— Assim que você sair — disse Mark —, eu vou chamar aqueles caras de volta para limpar a casa inteira.

— Você até pode fazer isso — replicou Louise —, mas eu vou insistir em percorrer todos os cômodos para ter certeza de que peguei tudo. E pode demorar um pouco até eu conseguir voltar para fazer isso. Mamãe tem muitas obras de arte e eu vou preservar cada uma das peças, como último desejo dela, conforme declarado nas Designações de Beneficiários do testamento. Você certamente concorda que ambos devemos respeitar o que está escrito no documento. Talvez eu leve um ano me dedicando a isso, e nesse meio-tempo você não pode vender a casa.

— Vai se foder — retrucou Mark. — Eu vou ligar para o Brody agora mesmo.

— Fique à vontade — respondeu ela.

Louise sabia que ele precisava ouvir isso de alguém que não fosse ela, portanto observou o irmão seguir furioso até a beira do gramado da casa, com o telefone na orelha. Louise trabalhava em uma área adjacente à de tecnologia, o que a tornara extremamente consciente das dinâmicas de poder. Esperar que Mark terminasse a ligação seria uma atitude passiva demais. Ela executou um movimento alfa e entrou na casa.

Louise deu a volta pelos fundos e enfiou a mão através do vidro quebrado para entrar na garagem. Depois apertou o botão que abria a porta do recinto, a qual emitiu um ruído tenebroso ao subir, deixando entrar a luz do dia. O ar fresco da manhã fluía ao seu redor enquanto os bonecos Mark e Louise a encaravam taciturnos de cima da prateleira. Ela parou para ouvir com atenção, tentando identificar o som da TV, mas foi recebida apenas com silêncio dentro da casa.

Ao lado dos bonecos, Louise viu um abajur no qual a mãe havia pintado várias estrelas-do-mar, além de um conjunto de suportes para livros que ela havia feito com argila — eram cor-de-rosa e tinham formato de cavalos-marinhos — e um saco de lixo branco cheio de máscaras de papel machê que a mãe havia feito durante a fase de obsessão por máscaras. Com facilidade, avistou uma pilha de telas sem moldura e percebeu que eram os retratos a óleo que a mãe pintara da família inteira, mas que todos consideravam horríveis demais para serem pendurados dentro de casa. Mark era o único que não tinha ficado parecido com um gnomo velho mostrando os dentes e rosnando.

Atrás das telas, Louise encontrou outra sacola branca, essa cheia de almofadas bordadas da mãe, e cinco caixas de papelão com etiquetas indicando "Natal". Ela sabia que ali dentro havia apenas uma parte do estoque de enfeites natalinos artesanais.

Normalmente, uma tarefa como aquela motivaria Louise a fazer uma lista, mas naquele dia ela precisava lutar contra o impulso de se organizar. Naquele dia, seria incompetente. Naquele dia, ela se sentiu grata pela enorme quantidade de coisas que preenchiam todos os cantos da casa.

Primeiro passo: fazer um tour pela casa e contar as peças de arte. Sem tocar nelas. Apenas contá-las.

Ela ficou parada nos degraus da porta da cozinha por um tempo, se preparando, depois entrou na casa pela primeira vez desde o dia em que havia chegado, passou ao lado do martelo em cima do balcão e obrigou-se a entrar na sala.

A poltrona estava vazia. A televisão continuava desligada. Ela ignorou as fileiras e mais fileiras de bonecos silenciosos e se concentrou na arte: o bordado da Árvore da Vida em um quadro acima do sofá, os nove quadros em ponto cruz na parede oposta (quatro de flores, três paisagens de Charleston, um elefante se equilibrando nas patas dianteiras, um palhaço malabarista), os outros três quadros em ponto cruz ao lado do armário dos bonecos, uma arte em fios do monte Fuji ao lado da janela saliente.

A porta de tela rangeu, uma chave se encaixou na fechadura da porta da frente e ela se abriu, revelando Mark, sua silhueta emoldurada pela luz do sol. Os dois se encararam. Era a primeira vez em anos que estavam juntos na casa na qual haviam crescido.

— E aí, Brody confirmou? — perguntou Louise.

Mark não respondeu, o que significava que sim.

— Eu nem gosto de vir aqui mesmo — comentou ele. — Tem uma vibe ruim.

Ele enfiou as mãos nos bolsos e deu de ombros, depois relaxou.

— Ótimo — disse Louise.

— Ótimo — respondeu Mark.

Ele virou as costas como se fosse ir embora, mas parou por um momento.

— Por que você está fazendo isso? — perguntou ele.

Porque ele tinha esmagado todos os gizes pastel dela no tapete do quarto. Porque ele havia aberto um buraco na parede do quarto dos pais dela e os dois não o fizeram pagar pelo conserto. Porque a mãe deles sempre esperou muito dela enquanto deixava Mark fazer o que bem entendesse sem nunca precisar lidar com as consequências. Porque eles esperavam que ela cuidasse de Mark e lhe desse de tudo sem nunca reclamar, mas ninguém cuidava dela. Era por isso.

Louise franziu a testa.

— Eu só quero respeitar os desejos da mamãe — respondeu ela.

— Você odiava a mamãe.

A declaração a pegou de surpresa.

— Eu não odiava a mamãe — replicou.

Sua voz saiu estridente, porque ela ficou genuinamente irritada. Como o irmão tinha a ousadia de dizer uma coisa daquelas? Não chegava nem perto da verdade. Elas tinham um relacionamento complicado, mas Louise não a *odiava*.

— Você sempre tirou sarro da arte dela — argumentou ele.

— Eu nunca tirei sarro da arte dela — rebateu. — Eu trabalho com design por causa dela.

— Você colou olhinhos de plástico no vaso sanitário e disse que era a obra-prima dela. Colocou até uma plaquinha de museu ao lado.

— Eu tinha treze anos.

— Você sabe que ela se trancou no quarto e chorou quando você fez aquilo, não sabe?

— Eu tenho muito o que fazer. — Louise encerrou o assunto. — Não tenho tempo para isso.

— Beleza — disse Mark.

Ela o viu se afastar, tirar uma cadeira dobrável da traseira da caminhonete e a colocar no gramado da frente. Pouco depois, ele foi até a porta de tela e avisou:

— Vou continuar por aqui... pra ficar de olho nas coisas. Só para evitar que você pegue, sem querer querendo, alguma coisa que não te pertence.

— Tudo bem, Mark — disse ela em um tom de voz doce.

Louise o observou perambular pelo gramado e se acomodar na cadeira, e então chegou à conclusão de que se os novos vizinhos não os achavam asquerosos antes, com certeza achavam agora. Mark começou a jogar no celular, e Louise se virou para enfrentar a casa repleta de anos e anos da arte acumulada da mãe.

A vontade de Louise era percorrer cada um dos cômodos, reunir todas as obras de arte que encontrasse, empilhá-las em caixas, examinar uma lista de documentos importantes e pegar todas as fotos de família, mas precisava diminuir o ritmo. Precisava ser incompetente. Precisava não ser ela mesma.

Ela se forçou a contar cada peça de *string art* pendurada sobre a mesa da sala de jantar: o barco a vela de três mastros em uma placa de madeira clara, as corujas, os cogumelos, as borboletas, a grande onda, o pôr do sol, a silhueta invertida de um gato, o sinal de yin-yang. As cordas estavam cobertas de poeira, porque a mãe era uma artista, não uma dona de casa.

Louise foi até a sala e deu uma olhada nos bonecos enfileirados na prateleira, no encosto do sofá, em cima da televisão, dentro do armário, e decidiu que eles todos eram um problema de Mark, não dela. Então seus olhos pousaram no topo do armário de bonecos. E ela se perguntou o que faria com o Presépio dos Esquilos.

Na época em que a mãe o fizera, Louise havia achado a peça repulsiva, e, para contribuir com a má impressão, o tempo causara bons estragos. O Esquilo Maria e o Esquilo José escureceram com a idade, os pelos foram caindo em tufos e a cauda dos dois, antes fofinha, agora estava gasta e nojenta. Eles se inclinavam sobre o Esquilo Menino Jesus, orando com as patas murchas apoiadas no peito liso; os lábios enrugados do Esquilo José se esgarçaram com o tempo, recuando e exibindo uma fileira de dentes muito amarelos. O Esquilo Menino Jesus ficou quase totalmente careca e a cauda, tão lisa quanto a de um rato. Todos eles perderam os olhos, então a mãe de Louise havia costurado suas órbitas ocas.

Mark havia percebido o desconforto de Louise no segundo em que o presépio chegara em casa. Disse a ela que tinha visto os esquilos virarem a cabeça uma noite e afirmou que eles só a estavam esperando ir dormir para rastejar pelo corredor, deslizar pela boca dela e descer pela sua garganta. Louise o mandou à merda, mas até hoje conseguia sentir as garras afiadas dos esquilos cravando o tecido macio de sua garganta enquanto forçavam seus corpos imundos em direção ao seu estômago.

Louise não aguentava nem mais um segundo com aquele troço na mesma casa que ela. Forçou-se a segurá-lo pelas laterais e viu a Sagrada Família Esquilo balançar tanto que por um terrível segundo pensou que fossem todos descolar da base, o que a obrigaria a tocar aqueles corpos para recolhê-los. Ela marchou pela cozinha e saiu na garagem.

O ar parecia fresco e gelado ali. Não tinha cheiro de velas aromatizadas e poeira. Ela foi até a lata de lixo, abriu a tampa e deteve-se por um momento.

Pupkin tinha sumido.

— Ow! — disse Mark atrás dela.

Louise levou um susto. Ela se virou e viu Mark a encarando pela porta aberta da garagem.

pupkin não está aqui, escapou, ele deve estar muito bravo

Ela jogou o Presépio dos Esquilos na lata de lixo e fechou a tampa com força.

— "Ow" é para cavalos — disse ela, uma das frases favoritas da mãe.

— Eu sei o que você está fazendo. — Mark sorriu. — Acha que eu vou me estressar com o tempo que isso está levando e vou resolver te incluir na venda.

Ela estampou no rosto a expressão mais indiferente de que era capaz e perguntou com uma voz inocente:

— Você está planejando vender?

— Ter casa própria é coisa de otário. Eu gosto de ser inquilino.

— Tia Honey vai ficar com raiva — comentou Louise. — Ela acha que você deveria ficar com a casa e alugá-la, como a mamãe costumava fazer, ou se mudar para cá.

— Pois é, fazer o quê? — retrucou Mark. — Agora a casa é minha, então eu não ligo muito para a sua opinião.

— Beleza — disse ela. — Vou tentar tirar tudo daqui o mais rápido possível.

Coisa que ela não tinha a menor intenção de fazer.

— Eu posso esperar — declarou ele. — Posso esperar por meses. O mercado imobiliário só melhora.

— Mercy disse que a bolha está no auge — argumentou ela, aproveitando qualquer vantagem que pudesse encontrar. — Você não vai querer esperar muito.

— Mamãe deixou tudo pra mim, Louise. Isso não vai mudar, não importa quanto tempo você arraste os pés.

— Tudo bem — concordou ela, mas não conseguiu relaxar o rosto. O falso sorriso dela mais pareceu um rosnado.

— Você tem um emprego — disse Mark — e uma filha. E vai ter que voltar para essa vida em quanto tempo, uma semana? Uma semana e meia? Em março esta casa vai estar à venda e não há nada que você possa fazer a respeito.

Ele parecia tão presunçoso. Achava que era capaz de prever tudo o que ela ia fazer.

— Talvez eu me mude para cá — afirmou ela. — Talvez eu traga a Poppy. Você vai querer esperar? Eu posso trazer minha filha para cá, onde o custo de vida é mais barato, e passar anos em Charleston reunindo os objetos desta casa. Você nunca vai vender esta porra de lugar enquanto eu estiver viva.

Ela se sentia corada, seu rosto estava quente. Mark parecia eufórico.

— Então se eu te der metade do valor da casa, você vai meter o pé e parar de fingir que se importa com a arte da mamãe?

Aquilo a fez pensar. Meio a meio e tudo aquilo estaria acabado. Eles remarcariam a visita de Agutter para a semana seguinte e pronto, Louise finalmente poderia voltar para casa e rever Poppy. Tudo de volta ao normal.

Pense em Poppy podendo começar a vida já com duzentos e cinquenta mil, disse Louise a si mesma. *E você nunca mais terá que lidar com Mark.*

Ela abriu a boca para dizer algo e Mark ergueu as sobrancelhas. Louise logo percebeu que era uma armadilha. Ele queria testar a ganância dela só para depois puxar seu tapete. Nunca em toda a vida do irmão ele havia compartilhado alguma coisa com ela.

— O amor não tem preço — disse ela.

E sentiu que tinha vencido. Era uma vitória pequena, uma vitória suja, mas era dela.

Mark lhe mostrou o dedo do meio e notou algo por cima do ombro dela.

— Foi você que fez aquilo? — perguntou a ela. Louise olhou para onde ele apontava. Viu o vidro quebrado da porta dos fundos. — Você quebrou aquele vidro?

— Eu não tinha a chave — respondeu.

— O conserto vai sair do seu bolso — avisou ele. — Você não pode entrar aqui e quebrar minhas coisas.

Mark saiu furioso na direção da caminhonete, e Louise ficou sozinha na garagem com a arte da mãe, a lata de lixo e...

pupkin

Ele só tinha ido parar mais no fundo da lata de lixo, nada mais. Louise podia abrir a lata e encontrá-lo se quisesse, mas ela não queria. Então começou a pensar no que mais tinha visto ali dentro.

O saco estava rasgado.

Devia ter agarrado em alguma coisa e rasgado. Ele não teria como rasgá-lo e sair lá de dentro. Era um fantoche, não era capaz de...

Mark.

É claro. Ele provavelmente passou por ali, foi jogar alguma coisa fora, viu Pupkin dentro da lata de lixo e o tirou de lá para provocá-la. Talvez fosse escondê-lo na bolsa de Louise ou em algum outro lugar quando ela não estivesse olhando. Talvez montasse toda aquela cena de ligar a televisão para o fantoche de novo. Tudo bem. Ela levaria ainda mais tempo para reunir as obras de arte. Pela primeira vez, Mark não ia vencer. Seria necessário mais do que um fantoche para tirá-la daquela casa.

Capítulo 11

Louise parou na porta de seu quarto e olhou para Buffalo Jones sentado na cama, com Coelho Vermelho, Ouricinho e Dumbo acima dele na prateleira. Percebeu que aqueles eram os únicos itens que queria levar embora dali. Poppy ia amá-los, e eles seriam uma boa maneira para ajudá-la a contar histórias de quando ela mesma era criança, falar mais sobre a avó e talvez tentar explicar de novo o que era a morte, só que dessa vez de um jeito melhor.

Ela os reuniu em seus braços e foi para o gramado da frente, banhado pela luz do sol.

— Ow! — chamou Mark de sua cadeira dobrável. — Aonde você está indo?

— Eles são meus, Mark — respondeu Louise, caminhando em direção ao carro sem parar para dar justificativas.

— Não — rebateu ele —, eles são meus.

— Vou levá-los para a Poppy — disse ela.

— Foi você quem pagou por eles ou foi a mamãe e o papai? — perguntou ele, levantando-se da cadeira e se aproximando com raiva. — Você só pode ficar com as obras de arte da mamãe e coisas que você mesma tenha comprado. Se não tiver um recibo, sinto muito, pertence a esta propriedade. E esta propriedade pertence a mim.

O sangue de Louise subiu. Ela virou as costas, entrou na casa pisando firme, jogou os bichos de pelúcia no sofá, tirou uma nota de vinte da bolsa e voltou para o gramado. Amassou o dinheiro e jogou em Mark. A nota ricocheteou no peito dele e caiu na grama.

— É o suficiente pra você? — questionou ela.

— Isso mal dá pra comprar cerveja — respondeu, sorrindo. — Eu estava pensando mais em uns... cem dólares cada.

— Quatrocentos dólares? Pelos bichinhos de pelúcia que eram meus quando criança?

— Eu também não pagaria. De qualquer forma, você nunca gostou muito deles, não é? Sempre deixou em cima de uma prateleira.

Louise se abaixou e pegou os vinte dólares do chão.

— Os fantoches da mamãe são arte — disse ela. — Vou levá-los também.

Ela não queria os fantoches. Não queria nada daquilo. Por que estava brigando com Mark por causa daquelas coisas?

Porque ele não pode continuar ganhando tudo.

— Ótimo — replicou Mark. — Sobra menos porcaria para mim.

A raiva fez o cérebro dela zumbir dentro do crânio.

— Por que você está agindo assim? — gritou ela para Mark.

— Por que *você* está agindo assim? — rebateu ele de volta.

Porque só desta vez eu quero que as coisas sejam justas, porque você sempre ganha tudo.

— Por causa do testamento da mamãe — respondeu ela. — Estou respeitando os desejos dela.

— Eu também — argumentou Mark.

Os dois se encararam, ofegantes, e Louise não conseguia pensar em nada para dizer que ele não fosse jogar de volta na cara dela. Ela se virou e voltou para dentro de casa.

— É sempre um prazer conversar com você — disse Mark.

Ela entrou e ficou parada do lado de fora da oficina da mãe. Aquele era o cômodo da casa que mais passava a sensação de ser um espaço privado da mãe e, embora ela ainda não estivesse pronta para entrar ali, depois de dizer o que tinha dito sobre os fantoches, sentia como se precisasse dar uma olhada na situação.

Louise girou a maçaneta. Abriu uma fresta de uns quarenta centímetros e a porta bateu numa parede macia repleta de fantoches. Ela se espremeu e conseguiu passar pela abertura. Havia fantoches cobrindo as quatro paredes, pendurados em suportes feitos com cabos de vassoura encaixados em uma base de madeira, enfiados em caixotes e empilhados quase até o teto na mesa de trabalho da mãe. Onde não havia fantoches, havia materiais que a mãe usava para confeccioná-los. Eram pilhas de caixas de papelão — que tinham murchado com o tempo — que continham tiras de feltro, tecido, juntas de borracha, tule rosa fluorescente, rede arrastão néon. Atrás da mesa de trabalho da mãe, onde ela cortava padrões e aparava pelúcias, ficava sua máquina de costura e, ao lado dela, um armário de metal com pequenas gavetas contendo olhos e cílios de plástico, cabelos falsos, botões, penas, lantejoulas e strass.

De alguma maneira, a oficina continha mais itens do que o restante da casa inteira. Louise mal conseguia respirar, pois o lugar estava abarrotado de fantoches, quarenta anos deles enfiados em um quartinho minúsculo, recobrindo as paredes, empilhados até o teto. Era quente demais, abafado demais, claustrofóbico. Fedia a poliéster.

Aquela oficina era o santuário de sua mãe. Seu espaço seguro. O lugar onde ela dedicara centenas de horas de vida a criar coisas.

E tudo aquilo estava prestes a ir para o lixo.

— Vamos contar vocês — disse Louise em voz alta, e as camadas de bonecos macios que revestiam as paredes absorveram o eco das palavras dela, fazendo-as soar abafadas.

A oficina representava centenas de horas de trabalho da mãe, centenas de horas de vida gastas criando aquelas coisas e fingindo que estavam vivas. Talvez por isso a mãe gostasse tanto de *O coelhinho de veludo*. Foi isso que ela passou a vida fazendo: dando vida a objetos inanimados.

Eles não são reais. São apenas tecido sintético e plástico. São apenas coisas.

Louise passou os olhos pelos fantoches. Alguns ela não reconheceu, mas a maioria — como o Sr. Não, Brilho Cósmico, Danny, o Dragão da Imaginação, Caradepizza, Juiz Bom Senso — ela sabia quem era. Para contá-los, teria que abrir caminho entre a massa de corpos pendurados e ir mergulhando até chegar à parede oposta, perto da janela. Ela se preparou para entrar naquele mar de tecido e enchimento, mas não conseguiu. Era triste demais. Seria mesmo capaz de jogá-los fora? Tudo o que a mãe tinha criado? Mas se não jogasse fora, o que mais iria fazer com aquilo tudo?

Sobrecarregada, Louise fechou a porta. Decidiria depois o que fazer com eles.

Não havia muitos itens de arte para contar nos quartos, então ela decidiu enrolar colocando os bichos de pelúcia de volta na prateleira do seu antigo quarto. Encontraria uma maneira de tirá-los de lá em outro momento. Louise entrou na sala ensolarada e olhou pela janela saliente. Mark continuava sentado no quintal imbuído da missão de proteger a casa contra ela, curvado sobre o celular.

Ela pegou os bichinhos de pelúcia, levou todos de volta para o quarto e os enfileirou na prateleira outra vez. Precisava ir mais devagar. Havia apenas algumas poucas pinturas no quarto da mãe, uma ou duas no quarto de Mark, e era isso, além dos fantoches. Ela olhou para o celular e viu que ainda não era nem meio-dia. Então decidiu verificar se a mãe tinha alguma pintura escondida dentro do guarda-roupa.

Louise atravessou o corredor e ficou parada na frente do quarto dos pais, a única porta da casa em que eles sempre precisavam bater antes de entrar. Antes que perdesse a coragem, ela agarrou a maçaneta e a girou, emitindo o som que Louise ouvira durante toda a vida — um ruído oco e metálico com um leve barulhinho como o de um sino no fim — e abrindo a porta. Ela hesitou na soleira. Era a primeira vez que entrava naquele quarto desde a morte dos pais.

A luz fria do sol atravessava as janelas e iluminava a penteadeira de carvalho da mãe, que ficava ao lado da porta, e uma fina camada de poeira jazia sobre os frascos de perfume, a escova e o pente com estampa mesclada. A cama estava feita. Havia algumas pinturas a óleo simples e coloridas de frutas penduradas na parede oposta. Uma única meia escura — do pai — estava jogada perto de um dos pés da cama. Aquela cena foi tão definitiva e vazia quanto Louise temia.

Quando ela e Mark ficavam muito doentes durante a infância, a mãe deles permitia que eles dormissem na cama dela porque era maior. Louise se lembrava dos dias em que estava doente, diante da televisão em preto e branco na penteadeira, encolhida, tomando canja de galinha com o prato apoiado em uma bandeja e bebendo refrigerante sem gás. Louise queria tanto ser cuidada. Como ela e Mark haviam chegado àquele ponto? Como haviam chegado ao nível de brigar por nada, de odiar um ao outro e discutir por causa de um testamento?

Louise tirou os sapatos e se deitou na cama dos pais, encolhendo-se bem no meio dela. O cheiro suave de Old Spice do pai e o aroma de talco da mãe exalavam dos travesseiros. Ela não esperava que aquilo fosse ser tão difícil. Louise olhou para a natureza-morta na parede, cheia de cores, camadas e camadas de tinta a óleo, e se lembrou da dificuldade da mãe ao pintá-las. Pintar o mundo real nunca tinha sido fácil para ela.

Durante toda a vida, Nancy quis que Louise levasse sua arte a sério, mas a filha se recusava. Tirava sarro, ignorava e até, segundo Mark, fizera a mãe chorar por causa disso. Agora ela e Mark tinham feito da arte dela o campo de batalha em que despejavam todos os seus antigos ressentimentos e, no fim, assim como tudo aquilo que os pais haviam passado anos acumulando dentro daquela casa, tudo o que haviam economizado para comprar, tudo o que haviam criado, acabaria no lixo. Seria vendido a estranhos em um bazar de caridade. Tudo estaria acabado, inclusive ela e Mark, porque, depois dessa situação, como ainda poderiam falar um com o outro?

Não sobraria nada.

— Me desculpem — sussurrou Louise para o quarto, ainda sentindo o cheiro de talco e loção pós-barba dos fantasmas dos pais. — Me desculpem.

Ela falhara como mãe e agora também como filha. Os pais eram cinzas dentro de um buraco. O irmão havia tirado a casa dela. E ela estava prestes a jogar no lixo tudo o que a mãe passara a vida inteira fazendo. Louise se sentia completamente esgotada.

E pegou no sono.

Quando abriu os olhos, o quarto estava mais iluminado, o que significava que já passava do meio-dia, e sua boca estava pegajosa. Algum som a despertara do sono profundo. Ela prestou atenção, mas não ouviu nenhum barulho. Olhou pela porta aberta para o corredor vazio, mas não viu nada. A cama estava bem macia e o ar, fresco, mas ela se sentia aquecida e segura, encolhida consigo mesma; suas mãos entre as coxas estavam quentinhas, seu pescoço contra o travesseiro, na temperatura perfeita. Ela não queria se mexer nem sair dali.

Louise deixou suas pálpebras baixarem lentamente e seus olhos desceram sobre o próprio corpo na cama até encontrarem a meia escura do pai bem na ponta dela. A meia se mexeu.

Em um instante, Louise despertou. Não era a meia do pai — era uma cabecinha preta e peluda aparecendo na extremidade da cama, pontuda como a de um roedor, como a de um camundongo, como a de um rato...

como a de um esquilo

O esquilo cinza-escuro deu mais dois impulsos, avançou na escalada pelo edredom e ergueu o focinho para farejar o ar. Devia haver esquilos no sótão; talvez por isso eles tivessem fechado o alçapão com tábuas. Aquele ali devia ter descido pela abertura da tubulação no corredor e entrado em busca de comida. Será que esquilos transmitiam raiva?

O bicho era asqueroso e tinha uma falha no pelo, bem no topo da cabeça. Suas orelhas pareciam ter sido mastigadas. Um lado dos lábios coriáceos estava repuxado, permitindo que ela visse uma fileira de dentes muito amarelos e os olhos do animal costurados, e foi assim que ela percebeu: ele saíra do Presépio dos Esquilos.

Ela sentiu todo o seu corpo gelar. Um pequeno gemido escapou de sua boca, e o esquilo virou a cabeça na direção dela. Louise se deu conta de que o bicho podia ouvi-la. Ele fez outro movimento lento, cauteloso e rastejante em busca da boca de Louise para deslizar o corpo longo e asqueroso pela garganta e se contorcer dentro dela até chegar às entranhas.

Ela se preparou em silêncio, tomando cuidado para não balançar o colchão. Tensionou os músculos da perna esquerda para dar um pontapé no esquilo, pensando em chutá-lo, jogar o cobertor em cima dele e sair correndo. O esquilo zumbi inclinou a cabeça para o lado, prestando atenção, enquanto Louise contraía os músculos da coxa, até que de repente houve um movimento no travesseiro macio em volta do pescoço dela, e o esquilo que estava enrolado ao redor de sua garganta mergulhou para dentro de sua camisa e desceu pelo seu corpo.

Louise gritou e pulou da cama sem se importar com o outro esquilo que estava na ponta do edredom, desesperada para tirar aquela coisa de baixo da roupa. O bicho fincava as garras no corpo dela, nos seios, na barriga, nos flancos, corria até as costas de Louise, preso debaixo da camisa. Ela dava tapas em si mesma, pulando de um pé para o outro, gritando "Ah! Ah! Ah!" sem parar, atormentada pelo bicho e louca para tirá-lo de perto.

As patas secas e afiadas do animal beliscavam a barriga de Louise, e ela percebeu que ele descia cada vez mais, chegando à parte da camisa que estava enfiada dentro do jeans, e se continuasse naquela direção logo estaria abaixo de sua cintura. Ela entrou em pânico ao se dar conta de que ele poderia entrar em sua calça.

A sensação era de que havia algo seco contra sua pele, algo leve e afiado, como uma espécie de crustáceo, tipo um caranguejo, correndo por baixo de suas roupas. Louise sentiu as garras beliscarem novamente sua barriga e aquela cabecinha triangular forçar a passagem pela cintura da calça como se fosse uma cunha. Ela bateu com força na própria barriga e prendeu a criatura contra si, pressionando-a contra o corpo com firmeza para prendê-la, até que algo mais afiado do que Louise poderia imaginar abriu um corte profundo em sua barriga. Ela continuou pressionando, recusando-se a libertá-lo, não importava o quanto fincasse os dentes nela.

O esquilo se debatia, se retorcia e não parava de tentar entrar na calça de Louise. Ela enfiou a mão esquerda entre os botões da camisa, abrindo dois deles, tirou a barra da blusa de dentro da calça, segurou aquela coisa dura e ossuda, arrancou-a da própria pele e a arremessou para longe. Era mais leve do que ela imaginava que seria. A coisa voou pelo quarto e atingiu a parede oposta com uma batida leve e abafada. Louise virou em direção à porta para sair correndo e parou tão bruscamente que perdeu o equilíbrio e caiu de bunda. O Esquilo Menino Jesus estava sentado à porta, contorcendo a cauda sem pelos. A cauda mumificada quebrou no meio de um movimento e caiu dura em cima do carpete. O coto balançava para a frente e para trás enquanto o esquilo cego inclinava a cabeça, prestando atenção aos sons e tentando encontrar Louise.

Fazendo o máximo de silêncio possível, Louise se levantou e deu um passo comprido e silencioso para a direita, em direção à porta do banheiro. O Esquilo Menino Jesus se ergueu sobre as patas traseiras, sentindo as vibrações do ar. Do outro lado do quarto, o Esquilo Maria que ela jogara contra a parede se levantou. Uma de suas patas dianteiras pendia em um ângulo de noventa graus. O Esquilo José continuava agachado em cima do edredom e, assim como o que estava à porta, ergueu-se sobre as patas traseiras para ouvir com atenção.

Louise congelou.

A porta do banheiro estava longe demais. Seriam necessários pelo menos três passos largos para chegar lá, e eles eram mais rápidos do que ela. Mas era sua única chance. Ela deu outro passo lento e silencioso. Debaixo do carpete, o piso rangeu.

O esquilo no edredom inclinou a cabeça na direção dela. Louise prendeu a respiração. O Esquilo Menino Jesus ficou de quatro e, devagar, deu um passo na direção dela.

Louise tentou tirar o pé do carpete o mais vagarosamente possível. O esquilo no edredom voltou a se apoiar nas quatro patas e começou a descer pelo tecido com a cabeça voltada para o chão. Louise, por fim, levantou o pé, e o piso rangeu outra vez. O Esquilo José, já no meio da parte pendente do edredom, congelou e fez um único movimento convulsivo com a cauda.

Foi quando ele avançou para alcançá-la. Ela viu as raquetes de badminton encostadas na parede e ouviu as garras do Esquilo José correndo pelo carpete, se aproximando, então pegou uma das raquetes, posicionou-a de modo que as redes ficassem viradas para o chão e bateu com ela no piso, prendendo o esquilo entre a raquete e o carpete.

Ele começou a se contorcer, com mais força do que ela imaginava que teria, e envolveu a rede com suas minúsculas garras mumificadas. Louise levantou a raquete, e o esquilo foi junto, grudado no objeto, então ela bateu outra vez com a raquete no carpete e pisou em cima. Algo estalou. O esquilo soltou a rede. Louise virou a raquete e bateu a ponta do aro de madeira no esquilo, partindo-o ao meio.

Ela mais sentiu do que viu os outros dois se movimentando, avançando na direção dela por cima do carpete. Louise entrou depressa no banheiro escuro e bateu a porta. Ela ouviu o atrito dos corpos secos contra a madeira do outro lado, arranhando a porta com as garras, tentando escalar, e trancou a fechadura no instante em que percebeu que um deles havia alcançado a maçaneta do lado de fora.

As sombras projetadas no chão, que Louise conseguia enxergar pela fresta debaixo da porta, se moveram. Ela olhou para baixo bem a tempo de ver um esquilo enfiando sua cabeça alongada e pontiaguda pela fresta e, sem hesitar, levantou o pé descalço, descendo o calcanhar com força em cima do crânio seco da criatura.

Ela sentiu a coisa se quebrar como uma casca de noz na sola do pé. Ele se sacudiu e deu alguns espasmos por um instante, tentando tirar o próprio crânio esmagado de baixo do calcanhar dela, depois ficou imóvel. Louise puxou o pé de volta e olhou para a casca oca do esquilo esmagado, depois se virou, inclinou-se sobre a pia e abriu a boca para vomitar. O estômago convulsionava, mas tudo o que veio foi um longo arroto borbulhante com gosto de vômito e um ar azedo. Estrelas brancas apareceram em sua visão. Ela ficou assim por um bom tempo, até sentir pontadas no estômago.

Por fim, Louise se sentou no vaso sanitário fechado e tentou controlar o ritmo da respiração. Quando sentiu que conseguia se mover sem ficar tonta, acendeu as luzes, e foi então que percebeu que o esquilo debaixo da porta havia sumido. Ela abriu a porta cuidadosamente, com a raquete em mãos e o coração batendo forte dentro do peito. A porta revelou um trecho de carpete vazio, depois mais um trecho de carpete vazio, e então ela a abriu por completo. Os esquilos tinham desaparecido.

Louise precisava saber. Ainda segurando a raquete, ela foi até a porta do quarto, olhou para o corredor e ouviu um som alto percorrer a casa. Teve um sobressalto, assustada, e então percebeu que era Mark cortando madeira com uma serra elétrica. Ela seguiu o som até a garagem.

O irmão estava do lado de fora, com a porta dos fundos aberta, e usava a serra circular para cortar um pedaço de compensado de madeira e remendar o vidro quebrado. Louise passou por cima da extensão e foi até a lata de lixo. Ele a ouviu abrir a tampa.

— Quer saber — disse ele —, você pode revirar as peças de arte da mamãe o quanto quiser, mas vai ter que pagar pela janela que quebrou.

Louise o ignorou. Dentro da lata de lixo estava o Presépio dos Esquilos. Os esquilos Maria e José continuavam nas posições de oração como sempre, inclinados sobre o esquilo vermelho, o Menino Jesus. Mas o crânio seco do Esquilo Maria havia sido esmagado, e o Esquilo José tinha um corte na lateral, revelando seu interior de couro oco, com algumas partículas de serragem pegajosa grudadas em seu pelo.

— E essa raquete de badminton também não é sua — acrescentou Mark, atrás dela.

As rachaduras aconteceram quando ela jogou o presépio no lixo. Aqueles no quarto da mãe eram esquilos de verdade, vindos do sótão. Ela só se confundiu, não tinha matado aqueles esquilos. Eram animais rápidos, ela só os havia espantado.

Você os jogou no lixo e os deixou irritados. Você deixou Pupkin irritado também. Onde está Pupkin?

— Sabe, eu tinha tudo organizado com o pessoal da Agutter — continuou Mark, atrás dela. — Eles iam se encarregar dessa merda toda porque não estão emocionalmente ligados a nada aqui. Daí você veio e ferrou com tudo. E agora, vai fazer o que com as peças de arte da mamãe? Provavelmente vai jogar tudo no lixo.

Louise não aguentava mais. Não conseguia lidar com Mark, com aquela casa...

com o presépio dos esquilos, com pupkin

Ela se virou.

— Você venceu — disse para Mark. — Ligue para Mercy, venda a casa. Para mim já deu.

Capítulo 12

— Espera, o quê? — perguntou Mark, seguindo-a para fora da garagem.

— Já terminei e não vou voltar — respondeu ela.

Louise podia ouvir Buffalo Jones, Coelho Vermelho, Ouricinho e Dumbo chamando-a em seu antigo quarto, presos na prateleira.

Louise, não nos deixe.

— O que aconteceu? — indagou Mark.

Louise continuou andando em direção à calçada.

— Não aconteceu nada, Mark. Já deu para mim, só isso.

Louise, não nos abandone de novo.

— E as peças de arte da mamãe? — questionou Mark. — Eram tão importantes que você até falou em se mudar para cá.

Não nos abandone como fez com...

Ela não queria ouvir. Parou diante do carro alugado azul brilhante e se virou para encarar Mark. Ela precisava ir embora.

— Eu disse aquilo para te provocar — Louise abriu o jogo. — Porque você sempre consegue tudo o que quer, e a mamãe nunca te disse "não", mas eu não aguento mais isso. Estar aqui é péssimo para a minha saúde mental, então você venceu. Fique com tudo. Para mim, chega.

— Você não pode fazer isso — disse Mark. — Não pode simplesmente aparecer aqui, quebrar janelas, espalhar a arte da mamãe pelos cantos e depois me deixar sozinho para cuidar de tudo.

Louise...

Ela podia, sim.

Louise bateu a porta do carro, girou a chave e, enquanto manobrava para sair, Mark foi atrás dela, gritando:

— Você ainda me deve por aquela janela!

Quando ela chegou à esquina, olhou pelo espelho retrovisor e viu Mark parado na rua em frente à casa deles, observando-a partir, parecendo muito pequeno e muito solitário.

... por favor...

... não vá...

Louise ligou a seta e virou à esquerda. Ela não encarou mais o espelho retrovisor. Quando chegou ao sinal, pegou a Coleman e foi embora sem olhar para trás.

Eu entrei em pânico. Havia esquilos no sótão, eles saíram lá de cima e eu entrei em pânico. Nunca mais vou precisar voltar lá. Agora aquela é a casa do Mark. Não é mais a casa da nossa família. Já chega.

Pela primeira vez desde que Mark ligara, ela se sentiu livre. Era estranho que tudo tivesse acabado. Não haveria novas histórias, nem novas lembranças, nem novas obrigações, uma vez que a família agora era uma parte do passado e o passado havia terminado, chegara ao fim. Não podia afetá-la. Ela nunca mais precisaria voltar para aquela casa, nunca mais falaria com Mark sobre nada além de assuntos legais. Sua vida agora estava toda em São Francisco. A história da família Joyner havia se encerrado.

Louise voltou para o seu quarto no hotel, levantou a camisa e se olhou no espelho para examinar a barriga. Estava coberta de arranhões, mas ela havia carregado coisas de um lado para outro o dia todo. Qualquer coisa poderia tê-los causado. Ela tomou um banho quente e repetiu para si mesma dentro de sua cabeça.

acabou, acabou, acabou, acabou, acabou

Louise se enrolou em uma toalha e se sentou na beira da cama. Tudo parecia estar muito quieto e silencioso pela primeira vez em dias. Sua cabeça parecia vazia. Ela decidiu se deitar na cama, só por um instante, e quando abriu os olhos o quarto estava escuro. Pegou o celular para saber as horas e viu as chamadas perdidas de Mark, Brody e Mercy, mas não deu a mínima. Estava mais cansada daquela situação do que antes de adormecer. Só se importava com Poppy. Precisava ouvir a voz da filha.

Ela mandou uma mensagem para Ian.

EI, PODE PEGAR A POPPY PARA FAZERMOS UMA CHAMADA DE VÍDEO?

Ele respondeu:

AGORA VOCÊ DECIDIU SER MÃE? ESTOU TE MANDANDO MENSAGEM O DIA INTEIRO. ELA NÃO PARA DE PERGUNTAR POR VOCÊ.

Louise olhou para o celular e viu cinco mensagens não lidas de Ian, em um tom cada vez mais urgente.

ESTAVA LIDANDO COM A PROPRIEDADE DOS MEUS PAIS MORTOS, respondeu ela. Um golpe baixo, mas se não pudesse usar a tragédia ao seu favor pelo menos um pouquinho, qual seria o sentido? ZERO INTERESSE EM FICAR FALANDO DO PASSADO DE NOVO. ESTOU AQUI AGORA.

Ele respondeu:

5 MINS.

Ela não queria que Ian a visse de toalha, então vestiu uma calça jeans e uma camiseta antes de receber a chamada de vídeo. Louise atendeu à ligação. O coração dela se apertou quando viu como Poppy estava abatida.

— Oi, meu amor — disse. — Como você está? Estou com tanta saudade!

Poppy tinha olheiras, seu rosto estava pálido, e não era por causa da iluminação ambiente. Os cantos dos olhos e a ponta do nariz dela estavam avermelhados.

— Você está bem, Popster? — perguntou Louise. — Está se sentindo mal?

— Quando voxê volta pa casa, mamãe? — choramingou Poppy, falando como um bebê.

Eles tinham se esforçado muito para fazê-la parar com aquilo, mas Louise não deixou transparecer sua decepção.

— Daqui a pouco — respondeu. — Mas você já é uma menina crescida, precisa entender que não posso estar do seu lado o tempo todo.

— Eu xou bebê! — balbuciou Poppy. — Quando voxê volta pa caja?

Apesar da linguagem de bebê, Louise sorriu, feliz em dar boas notícias.

— Volto para casa amanhã. Achei que ficaria aqui por muito tempo, mas mudei de ideia porque mal posso esperar para te ver, então vou pegar o primeiro voo amanhã cedo e voltar para casa.

O sorriso de Poppy foi tão grande que dividiu o rosto dela em dois. Ian virou a câmera para si mesmo.

— Quando você ia me contar? — questionou ele.

— Acabei de decidir — respondeu Louise. — Não tem mais nada aqui para mim, então vou voltar para casa assim que conseguir um voo.

— Você vai vir pra cá? — perguntou Poppy, colocando o rosto na frente da câmera e falando com sua voz normal. — Vai vir agora?

— Ainda estamos nas montanhas — disse Ian, e Louise percebeu que ele estava tentando não criar problema diante da mudança repentina.

Apareceu na tela uma chamada de Mark. Louise recusou.

— Vou pegar um avião para São Francisco — respondeu ela. — Você pode levar Poppy de volta amanhã ou no dia seguinte.

A imagem na tela se mexeu quando Ian pegou o celular. Ela o ouviu dizer a Poppy:

— Já volto.

Então a câmera exibiu o interior das narinas de Ian e parte dos olhos.

— Você vai mesmo voltar mais cedo? — perguntou ele. — Não é brincadeira?

— Vou procurar um voo assim que encerrar a ligação — disse Louise.

— Graças a Deus — disse Ian. — Ela fez xixi na cama de novo ontem à noite. Minha mãe até colocou o nome dela na fila para uma consulta com um psicólogo infantil...

— De jeito nenhum — replicou Louise. — Chego em casa amanhã à tarde.

— Eu sei — concordou Ian. — Mas assim... vem rápido? Está sendo um pesadelo.

— Deixa eu falar com ela de novo — pediu Louise.

Ian voltou para o quarto e entregou o celular a Poppy.

— Eu vou voltar para casa — explicou Louise —, mas quero encontrar uma menina crescida quando chegar lá. Você consegue falar como uma menina crescida por mim?

— Vem pra casa agora — disse Poppy com a voz normal.

— É muito longe. Demora um pouco para chegar lá. Você sabe a que distância fica?

— Cento e cinquenta quilômetros — respondeu Poppy.

Cento e cinquenta quilômetros era a distância mais longa que Poppy conhecia por experiência própria, já que a casa dos pais de Ian na montanha ficava a essa distância de São Francisco.

— Vinte vezes mais do que isso — disse Louise. — Você sabe quanto dá?

— Uns vinte — chutou Poppy.

— É bem mais longe do que isso — corrigiu Louise.

Ela não conseguia acreditar em como era bom ouvir a voz de Poppy. Louise se lembrou da época em que estava no segundo ano da pós-graduação, quando a mãe ligou uma noite e ela desandou a falar sobre a política interpessoal do método charrette e de estar procurando por um estágio remunerado, até que finalmente percebeu que a mãe não estava respondendo.

— Por que você ligou mesmo? — perguntara Louise.

— Eu só precisava ouvir sua voz — respondera a mãe.

Louise se perguntou o que a mãe devia estar sentindo naquela noite, mas ela nunca saberia. Nem agora nem nunca. A vida da mãe tinha acabado, e os segredos que ela guardava não importavam mais.

Mark ligou outra vez, mas Louise recusou a chamada.

— Você só está a vinte quilômetros de distância — decidiu Poppy.

— Não, estou a cento e cinquenta quilômetros vezes vinte de distância — corrigiu.

Louise não fazia ideia de por que estava tentando explicar multiplicação para uma criança de cinco anos, mas se lembrou de como gostava de quando o pai lhe explicava as coisas, mesmo quando ela não entendia direito.

— A passagem vai custar uma grana assim de última hora — comentou Ian. — Você vem de Delta?

— Não sei — disse Louise, irritada por ele estar interrompendo aquele momento e tornando-o mais confuso para Poppy do que era necessário. — Eu ainda não consegui ver. Poppy, você consegue imaginar quanto é vinte vezes cento e cinquenta quilômetros?

— Você está a cento e cinquenta quilômetros — declarou Poppy.

Mark ligou novamente. Louise recusou, pressionando a tela com força.

— Vamos desenhar essa distância, que tal? — sugeriu Louise. — Você tem um papel aí? Eu tenho...

Pof!

Algo bateu na janela atrás de Louise. Ela deu um pulo, assustada, e sem querer jogou o celular do outro lado da cama. Então abaixou no carpete, apoiada nas mãos e nos joelhos, engatinhando até chegar ao aparelho e olhou para trás.

Mark estava do lado de fora da janela, batendo nela com as mãos.

— Lou! — chamou ele, a voz abafada pelo vidro duplo. — Eles não querem me dizer o número do seu quarto.

— Mamãe? — Louise ouviu Poppy chamar baixinho do celular que ela jogara longe.

— Pelo amor de Deus! O que você pensa que está fazendo? — disse Louise, e então percebeu que Mark não conseguia ouvi-la com a janela fechada. — O que você quer? — gritou ela.

— Venha aqui fora! — respondeu ele, também aos gritos, a voz abafada e muito distante. — Precisamos conversar!

Ela ouviu Poppy perguntar a Ian onde a mamãe estava.

— Não! — gritou Louise para Mark.

— Nós precisamos conversar! — berrou ele.

— Não! — bradou ela novamente.

— Ei! — alguém gritou do quarto ao lado. — Falem baixo!

— É importante! — berrou Mark do outro lado, se recusando a ir embora.

Louise pegou o celular e viu o rosto de Ian de perto enquanto ele tentava descobrir o motivo de a tela ter ficado preta de repente.

— Ei — disse Louise. — Tive uma emergência aqui, diga a Poppy que volto em um minuto.

Ela encerrou a ligação e se virou para a janela.

— Me encontra lá na frente — gritou ela.

— Calem a boca! — gritou o homem no quarto ao lado.

Mark esperou na calçada, fora do alcance do sensor da porta automática. Seu cabelo estava grudado à cabeça nas laterais, como se ele o tivesse alisado com as mãos várias vezes. Segurava o celular em uma das mãos, e sua barriga aparecia por baixo da camiseta. Louise caminhou em direção às portas de vidro, que se abriram, engolfando-a no ar frio da noite.

— O que é? — perguntou Louise.

— Eu não vim pra brigar — avisou Mark.

— Estou indo para casa.

— Eu sei que você não gosta de mim porque não sou bem-sucedido o suficiente pra você. Mas estou satisfeito de verdade com a minha vida. As pessoas gostam de mim, me acham um cara bacana.

— Não tem nada a ver com você ser ou não ser bem-sucedido — declarou Louise. — Mas se nós não fôssemos parentes, se tivéssemos nos conhecido hoje, não seríamos amigos. Somos pessoas diferentes, com valores diferentes... além disso, somos dois adultos que podem escolher as próprias companhias, e neste momento estou escolhendo voltar para casa, para a minha filha. Eu realmente não me importo com a casa, Mark. Mamãe a deixou para você.

Ela lhe deu as costas e foi andando de volta para dentro.

— Eu te dou vinte e cinco por cento — anunciou ele.

A proposta deteve Louise.

— Por quê? — perguntou ela, virando-se para o irmão.

— Não vou estar indo contra a vontade da mamãe se eu fizer isso — argumentou. — Ela me deu a propriedade e eu decidi te dar uma parte dela, ainda que você me odeie.

— Eu não te odeio, Mark — disse Louise. — Mas também não quero mais brigar com você. Então, faça como quiser.

— Vou te dar vinte e cinco por cento da casa, quer você goste ou não.

— Isso é... — Louise tentou pensar em algo para dizer. — Muita generosidade da sua parte.

— Eu sou um cara generoso.

— Então... como isso vai funcionar? Você vai colocar a casa à venda e depois me mandar um cheque?

— Não — disse Mark. — Mercy vai vender.

Ele estendeu o celular para Louise, com a tela virada para ela. Mercy acenou com as duas mãos.

— Oi, Louise! — A voz de Mercy soou pelo pequeno alto-falante, e ela franziu o nariz. — Isso é tão empolgante!

— Você estava aí esse tempo todo? — perguntou Louise.

— Mark queria que eu falasse com você. Eu acho que temos uma baita oportunidade aqui, mas vamos precisar que você fique mais alguns dias.

— Ah, não — disse Louise, sentindo o pânico fechando sua garganta. — Eu preciso voltar para São Francisco. Acabei de dizer a Poppy que vou voltar para casa.

— E você vai — continuou Mercy, animada, como se não tivesse ouvido a última parte —, mas antes precisamos começar o processo de preparar a casa.

— Eu preciso que você cuide da parte burocrática — disse Mark. — Eu sou ótimo com negociações em geral, mas você é melhor com a papelada.

Louise percebeu o que estava acontecendo. Ela pensou nas ligações perdidas de Brody.

— O que Brody disse? — perguntou ela a Mark.

— Nada — respondeu Mark, tão ofendido que Louise soube de cara que ele estava mentindo.

— O que ele queria? — questionou ela.

— Só... coisas. Uma corrente de reclamantes, um inventário da casa, disse que eu teria que preencher uns papéis para a Previdência Social e perguntou se eu tinha conversado com a Faculdade de Charleston sobre a pensão do papai.

— Não — disse Louise. — Sem chance. Eu não vou quebrar a promessa que fiz à minha filha para ficar aqui fazendo o seu dever de casa. Vou embora e pronto.

— Louise — chamou Mercy ao telefone —, eu disse ao Mark que cuidaria da casa, mas... nada contra, Mark, mas eu não chegaria nem perto de estar envolvida nisso se você não participasse das negociações.

— Posso conversar com outros corretores de imóveis... — começou Mark.

— E você se lembra do que conversamos, Mark — replicou Mercy. — Eu não vou te ajudar a vender a casa se for para você puxar o tapete da sua irmã. E você pode até encontrar outro corretor de imóveis, mas Brody é o advogado da propriedade, e todo mundo sabe que eu sou sua prima. Vão me perguntar se você é um proprietário problemático e serei obrigada a contar a verdade.

— Eu não sou problemático coisa nenhuma — retrucou Mark, olhando para a tela do celular.

— De qualquer maneira — continuou Mercy, ignorando-o —, Mark sabe que não importa o que diz o testamento, dividir a casa meio a meio é a coisa certa a se fazer. Viu? No final tudo acaba bem!

— Eu disse vinte e cinco por cento — protestou Mark.

— Mark — repreendeu-o Mercy —, é cinquenta para cada.

— Gente — interferiu Louise —, eu não vou ficar aqui. Não posso dizer a Poppy que estou indo para casa e depois voltar atrás. Crianças precisam de consistência, precisam poder confiar nos pais.

— Mark — disse Mercy —, passe o celular para a Louise.

Ele hesitou por um longo momento e entregou o celular para a irmã, de má vontade.

— Não mexa em nada — disse ele.

Ela pegou o celular e se afastou de Mark.

— Eu realmente agradeço por todo o seu esforço, Mercy, mas, sinceramente, eu não posso... — começou Louise.

Mercy nem a deixou terminar:

— Brody ligou e nos contou o que aconteceu entre você e Mark. Estamos descendo a lenha no seu irmão há horas. Brigar por dinheiro é feio.

Louise fechou os olhos. Sua respiração parecia presa no fundo do peito.

— Eu não quero a casa — disse ela. — Não é um ambiente bom para mim.

— Shhh — fez Mercy. — Uma casa de quatro quartos e dois banheiros naquele quarteirão acabou de ser vendida por mais de setecentos mil dólares. E essa venda foi feita por uma corretora de imóveis que mal é capaz de soletrar o próprio nome. Eu consigo fazer melhor do que isso para vocês dois. Cinquenta por cento de setecentos mil são mais de trezentos mil dólares, Lulu. É a diferença entre uma faculdade estadual e uma de elite para a Poppy. É imersão em espanhol, acampamento de verão, estágio numa ONG e viagens para o Japão. É uma baita vantagem para a sua menina.

Louise sentiu a casa envolvendo-a novamente com seus tentáculos, arrastando-a para dentro de si, prendendo-a em Charleston. Ela queria que tudo aquilo acabasse.

— Não posso voltar para a casa dos meus pais — disse ela, e as palavras saíram apressadas. — É ruim para a minha saúde mental.

— Você tem plano de saúde?

— Tenho o do trabalho.

— Então agende umas sessões de terapia — sugeriu Mercy. — Trezentos mil dólares vão mudar a vida da Poppy. Não há nada que eu não faria pelos meus filhos e eu sei que você é como eu. Acorde, mamãe. Isso aqui é a vida real.

— Mercy… — começou a dizer Louise.

— Você vai ficar mais uma semana — disse Mercy, mudando o tom de voz para soar mais positiva. — E, de todo modo, você já ia ficar aqui por esse tempo. Nada de ruim vai acontecer em sete dias.

Louise não conseguia respirar. Ela queria ir para casa, queria ver Poppy, não queria que a filha fosse a um psicólogo infantil, mas também queria mandá-la para o acampamento de verão de paleontologia, queria levá-la para a Itália, queria uma casa com quintal. Ela olhou para Mark, ao longe, se balançando de um lado para outro e evitando olhar para a irmã, agitando as mãos dentro dos bolsos do short cargo. Ela soltou a respiração.

— Que horas amanhã? — perguntou a Mercy.

E entrou para dizer a Ian e Poppy que havia mudado de ideia e que só voltaria para casa na semana seguinte.

Não foi uma conversa agradável.

Capítulo 13

Mercy disse aos primos que queria passar na casa por volta das três e dar uma olhada em tudo, então Louise chegou lá às nove e estacionou na frente da garagem.

— Não precisa fazer nada extravagante — dissera Mercy. — Só garanta que tudo esteja iluminado e brilhando. Deixe a casa exibir o que ela tem de melhor.

Louise observou uma equipe de jardinagem do outro lado da rua usar sopradores de folhas e arrancadores de ervas daninhas. Olhou para o relógio: Mark estava quinze minutos atrasado. Os sopradores de folhas começaram a rugir, e um homem passou fazendo caminhada pela calçada em frente à casa. Mark estava trinta minutos atrasado. Louise não conseguia mais ficar parada. Saiu do carro.

Ela foi andando até a porta da frente, tentando avaliar a casa da perspectiva de Mercy. O telhado precisava ser limpo, as paredes da fachada teriam uma aparência melhor depois de uma lavagem a jato, as telas tinham que ser higienizadas. Havia muito a ser feito, e ela podia muito bem começar sozinha. Louise foi até a varanda e parou para procurar o celular dentro da bolsa. A pausa fez com que se lembrasse dos bonecos.

Havia muitos bonecos ali esperando por ela. Em algum lugar, numa parte menos racional do seu cérebro, Louise chegou à conclusão de que era impossível uma coisa se parecer tanto com um ser humano e existir por tanto tempo sem começar a desenvolver pensamentos próprios. O que será que os bonecos pensavam?

Eles pensam em você jogando Pupkin no lixo. Pensam em você jogando o Presépio dos Esquilos no lixo. Pensam em você jogando cada um deles no lixo. Pensam no quanto eles te odeiam.

Ela decidiu esperar por Mark na porta da frente.

Ele chegou por volta das dez da manhã, já reclamando.

— Você não trouxe café? — perguntou no segundo em que saiu da caminhonete. — Estou te dando vinte e cinco por cento da casa, você poderia pelo menos ter trazido café. Um muffin ou algo para beliscar também não ia mal.

— Vinte e cinco por cento não me transformam magicamente em sua funcionária — disse Louise. — Me dá a chave.

Ela estendeu a mão. Ele não se mexeu por um longo momento, então suspirou e tirou um grande molho de chaves do bolso de trás, encontrou a da porta, tirou-a do chaveiro e colocou-a na mão da irmã.

Louise destrancou a porta e entrou na casa depressa, fazendo barulho, seguida por Mark. Ela foi esquadrinhando o chão com os olhos, à procura de alguma coisa que se contorcesse, se movimentasse ou agisse minimamente como um esquilo.

nada nessa casa pode me machucar, não há nada nesta casa além de objetos

Ela parou e analisou a sala com muita atenção. Os bonecos Mark e Louise a encararam do outro lado do sofá com seus olhos mortos, ambos estavam entre o braço do sofá e a parede.

— Eu odeio aqueles troços — disse Mark e virou para o corredor. — Preciso mijar.

Ele deve tê-los colocado ali ontem, depois que eu saí. Deve ter visto os dois na garagem e quis deixar tudo do jeito que nossa mãe deixava. Eles não desceram das prateleiras e entraram aqui para me esperar.

— A casa parece ótima — opinou Mark, andando pelo corredor. — Eu nem sei por que estamos aqui. Mercy não vai chegar antes das três.

eles não estão com raiva de mim

Mas pareciam estar.

— Essa visita vai determinar o preço em que Mercy vai avaliar a casa — argumentou Louise por cima do ombro, incapaz de tirar os olhos dos dois bonecos gigantes. — Não existe uma segunda chance de causar uma primeira impressão.

— Eu sei que você adora fazer prova — disse Mark —, mas nós não vamos receber uma nota nessa visita. Que porra é essa?

Louise se virou, deu um passo para trás e procurou manter os olhos nos bonecos e em Mark ao mesmo tempo. Mark estava com a cabeça inclinada para trás, encarando o alçapão do sótão fechado com tábuas.

— Que porra é essa? — repetiu ele.

— Não sei — repetiu Louise. — Talvez seja por causa dos esquilos. Provavelmente é por causa dos esquilos. Acho que vi alguns ontem. Vamos ter que contratar um exterminador.

— Que esquilos grandes da porra! — disse Mark. — Não é? Meio exagerado, você não acha?

— Parece um trabalho típico do papai — comentou Louise.

— Eu acho que a gente não devia estar aqui — replicou Mark. — Acho que meu plano era bem melhor, e quando vejo coisas assim — disse ele, apontando para a escotilha — sinto que estava certo desde o começo. Não está sentindo a vibe?

— A única vibe que eu estou sentindo é que temos menos de cinco horas antes de a Mercy chegar e ainda precisamos fazer um monte de coisa — respondeu Louise, voltando ao seu modo eficiente. — Se a casa não estiver brilhando, talvez ela abaixe o preço final da venda em trinta mil dólares. São sete mil e quinhentos dólares a menos para mim, ou seja, quase três meses de mensalidade do jardim de infância da Poppy, então você e eu vamos fazer tudo o que estiver ao nosso alcance para que esta casa pareça minimamente normal.

— Está sendo igualzinho a quando você e eu éramos crianças — disse Mark. — Louise com seu uniforme idiota das Escoteiras da Juventude Hitlerista distribuindo ordens por toda parte.

— Essa é uma comparação realmente ofensiva — devolveu Louise. — Mercy disse especificamente que os bonecos a assustavam, então esses vão ser os primeiros a ir embora. Depois a gente remove as peças de arte que estão nas paredes.

Louise podia jurar que havia percebido uns ruídos se espalhando entre os bonecos.

— Quadros fazem um ambiente parecer maior — opinou Mark.

— Não nessa quantidade.

Mark juntou-se a ela na entrada da sala e eles avaliaram os bonecos.

— Então… a gente embala todos em papel de seda ou o quê? — perguntou ele.

Louise estendeu para o irmão uma caixa de sacos plásticos pretos.

— Eita — disse ele, afastando a mão depressa, como se o objeto estivesse quente. — Eu consigo vender esses bonecos no eBay por muita grana.

— Está bem, então. Vamos ensacar todos e colocar na sua caminhonete.

— Assim eles vão estragar.

— Então o que você quer fazer com eles? — questionou Louise, irritada.

— Olha, eu já estava com tudo no esquema — argumentou Mark. — Sem frescura, é só chamar o pessoal da Agutter e pronto! Feito! Mas aí você e Mercy me fizeram vir aqui, e não sei como me sinto a respeito disso.

Louise quase respondeu de volta, mas em vez disso desenrolou um saco de lixo, destacou-o, abriu-o e obrigou-se a caminhar até o sofá (mais perto dos bonecos Mark e Louise). Ela pegou dois bonecos palhacinhos do encosto do sofá. Evitando ao máximo tocá-los, os enfiou rapidamente dentro do saco de lixo e sentiu sua mão ficar meio pegajosa.

— Vamos — pediu ela —, me ajude aqui.

— Mas — protestou Mark da porta da sala — são as coisas da mamãe.

— Foi você quem contratou os caras com a caçamba de lixo — disse Louise.

— É diferente ter que fazer isso com as nossas próprias mãos — rebateu ele, e parecia tão genuinamente chateado que Louise sentiu a necessidade de dizer alguma coisa.

— Eles se foram, Mark — lembrou ela, suavizando o tom de voz. — E alguém precisa dar um jeito em todas as coisas que eles deixaram para trás.

Mark abriu a boca, fechou-a novamente, desviou o olhar para a sala de jantar e voltou a encarar Louise.

— Eu sei, ok? — disse ele. — Mas é que essa é a casa deles. Aqui estão todas as coisas da mamãe e do papai. É uma vida inteira. Eles não iam querer que jogássemos tudo no lixo.

— A vontade deles não importa mais.

— Importa para mim. — Mark balançou a cabeça. — Isso tudo está acontecendo rápido demais. Precisamos desacelerar.

— Mercy vai estar aqui hoje à tarde — argumentou Louise.

— Depois que nos livrarmos dessas coisas, não vai dar para recuperá-las. E se a gente mudar de ideia? Aí tudo já era, para sempre.

— Não temos tempo para isso.

— Não estou pronto, não consigo fazer isso.

— Mark. — Louise se aproximou dele, fazendo contato visual. — Eu também não quero fazer isso, mas não há mais ninguém que faça.

Os olhos de Mark percorreram a sala depressa, frenéticos.

— A mamãe e o papai seriam capazes de lidar com essa situação — disse ele. — Eles eram adultos. Nós somos apenas... crianças altas.

Ele parecia estar à beira das lágrimas.

— Mark. — Louise tentou ser gentil. — Não me faça ter que lidar com tudo sozinha.

Ele fechou os punhos, os abriu, fechou de novo, saiu em disparada até o outro lado da sala e arrancou a sacola das mãos de Louise.

— Eu seguro — disse ele.

Louise jogou o resto dos palhacinhos no saco plástico, um atrás do outro. O Arlequim foi o seguinte, pousando em cima dos palhaços. Então Louise foi até o armário dos bonecos, tentando manter a maior distância possível entre ela e os bonecos Mark e Louise.

Ela abriu as portas e pegou algo neutro: uma cabaninha de cerâmica com telhado de palha.

— Espere! — gritou Mark. — A mamãe comprou isso na viagem para a Inglaterra que vocês fizeram quando ela estava grávida de mim. Ela tem uma coleção inteira.

Louise olhou para o armário dos bonecos e viu mais uma cabana de cerâmica com telhado de palha.

— Só tem duas — disse ela.

— Sim, ela só conseguiu duas peças. Eu quero ficar com elas.

Ele ficou com as cabaninhas.

— Se você começar a acumular coisas, nunca vamos terminar — comentou Louise.

Mark colocou as cabaninhas na mesa do hall de entrada e voltou. Ele estendeu o saco plástico.

— Ok, pode pegar qualquer outra coisa agora. Aquelas são as únicas duas coisas que eu quero.

Louise pegou um rei de plástico de vinte centímetros, que vestia uma túnica de veludo vermelho e tinha um chapéu de veludo preto. Mark fechou a boca do saco de lixo.

— Você vai jogar Henrique VIII fora? — perguntou ele.

— Sim — respondeu Louise.

— Você não se lembra? É da mesma viagem. Mamãe comprou o Henrique VIII e as seis esposas dele em Hampton Court.

Ele apontou para as seis rainhas que rodeavam Henrique, todas claramente parte do mesmo conjunto, vestindo roupas rígidas com muito cetim azul, veludo verde e detalhes dourados.

— E daí? — questionou Louise.

— Mamãe sabia de cor a rima inteira — disse Mark, se esforçando para se lembrar. — Catarina, Ana, Jane: divorciada, decapitada, morreu. Ana, Catarina, Catarina: divorciada, decapitada, sobreviveu.

Ele sorriu, surpreso por ter recordado de tudo.

— Como você se lembra disso? — perguntou Louise. — Você não era nem nascido.

— Sei lá. — Ele deu de ombros. — Eu só ouvia as histórias da mamãe.

Louise enfiou a mão no armário e pegou um bibelô Hummel de um menino que usava *lederhosen*.

— Lou — disse Mark, e ela parou, os ombros abaixando em desânimo. — Você não se lembra? Quando fomos para a Alemanha e nos levaram até aquela cervejaria em Berlim? Papai ganhou um concurso de yodel. É o prêmio de yodel do papai!

Louise jogou o bibelô dentro do saco de lixo em cima do Arlequim. Mark pareceu chocado e colocou a mão dentro do saco para pegá-lo de volta.

— Ei, calma aí — pediu ele. — É uma lembrança importante.

Louise jogou Henrique VIII e as seis esposas na sacola, em cima da mão de Mark.

— Pare com isso! — retrucou ele, e Louise percebeu que o irmão estava bravo de verdade. — Você não pode sair jogando fora todas as nossas lembranças!

— Mark — disse Louise —, você precisa começar a enxergar tudo isso como tralhas de outras pessoas.

— Mas não são tralhas de outras pessoas. — Ele gesticulou para a sala, apontando para os bonecos, os bordados nas paredes, a pilha de fitas VHS do *Muppet Show* embaixo da TV. — São as nossas tralhas. São coisas que estiveram com a gente a nossa vida inteira. Você tem uma filha, e eu, o que tenho além disso aqui?

No silêncio que se fez entre eles, ecoou o ruído agudo de um cortador de grama ligado do outro lado da rua. Louise deixou o momento perdurar por mais alguns instantes.

— Por que você não fica com os bonecos? — sugeriu ela, usando seu tom de voz mais gentil. — Colocamos todos na sua caminhonete, você os leva para casa e os separa lá. Fique com o que quiser, venda o restante, decida com tranquilidade.

Ele fez que sim com a cabeça.

— Ok.

— Podemos colocá-los em caixas — sugeriu Louise.

— Pode ser nos sacos mesmo — respondeu ele depressa. — De boa, vamos só terminar logo com isso.

Os bonecos observavam imóveis, esperando que Louise os pegasse. Ela se sentiu um monstro. Dois sacos plásticos de lixo cheios e finalmente o armário dos bonecos ficou vazio.

— Parece... — começou, mas Mark terminou por ela.

— Errado. Sinto que estamos fazendo algo errado. Como se a qualquer instante a mamãe e o papai fossem entrar pela porta da frente e a mamãe fosse ficar uma fera por termos mexido nos bonecos dela.

Ambos ouviram um soprador de folhas uivar do outro lado da rua.

— Eu não vou ficar com eles — disse Mark, apontando para os bonecos Mark e Louise na ponta do sofá.

Louise tinha conseguido mantê-los fora de seu campo de visão até aquele momento, mas agora eram os únicos bonecos que restavam.

— Então jogue os dois no lixo — respondeu ela.

— Eu não vou encostar neles — replicou Mark. — Jogue você.

Louise encarou os bonecos, incapaz de se forçar a pegá-los. Mark percebeu a hesitação dela.

— Vamos deixá-los aqui — disse ele.

— Mercy disse "nada assustador", e não existe nada mais assustador do que isso aí.

— Aqui — indicou Mark, pegando uma mantinha que cobria o sofá e jogando-a na cabeça dos bonecos. — Que tal?

Eles conseguiram parecer ainda mais esquisitos com a velha manta na cabeça, mas Louise não conseguia pensar em outra solução.

— Perfeito. Quer ajuda para colocar esses sacos na caminhonete?

— Alguém vai acabar roubando — argumentou ele. — Vou deixá-los na garagem por enquanto.

Os dois arrastaram os sacos cheios de bonecos até a garagem, quando Louise tropeçou na serra.

— Meu Deus, Mark — soltou ela. — Você não cuida das suas ferramentas?

Ele tinha parado de cortar a madeira para tapar o buraco na porta e deixado a serra e o compensado jogados no chão. Havia serragem por toda parte.

— É um projeto — disse Mark.

Deixaram os sacos encostados na parede e, inspirada, Louise olhou ao redor da garagem e viu algumas colagens nas prateleiras. Ela as recolheu e as apoiou contra a lata de lixo grande, depois pegou os retratos a óleo da família e os colocou lá também, então percebeu que Mark estava encarando.

— O que foi?

— Vai jogar esses fora? — perguntou ele, incrédulo.

— Essa é a pilha de doação — afirmou Louise, disfarçando. — Pegue o que quiser daí.

Mark pegou o retrato a óleo do pai, no qual ele saíra com a pele marcada e um olho vesgo.

— Essa é a única imagem que temos do papai — comentou ele.

— Com exceção das centenas de fotos que temos dele — lembrou Louise — e do busto do papai que a mamãe fez com argila, e a versão fantoche do papai que ela fez para o aniversário dele.

Mark não disse nada por um segundo e então:

— Você também não quer entrar na casa de novo — disse ele, e não era uma pergunta.

— Como assim? — perguntou Louise, irritada por ele ser tão observador. — Precisamos limpar a garagem também.

— Mercy não dá a mínima para a garagem. Você está enrolando e caçando o que fazer aqui porque não gosta da ideia de voltar lá para dentro, assim como eu. Tem alguma coisa errada com essa casa. Depois que você saiu, ontem, juro que ouvi alguma coisa no sótão. Dei o fora na hora.

esquilos, são só esquilos, esquilos normais, do tipo que a gente vê sempre

— Precisamos arrumar um exterminador para o sótão — disse Louise.

— Podemos ficar aqui fora — sugeriu Mark.

— Não, temos que preparar a casa para receber Mercy. Vamos resolver a cozinha...

— Mas... — começou Mark.

— Juntos — acrescentou Louise.

Eles foram à cozinha e acenderam as luzes. Nada aconteceu. Louise abriu a geladeira. A parte interna continuou no escuro e parecia quente.

— A energia está desligada — comentou ela.

— Espera aí — disse Mark, e voltou para a garagem.

Louise examinou as prateleiras da geladeira e viu sobras de comida guardadas em potes, um pedaço de manteiga em um prato de vidro transparente, metade de um sanduíche de peru cuidadosamente embrulhado em filme plástico. Aquilo a deteve por um instante.

O pai comera metade daquele sanduíche e guardara o restante para depois, quando sentisse fome, mas morreu antes de sentir fome outra vez. Agora ele nunca terminaria o sanduíche. Louise se sentiu fraca e se agachou, segurando a porta da geladeira com uma das mãos.

Ela se lembrou do *stollen* do pai.

Todo ano, depois do Dia de Ação de Graças, o pai assumia a cozinha e fazia *stollen* para todos os colegas de trabalho. Mesmo depois de se aposentar, ele continuou fazendo isso todos os anos para os vizinhos. Os pães eram minúsculos e disformes, nunca cresciam direito e eram cheios de grumos, malformados, mas para Louise sempre foram mágicos. Na maioria das vezes, ela só comia a cobertura, lambuzando os dedos, porque odiava o sabor das frutas cristalizadas envoltas na massa, mas adorava as cores — verde-jade, vermelho-rubi —, e quando era pequena ajudava a embrulhar cada um dos pães, amarrando um laço de fita verde com uma etiqueta anexada, onde ia o nome da pessoa que receberia o pãozinho. Durante duas semanas, a casa inteira cheirava a pão assado e glacê fresco.

Era isso o que ela queria sentir agora: o cheiro de algo reconfortante e vivo. Queria sentir o cheiro do pai, não o de velas aromáticas, desinfetante e poeira.

Louise fechou a geladeira e foi até a pia pegar um copo d'água. Alcançou um copo limpo e, antes que pudesse abrir a torneira, olhou dentro do ralo.

Um olho a encarou de volta.

Redondo e branco, ele espiava para fora do buraco escuro. Louise parou de respirar. Então ela enxergou o tecido azul ao redor — era um dos fantoches da mãe. Como tinha ido parar dentro da pia? Ela precisava tirá-lo de lá antes que quebrasse o triturador de lixo.

Louise enfiou a mão no ralo frio. A boca de borracha viscosa do anel de vedação engoliu o antebraço dela até o cotovelo e a ponta dos dedos roçou o tecido molhado do fantoche, pesado após absorver a água gordurosa. Ela tentou puxá-lo, mas ele não se mexia. Então Louise tateou ao redor, tocando as lâminas afiadas e grossas do triturador. O fantoche havia se enrolado nelas e ficado preso. Com a ponta dos dedos, ela lentamente o soltou das lâminas e, de repente, o triturador ligou sozinho.

O barulho preencheu o ambiente, e ela se jogou para trás, machucando o punho na beira do ralo ao arrancar o braço do buraco vibrante. Louise escorregou para trás e caiu sentada no linóleo da cozinha, com o triturador de lixo rugindo para ela de dentro da pia.

Mark enfiou a cabeça pela porta da garagem.

— Liguei o disjuntor de novo — disse ele, depois atravessou a cozinha e desligou o triturador. — Ow, onde que você encontrou esse fantoche da mamãe?

Louise não se mexeu. Ficou no chão com o fantoche molhado em uma das mãos.

— Vamos esperar Mercy lá fora — respondeu.

Capítulo 14

Mercy parou atrás da caminhonete de Mark, buzinando e acenando para eles do banco do motorista.

— Olha eles aí — disse ela, atravessando o gramado em seus saltos altos, até chegar perto deles, na porta aberta da garagem. — Trabalhando como formiguinhas! Vocês não se mataram a manhã toda para me receber, né?

— Sim — respondeu Mark.

— Temos que limpar a casa toda de um jeito ou de outro — comentou Louise.

— Eu sei — disse Mercy, e deixou os ombros caírem de um jeito teatral e dramático. — É tão triste ver um lugar deixar de ser a casa em que você cresceu e se tornar só uma dor de cabeça com cheiro de mofo. É difícil, gente. Vejo acontecer tanto, caramba!

Ela bateu os olhos nas pinturas a óleo da família empilhadas contra as latas de lixo.

— Aquela é você? — perguntou a Louise. — O que aconteceu com a sua pele?

— Mamãe estava aprendendo a pintar na época — disse Louise, sentindo-se inexplicavelmente na defensiva.

— Essa não é a grande lição da vida? — refletiu Mercy. — A gente se apega demais às tranqueiras, acumula coisas demais.

— Você quer ir na frente? — indagou Louise.

— Sim, vamos lá! Você vem com a gente, Mark?

— Tenho que consertar essa janela aqui — disse ele, mas Louise sabia que o irmão preferia ficar do lado de fora.

Ela não insistiu. Naquele momento, precisava acompanhar Mercy, que já esperava na varanda.

— Estou tão animada! — disse ela, batendo palminhas e em seguida desaparecendo dentro da casa.

Louise a alcançou na sala enquanto ela enquadrava uma foto com a câmera do celular.

— Nossa, está *tão* melhor — e abaixou a voz para um sussurro dramático — sem aqueles bonecos assustadores por toda parte.

Mercy tirou outra foto.

— Esta sala de estar é uma graça — comentou, tocando a parede que dava para a cozinha. — Será que isso aqui é uma parede estrutural? Muita gente prefere que os ambientes sejam integrados.

A mantinha estava no chão. Os bonecos Mark e Louise haviam desaparecido.

Um som agudo percorreu a casa vindo da garagem quando Mark começou a cortar madeira de novo. O flash de Mercy brilhou, e a sala escura ficou branca por um segundo. Louise sentiu uma pressão nauseante no estômago.

— Adoro a maneira como a luz entra nesta casa — disse Mercy. — Depois que tirarem todas as coisas antigas e pintarmos as paredes, vai ficar parecendo que acrescentamos uma janela.

O tempo todo, Louise presumiu que era Mark quem estava mudando as coisas de lugar, mas ele passara a manhã inteira com ela. Talvez ela tivesse virado as costas por um minuto e ele se aproveitara disso para levar os bonecos, mas para onde? Louise não os vira na garagem. E foi ele quem colocou a mantinha em cima deles porque não queria tocá-los. Pensou nos bonecos Mark e Louise vendo televisão, em Pupkin vendo televisão, no desaparecimento de Pupkin da lata de lixo... pensou nos esquilos mortos se contorcendo debaixo de sua camisa.

— Lulu? — chamou Mercy. — Perguntei se você sabe o que tem aqui embaixo.

Mercy estava agachada no hall, com a palma da mão pressionada contra o carpete. Louise tentou se concentrar na pergunta de Mercy, mas continuou procurando os bonecos, os esquilos e Pupkin.

— Lulu — disse Mercy, estalando os dedos. — Terra chamando.

não está sentindo a vibe?

a casa não parece vazia

sinto que estamos fazendo algo errado

Louise se sentiu sugada para o mundo de vibes, sentimentos viscerais e intuições de Mark. Ela se forçou a prestar atenção em Mercy. Se forçou a se concentrar no que importava: colocar a casa à venda, voltar para São Francisco, retornar à vida normal com Poppy.

— Madeira? — respondeu Louise. — Imagino que seja isso.

— Ótimo. Nesse caso, podemos arrancar imediatamente esse carpete velho e feio. Agora todo mundo prefere piso de madeira nas áreas de muita circulação.

Mercy entrou na sala de jantar.

— Achei que quem comprasse este lugar fosse simplesmente derrubar tudo e reconstruir — disse Louise, seguindo-a, tentando se concentrar na prima enquanto olhava para o hall, para a cozinha, atrás da mesa da sala de jantar, sempre em busca dos bonecos.

Mercy também olhava para todos os lados, medindo a casa, vendo uma futura reforma acontecer nos ambientes. Novamente o som estridente da serra circular ecoou da garagem. Louise se esforçou para pensar na venda. Mercy caminhou até as portas do pátio e deu uma olhada no quintal.

— Uma construtora derrubaria tudo — explicou ela. — Mas uma construtora não é a compradora certa no seu caso. Quatro quartos? Dois banheiros? Queremos vender para uma família. Olha só o tamanho daquele quintal. Qualquer comprador vai construir uma extensão nos fundos e ainda vai sobrar espaço. Seus pais subutilizaram as áreas externas desta casa.

Louise olhou para trás, tentando entender a visão de Mercy: um vasto pedaço de terra cheio de ervas daninhas com uma nogueira morta bem no meio e isolado dos vizinhos por causa de uns bambus que haviam crescido demais. Parecia tóxico.

— Eles não eram muito de ficar nas áreas externas — justificou Louise, enquanto Mercy passava por ela a caminho do corredor. — Mark ia construir um deque para eles, mas desistiu antes mesmo de começar.

— Foi por causa da tia Honey — afirmou a prima, do corredor. — Ela disse à sua mãe que não suportava a ideia de ver alguém fazendo mudanças na antiga casa da irmã, e você sabe como sua mãe sempre deu ouvidos a ela. No fim, tia Honey acabou fazendo um favor a vocês. Aquele quintalzão vazio vai fazer os olhos das pessoas brilharem.

Louise seguiu Mercy até o corredor e teve um vislumbre do alçapão do sótão fechado com tábuas. Ela tentou distrair a prima e impedi-la de olhar para cima.

— Então... quais são nossos próximos passos? — perguntou. — Na sua opinião.

Louise sabia que Mercy adorava dar opiniões.

— Precisamos nos concentrar em explorar todo o potencial desta casa — disse Mercy, espiando o antigo quarto de Mark e tirando outra foto com flash. — Precisamos iluminar esse espaço, permitir que respire, fazê-lo ganhar vida.

Mercy abriu a porta da oficina. Os fantoches impediram que ela abrisse mais do que uma fresta.

— Tem uma tonelada de fantoches aí dentro — desculpou-se novamente Louise.

— Vamos ter que tirá-los daí. Vocês cresceram rodeados de fantoches, então acham que eles são normais, mas essas coisas assustam as pessoas ainda mais do que os bonecos.

— Vamos tirar tudo daí ainda hoje — prometeu Louise, seguindo Mercy até o final do corredor.

Algo acima da cabeça de Louise bateu levemente no chão uma vez, um som que parecia deliberado. Os ombros dela se contraíram e ela parou, esperando para ver se o barulho se repetiria.

— Há muito o que fazer aqui — disse Mercy —, mas consigo enxergar seis dígitos polpudos se fizermos tudo direitinho.

talvez alguma coisa tenha caído

Louise seguiu pelo corredor atrás de Mercy, e a coisa no sótão — seja lá o que fosse — bateu de novo, e de novo, e de novo; batia uma vez para cada passo que ela dava, mantendo-se sempre acima da cabeça de Louise, seguindo-a pelo corredor. Ela reconheceu o som: eram passos. Algo no sótão a estava acompanhando. Algo pequeno.

— As pessoas costumavam se mudar primeiro e reformar depois — continuou Mercy, embora Louise tivesse parado de andar, e, aterrorizada, constatou que os passinhos se interromperam junto com ela. — Mas hoje em dia todo mundo quer se mudar para uma grande caixa branca com bancadas de mármore e cozinha com aço inoxidável, e pagam caro por isso! Já vi lugarzinhos horríveis, que nem ficavam neste bairro, onde cobriram tudo com um off-white chique, fizeram uma reforma completa e conseguiram vender por quase sete dígitos.

Louise tinha que andar, continuar parada seria estranho demais. Ela voltou a seguir Mercy, e os passos a acompanharam até ela se aproximar da prima, que estava agachada em frente à parede.

— Por que essa saída de ar está aberta? — perguntou ela, examinando o buraco na parede. — Existe algum problema de climatização?

— Ai, que estupidez a minha — disse Louise, e o silêncio lá em cima era pior do que os passos. — Eu tirei a tampa sem querer, mas vamos substituir. O aquecimento e o ar estão em perfeito estado.

— É bobagem — comentou Mercy, se levantando, e seus joelhos estalaram. — Mas potenciais compradores sempre querem saber dos detalhes: quantos anos tem a bomba de calor? Quantos anos tem esse telhado? Vocês têm um certificado...

Algo bateu no chão do sótão diretamente acima delas. Uma pipoca caiu do teto e escorreu pela parte de trás do colarinho de Louise.

— Um certificado? — perguntou Louise.

— De dedetização — concluiu Mercy. — Aqui embaixo também é necessário ter um...

Algo rolou pelo chão do sótão e os ombros de Louise se encolheram. Ela não queria mais estar naquela casa. Mercy levantou um dedo e apontou para o teto.

— Há esquilos aqui? — perguntou ela, e Louise sentiu os arranhões na barriga de novo.

— Talvez? — disse ela.

Mercy examinou o rosto de Louise e depois olhou de soslaio para a porta do quarto dos pais dela.

— Vocês vão ter que contratar um exterminador — anunciou ela. — E encontrar o certificado de dedetização. Lá vão constar informações sobre a umidade também. Vamos ver a suíte principal.

Ela abriu a porta do quarto e entrou.

— Em geral eu esperaria até a primavera para colocar uma propriedade como essa no mercado — explicou Mercy por cima do ombro —, mas assim que você resolver essas burocracias eu não perderia tempo em anunciar a venda.

Louise deu um passo, tensa diante da possibilidade de ouvir mais sons vindos do sótão, mas só havia silêncio. Ela então relaxou e se juntou a Mercy no quarto.

— Exterminador, pintura, verificar a estrutura da casa, a bomba de calor — enumerou a prima — e com certeza tomar alguma providência quanto a esses esquilos.

— Merda! — exclamou Louise.

Mercy parou e olhou para Louise, que estava congelada, com os olhos fixos no canto do quarto onde os bonecos Mark e Louise se encontravam, vestidos com roupinhas vitorianas.

— Isso é exatamente o que não queremos que aconteça com um comprador em potencial — disse Mercy. — Vocês precisam tirar *todas* essas coisas daqui.

Louise não conseguia se mexer. Será que Mark colocara os dois ali? Era alguma brincadeira de mau gosto? Percebeu que Mercy estava olhando diretamente para ela.

— Você já prestou atenção na vibe dessa casa? — perguntou Mercy. — Tudo parece meio estranho, não é?

Louise voltou à realidade.

— Não — rebateu ela. — Eu só tinha esquecido que eles estavam ali.

Colocar a casa à venda, voltar para São Francisco, retornar à vida normal com Poppy.

— Bom, eles são perturbadores — comentou Mercy, e então começou a tirar fotos do quarto novamente.

Louise se forçou a tirar a meia preta do pé da cama e a levou até o closet da mãe, abriu o cesto cheio de roupas sujas e a jogou lá dentro. A visão das roupas que seus pais nunca mais usariam a deixou mais triste do que palavras podiam descrever. A ideia de ter que lavá-las, depois dobrá-las e guardá-las para nunca mais serem usadas a deixou deprimida. Tudo aquilo era demais para lidar. Ela não aguentava mais ter que pensar naqueles bonecos, no sótão e na vida dos pais sendo interrompida daquele jeito.

— Há uma bolha imobiliária em Old Mount Pleasant — continuou Mercy, andando na direção do banheiro —, e a galera do Norte aceita pagar absolutamente qualquer coisa por um telhado novo e uma boa estrutura, desde que a casa seja branca e bem iluminada.

Mercy tirou uma foto com flash da parte interna do banheiro.

— Uau, mas isso é o que eu chamo de um banheiro de primeira — opinou ela, apertando o interruptor para acender a luz.

Nada aconteceu.

— Desculpe — disse Louise, envergonhada, como se não tivesse feito sua lição de casa. — Deve ser a lâmpada. Eu queria ter arrumado a casa melhor. Desculpe.

Ao se virar para ela, Mercy já não parecia uma corretora de imóveis, mas sua prima outra vez.

— Está tudo bem — garantiu ela. — Eu vou ajudar vocês a arrumar tudo, ok? Sou só eu, Lulu. Venha ver isso aqui.

Louise alcançou Mercy à porta do banheiro e a viu enquadrando uma foto do armário embutido com a câmera do celular.

— Essa coisa é enorme — disse ela. — Isso significa que vai ter muito mais espaço aqui quando a removermos.

Algo dentro do armário bateu nas portas do móvel. Três batidinhas leves e rápidas.

me deixa sair

Mercy e Louise ficaram encarando o armário embutido. Louise sentiu uma gota de suor deslizar pelas costas.

eu não deveria ter voltado aqui, deveria ter ido para casa ontem à noite

Ela sentiu uma urgência de sair dali. Não conseguia lidar com aquela casa, os barulhos suspeitos, os sanduíches deixados pela metade pelos pais, as roupas sujas deles e todos aqueles bonecos. Percebeu que estava em silêncio, apenas encarando as portas fechadas do armário. Então se virou para Mercy, os tendões do pescoço estalando de tensão.

— Canos — declarou ela, e abriu um sorriso tão grande para Mercy que pareceu só um pouquinho maníaco. — É só ar nos canos.

Mercy retribuiu com um sorriso compreensivo na escuridão do banheiro.

— Vamos falar com Mark — disse a prima, e saiu.

Louise foi andando atrás dela, desejando que a coisa no sótão permanecesse em silêncio, tentando não sentir os olhos dos bonecos Mark e Louise cravados em suas costas. Mas, ao chegar no corredor, ouviu as batidas atrás dela, vindo de dentro do banheiro outra vez.

toc, toc, toc

me deixa sair

Ela alcançou Mercy no quintal, enquanto Mark aparafusava o compensado em cima do vidro quebrado na porta da garagem, e quase quebrou o pescoço ao tropeçar na serra dele novamente.

— Não estou falando que você é obrigado — dizia Mercy quando Louise se juntou a eles. — Estou dizendo que é uma opção.

— Não fique tentando me convencer — disse Mark, soltando a parafusadeira na terra. — Eu pesquisei.

— Então, o que você acha? — perguntou Louise, temendo a resposta.

— A casa é ótima — respondeu Mercy, alegre e empolgada, como se nada tivesse acontecido. Louise ouviu pássaros cantando na nogueira morta. As coisas pareciam muito mais normais no quintal. — Precisamos organizar a papelada e saber quando foi a última vez que seus pais mexeram no telhado, mas vai ser fácil de vender. Assim que o testamento for homologado, devo levar umas duas semanas para conseguir ofertas de compradores sérios...

Louise ficou se questionando: será que apenas ela havia escutado aqueles sons?

— ... mas eu não vou anunciar a venda — concluiu Mercy.

— Como assim? — perguntou Louise.

— Você está de sacanagem? — questionou Mark. — A gente passou o dia inteiro trabalhando que nem cornos pra sua visita. Você me fez dar vinte e cinco por cento da casa para Louise.

— Cinquenta por cento — corrigiu Mercy. — A casa tem algumas questões, e eu aprendi por experiência própria que não se deve anunciar um imóvel problemático. Não se você tiver uma reputação a zelar.

— Eu falei pra Louise deixar os quadros pendurados — disse Mark. — Paredes vazias fazem os cômodos parecerem menores.

Mercy foi contando nos dedos os problemas.

— Barulhos estranhos no sótão, a coisa dentro do armário embutido do banheiro, seja lá o que for, você claramente surtando por causa daqueles bonecos na porta do quarto e a vibe estranhíssima desse lugar.

— Eu disse que queríamos ter arrumado melhor a casa antes de você chegar — justificou-se Louise.

— Eu vou ser bem clara com vocês — continuou Mercy. — Barulhos estranhos, energias ruins, o falecimento recente dos pais de vocês... essa casa está assombrada, e eu não vou vendê-la até vocês resolverem isso.

— Puta que pariu — soltou Mark.

— Isso é… — Louise tentou pensar na palavra certa — loucura.

E parecia loucura. Loucura de verdade.

eu não estou louca

— Vocês estão chateados — disse Mercy. — Eu entendo, ninguém gosta de receber más notícias, só que a minha especialidade é vender casas, e metade da venda de uma casa está atrelada ao psicológico. Vocês sentem o quanto esse lugar é esquisito?

— Sim — respondeu Mark.

— Não — respondeu Louise.

— Seria burrice ignorar meus instintos — prosseguiu Mercy. — E não é o fim do mundo. Já lidei com dois imóveis problemáticos antes.

Louise sentiu-se traída pela prima, passada para trás. Como se ela tivesse se tornado o inimigo.

— Isso tudo é bem desagradável — disse. — Nossos pais acabaram de morrer.

— Poxa, não é possível que isso seja uma surpresa tão grande. Sua família sempre foi estranha.

— Por que todo mundo fica repetindo isso? — perguntou Louise.

— Está muito nítido que vocês precisam lidar com alguma coisa aí dentro — concluiu Mercy. — Mas existem pessoas que podem ajudar. Que benzem, fazem uma limpeza espiritual e são bem discretas, porque entendem que tornar público esse tipo de coisa pode afetar a venda.

— Quem faz isso? — perguntou Mark.

— Eu já pedi para a minha mãe — respondeu Mercy

Louise lembrou que sua tia Gail tinha um anjo da guarda chamado Mebahiah, que cuidava dela e a ajudava a encontrar boas vagas para estacionar.

— Ai, meu Deus — disse ela.

— Exatamente. Ela é super-religiosa e, de verdade, tudo o que ela vai pedir é uma doação, já que estão construindo um novo centro de ensino para adultos. Qual é o problema em fazer isso,

Louise? Digamos que você não acredite que a casa esteja assombrada, beleza. Fazer essa limpeza espiritual vai te dar uma sensação boa de encerramento. Os dois imóveis problemáticos com os quais lidei acabaram por ser avaliados cinco por cento acima do valor pedido depois de receberem uma limpeza espiritual.

— São a mamãe e o papai? — perguntou Mark em voz baixa. — Que estão lá dentro?

Mercy se transformou na prima outra vez, deixando a corretora de imóveis de lado.

— Gostaria de saber — respondeu ela e colocou a mão no braço dele. — Sinto muito, Mark.

— Você acha... — começou Mark, engolindo em seco. — Você acha que podemos vê-los?

Louise sabia que precisava dar um fim àquilo. Era perigoso pensar, ainda que por um instante, que a morte não era definitiva.

só uma chance de vê-los de novo, mesmo que por um segundo

— Acho que talvez seja melhor consultar outro corretor de imóveis — comentou ela. — Sem ofensa.

— Não fico ofendida — disse Mercy. — Mas eles vão dizer a mesma coisa. A casa está assombrada, e vocês não podem colocá-la à venda antes de lidar com isso. Ainda que encontrem alguém disposto a anunciá-la, essas coisas sempre voltam para puxar seu pé à noite.

Ela tirou a chave do carro de dentro da bolsa e abraçou Louise, que deixou o corpo o mais rígido possível. Depois deu um abraço demorado em Mark, com um afago nas costas.

— Preciso avaliar outro imóvel — afirmou ela. — Pensem com carinho no assunto e me avisem. Mamãe vai ficar feliz em ajudar, ainda mais sendo para a família. Ela adora se sentir útil.

Os dois a seguiram e pararam na frente da casa, observando-a entrar no carro, dar uma buzinadinha leve e ir embora.

Capítulo 15

— Toda vez a mesma coisa — disse Louise. — Toda maldita vez.

— Eu sei — concordou Mark. — Um passo para a frente, dois passos para trás. Você acha que a casa vai te render uma boa grana, e aí… pfff… está assombrada. Não consigo acreditar.

— Eu estou falando de você! — rebateu Louise, andando para trás e abrindo espaço entre ela e o irmão no gramado. — Toda vez que você me diz alguma coisa, ou eu te dou o benefício da dúvida, ou tento te ajudar, a coisa toda se volta contra mim e eu acabo me ferrando. Toda! Maldita! Vez!

— Eita — disse Mark. — Se bem me lembro, eu é que estou te fazendo um favor te dando vinte e cinco por cento da casa, coisa que não sou obrigado a fazer por lei, mas estou fazendo porque sou um cara legal. Então, se *acabar se ferrando* quer dizer *ganhar uma bolada*, então, sim, é isso aí.

— Era de se esperar que eu já tivesse aprendido a lição — continuou Louise. — Que estar nesta casa não é bom para mim, que ficar aqui não me faz bem. Mas você me implora para ajudar com a papelada e aqui estou eu de novo, com um monte de baboseira até o pescoço. Você e a mamãe realmente sabem me manipular que nem argila molhada. Eu sou uma mulher de trinta e nove anos e ainda caio nessa. Sou patética!

— O que foi que a Mercy viu lá dentro? — perguntou Mark ao olhar de novo a casa.

— Mercy surtou porque ouviu alguma coisa cair no sótão e porque tinha ar nos canos do banheiro da suíte dos nossos pais, então eles ficaram batendo — disse Louise. — Nada de mais.

Falando assim, no gramado em frente à casa, definitivamente não lhe parecia nada de mais.

— Nunca ouvi os canos baterem — disse Mark.

— Acontece o tempo todo em casas — afirmou Louise.

— Foram umas batidas aleatórias ou soaram mais propositais? — questionou Mark.

— Foram só batidas.

— Pode ter sido uma mensagem em código Morse. Existem vários registros ao longo da história de espíritos se comunicando por meio de batidas em mesas.

— Nossa casa — insistiu Louise — não é assombrada.

— Já te falei muitas vezes que ela tem uma vibe estranha — disse Mark. — Eu consigo sentir dentro de mim. Mercy também sentiu a mesma coisa, não estamos sozinhos aqui.

— Estamos, sim! — rebateu Louise.

— Parece-me que fazes demasiados protestos — declarou Mark.

— Citar Shakespeare não torna uma afirmação verdadeira — replicou Louise.

Os olhos de Mark se arregalaram.

— Você viu alguma coisa lá dentro ontem — disse ele, as coisas se encaixando em sua mente. — Foi por isso que saiu correndo de lá! Eram a mamãe e o papai?

Louise recusava-se a aceitar que aquela casa era assombrada. Tudo tinha uma explicação racional, era só procurar. Os esquilos que ela pensou ter visto, o barulho nos canos, os sons no sótão, o alçapão fechado com tábuas, os bonecos Mark e Louise, Pupkin desaparecendo do lixo, o martelo, a bengala, o acidente de carro. Havia sempre uma explicação para tudo. Ela aprendera isso com o pai. As outras coisas, as coisas perigosas, como os bonecos irritados com ela, os esquilos que a atacaram, as energias ruins... tudo aquilo era a cara da mãe deles. E Mark fora muito próximo dela.

Louise relaxou os ombros.

— Tem sido uma semana intensa — disse ela com sua voz adulta e racional. — Vá para casa agora, e amanhã de manhã a gente liga para um novo corretor de imóveis. Assim que Mercy souber que estamos conversando com outra pessoa, ela vai voltar correndo para cá e vai querer anunciar a casa.

Mark balançou a cabeça.

— Não vou vender a casa. Pode trancar.

Ele começou a caminhar pelo gramado até a caminhonete.

Louise sentiu uma raiva enorme se expandindo aos poucos dentro de si.

Ele me enganou! Me fez voltar, me expôs a toda essa situação, me envolveu nisso e agora está indo embora. Não é justo!

O problema era aquela casa. Eles eram crianças quando moraram lá, então adotavam um comportamento infantil toda vez que pisavam ali. Se algo assombrava aquela casa, eram as lembranças, as brigas do passado, os problemas não resolvidos de Mark com a mãe e o pai. Ela era adulta. Tinha uma filha, e o objetivo era garantir o futuro de Poppy. Não ia deixar a coisa toda desmoronar. Louise respirou fundo e foi atrás dele.

— Mark! — chamou.

O irmão parou do outro lado da caminhonete e a esperou. A casa ficava voltada para o leste, então àquela hora do dia o sol poente estava atrás dela, deixando todo o gramado da entrada na sombra. As casas na lateral da rua atrás de Mark estavam iluminadas pela luz dourada do entardecer.

— Mark — disse Louise —, você realmente acha que a casa dos nossos pais está assombrada? Tipo, você acredita que existem fantasmas de verdade lá dentro?

— Sim — respondeu ele.

— Não estou tentando insultar sua inteligência. Eu entendo que estar dentro da casa dá uma sensação estranha. Eu sinto a mesma coisa. E o que Mercy disse pega a gente no emocional, mas fantasmas não existem.

— Eu não posso vender a casa, Louise — declarou ele, balançando a cabeça de um jeito triste.

— Então deixa que eu vendo — pediu ela. — Você nem precisa estar aqui.

— Quem você acha que está assombrando a casa? — perguntou Mark. — A mamãe e o papai, não é? Mercy disse que a única maneira de vendê-la é conseguir que alguém expulse os espíritos, mas para onde eles vão? Se expulsarmos as almas da mamãe e do papai, o que vai acontecer com eles? Vão deixar de existir? Eu não posso ser responsável por acabar com a existência dos nossos pais.

Louise pressionou a palma das mãos contra o capô da caminhonete de Mark para não fechar os punhos.

— Os fantasmas da mamãe e do papai não estão lá dentro — afirmou ela.

— Vou deixar a casa em paz por alguns anos. Talvez a energia deles se disperse de maneira natural.

Louise não conseguiu mais se controlar:

— Que bobagem! Isso é tudo uma bobagem! Você fez igualzinho com a faculdade! Fez igualzinho com o deque! Foi assim com todos os projetos que começou e desistiu no meio porque ficou difícil, ou porque você tem medo de finalizar as coisas, ou qualquer que seja o motivo para sua vida não ir para a frente! Você assumiu um compromisso comigo! E com a Poppy!

— Eu não sabia que nossos pais ainda estavam na casa! — gritou o irmão do outro lado da caminhonete.

— Eles não estão!

— Como você sabe? Há mais coisas entre o céu e a terra do que supõe a tua vã filosofia.

— Chega de citar a porra do Shakespeare — disse ela. — Existem as coisas verdadeiras e existem as falsas, mais nada além disso. Existem fatos, como casas, acidentes de carro e cremação, e existem bobagens como fantasmas, energias e exorcismo. Quando você começa a confundir as coisas verdadeiras com as falsas, você se ferra!

— Mercy e eu achamos que é verdade — devolveu Mark. — Tia Gail também, aparentemente. Você está em desvantagem aqui.

— A realidade não é um consenso! — retrucou Louise. — Não é uma democracia! Além do mais, a tia Gail acredita que o frasco de água do rio Jordão que ela tem é capaz de curar dor de cabeça, então talvez ela não seja o melhor exemplo.

O sol poente derramava uma longa faixa amarela em ambos os lados da casa, mas tudo o que havia no gramado da frente parecia indefinido, o ar adquirindo uma cor cinza e densa.

— No segundo em que você apareceu aqui, já começou a me dizer o que fazer — replicou Mark. — Desde o minuto em que você chegou, não parou de mandar em mim. Mas a verdade é que eu sou o executor e decidi não vender a casa.

— É a casa onde nós crescemos, não *O Iluminado*.

— Tem uma vibe *O Iluminado* — disse Mark na escuridão. — Se você fosse capaz de admitir que talvez não saiba tudo, não estaria criando a Poppy sozinha.

— Olha o que você está fazendo! Quando não gosta do rumo de uma conversa, se esquiva fazendo ataques pessoais. Você é uma espécie de polvo emocionalmente abusivo, envolvendo todos com seus tentáculos de palavras.

— Você devia conversar com seu terapeuta sobre suas escolhas imagéticas — disse Mark. — Argila molhada, polvo... é muito revelador.

— Eu não tenho terapeuta.

— Ah, isso explica muita coisa.

— Viu só? Está fazendo de novo! Eu não preciso receber conselhos de relacionamento de um homem adulto que trabalha em um bar e acredita em fantasmas.

— Falou a mulher que não tem vida. A questão é que você age como se soubesse tudo sobre todo mundo, mas não escuta absolutamente ninguém. Você só sabe falar e dar ordens às pessoas.

O crânio de Louise se contraiu com tanta força que ela pensou que fosse implodir.

— Você me prometeu — disse ela, se aproximando do irmão. — Falou que íamos vender essa casa, e eu fiquei aqui porque precisava do dinheiro para a Poppy. Você não pode mudar de ideia no meio do caminho.

A luz tinha quase que desaparecido por completo da rua. Tudo parecia frio e indistinto.

— Você está com as minhas chaves — concluiu Mark. — Não se esqueça da porta dos fundos.

Ele abriu a porta do motorista, a luz interna se acendeu, e pela primeira vez Louise viu como Mark estava mal. Seus olhos estavam úmidos e o rosto, inchado. Ele estava indo embora porque não conseguia lidar com a morte dos pais, não conseguia deixá-los ir. Ela precisava arranjar um jeito de se comunicar com ele de verdade. O irmão entrou na caminhonete e fechou a porta.

Louise se lembrou do que tinha aprendido com a mãe sobre como manipular crianças. Lembrou-se do cachorro-quente de cerâmica.

Ela abriu a porta do carona e disse:

— Espere! Não vá ainda!

Louise deixou a porta do veículo aberta, correu para dentro da casa escura, atravessou o corredor apressada, passou pela oficina e pela saída de ar aberta até chegar ao seu antigo quarto, onde pegou o enorme cachorro-quente de cerâmica que estava em cima da escrivaninha. Ela ouviu as moedas tilintarem dentro do objeto ao levantá-lo. Estava mais pesado do que esperava, tão pesado que fez seu ombro direito ranger e seu punho flexionar como se fosse quebrar. Ela o levou para o lado de fora e o largou no banco da frente do carro de Mark.

— A poupança do cachorro-quente do papai — disse ela, um pouco sem fôlego após correr com o cofre pesado.

— E daí? — perguntou Mark, sentado ao volante.

— Pelo peso, acho que está bem cheio.

— Uhul! — comemorou Mark, irônico.

— Deve ter uns quinze ou vinte dólares aí dentro — insistiu Louise. — Você sabe o que isso significa?

— Significa que temos entre quinze e vinte dólares — respondeu o irmão.

— Significa Pizza Chinesa — disse ela, porque sabia que nenhum Joyner conseguia resistir a Pizza Chinesa. — Qual é, papai não ia querer que a gente desperdiçasse esse dinheiro todo. Fique para o jantar. Vamos comer Pizza Chinesa e nos despedir da mamãe e do papai do jeito certo.

A mãe deles havia mentido para impedi-los de ter um bichinho de estimação. Louise havia mentido para impedir Poppy de assistir a *Patrulha Canina* nos domingos, dizendo que era "quando os personagens vão dormir". Ela mentiria para Mark de modo a convencê-lo a vender a casa.

— Eu também não quero expulsar a alma da mamãe e a do papai — continuou Louise, usando todas as estratégias que já tinha visto nos filmes. — Então vamos comer Pizza Chinesa pela última vez na nossa antiga casa e pedir a eles, pacificamente, com amor, que passem para o outro mundo. Podemos ajudá-los a entender que é hora de desapegar deste plano e caminhar na direção da luz.

Mark ficou olhando para o cachorro-quente, depois olhou para a casa e então para a irmã. Ela continuou falando, tentando se lembrar de um artigo que lera sobre luto e cura.

— Pizza Chinesa é o ritual da nossa família, e é tão poderoso quanto qualquer ritual de limpeza espiritual que a tia Gail possa fazer. Vamos compartilhar nossas lembranças com eles, fazer nossos pais se lembrarem do nosso amor e então sugerir que eles não precisam mais ficar presos a este plano. Que vamos ficar bem sem eles. Que é hora de desapegar e passar para o outro lado.

Mark brincou com as chaves por um minuto, balançando o chaveiro da caminhonete para a frente e para trás com força e fazendo-o girar entre os dedos, e então parou.

— Eu sou o mais burro de nós dois — disse ele —, mas até eu sei que não se volta para uma casa assombrada depois de escurecer.

— É a casa onde nós crescemos — argumentou Louise. — As únicas coisas que existem aqui são as nossas lembranças, e elas não podem nos machucar.

— Eu não teria tanta certeza disso — replicou ele.

Ainda assim, ele não colocou a chave na ignição, não ligou a caminhonete e não foi embora, então Louise soube que estava no controle. Ela o tinha convencido.

Capítulo 16

Para a mãe, nada superava o período de festas que tinha início no Halloween e chegava ao auge na véspera de Ano-Novo, com Pizza Chinesa. Nessa noite, os Joyner davam uma festa em todos os cômodos. E nesse dia a mãe não cozinhava; em vez disso, ela e o pai pediam uma quantidade enorme de comida chinesa e pizza — as comidas favoritas de todos —, e aquilo passou a ser conhecido como Pizza Chinesa.

A casa ficava lotada, as pessoas andavam de um cômodo a outro com uma fatia de pizza em uma das mãos e um prato descartável repleto de carne de porco agridoce na outra. O departamento inteiro do pai aparecia, os manipuladores de bonecos que eram amigos da mãe, gente da igreja; Mark e Louise também convidavam os amigos e organizavam a própria festinha privada, cada um em seu quarto. E todos ficavam acordados até as três da manhã bebendo champanhe barato, o que fazia o pai falar com um sotaque francês ridículo.

Era a melhor noite do ano: toda a diversão do Natal, do Ano-Novo e dos aniversários em uma única e enorme festa protagonizada por dois dos melhores tipos de comida do mundo. Nenhum Joyner conseguia resistir àquela tentação. Nem mesmo Mark. Não como um adeus definitivo aos espíritos dos pais.

Mark foi buscar o pedido enquanto Louise arrumava a sala de jantar, se esforçando para fazer com que a casa parecesse o menos assombrada possível. Ela tentou acender todas as luzes da sala de estar, mas duas das lâmpadas estavam queimadas e ela não conseguiu encontrar nenhuma lâmpada sobrando para trocá-las. Decidiu, então, tirar as do antigo quarto de Mark.

A luz do teto da cozinha estava piscando, então ela a deixou apagada e acendeu a luz da coifa. Foi até o lustre que ficava em cima da mesa de jantar e o acendeu também, mas apenas três lâmpadas ainda funcionavam. Como Louise não conseguiu encontrar mais nenhuma lâmpada do lustre para substituí-las, pegou a luminária de mesa de seu quarto e a colocou no balcão, o que resolveu o problema da penumbra, mas criou um jogo sinistro de sombras na sala de jantar. De alguma maneira, Louise conseguiu fazer o lugar parecer ainda *mais* assombrado.

Mark abriu a porta da frente e parou na soleira com quatro sacolas volumosas de comida chinesa nas mãos, ao mesmo tempo que equilibrava caixas de pizza nos braços e balançava um fardo de quatro cervejas de 500ml em um único dedo.

— Uma ajudinha aqui? — pediu ele.

Ela pegou as pizzas.

— Por que as luzes estão tão assustadoras? — perguntou o irmão, depositando as sacolas no balcão da cozinha.

— É por causa das lâmpadas queimadas — disse Louise enquanto começava a abrir a comida. — Não é nada de mais.

Os dois deram início à coreografia que haviam feito centenas de vezes naquela cozinha: Mark pegava os pratos, Louise, os talheres, um entregava alguma coisa na mão do outro, um desviava do outro, um esperava o outro fechar uma gaveta para então abrir um armário.

Por fim, ela pegou um rolo de toalha de papel enquanto Mark se espremia atrás da mesa de jantar e se largava na cadeira. Houve um rangido quando ele tirou as duas pernas dianteiras da cadeira do chão para recostar-se na parede. Assim que sentou, Louise percebeu que os dois automaticamente haviam ocupado os lugares em que se sentaram durante toda a vida: ela de costas para a cozinha, Mark de costas para a parede. Se os pais ainda estivessem vivos, a mãe deles se sentaria à direita de Louise, na ponta mais próxima do telefone, e o pai se sentaria de costas para a porta do pátio.

Entre eles, Pizza Chinesa dominava a mesa. No centro havia uma caixa de pizza Luna Rossa com uma pizza pequena de azeitonas pretas, cebola e pimentão verde com queijo extra (de Louise). Embaixo dela havia outra caixa com uma pizza havaiana de frango com barbecue, também pequena (de Mark). Embaixo, outra caixa que continha uma pizza pequena com bacon canadense e linguiça (também de Mark). As caixas estavam empilhadas porque não havia mais espaço na mesa, com todos aqueles recipientes com carne de porco agridoce, camarões fritos, rolinhos primavera, *rangoons* de caranguejo, frango à moda do general Tso, *lo mein* de porco, brócolis com camarão, asinhas de frango e costelinhas de porco ao molho barbecue. O pedido tinha sido tão grande que o restaurante lhes dera guardanapos e hashi suficientes para doze pessoas.

— Bem — disse Mark, erguendo a cerveja e a voz como se estivesse se dirigindo a um público —, mãe, pai, isso tudo é para vocês. Estamos aqui para uma última Pizza Chinesa. Convidamos os dois a participar porque amamos vocês e queremos que aproveitem esta noite, lembrando de todos os momentos especiais que aconteceram aqui.

Louise aguardou Mark prosseguir, mas então percebeu que ele esperava que ela falasse alguma coisa, portanto abriu a cerveja e a ergueu em um brinde.

— Nós amamos vocês — obrigou-se a dizer para a casa vazia.

— Vocês são bem-vindos à nossa mesa — continuou Mark, como se estivesse em uma peça de teatro — porque essa mesa também lhes pertence. Vamos compartilhar esses últimos momentos antes de vocês passarem para a próxima reencarnação. Saúde!

Ele deu um gole e Louise fez o mesmo. Acima da cabeça deles, algo bateu no chão do sótão. Mark ficou aterrorizado e empolgado ao mesmo tempo, secando as gotas de cerveja do queixo.

— Foi isso que ela ouviu! — Ele olhou para Louise. — Não foi? Foi isso que Mercy ouviu no sótão?

Louise queria dizer que o som era dos esquilos, que ela vira alguns no quarto dos pais e que precisou atordoá-los com a raquete de badminton, mas então se lembrou do futuro de Poppy.

— Acho que eles gostaram do seu brinde — comentou ela, forçada.

Mark ergueu a cerveja na direção de onde viera a batida.

— Sejam bem-vindos — disse ele, depois se virou para a mesa à sua frente e adotou o falso sotaque francês do pai. — *O pupu parrece extrremamente tentadorr esta noite*.

O abajur de mesa em cima do balcão lançava uma luz estranha em Mark e na parede atrás dele, o que não o ajudava muito. A pele do pescoço dele estava flácida, as maçãs do rosto e o queixo haviam sumido sob a gordura excessiva do rosto, e a barba estava malfeita. O cabelo ralo se encontrava todo arrepiado e as cerejas de cassino tatuadas na lateral do pescoço pareciam murchas.

A comida tinha um aspecto gorduroso e de baixa qualidade. Com os dois ali, sozinhos, a casa parecia fria e vazia. Louise se deu conta de que aquela seria a última vez que faria uma refeição naquela mesa. E também era provável que fosse a última que compartilharia com o irmão na vida. Quando aquilo acabasse, cada um seguiria o próprio caminho e seria o fim da família Joyner — mas não da família dela. Ela sempre teria Poppy.

— Então... o que acontece agora? — perguntou Louise.

Mark tirou sua caixa de pizza havaiana do meio da pilha, abriu-a e pegou uma fatia.

— Mamãe e papai vão nos mostrar — garantiu Mark, e usou os hashi para empilhar um pouco de macarrão em cima da pizza. — A gente só precisa ficar de coração aberto a todas as possibilidades.

Mark dobrou sua fatia de pizza como se fosse um taco e levou-a à boca. Alguns fios marrons de macarrão ficaram pendurados, brilhando de gordura, e balançaram como minhocas enquanto Mark dava uma mordida enorme.

— Top! — disse ele, com a boca cheia de comida.

Louise se esforçou para experimentar um pouquinho da carne de porco agridoce, apesar da cor laranja radioativa. Quando criança, aquilo lhe dava água na boca; agora, tinha gosto de fritura encharcada com molho industrializado. Ela engoliu o mais rápido que pôde, mas a comida lhe deixou uma textura cerosa no interior da boca.

— Então, como vamos saber se as almas da mamãe e do papai seguiram em frente esta noite? — perguntou Louise. — Como a gente descobre se a coisa deu certo ou não?

Mark pegou com os dedos algumas tiras de frango grelhado do seu pedaço de pizza.

— Uma assombração não indica necessariamente a sobrevivência da alma humana após a morte corporal — comentou ele enquanto mastigava. — Existe um conceito chamado "teoria da fita de pedra", que diz que experiências emocionais muito fortes deixam rastros permanentes. E tem aquela lei básica da termodinâmica que fala que a energia não pode ser criada nem destruída. Então, o que acontece com a energia gerada por experiências emocionais intensas? Precisa ir para algum lugar. É ciência pura.

Louise se irritou instantaneamente. Não deu para evitar. Quando as pessoas usavam as palavras *ciência* e *magia* de maneira intercambiável, era impossível ficar tranquila.

— Que tipo de energia é essa? — questionou. — Magnética, elétrica, cinética? Ou algum outro tipo de energia californiana que ninguém jamais viu em um laboratório, mas está dentro de nós, das sequoias e de todas as formas de vida presentes na Mãe Terra?

— Você se sente muito ameaçada por novas ideias — retrucou Mark, tomando um gole de cerveja —, mas as pessoas deixam vestígios de si mesmas depois que morrem: coleções de arte, a tranqueira que você precisa tirar da casa delas, questões emocionais que atormentam os filhos. Por que não podem deixar energia também? Nós crescemos aqui, a mamãe cresceu aqui, essa casa tem sido um repositório da energia emocional da nossa família há décadas.

Louise se sentiu inclinada a discutir com ele, então repensou a estratégia. Ela precisava manter a calma e convencê-lo de que os dois haviam enterrado os fantasmas dos pais, mas antes que pudesse tentar uma nova abordagem Mark disse:

— Você sabe que ela te perdoa, não sabe?

— Quem? — perguntou Louise, pega de surpresa.

— Talvez um dos motivos pelos quais nossa casa está assombrada seja toda essa raiva que você ainda carrega em relação à mamãe — disse ele.

— Espera aí — replicou Louise, mais incisiva do que pretendia. — Você acha que isso é minha culpa?

— Bem, é comum. Fenômenos sobrenaturais muitas vezes se materializam ao redor de mulheres sexualmente reprimidas. *Carrie*, *A Maldição da Residência Hill*...

— Eu não sou sexualmente reprimida — defendeu-se Louise. — E não quero falar sobre minha vida sexual com você.

— Porque você é reprimida — argumentou Mark. — Eu aceitei ficar esta noite porque pensei que seria bom para você. Espero que isso te ajude a encerrar esse ciclo.

Antes que Louise pudesse reagir, o alarme do celular disparou. Sete horas: hora de falar com Poppy. Ela se levantou. Sexualmente reprimida? Raiva que ainda carregava? Ela precisava manter a calma.

— Preciso ligar para a minha filha — disse ela, caminhando até a porta da frente.

Ao sair para a varanda, Louise percebeu que estava mais quente lá fora do que dentro da casa. Ela mandou uma mensagem para Ian:

POPPY ESTÁ PRONTA PARA FALAR POR VÍDEO? COMO ELA ESTÁ?

Ela precisava tirar da cabeça de Mark essa obsessão pela ideia de que a casa estava assombrada e fazê-lo se lembrar de coisas boas sobre a família. Precisava que *ele* conseguisse encerrar esse ciclo naquela noite. Não se tratava de "ciência", mas de ele abrir mão do passado.

A tela do celular de Louise começou a escurecer e depois voltou a acender.

NÃO É UMA BOA HORA, respondeu Ian. ELA NÃO ESTÁ A FIM DE FALAR COM VOCÊ AGR E EU NÃO VOU FORÇAR.

Louise respondeu imediatamente, os polegares deixando marcas gordurosas na tela do aparelho:

O QUE ACONTECEU? ELA ESTÁ BEM? POR QUE ELA NÃO QUER FALAR?

Reticências apareceram, e Louise esperou, limpando os dedos na calça jeans.

VOCÊ PRECISA FAZER O QUE DIZ QUE VAI FAZER... ELA ESTÁ CHATEADA PORQUE VOCÊ FALOU QUE VINHA PARA CASA E DEPOIS MUDOU DE IDEIA. POPPY PRECISA DE CONSISTÊNCIA E SABER QUE PODE CONFIAR EM VOCÊ.

Houve uma pausa. Reticências. Então:

FEZ XIXI NA CAMA DE NOVO ONTEM À NOITE.

Louise segurou o celular com tanta força que ele quase escapou de seus dedos escorregadios, feito uma barra de sabão. Ela não queria estar ali, queria estar na Califórnia. Precisava estar com a filha, não presa na Carolina do Sul lidando com os caprichos do irmão e da prima, dois malucos. Ela respirou fundo.

Todo mundo pode fazer o que quiser, dizer o que quiser, vender a casa quando quiser, falar comigo quando quiser, não falar comigo quando quiser… mas eu preciso manter o foco. Alguém precisa ser o adulto.

Ela soltou o fôlego e pensou no futuro de Poppy. Respirou fundo outra vez e prendeu o ar até os pulmões doerem, depois expirou rapidamente.

Preciso convencer Mark a vender a casa.

Nada mais importava.

Louise reservou trinta segundos para fazer um exercício de respiração e então voltou para dentro. A casa estava com um aspecto sujo e desgastado. Seja lá o que tentara fazer com as lâmpadas, não dera certo. O lugar fedia a comida chinesa e queijo derretido. Louise queria tomar um banho, queria ir para casa, queria que aquilo acabasse.

— Tudo certo? — perguntou Mark enquanto mastigava e segurava delicadamente meio rolinho primavera entre os dedos.

Minha filha está regredindo de novo porque vou ficar aqui depois de ter dito a ela que voltaria para casa, não quer falar comigo, está fazendo xixi na cama e eu tenho que atender aos seus caprichos antes de poder ir para casa encontrá-la, então não, não está tudo bem.

— Tudo ótimo — garantiu Louise, sentando-se.

Mark se levantou para pegar outra cerveja.

— Por que você saiu correndo daqui ontem? — indagou ele, da cozinha.

Louise precisava fazer alguma coisa com as mãos. Na mesa, procurou qualquer comida que se assemelhasse a um vegetal e pescou com o hashi um pedaço de brócolis encharcado.

— Lidar com as coisas da mamãe foi demais para mim — disse ela. — Eu não estava preparada, traz muitas lembranças.

De repente, Louise se tornou consciente da multidão de fantoches que ouviam, pressionados contra a porta no breu da oficina, os dois conversarem; o corredor escuro anunciava a observação daqueles olhos que jamais se fechavam. Ela sentiu a presença dos bonecos na garagem, se mexendo dentro dos sacos plásticos. Sentiu o Presépio dos Esquilos, que rastejava pelas sombras.

Mark fechou a geladeira e voltou para a sala de jantar.

— Tia Honey me disse que a mamãe ligou para ela na noite do acidente — revelou ele, contornando a mesa para se sentar. — Avisou que estava levando o papai ao hospital porque ele tinha "sofrido um ataque".

— Porque ele *teve* um ataque — corrigiu Louise, pegando um camarão e tirando a cobertura empanada.

— É isso aí, confie na audição de uma mulher de noventa e seis anos no meio da noite — disse Mark, acomodando-se na cadeira, que rangeu de maneira alarmante. — Mas se a mamãe disse que ele *tinha sofrido* um ataque, a pergunta que fica é: "O que o atacou?" E isso leva à pergunta que estamos evitando: por que eles fecharam o sótão com tábuas?

A última casquinha do empanado finalmente saiu. A coisinha rosada entre os dedos de Louise parecia uma barata albina. Ela a deixou cair no prato e limpou os dedos em uma toalha de papel.

— Eu vi esquilos no quarto deles ontem — declarou ela. — Bati neles com a raquete de badminton e atordoei alguns, mas eles provavelmente estão se abrigando no sótão.

— Achei que fôssemos ser sinceros hoje — disse Mark.

Louise sentiu que a conversa estava tomando um rumo desagradável e tentou retomar as rédeas da situação.

— Foi por isso que eu saí correndo — explicou Louise. — Aqueles esquilos me assustaram. Achei que tivesse matado um.

Mark deu um suspiro dramático.

— Mamãe e papai não vão conseguir seguir em frente até que a energia negativa desta casa seja dissipada — insistiu ele. — E isso significa que você precisa ser honesta.

— Sobre o quê? — indagou Louise.

— Sobre o que você fez — disse Mark.

— Quando? — perguntou ela.

— Quando a gente era criança. O que você fez comigo.

E em um piscar de olhos a coisa toda saiu do controle de Louise.

não, isso não é justo, ele não pode fazer isso

— E o que você fez com todos nós? — questionou ela, porque alguém tinha que responsabilizá-lo pelas próprias burradas. — Quando você voltou daquela viagem de esqui e começou a atormentar todo mundo o tempo inteiro, gritando, berrando, quebrando minhas coisas, abrindo um buraco na parede da mamãe e do papai.

Quantas vezes a mãe tinha ligado para Louise na sua época em Berkeley com uma voz abafada, à beira das lágrimas? Louise sabia que era por causa de Mark, mas a mãe sempre o protegia. A família inteira sempre o protegia.

— Você era um menino mimado — continuou Louise, perdendo o foco da estratégia — que recebia tudo de bandeja enquanto o resto de nós tinha que trabalhar, e agora ainda tem coragem de jogar a culpa em mim?

— Você não se lembra? — perguntou Mark, chocado. — Não se lembra do que aconteceu aqui quando a gente era criança?

— Lembro de você tocando o terror na família — disse Louise. — Lembro de você quebrando minhas coisas o tempo todo, lembro de você brigando com o papai, de vê-lo gastar todo aquele dinheiro para te mandar para a faculdade e de você desistir no primeiro período, voltar para casa e viver à custa deles.

— Você realmente bloqueou essa lembrança? — questionou Mark, e ela odiou a expressão de pena no rosto dele.

— Bloqueei o quê? — rebateu Louise, porque não havia nada para bloquear. — Você morando em um apartamento no centro da cidade pago pelos nossos pais? Que eu já encontrei a mamãe chorando e contando ao Pupkin que você tinha sido grosso com ela? E que por isso a mamãe achava que aquele fantoche era o único amigo dela? Qual lembrança eu estou bloqueando, Mark?

— Por que você está tão brava comigo? — perguntou Mark, com um tom de voz tão moderado e calmo que ela sentiu vontade de dar um soco nele. — É porque você se sente culpada?

— Culpada? Culpada pelo quê?

— Pelo que você fez comigo.

— Eu não fiz nada com você.

— Louise…

— Não! — quase gritou.

— Você…

— Não é verdade! — replicou ela. — Você está inventando coisas de novo.

— Você tentou me matar — disse Mark.

Não era verdade. Ele estava mentindo. Ela não tinha tentado matar Mark.

Pupkin tinha.

Capítulo 17

Uma criança costuma colecionar bichos de pelúcia ao longo da vida, mas o núcleo principal de companheiros geralmente se estabelece por volta dos cinco anos. O Coelho Vermelho de Louise, um coelhinho duro e pesado feito de estopa bordô, havia sido um presente de Páscoa de tia Honey. Buffalo Jones, um enorme bisão branco com uma gola de pelos macios e finos, tinha voltado para casa com o pai dela, que participara de uma conferência sobre política monetária em Oklahoma. Dumbo, um cofrinho azul-claro de borracha rígida, que tinha uma cabeça removível no formato do protagonista do filme da Disney, fora encontrado em um bazar de caridade, e Louise o reivindicara como seu quando tinha três anos. Ouricinho, um enfeite de Natal de pelúcia em formato de ouriço, havia sido um presente especial de uma atendente de caixa depois que Louise se apaixonou por ele na fila do supermercado — ela puxava conversa com o bichinho toda vez que passavam lá.

Mas Pupkin era o líder deles.

Louise havia se interessado por Pupkin devido ao tanto de atenção que o fantoche recebia da mãe. Nancy contava com a companhia de Pupkin desde que tinha a idade de Louise. A mãe ficou nas nuvens quando a filha o adotou como novo melhor amigo. Louise enfiava a mão dentro de Pupkin e ele ganhava vida. Ela o levava para passear de carro e o deixava olhar pela janela e se maravilhar com o mundo passando do lado de fora; às vezes, eles se sentavam no chão da sala e contavam histórias um para o outro; em outras ocasiões, ele a acompanhava até a biblioteca para ajudá-la a escolher livros. A mãe dela incluía Pupkin em todas as conversas.

"O que Pupkin fez hoje?", perguntava, e ouvia a resposta de Louise. "Pupkin acha que vai ser divertido?", checava após o pai anunciar que a família iria à praia ou ao parque.

Louise sempre agia como intérprete de Pupkin, traduzindo os pensamentos do fantoche para os adultos, porque eram sempre os pensamentos *dele*. Ela nunca fingiu ser Pupkin, nunca agiu como Pupkin, os pensamentos dele sempre apareciam direitinho na cabeça dela, e caso a menina cometesse algum erro ao transmiti-los, Pupkin a corrigia.

Até que, em uma noite chuvosa de sábado, tudo deu errado.

Tinha chovido a semana inteira, e o ar dentro de casa estava sufocante e úmido. O pai passara o dia tentando trabalhar enquanto a mãe dava aula de música na sala; o som de Louise balançando uma porção de moedas dentro de uma lata de café como se fosse um chocalho e cantando "A Dona Aranha" a plenos pulmões enquanto Mark batia no fundo de uma panela com uma colher de pau provavelmente não facilitou muito a tabulação das importações de grãos soviéticas.

Eles comeram cedo naquele dia, e o lustre de loja de departamentos sobre a mesa de jantar mal iluminava o cômodo inteiro, deixando a família na penumbra. Pela primeira vez, Mark tinha comido com eles em vez de ser alimentado antes. Louise não gostou dessa novidade porque aquilo fez os pais brigarem. Mark cuspiu um pedaço de frango no chão, e os dois discutiram sobre a regra dos cinco segundos. Depois, o pai perguntou por que Louise tinha que comer quesadillas — que ela claramente não gostava — em vez de comer tirinhas de frango junto com Mark. A mãe e o pai implicaram tanto um com o outro que a cabeça de Louise começou a doer.

Mais tarde, antes de dormir, Pupkin disse a Louise:

Pupkin não está gostando disso. Não, não, não. Esse bebê não é boa coisa, ele deixa tudo diferente. Isso irrita Pupkin.

— Pare com isso — sussurrou Louise no escuro do quarto, porque não tinha permissão para dizer que não gostava do irmão mais novo.

Isso deixa Pupkin muito irritado, disse o fantoche.

— Você está me assustando — respondeu Louise.

Às vezes, Pupkin fica tão irritado que tem vontade de fazer uma coisa ruim.

— Não diga isso, Pupkin — repreendeu Louise, e sentiu as lágrimas brotarem no canto dos olhos e deslizarem pelas têmporas. — Eu te amo, Pupkin. Não quero que você fique irritado. Mark já é um menino grande, então pode comer à mesa com a gente, e a mamãe disse que não tem problema.

Pupkin ficou em silêncio pelo restante da noite, mas Louise sabia que ele estava bravo.

No começo, a menina pensou que a culpa fosse dela. Todas as manhãs, quando acordava, Louise via que seus amigos tinham caído da cama e jaziam de bruços no chão, enquanto Pupkin estava encaixado em uma de suas mãos. Quando ela se desculpava e perguntava o que tinha acontecido, Buffalo Jones, Coelho Vermelho, Ouricinho e Dumbo ficavam em silêncio, e não era um silêncio do tipo agradável. Parecia que eles estavam assustados demais para falar. Estavam com medo de Pupkin. Entretanto, em vez de ficar com raiva dele, Louise começou a ficar com raiva dos outros bichinhos de pelúcia, porque ela também começara a ficar com medo de Pupkin.

— Por que você deixou que ele te empurrasse para fora da cama, seu coelho estúpido? — perguntava Louise, sacudindo Coelho Vermelho a cada palavra. — Você deveria ficar debaixo das cobertas. Coelho mau! Coelho muito, muito mau.

Então ela colocava Coelho Vermelho com o rosto virado para a parede, de castigo.

Pupkin a despertava no meio da noite, espremendo-se contra o rosto dela com seu corpo gelado e úmido, contorcendo-se de um lado para outro a noite toda, acordando-a com todos os seus movimentos inquietos. Finalmente, numa segunda-feira à noite, cansada e de mau humor, Louise resolveu tomar uma atitude. Por ser o mais difícil de abraçar, Dumbo era o bichinho que Louise mais amava; quando ela voltou para o quarto depois de escovar os dentes e o encontrou no chão com a cabeça arrancada — Pupkin sentado no lugar dele, em cima do travesseiro dela —, Louise sentiu o corpo ser preenchido por tanta raiva que acabou reunindo a coragem de que precisava.

— *Você* é que é mau! — sibilou ela, pegando Pupkin e levando-o até seu armário. — Você e mais ninguém! Você toma conta da cama e expulsa todo mundo de lá. Pupkin mau. Precisa ser castigado.

Ela o enfiou dentro de uma caixa de plástico no fundo do armário, deslizou as duas portas para fechá-las e, com toda a força, prendeu os dois puxadores com um único elástico para impedir que as portas se abrissem. Depois reencaixou a cabeça de Dumbo e subiu cuidadosamente na cama com ele nos braços.

Louise acordou no escuro. A luz alaranjada do poste na rua iluminava o meio do quarto. Então ela ouviu de novo o mesmo barulho que a levara a despertar: um leve estalo de plástico oco, um som abafado característico de brinquedo que vinha de dentro do armário.

Algo bateu suavemente na parte inferior das portas do armário. A escuridão atrapalhava a visão de Louise, e ela fitou as portas através de um enxame de pontinhos pretos, mas pensou ter visto uma porta tremer e ser forçada para o lado, testando a resistência do elástico.

Por favor, aguente! Por favor, aguente! Por favor, aguente!, pensou consigo mesma repetidas vezes, porque sabia que era Pupkin e sabia que ele estava com muita raiva. Conseguia sentir a raiva dele se espalhar pelo quarto.

Ela parou de encarar as portas do armário e voltou os olhos para os amigos, os únicos que podiam ajudá-la. Sua boca secou;

parecia que ela havia comido uma colher de areia. Estavam todos virados para a parede — tinham dado as costas para ela. Nenhum deles seria capaz de enfrentar Pupkin. Louise estava sozinha.

Do outro lado do quarto, o elástico se rompeu e a porta do armário fez um som abafado ao deslizar para os lados nos trilhos e se abrir. Ela se recusou a olhar. Não queria ver Pupkin, sentia que se o visse morreria no mesmo instante.

Posso correr até a porta do quarto, pensou Louise. *Sou mais rápida do que Pupkin, ele não tem ossos e suas pernas são muito moles.*

Ela jogou as cobertas para trás e se sentou na cama, mas era tarde demais.

Tão rápido que mais parecia um borrão, Pupkin se jogou pela fresta que havia entre as portas abertas do armário e, com o corpo de tecido junto ao chão, correu direto para a cama de Louise apoiado nos braços e nas pernas atarracados. E desapareceu. Ela ouviu um rangido lento na beira da cama; seus cobertores se moveram, escorregaram, ficaram pesados como se alguém os estivesse puxando, e o topo da cabeça de Pupkin surgiu na ponta da cama. Pupkin colocou a mão macia e sem dedos no tornozelo dela e foi se arrastando, os olhos de contorno preto sempre fixos nos da garota.

O corpo dele se movia sobre o dela, contorcendo-se de um jeito repulsivo e pesado. A menina fechou os olhos com força enquanto sentia Pupkin subir por suas coxas, arrastar-se até seu colo, chegar à sua barriga e passar por suas costelas. Ele parou. Louise o sentiu se acomodar logo abaixo de seu queixo e pressionar sua garganta, tornando difícil engolir.

— ... por favor... por favor... por favor — sussurrou ela. — Por favor... por favor... por favor.

Não havia outra saída. Louise abriu os olhos. O rosto sorridente e maníaco de Pupkin estava a cinco centímetros de distância do dela. Ele tinha a mesma linguinha preta, o mesmo nariz arrebitado, o mesmo rosto branco como giz, mas alguma outra coisa a encarava através daqueles olhos de contorno preto, algo que ela não era capaz de controlar. Louise entendeu que estava sozinha em seu quarto com algo realmente perigoso.

O rosto de Pupkin se contorceu e virou do avesso, fazendo um som horroroso de algo oco quando é amassado, e a boquinha se abriu muito, de um jeito que ela nunca vira. Louise se encolheu, escondendo as mãos perto do pescoço para mantê-las longe de Pupkin, mas ele se inclinou por cima dela e agarrou seus dedos da mão direita de forma brusca, levando a boca aberta à ponta de um. O interior da boca de Pupkin era gelado, e Louise tentou puxar o dedo de volta, mas o boneco o mordeu com força.

O fantoche mordia a ponta do dedo da menina com cada vez mais força, causando uma dor mais intensa do que Louise pensava ser capaz de suportar, mas ela sabia que seria muito pior se ousasse emitir algum som. Sentiu o próprio osso ser esmagado, como se Pupkin estivesse prestes a quebrar a ponta de seu dedo, e então ele parou.

Louise encheu de ar os pulmões vazios e chorou de alívio. Pupkin ergueu a cabeça, deixando o dedo dela deslizar de sua boca, latejando em agonia.

Você vai fazer o que Pupkin mandar, avisou ele, *ou Pupkin vai machucar você.*

Louise já estava no jardim de infância. Ela sabia que os adultos só queriam uma única resposta quando falavam naquele tom de voz.

— Sim, Pupkin — sussurrou ela.

Pupkin estremeceu de satisfação e se arrastou até alcançar a mão dolorida de Louise. A menina o sentiu flexionar e se acomodar ao redor do antebraço, prendendo-se a ele, segurando-o com força. O fantoche se alojou debaixo do queixo dela, aninhando-se em seu pescoço.

Pupkin vai se divertir tanto, murmurou ele.

* * *

No início, Louise ficou com medo do que ele poderia mandá-la fazer, mas logo percebeu que os pedidos de Pupkin eram engraçados. Ele mandava Louise empurrar Mark pelas costas — enquanto o menino andava a passos cambaleantes até o carro — para que o irmão caísse de cara na grama e ela precisasse ter que ajudá-lo a se levantar. A mãe e o pai gostavam quando ela fazia esse tipo de coisa. Diziam que ela ajudava bastante e que era uma irmã mais velha muito gentil. Certo dia, Pupkin a mandou colocar a chave do carro da mãe dentro da fralda de Mark. Em outra ocasião, a mandou colocar sal na toalha de plástico que cobria a mesa de jantar e dizer a Mark que os grãozinhos brancos eram açúcar. O garoto deu uma lambida e logo abriu a boca, expelindo um vômito grosso e amarelo que escorreu pelo seu queixo e sujou todo o macacão.

Para surpresa de Louise, quanto mais ela fazia essas coisas engraçadas com Mark, mais perto dela o garoto queria ficar. Ele a seguia por toda parte. Levava os brinquedos dele para ela, assistia às brincadeiras dela em silêncio, ficava sempre ao seu lado. Louise podia pertencer a Pupkin, mas Mark pertencia a ela.

O Natal costumava ser a época do ano favorita de Louise. O pai dela fazia seu tradicional *stollen* e, embora a temperatura nunca ficasse baixa o suficiente para nevar, os vizinhos deixavam as lareiras acesas o dia e a noite inteiras e as pessoas varriam as folhas das calçadas e as queimavam em pilhas em seus gramados. Guirlandas natalinas de um verde brilhante se destacavam contra as portas vermelhas e dava para ver as luzinhas das árvores de Natal piscando pelas janelas da sala de estar. Os dias cinzentos e úmidos, com cheiro de lenha e folhas queimadas, alternavam-se com dias claros e iluminados, com cheiro de sempre-vivas.

Louise adorava fazer visitas de Natal. As pessoas acendiam a lareira e velas com listras vermelhas e brancas, assavam biscoitos e as casas eram tomadas pelo cheiro de madeira fresca, tijolos quentes, agulhas de pinheiro e manteiga. Elas davam coisas inacreditáveis a Louise: cookies de chocolate, biscoitos de gengibre em formato de árvore de Natal, caramelos embrulhados em celofane e cartões do Menino Jesus que tocavam música quando eram abertos. Ela sempre achava que não ganharia mais nada na casa seguinte, porém as pessoas continuavam lhe dando cada vez mais, e como Mark não sabia o que fazer com o que recebia, ela acabava ganhando tudo em dobro.

Os presentes dos Calvin eram os melhores. Eles eram muito velhos, não tinham filhos e conheciam Louise desde que era apenas um bebezinho, então sempre lhe davam algo que a mãe dizia ser generoso demais. Naquele ano, eles visitariam os Calvin no dia anterior à véspera de Natal, a última visita da temporada. À noite, comeriam sanduíche de queijo e tomariam sopa de tomate — porque a mãe estaria descansando para a véspera de Natal, quando cozinhava o dia inteiro para a ceia —, e então, à meia-noite, participariam da missa à luz de velas na igreja. Depois disso, eles iriam para a cama e o Papai Noel chegaria; pouco tempo depois seria a manhã de Natal, e haveria presentes, e todos os primos viriam e ficariam até tarde, e trariam pratos deliciosos, e ela poderia comer tanto quanto quisesse. Os Calvin representavam o fim das visitas e o início de dois dias de diversão.

Patricia e Martin Calvin moravam em um bangalô no fim da Pitt Street, perto da velha ponte em ruínas, num terreno grande com uma longa entrada de veículos. Para Louise, ir à casa deles sempre foi como fazer uma viagem de carro até o interior, embora morassem a menos de dois quilômetros de distância. A mãe estacionou na entrada e virou-se para o banco de trás, certificando-se de que as crianças estavam vestindo seus gorros, luvas e com os casacos fechados, e então os deixou sair. Os dois foram caminhando pela grama congelada e tocaram a campainha dos Calvin.

Martin Calvin abriu a porta e os deixou entrar. Estava quente lá dentro, e o ambiente cheirava a árvore de Natal. Havia luminárias acesas, uma lareira e tudo brilhava sob aquela luz suave e alaranjada. O sr. Calvin puxou duas caixas de baixo da árvore iluminada com pisca-piscas verdes, amarelos e vermelhos. Louise colocou Pupkin de lado e cuidadosamente desfez o embrulho, revelando um conjunto de design *Spirograph*. Ela traçou com um dedo as grandes letras redondas na frente da caixa, depois a abriu e encontrou o estojo rosa-shocking com uma régua amarela, as peças azuis de tamanhos diferentes, cada uma com seu próprio espaço no estojo. Louise perdeu o ar.

— Obrigada, sr. Calvin — agradeceu. — Obrigada, sra. Calvin.

— Marty — disse a mãe de Louise —, é demais.

— Você gostou, querida? — perguntou o sr. Calvin.

— É perfeito — declarou Louise.

Ela não queria tirar as peças da caixa até chegar em casa e poder fazer isso com cuidado e toda a certeza de que não perderia nenhuma delas. Em vez disso, Louise abria a caixa de tempos em tempos para se certificar de que tudo lá dentro estava no lugar certo, esfregando com a ponta dos dedos as bordas lisas e ajeitando uma ao lado da outra. Mark, por sua vez, ganhou um daqueles caminhões realistas que as pessoas conseguiam no posto de gasolina após encherem o tanque cinco vezes e pagarem mais cinco dólares. Ele se sentou no chão e passou a empurrar o caminhãozinho.

A mãe dos dois começou a conversar baixinho com a sra. Calvin sobre a saúde dela.

— Eles falaram que tiraram tudo — disse a sra. Calvin. — Só querem garantir mesmo.

— Vocês sabiam que o nosso quintal congelou ontem à noite? — perguntou o sr. Calvin a Louise e Mark. — Está parecendo o reino das fadas. Vocês já foram ao reino das fadas?

Louise balançou a cabeça.

— Por que você não leva seu irmãozinho lá fora e dá uma olhada? — disse a mãe, sentada no sofá. — Só preste atenção e não solte a mão do Mark em hipótese alguma.

— Sim, senhora — respondeu Louise.

— Depois voltem para dentro, aí você pode desenhar e mostrar para a gente como estava tudo.

Isso significava que eles ficariam lá por um tempo. Louise gostava da sensação de estar acomodada em um lugar e não ter que pensar em sair dali. Ela se levantou, e Mark imediatamente parou de empurrar o caminhão, ficou de pé e segurou a mão dela.

— Ele ama tanto a irmã mais velha — disse a sra. Calvin. — Quando voltarem, vou fazer para vocês um chocolate quente de verdade.

Louise não tinha certeza de como seria um chocolate quente de verdade, mas parecia interessante, e, já que era chocolate quente, tinha que ser bom. Ela ajudou Mark a vestir o casaco espacial prateado, vestiu o próprio agasalho e, é claro, Pupkin foi junto, montado na mão direita de Louise.

Eles saíram pela porta da cozinha e entraram no reino das fadas.

Mais tarde, Louise saberia que o sr. Calvin havia deixado o sprinkler ligado durante a noite para que a grama congelasse, mas naquele momento ela pensou ter entrado em outro mundo. Pingentes de gelo pendiam dos galhos nus das árvores e o gelo recobria o gramado; os troncos e as folhas dos arbustos estavam envoltos em uma camada de gelo, fazendo-as parecer delicadas joias verdes.

Ela e Mark começaram a andar cuidadosamente pelo quintal congelado enquanto colhiam pingentes de gelo e chupavam as pontas, que tinham o mesmo gosto metálico da água que saía das mangueiras das casas em Mount Pleasant. Eles exploraram a extensão de grama congelada, e então Pupkin disse:

Eu quero ver mais gelo.

Louise sabia onde poderia encontrar mais gelo.

Traga o bebê, disse Pupkin.

Louise estendeu a mão para segurar a de Mark e começou a andar rumo às árvores que havia nos fundos da propriedade, e logo eles estavam fora do campo de visão da casa. Eles navegaram pelo terreno congelado e irregular e passaram entre os troncos, até que por fim chegaram ao pequeno vale repleto de grama alta e amarelada que circundava o lago congelado dos Calvin. Louise nunca tinha visto um corpo d'água tão grande congelado antes. Perto da superfície era possível sentir a temperatura diminuindo, e as ondas de frio fizeram Louise sentir a pele do rosto se esticar. Ela, Mark e Pupkin fitaram admirados o cenário.

A água havia congelado em ondas, irregular perto das bordas, mas o centro não. Havia bem no meio do lago uma mancha de água densa e assimétrica, com um aspecto tão frio e escuro quanto o espaço sideral. Gelo sujo cobria o lago com uma camada turva, repleta de galhos e folhas congelados nas bordas.

Sou patinador no gelo, disse Pupkin, e, sem hesitar, Louise pisou no gelo. Ela sentiu o frio atravessando a sola dos sapatos e ouviu a superfície irregular emitir uns estalos agudos debaixo dos pés.

— Eu sou uma patinadora no gelo — disse ela, e deslizou um pouco.

Seu equilíbrio oscilou, mas ela não caiu. Flexionou os joelhos e deslizou mais um pouco. O gelo a puxava ao longo da superfície escorregadia e fazia com que a garota se sentisse fora de controle, embora tivesse avançado apenas alguns centímetros.

Mark observava, agachando-se e levantando-se repetidamente, animado. Até que ele pisou no gelo também. A borda congelada se quebrou sob seus pés, e a parte de trás do tênis azul-marinho de segunda mão afundou, escurecendo dentro d'água. Louise saiu do gelo para a grama alta e quebradiça e segurou a mão do irmão.

— Sobe — disse ela, e o ajudou a subir no gelo.

Ele deslizou um pouco, mas ela o manteve em pé com um braço, estabilizando-o.

— Você é um patinador olímpico — incentivou a irmã, soltando a mão de Mark. Ele abriu um sorriso tão grande que parecia que suas bochechas iam se rasgar. — É só seguir em frente — encorajou ela.

Mark caminhou a pequenos passos escorregadios em direção à estrela escura no centro do gelo. Ele parou e se virou para Louise.

Mais longe, disse Pupkin.

— Mais longe, Mark. — Louise sorriu.

Ele deu mais alguns passos e se virou novamente, inseguro, sentindo que talvez não devesse estar tão longe.

Um pouco mais, disse Pupkin.

— Um pouco mais — gritou Louise.

Ele deu mais dois passos arrastados, se virou e tentou sorrir. Louise sorriu de volta para encorajá-lo.

Se apoie em uma perna só, disse Pupkin.

— Se apoie em uma perna só, que nem um patinador no gelo de verdade — berrou Louise, levantando a perna para demonstrar.

Mark ergueu a perna esquerda a poucos centímetros acima do gelo e, com um estalo metálico de algo se quebrando, a perna direita dele atravessou o gelo e mergulhou de uma só vez A água escura o sugou, e Mark desapareceu. Louise baixou a perna e ergueu Pupkin mais alto para que ele pudesse ver.

A cabeça de Mark apareceu na superfície. Ele movimentava os braços, mas a água gelada enchia seu casaco espacial prateado e o puxava para baixo pelas costas. Ele abriu a boca para chorar, mas tudo o que conseguiu foi engolir mais e mais daquela água escura. Enquanto Pupkin ficava de olho em Mark, Louise se virou na direção de onde viera. Ela não conseguia enxergar a casa do ponto onde estava, o que significava que eles também não conseguiam vê-la.

Mark se sacudia, debatendo-se no meio do lago como um animal, tentando manter o nariz acima da água, e as ondulações provocadas pelo movimento atingiam o rosto dele, que estava virado para cima. Então, por fim, o lago o sugou para baixo outra vez.

Louise continuou a observar, mas ele não emergiu novamente. Juntos, ela e Pupkin analisaram a superfície do lago até não verem mais nenhum movimento.

Pupkin está com frio, disse Pupkin.

Louise virou as costas e fez o caminho de volta por entre as árvores, atravessando o quintal congelado, passando pelo reino das fadas até chegar à porta dos fundos da casa. Em nenhum momento olhou para o lago. Abriu a porta da cozinha e entrou na casa aquecida, e o calor imediatamente começou a derreter o gelo de seu rosto.

Os adultos ainda conversavam na sala sobre a saúde da sra. Calvin. Louise caminhou em silêncio atrás deles e se sentou entre o presente que ganhara e a lareira. Com o dedo, traçou novamente as letras grandes na frente da caixa, e, depois de um tempo, a sra. Calvin se deu conta da presença da menina.

— Pronta para se aquecer com um chocolate quente? — perguntou ela.

— Sim, por favor — pediu Louise. — Pupkin pode tomar uma xícara também?

— Não vejo por que não — disse a sra. Calvin. — Desde que ele não faça muita bagunça.

— Ah, não — respondeu Louise. — Ele é muito cuidadoso.

A mãe olhou para ela.

— Cadê o Mark? — perguntou.

Pupkin a tranquilizou. Ele a ajudaria.

No banheiro, disse ele.

— No banheiro — repetiu Louise.

— Sozinho? — perguntou a mãe.

Não sei, instruiu Pupkin.

— Não sei. — Louise deu de ombros.

— Mark? — gritou a mãe em direção à cozinha, levantando-se em seguida. — Mark? — chamou na direção do hall de entrada.

Ela foi até o corredor e chamou por Mark novamente.

Pergunte se tem aqueles marshmallows pequenininhos, disse Pupkin a Louise.

— Sra. Calvin? — perguntou Louise. — O chocolate quente tem aqueles marshmallows pequenininhos?

Mas, àquela altura, ninguém estava prestando atenção em Louise.

A sra. Calvin ficou com ela, e as duas observaram da porta da cozinha enquanto o sr. Calvin atravessava de volta o quintal, encharcado até a cintura, carregando Mark nos braços. A água escorria de sua jaqueta em jatos prateados, e a mãe vinha apressada ao lado, gritando o nome de Mark e tentando acordá-lo. Louise nunca tinha visto a pele de uma pessoa ficar azul antes.

O sr. Calvin e a mãe de Louise levaram Mark para o hospital de carro, enquanto a sra. Calvin ficou cuidando dela sem dizer muita coisa. Louise perguntou sobre o chocolate quente, mas a sra. Calvin não parecia se lembrar do que prometera. Passado um tempo, tia Honey apareceu, a levou para casa e ficou sozinha com ela durante duas noites. Quando os pais voltaram do hospital com Mark, disseram a Louise que ela estava proibida de entrar no quarto dele.

Naquela primeira noite, ela se sentou no corredor com Pupkin e ouviu as vozes abafadas dos pais conversando dentro do quarto.

— Ela viu o irmão cair em um lago congelado — disse o pai. — Ela está em choque.

— Por que ela mentiu? — perguntou a mãe.

— Talvez ela não soubesse o que estava acontecendo — argumentou o pai.

— Ela não sabia a diferença entre o irmão mais novo estar no banheiro e no fundo de um lago? — questionou a mãe.

Louise não conseguiu ouvi-los depois disso, mas parecia que a mãe estava chorando. Pupkin, no entanto, ficou muito feliz por ela tê-lo obedecido, o que deixou Louise feliz, mesmo que a família não houvesse comemorado o Natal.

— Vamos abrir os presentes em janeiro — explicou o pai —, quando Mark estiver se sentindo melhor.

No dia seguinte, eles levaram Louise até o quarto de Mark e a mãe ficou parada na porta como um agente penitenciário, de braços cruzados, observando cada movimento que Louise fazia, enquanto o pai, com a mão em seu ombro, a guiava até a cama de Mark. O umidificador na mesa de cabeceira soprava uma grande nuvem branca de vapor. Debaixo dela, Mark parecia pequeno e pálido nos lençóis com estampa de circo. O garoto tirou um dos braços de baixo das cobertas e o estendeu ao lado, com a palma da mão para cima. O pai sacudiu de leve o ombro de Louise, e ela deu um passo adiante, ouvindo a respiração de Mark borbulhar e raspar na garganta congestionada. Ela segurou a mão dele. Estava úmida e febril.

Ela ficou ali, ouvindo-o respirar por um momento. Então, tirou a mão gelada da mão quente dele e perguntou se podia ir brincar no quarto dela.

— Ela está assustada — sussurrou o pai para a mãe enquanto Louise saía do quarto.

Querendo ir para a sala, Pupkin começou a se contorcer no braço da garota. Louise o ignorou. Quanto mais o fantoche se contorcia, menos ela se importava.

Ela precisava de Dumbo, que sempre foi bom e gentil. Ela subiu na cama, um joelho de cada vez, e estendeu a mão para alcançar Dumbo, mas no instante em que tocou nele com a ponta dos dedos, a cabeça do bichinho caiu com um baque em cima da colcha. Ela estendeu a mão para pegar Coelho Vermelho, mas ele lhe deu as costas e se virou para a parede. Sem conseguir respirar direito, ela tentou se aproximar de Buffalo Jones, mas ele se encolheu diante da menina e começou a tremer. Ouricinho, por sua vez, se enrolou como uma bola e choramingou.

— Eu só fiz o que Pupkin mandou — sussurrou Louise para eles. — Não fiz nada de ruim.

Eles não responderam. Ela não sabia que era possível se sentir tão sozinha. Se encolheu na cama e abraçou a cabeça decepada de Dumbo.

Me leve para a sala, exigiu Pupkin no braço dela.

Louise era má.

Você é uma boba, disse Pupkin. *Não está encrencada.*

Louise era tão má que seus próprios bichinhos de pelúcia a odiavam. Eles nunca mais confiariam nela, nunca mais falariam com ela. O único que aceitaria ser seu amigo agora era Pupkin, e ele não ia parar de beliscá-la, mordê-la, machucá-la e obrigá-la a fazer tudo o que mandasse. Ela jamais voltaria a ser Louise. Ele a dominaria e a faria ser Pupkin o tempo inteiro.

Tédio, disse Pupkin, que começava a parecer zangado.

Louise levantou-se da cama e carregou Pupkin para a sala, onde seu pai estava corrigindo alguns trabalhos no sofá e ouvindo um concerto no rádio.

— Pupkin quer ouvir — afirmou ela, e o pai assentiu, sem tirar os olhos dos papéis apoiados no colo.

— Claro, querida — disse ele.

Louise deixou Pupkin no sofá e foi até a garagem. Encontrou uma pá de jardinagem em uma das prateleiras, a levou para o quintal, onde quase ninguém ia, foi até a árvore que crescia bem no meio e cavou um buraco. No início, o chão estava duro e congelado, mas ela continuou cavando e teve o cuidado de manter os pensamentos bem reclusos, para que Pupkin não soubesse o que ela estava fazendo. Depois de fazer um buraco profundo o suficiente para caber o braço dela inteiro, a garota voltou para dentro de casa, pegou Pupkin no sofá e marchou novamente até o quintal. Quando ele viu o buraco, percebeu o que estava por vir e começou a agarrar-se a ela, a se debater e arranhar, mas a menina o segurou firme, com as duas mãos.

Não, Louise!, reclamou ele. *Você é uma garota má. Você é muito, muito má, e ninguém nunca mais vai querer brincar com você. Eles vão te abandonar e se mudar, vão te abandonar e esquecer completamente de você.*

Ela não deu ouvidos a ele. Sabia o que precisava fazer, portanto reprimiu os sentimentos e se forçou a continuar. Lágrimas escorriam pelo rosto dela enquanto Pupkin uivava e gritava ao ser colocado dentro do buraco. Ele tentou sair, mas Louise começou a jogar terra no rosto do fantoche.

Quando percebeu que não ia conseguir sair, Pupkin passou a chorar. Ela deu um jeito de jogar terra em cima dele mais depressa até abafar sua boca — o choro era ainda pior do que os gritos. Mesmo depois de ter tampado o buraco com toda a terra, no entanto, ela ainda conseguia ouvir aquele choro. Louise se levantou e começou a pisar na terra em cima do túmulo de Pupkin repetidas vezes, até deixar o terreno firme e plano.

Mesmo assim, ela ainda conseguia ouvi-lo se acabar de chorar.

... por favor, Louise! Por quê? Por quê? Por favor, não deixe Pupkin sozinho, Louise. Por favor. Está escuro e frio aqui, Pupkin está assustado... Por favor...

Ela ainda conseguia ouvi-lo à medida que atravessava o quintal de volta para casa, mas ignorou o choro dele, cada vez mais baixo. Na garagem, colocou a pá de volta no lugar com todo o cuidado. A choradeira ficou ainda mais baixinha quando a menina entrou na casa aquecida, deixando-o para trás. De repente, o choro cessou.

Ela se sentou no sofá ao lado do pai e ficou observando a rua pela janela, vendo os carros passarem até a hora do jantar. Não se permitiu pensar sobre o que fizera. Não se permitiu pensar em nada.

Naquela noite, Louise colocou os bichinhos de pelúcia na prateleira e foi para a cama. Eles nunca mais falaram com ela.

Capítulo 18

— Eu nem estava lá — disse Louise, transformando isso em uma piada, apenas mais uma memória divertida entre irmãos. — Você está lembrando errado a história.

Você é má, gritou Pupkin dentro de sua cabeça. *Você é muito, muito má, e ninguém nunca mais vai querer brincar com você.*

— Como eu devo me lembrar daquele dia, então? — perguntou Mark.

Os dois estavam sentados frente a frente sob a implacável luz baixa da luminária de mesa. A casa estava fria, e aquele ar gelado havia sugado todo o calor da comida, o que deixou a pizza com um aspecto seco e duro, a comida chinesa solidificada nos recipientes.

— Nós brincamos no quintal deles com o gelo formado pelos sprinklers — afirmou Louise, agarrando-se a essa versão —, você foi até o lago e caiu nele. Eu nem sabia onde você estava.

— Não foi isso que aconteceu — disse Mark, em um tom firme e decidido.

Você é muito, muito má...

— Você tinha dois anos — apontou Louise. — Eu nem sabia que você se lembrava dessa história.

— Você nunca me perguntou. Na verdade, seria mais conveniente se eu não lembrasse de nada. Ninguém nunca falou a respeito disso porque era mais fácil para todos fingir que nunca aconteceu.

— Nós éramos crianças — replicou ela. — Foi um acidente horrível, mas esse tipo de coisa acontece quando se é pequeno.

— Eu passei a vida toda esperando que alguém comentasse alguma coisa sobre aquele dia — continuou Mark —, que um de vocês admitisse o que aconteceu. Ninguém nunca sequer tocou no assunto.

— Admitir o que aconteceu? — perguntou Louise. — Você quer uma comissão da verdade e reconciliação para destrinchar a vez em que eu quebrei meu dente ou o dia em que você teve uma hemorragia nasal de tanto cutucar o nariz? Você se afastou de mim e caiu em um lago. Foi assustador, mas acidentes acontecem.

— Eu vi você virar as costas para mim e ir embora — disse Mark. — Aposto que você não sabia que eu tinha visto isso, mas eu vi.

Você não sabe o quanto isso é frágil, pensou Louise. *Um dia sua mente só faz "plim", você atravessa a camada de gelo e fantoches começam a falar com você e a te dar ordens. Quando você cai naquele mundo significa que seu cérebro está quebrado, e você nunca mais consegue sair.*

— Sinto muito que seja assim que você se lembra das coisas — declarou Louise, com a voz tensa —, porque deve ser uma sensação terrível, mas não foi isso que aconteceu.

— Pare de tentar me convencer! — gritou Mark. A voz dele ecoou pelas paredes e assumiu um tom áspero, metálico.

— Mark — tentou acalmá-lo Louise, colocando toda a compaixão que pôde na voz —, as lembranças às vezes...

— Eu me lembro de tudo ficar tão pesado! Lembro da água me sugando, lembro de estar com tanto frio que minha pele queimava. Nunca mais senti tanto frio na vida. Lembro de abrir a boca para tentar respirar, mas só conseguia engolir a água do lago, que tinha gosto de cobre. Lembro de ver um pedaço de céu nublado, de ver a borda do gelo e de ver você observando enquanto eu me afogava. E então você deu as costas e foi embora.

Essa é a minha primeira lembrança. Você se afastando de mim enquanto eu me afogava.

— Não — interrompeu Louise, antes mesmo de Mark terminar a última frase. — Não foi assim que aconteceu.

Ela se sentia como aquele coiote de desenho animado correndo no ar; a única coisa que a impedia de cair era a convicção de que ainda estava em terra firme.

— Vocês achavam que eu não lembrava — disse Mark. — Você, a mamãe e o papai achavam que se nunca falassem sobre o assunto a coisa toda ia desaparecer, mas *eu me lembro*.

— Eu entrei correndo na casa quando não consegui te encontrar, chamei a mamãe e o sr. Calvin — disse Louise, lembrando-se de ter se sentado perto da lareira e ouvido os murmúrios tranquilizadores dos adultos no sofá.

Ela se lembrou de ter aberto seu presente novo e de ter ficado feliz por ele parecer tão limpo e útil.

Cadê o Mark?

No banheiro.

Você é má, muito, muito má...

— Você tinha cinco anos — insistiu Mark, recusando-se a largar o osso — e me disse para pisar no gelo. Quando eu caí, você me deixou lá para me afogar. Eles deveriam ter buscado ajuda para você por ter tentado me matar, mas em vez disso todos agiram como se aquilo não tivesse acontecido, porque Louise é perfeita.

Ficar assustada deixou Louise com raiva.

— E você é o quê? O grande dono da verdade, por acaso? — rebateu ela. — Ninguém se lembra de quando tinha dois anos!

Mark tirou o queijo seco de uma fatia de pizza.

— Eu fiz uma viagem para esquiar com o pessoal da igreja quando tinha catorze anos — disse Mark, enrolando o queijo em uma bolinha. — Nós fomos patinar no gelo e, quando pisei naquele lago congelado pela primeira vez, tive um ataque de pânico e me lembrei de *absolutamente tudo*. Contei para Amanda

Fox porque precisava desabafar com alguém. Ela foi a única pessoa até hoje que acreditou em mim. Quando cheguei em casa e perguntei à mamãe, esperava que ela dissesse que sentia muito pelo que aconteceu, que ela te chamasse, que você se desculpasse e tudo se resolvesse, mas em vez disso ela me disse que nada daquilo tinha acontecido.

— E não aconteceu — reforçou Louise.

— O papai também disse que não tinha sido assim — continuou Mark. — Mas eu sei o que aconteceu. Eu me lembro de tudo.

— Você consegue se ouvir? — perguntou Louise, aumentando a própria descrença ao máximo possível. — Está dizendo que recuperou suas lembranças traumáticas reprimidas em uma viagem de esqui e isso te deu permissão para se comportar mal? Essa é a justificativa que você usa para ser um babaca: fui eu que comecei?

— Você mesma já disse! — gritou Mark para ela do outro lado dos destroços da Pizza Chinesa. — Existem as coisas verdadeiras e as falsas, e eu sei que a minha lembrança é verdadeira!

O silêncio durou um bom tempo depois que o eco da voz de Mark parou de circular entre as paredes. Finalmente, Louise falou:

— E aí eles te mandaram para uma das faculdades mais caras do país e você largou.

Ela não ia deixá-lo bancar a vítima.

Mark desviou o olhar para a sala.

— Eu passei por momentos difíceis no meu primeiro ano — murmurou ele.

— Sim, deve ter sido muito difícil fazer tanta farra — disse Louise.

Mark apertou a lata de cerveja que tinha na mão e amassou-a.

— Você não sabe de nada — replicou ele, a voz quase o rosnado de um cachorro. — Não sabe nada sobre mim. Tem um monte de coisas na nossa família que nós nunca discutimos. A mamãe não fala nada sobre a família dela, o papai não fala nada sobre a família dele, você e eu não falamos nada um com o outro.

Isso é loucura, é loucura, ele está se lembrando de tudo errado, está mentindo, é isso que Mark faz, ele exagera, ele aumenta as coisas, transforma tudo em um drama no qual ele é a vítima.

Louise respirou fundo e absorveu toda aquela comida gordurosa, pesada, fria e solidificada diante dela, inalando até sentir os pulmões chegarem ao limite, então liberou todo o ar de uma vez.

— A mamãe e o papai estão mortos, Mark — disse ela. — A mamãe foi triste a vida inteira porque os pais dela passaram a odiá-la depois que o tio Freddie morreu. Os pais do papai o criticavam por ter se casado com a mamãe. Você e eu não conversamos porque somos diferentes. Não tem nenhum segredo obscuro, nenhuma grande conspiração, nenhuma casa assombrada. Ninguém tentou te matar...

não tem nenhum fantoche enterrado no quintal

— ... você só está triste e não quer encarar o fato de que nossos pais se foram sem que você tivesse a chance de resolver seus problemas com eles.

— Eu que tenho problemas não resolvidos? — perguntou Mark. — Quando surge qualquer tipo de emoção, você vai e se tranca no quarto. Se apega ao papai porque o papai não lida com as emoções. Você se mudou para o mais longe que conseguiu, não conversa comigo, não vai aos eventos familiares, não aparece nem no Natal...

— Eu parei de vir depois do Natal em que você ficou bêbado, nos fez ir ao P. F. Chang's mesmo depois de a mamãe ter passado o dia cozinhando e ainda por cima pediu o cardápio inteiro e desmaiou na mesa!

— Ninguém jamais te diz "não", Louise, porque todos nós temos medo de que você perca a paciência — continuou Mark. — Todo mundo vive desesperado pela sua aprovação. A mamãe era assim. O papai era assim. Eu estou esperando desde os catorze anos que você se desculpe por ter tentado me matar quando era criança. Essa família inteira tentou me manipular durante anos porque não queria te causar incômodo, e você ainda nos trata como se não fôssemos bons o suficiente para você. Estou surpreso que você tenha voltado para casa e ido no velório da mamãe e do papai. Foi por isso que organizei tudo sozinho. Não achei que você fosse se dar ao trabalho de aparecer.

No silêncio, Mark empurrou a cadeira para trás, batendo-a na parede, e se levantou da mesa.

— Preciso mijar — disse, e saiu furioso da sala.

Louise ouviu o exaustor do banheiro ligar. Ela estava consciente demais do túmulo de Pupkin no quintal. Não pensava nisso havia anos, mas agora se lembrava de tudo. Ela se viu cavando o buraco, colocando o corpo de Pupkin dentro dele, ouviu os gritos do fantoche, sentiu os arranhões nas mãos, sentiu a marca de mordida na ponta do dedo.

— Louise! — gritou Mark do banheiro.

Ele soou assustado. Um medo que a fez se projetar da cadeira de supetão e sair em disparada pelo corredor. Mark estava em pé na porta do cômodo e olhava para os azulejos. Louise se espremeu ao lado dele para passar e sentiu a própria pele se contrair.

Os bonecos Mark e Louise jaziam como cadáveres rígidos do outro lado do banheiro e encaravam os verdadeiros Mark e Louise na porta. Entre os bonecos, a parede exibia uma mensagem em letras tremidas, escritas com batom vermelho:

MARK VEM PRA CASA

Louise viu as mãos da boneca Louise manchadas de vermelho, o batom aberto e esmagado no chão, a ponta do rolo de papel higiênico balançando para a frente e para trás no ar-condicionado, os olhos mortos e brilhantes dos dois bonecos, o peito de Mark que subia e descia rapidamente ao lado dela. Ouviu o barulho do exaustor do banheiro.

— Foi você? — perguntou Mark, a voz embargada de pânico e raiva.

De repente, ela ficou constrangida ao perceber como ficava pequena ao lado dele. Louise cruzou o olhar com o de Mark. Achou que a pergunta soava sincera. Então, pensou nos bonecos se movendo e no longo intervalo entre ele acender a luz do banheiro e gritar o nome dela, e chegou a uma conclusão.

— Ah, vá se foder — disse, afastando-se do irmão e balançando a cabeça. — Boa tentativa, Mark, mas vá se foder.

Ele franziu as sobrancelhas e pareceu genuinamente confuso até se dar conta do que ela queria dizer.

— Você acha que fui eu? — indagou ele, a voz estridente no final.

— Quem mais poderia ter sido? Os fantasmas da mamãe e do papai? — replicou Louise, furiosa por ter caído naquilo.

Ela pensou no autorretrato colado no espelho do banheiro, nos bonecos sentados na poltrona assistindo à televisão, em tudo o que tinha acontecido, todas as coisas que Mark sempre fez, e ali estava ele, insistindo em não abrir mão daqueles hábitos patéticos.

— Eu não fiz isso! — exclamou Mark, e andou na direção da irmã.

— Não se aproxime! — avisou ela, séria. Já tinha visto Mark explodir antes.

Ele parou onde estava, chocado com o tom de voz dela, e fechou os olhos por um instante. Louise conseguia ouvi-lo respirar fundo.

— Eu vou dar o fora daqui — declarou ele, abrindo os olhos. — E você também deveria.

— Uuuh — debochou Louise. — Que medinho!

— Vê se cresce — devolveu Mark, irritado. — Não importa o que você tenha feito, eu não quero que nada de ruim aconteça com você.

— Ai, meu Deus, quanto drama — disse Louise, e começou a imitar os resmungos do irmão: — "Você tentou me matar! Por que ninguém me ama? Como assim, eu preciso me esforçar para continuar na faculdade? Nossa casa é assombrada!" Você é igualzinho à mamãe! Tudo tem que ser uma superprodução gigantesca, e você é a grande estrela! E só porque é incapaz de encarar o fato de que sua vida é triste e vazia. A mamãe está morta. O papai está morto. A casa está vazia. Você está sozinho.

Mark piscou como se tivesse levado um tapa na cara, depois caiu em si e endireitou os ombros.

— É isso o que você pensa? — perguntou ele. — Que eu sou um fracassado?

— Eu não disse isso... — começou Louise.

— Tanto faz — interrompeu Mark, fazendo um gesto de desdém com a mão. — Eu não sou tão inteligente quanto você, mas de uma coisa eu sei: quando bonecos mal-assombrados e assustadores pra caralho começam a escrever mensagens na parede, é melhor meter o pé sem pensar duas vezes.

— É tarde demais para começar a bancar o irmão preocupado. Você nunca se lembra do aniversário da minha filha. Não me manda mensagem, não me liga e quando eu te vejo age como um babaca e me acusa de ter tentado matar você, além de ficar se gabando do testamento dos nossos pais durante o velório deles! Já faz anos que eu me viro muito bem sem você, então é um pouco tarde para agora começar a agir como meu irmão.

Sem dizer uma palavra, sem se oferecer para limpar a bagunça nem nada, Mark virou as costas e começou a andar em direção à porta. Ela não conseguia acreditar que ele estava desistindo, mas lógico que estava, era típico dele agir assim.

— É para eu pensar que os bonecos malignos estão querendo me pegar? — perguntou Louise, seguindo-o até o gramado da entrada. — Que eles estão o quê? Possuídos pelos espíritos da mamãe e do papai?

Ela o seguiu até a caminhonete.

— Eu não tenho mais onze anos — continuou Louise. — Você não pode me assustar com essas histórias ridículas sobre esquilos empalhados que ganham vida. Não funciona mais porque agora eu sou uma adulta de verdade.

Mark parou, se virou para ela e sorriu.

— Sabe uma coisa que eu faço questão de não me esquecer? — perguntou a Louise. — Daquele dia em que você e eu saímos de casa escondidos no verão, quando eu tinha dez anos

— Não me lembro disso — respondeu ela.

— Foi na época em que a mamãe ia a todas aquelas conferências de fantoches e deixava o papai cuidando da gente. Acho que foi em julho, ou algo assim.

— Lembro vagamente — disse Louise, perguntando-se como ele usaria aquela história a seu favor.

— Você me perguntou se eu queria fazer uma coisa legal, e ninguém nunca tinha me chamado para fazer uma coisa legal antes — contou Mark. — O papai foi para a cama e nós ficamos vendo *Turner & Hooch*. Quando acabou, você simplesmente se levantou do sofá e disse "vem", depois saiu pela porta dos fundos e pulou a cerca. Já estava tarde pra caralho e isso ainda por cima aconteceu na época daquela história de pânico satânico, quando umas meninas de Albemarle foram sequestradas e todo mundo ficou superparanoico. Nós não tínhamos permissão para sair de casa depois que escurecia. Eu mal consegui acreditar! O bairro todo parecia diferente naquela noite, era como se só tivesse sobrado nós dois no mundo inteiro.

O irmão prosseguiu com o relato:

— Nós espiamos pela janela dos Mitchell, mudamos os enfeites de jardim dos Everett de lugar, e então você me perguntou se eu tinha medo de fantasmas. Lógico que eu respondi "nem a pau", apesar de ser mentira. Foi quando você me levou para o cemitério. A lua estava tão brilhante, e todas as sombras tão escuras, e as lápides estavam, tipo, reluzentes de tão brancas! Você me desafiou a correr de uma ponta à outra, e eu desafiei você de volta, então nós dois começamos em lados opostos, saímos correndo e nos encontramos no meio. Aquela foi a coisa mais assustadora que eu já tinha feito. Eu nunca te contei, mas quase desisti e voltei para casa. Só não fiz isso porque não queria te deixar sozinha em um cemitério cheio de fantasmas. Foi a única coisa que me impediu.

O cachorro de alguém latiu na rua.

— Não dava para te enxergar quando começamos a correr — continuou Mark —, e eu pensei que talvez os fantasmas tivessem te pegado, então quando finalmente te encontrei, senti um alívio descomunal! Aí você tropeçou naquela lápide, levou um tombo e peidou ao mesmo tempo. A gente não conseguia parar de rir.

Louise se lembrou. Ela viu os dois sentados no chão, as bolotas e os gravetos cutucando sua bunda, o cheiro de peido pairando no ar úmido, Mark balançando a mão de um lado para outro na frente do rosto e rindo tanto que chegava a soluçar, e ela gargalhando a ponto de ter dificuldade para respirar; ela tampou a boca com a mão, tentando controlar o riso, mas a força que fez para se conter provocou mais um peido, e os dois desataram a rir ainda mais.

— Eu estou apelando àquela irmã agora quando te peço para não dormir aqui — disse Mark. — Não importa o que aconteça, não quero abandonar você aqui com um monte de fantasmas. Venha de manhã, pegue suas coisas e depois volte para São Francisco. Eu não vou vender esta casa agora, e é provável que ainda demore um bom tempo. Seja lá qual for a energia presente aqui, vai levar anos para se dissipar.

O discurso foi quase convincente o bastante para ela achar que ele se importava. Louise olhou para o Kia parado na entrada da garagem; sabia que se pedisse a Mark para esperar enquanto ela entrava, apagava as luzes, pegava a bolsa e as chaves, ele esperaria. Depois ela estaria livre para tomar um banho no chuveiro do hotel e tirar do corpo aquele cheiro de rolinho primavera e molho de tomate.

Não.

Louise se recusava a aceitar que a casa estava assombrada.

Não ia deixar Mark sair como o herói daquela historinha inventada.

Um fantoche não mandou que ela o matasse quando eles eram crianças.

Ela não tentou matá-lo.

Ele é quem havia colocado aqueles bonecos idiotas dentro do banheiro.

Existiam as coisas verdadeiras e as falsas; fantasmas eram coisas falsas.

— Me traz um chá verde do Starbucks de manhã — disse ela. — E aí você vai ter que reconhecer que esta casa não está assombrada, nós vamos ligar para um corretor de imóveis e colocá-la à venda.

Mark balançou a cabeça com pesar e entrou na caminhonete. O veículo balançou conforme ele se acomodava no banco do motorista. Ele bateu a porta, e o som pareceu mais alto que o normal no silêncio noturno da rua. Em seguida, abaixou a janela do carona com um zumbido.

— Estou tentando ajudar — afirmou ele.

Parecia um ator ruim em uma de suas peças de merda do Dock Street.

— Ah, dá o fora daqui — disse Louise.

O motor da caminhonete começou a roncar e a janela subiu. Louise deu um passo para trás.

— Não esqueça meu chá — gritou ela, mas o irmão já estava indo embora.

As luzes do freio se acenderam na esquina e ele sumiu de vista, o ronco do motor transformando-se em um silêncio absoluto. Não havia grilos, nem esperanças, nem cães latindo ao longe. Não havia nenhuma luz acesa nas casas dos vizinhos. Louise olhou para o Kia. Seria tão mais fácil esperar alguns minutos, depois fechar a casa e voltar para o hotel. Ela poderia tomar um banho e voltar para lá de manhã bem cedo, Mark não ia nem ficar sabendo que ela fora embora. Depois ela poderia dizer a ele que aquela fantasia ridícula não passava de uma besteira infantil, que ele estava errado quanto àquilo tudo, e então os dois poderiam ligar para um corretor de imóveis que não fosse pirado, colocar a casa à venda, e ela logo estaria em casa, em São Francisco, com Poppy.

Mas ela não era como Mark. Ela não pegava atalhos. Louise fazia as coisas da maneira certa.

Capítulo 19

Louise ficou parada na sala de jantar. Tudo o que conseguia ouvir era o som do exaustor que girava sozinho no banheiro do corredor. O cheiro de comida chinesa e pizza fria a fez se sentir oleosa, então ela recolheu os recipientes e começou a jogar as sobras dentro da pia. Não fazia sentido guardar uma comida tão ruim.

Ela abriu a torneira e começou a jogar a comida chinesa dentro do ralo e ligou o triturador, depois colocou as caixas de pizza em um saco de lixo preto e em seguida descartou também as embalagens de comida chinesa. Amarrou o saco, o levou para a garagem e o deixou ao lado da lata de lixo onde estava o Presépio dos Esquilos. Louise pensou em abrir a tampa só para ter certeza de que ele ainda estava lá, mas não conseguiu reunir coragem. Em vez disso, ergueu o pesado saco de lixo e o colocou em cima da tampa. Só por garantia. Entrou na casa, limpou a bancada da cozinha com alvejante em spray, limpou a pia, limpou o fogão e limpou a toalha de mesa plástica. Foi se dando conta de que perdera o controle e arruinara tudo. Ela agora não sabia como ia convencer Mark a vender a casa. Os dois tinham dito muitas coisas horríveis um para o outro, ela havia deixado a casa transformá-la em criança novamente. E Mark nem sabia a pior parte da história.

Ela começou a esfregar a mesa com mais força. No primeiro ano, ela estava fazendo a lição de casa da escola naquela mesma mesa — enquanto a mãe preparava o jantar, o cheiro de fígado pairando no ambiente —, quando parou e foi até o quarto buscar umas revistas para fazer uma colagem da família. No caminho, passou em frente à porta aberta do quarto dos pais. Encostado nos travesseiros estava Pupkin, sentado com um grande sorriso no rosto, sob a luz do fim de tarde, os olhos desviados para o lado.

O mundo parou enquanto Louise o encarava. Como ele tinha conseguido sair do buraco onde ela o enterrara? Como tinha ido parar em cima da cama? Louise achou que talvez estivesse imaginando coisas, então, um passo cuidadoso após o outro, foi se aproximando, ciente de que não deveria entrar no quarto dos pais, mas incapaz de controlar o impulso. Ela alcançou o pé da cama, mas não conseguiu chegar mais perto.

Pupkin parecia novinho em folha. A barriga amarela agora estava dourada, o capuz tinha a cor de uma maçã doce e crocante, o rosto estava limpíssimo. Louise reconheceu o desgaste nas linhas pretas ao redor dos olhos, da boca e na ponta do nariz, então soube que era o mesmo Pupkin. Mas ele não apresentava nenhuma evidência de ter se rastejado para fora da cova, nenhum arranhão que demonstrasse qualquer tipo de tentativa para se salvar, nenhum resquício de terra em lugar algum.

Algo dentro da cabeça de Louise fez *plim*, e ela se viu dividida em duas meninas, paradas em dois quartos idênticos, ambas com um vestido jeans cheio de joaninhas. Em um quarto, Pupkin tinha voltado do túmulo. Voltara e estava com muita raiva por Louise tê-lo enterrado e o abandonado sozinho. Ela conseguia sentir a raiva dele irradiando de seu corpo como calor.

No outro quarto, Pupkin estava sentado na cama são e salvo, sem um grãozinho de sujeira no corpo, o que seria impossível se ela o tivesse enterrado, ou seja, na verdade ela nunca o havia enterrado, para começo de conversa. Ela nunca precisou enterrá-lo porque ele nunca a obrigara a fazer algo ruim. Ela nunca fez algo ruim porque nunca dissera a Mark para subir no gelo. Ela nunca falou a Mark para subir no gelo porque amava o irmão e jamais tentaria machucá-lo. Fantoches não falavam e não podiam obrigar as pessoas a fazer coisa alguma.

Louise observou as duas meninas em seus dois quartos, cada uma existindo em um mundo diferente, e tomou uma decisão. A Louise sã virou as costas e saiu do quarto dos pais, entrando em um mundo que fazia sentido, onde fantoches não ganhavam vida, ninguém machucava o próprio irmão e às vezes as lembranças se confundiam. Louise decidiu abandonar a outra garota, sozinha no quarto dos pais; fechou a porta e isolou a menininha para nunca mais pensar nela. Até esta noite.

Depois daquele dia no primeiro ano, Louise parou de se interessar pelas histórias da mãe sobre fantoches. Preferiu se cercar das coisas reais que todos conseguiam ver e sobre as quais concordavam, como números, matemática, caminhões basculantes e guindastes. Ela só desenhava coisas que existiam, como diagramas, modelos, elevações e plantas. Na faculdade, não ingeria cogumelos nem tomava doce; gostava apenas de beber uma taça de vinho uma vez ou outra, e quando via alguém tendo algum tipo de surto na rua, se afastava o máximo que podia e sempre se lembrava de que era melhor evitar aquele caminho.

Ela lavou as mãos na pia com detergente, secou-as em uma folha de papel-toalha e desligou a luminária de mesa que estava no balcão. Sombras se acumularam nos cantos do cômodo. Depois apagou a luz da coifa, acendeu a do corredor e obrigou-se a ir até a porta do banheiro, colocar a mão no interruptor sem olhar e desligar tanto a luz quanto o exaustor. Louise fechou a porta. Não importava o que houvesse ali dentro, era um problema para o dia seguinte. Ela foi para o seu antigo quarto e, por fim, fechou a porta.

Louise soltou um suspiro. *Enfim segura*. Tirou a calça jeans, dobrou-a e a colocou em cima da cadeira de escritório do pai, depois prendeu a cadeira debaixo da maçaneta, apagou a luz e correu de volta para a cama no escuro, o frio arrepiando suas pernas. Fazia tanto frio dentro daquela casa! Ela se enfiou debaixo das cobertas e programou o despertador para as seis da manhã.

Quanto mais rápido pegasse no sono, mais cedo acordaria. Ela pensou que deveria ter trazido a escova de dentes. E deveria ter tomado um banho.

E deveria ter voltado para o hotel.

Louise despertava de repente e caía no sono de novo, navegando em um barco sacudido pela tempestade. Em dado momento, um de seus pés ficou gelado, e ela acordou e percebeu que ele estava pendurado para fora da cama. Ela o puxou de volta para baixo das cobertas sem chegar a despertar de vez. Poppy estava sentada no chão, no meio do quarto, sob a luz do poste da rua, brincando com Pupkin.

não, Poppy, isso não está limpo, está sujo, largue isso no chão agora, Poppy, dê para a mamãe

Do buraco de Pupkin — onde se encaixava a mão para manipulá-lo — pingava *lo mein* e arroz branco, mas o arroz se mexia de um jeito pulsante, e Louise percebeu que eram vermes. Os longos fios marrons de macarrão se contorciam, e ela precisava dizer "não" a Poppy, mas não conseguia se mexer enquanto via a filha lentamente deslizar o braço para dentro do buraco úmido e podre do fantoche. Louise pulou da cama sozinha no escuro, ouvindo o eco da própria voz:

— Pare!

Ela estava sentada na cama, apoiada nos braços, a voz ainda ecoando nas paredes do quarto, os lábios trêmulos, a garganta seca. Entrou em pânico, sem conseguir reconhecer as sombras no cômodo, até se lembrar de que estava em seu antigo quarto. Estava tudo bem. Ela estava segura. Nada poderia machucá-la, tinha sido apenas um sonho.

Mas a porta do quarto estava aberta.

Cada músculo em seu corpo travou. Louise não conseguia se mexer. Examinou o ambiente movendo somente os olhos, e sua visão fervilhava de pontos pretos enquanto ela tentava enxergar em meio às sombras. Algo do outro lado do quarto, bem perto do chão, respirou baixinho; uma respiração úmida e densa.

Algo vivo estava no quarto com ela.

eu coloquei o saco em cima da lata de lixo, os esquilos não conseguiriam sair, eu fechei a porta do banheiro, coloquei a cadeira embaixo da maçaneta

Louise recostou-se lentamente, traçando um plano de ação. Ela precisava da calça e do celular, depois pegaria as chaves e sairia depressa em direção ao carro. Nem precisava dos sapatos. Tinha que sair daquela casa. Não deveria ter ficado lá sozinha. Fazendo o máximo de silêncio possível, Louise foi alcançar o celular, mas algo segurou sua mão.

— Ah! — gritou ela e tentou recolher a mão.

Mas a coisa não soltava — continuava puxando seu braço e se enrolando em seu punho, fria, molhada, viva. A coisa se prendeu ao redor da mão de Louise e apertou com tanta força que ela sentiu o sangue pulsar na ponta dos dedos.

Louise pulou da cama e a coisa presa à sua mão veio junto; era algum tipo de forma pesada, grudada na ponta de seu braço, ondulante e viva. A criatura fez um único movimento muscular e deslizou alguns centímetros, avançando para o punho dela. Louise mexeu a mão e chacoalhou o braço para a frente, com força, e seu antebraço ficou mais leve. Algo saiu voando pelo quarto, bateu na parede e caiu bem no centro da poça de luz que havia no meio do cômodo.

Pupkin.

você me deixou sozinho, você me abandonou, você tentou me esquecer, me deixou no escuro

Driblando os limites do que era possível, sem que ninguém o movesse, ele se inclinou para a frente e se ergueu de forma cambaleante em suas perninhas toscas. A manga vazia de seu buraco pendia atrás do fantoche como uma cauda. Ele estufou o peito, virou o rosto para ela e os dois se encararam.

Pupkin estava de volta. E odiava Louise.

O rostinho de plástico de Pupkin se esticou, e seu queixo foi se recolhendo e dando estalos enquanto ele escancarava aquela boca minúscula e sibilava para Louise. Então, o fantoche avançou na direção dela, curvando o corpo e pegando velocidade, ficando mais rápido que os esquilos, até sair da área iluminada pelo poste da rua e adentrar as sombras, mirando nos pés dela.

não não não não não não não não não não

Ela caiu de costas na cama e puxou as pernas para si, mas Pupkin escalou os cobertores que se arrastavam pelo chão. Ele não podia tocá-la, ela morreria se aquele fantoche a tocasse, não podia deixá-lo chegar perto. Seu coração batia forte, fazendo suas costelas tremerem, e ela viu o topo do pequeno capuz pontudo emergir na lateral da cama, como quando ela era garotinha, e Louise soltou um choramingo, exatamente como uma garotinha.

eu não sou uma garotinha

O pensamento a atingiu como um raio. Ela saltou da cama e correu em direção à porta aberta.

Um de seus tornozelos falhou sob o impacto, e ela tombou para a direita, quase caindo, mas não parou. Ouviu um silvo raivoso atrás de si e em seguida o som de Pupkin se jogando no carpete. Ela tirou a cadeira de escritório do caminho em um movimento fluido e arremessou-a para trás, na esperança de esmagar Pupkin.

Saiu correndo pela porta e ouviu a cadeira bater na parede e se espatifar no chão, mas continuou em disparada pelo corredor, sem que houvesse qualquer obstáculo entre ela e a porta da frente além da escuridão. Louise passou pela porta fechada do banheiro, pela oficina da mãe, viu a luz do pátio lá fora refletida no carpete, até que algo perfurou suas canelas.

Ela caiu com tudo, estendendo os braços para amortecer a queda. A palma de suas mãos bateu em hastes de madeira, depois no carpete, e ela caiu em um emaranhado de madeiras pontiagudas. Louise tentou rolar para sair dali, mas suas pernas estavam presas, então ela percebeu: era uma das cadeiras da sala de jantar, caída de lado. Como foi que…

Pupkin a havia arrastado até o hall. Para caso Louise fugisse.

O medo lhe deu forças para desvencilhar as pernas daquela estrutura de madeira. No meio da escuridão, conseguiu se reerguer, mas seus pés machucados a faziam cambalear. Ela deu um passo adiante para ganhar estabilidade, e um dos pés afundou em outra armadilha de madeira com extremidades pontudas. Outra queda feia se seguiu, e dessa vez Louise caiu sentada. Antes que conseguisse se levantar de novo, ela ouviu algo pesado galopando pelo carpete do corredor em sua direção e logo se debateu para soltar as pernas da cadeira, dando um impulso para trás com os calcanhares e as palmas das mãos. Em seguida, silêncio. E então algo atingiu seu peito com força, como uma bala de canhão.

— *Uhh!* — soltou Louise enquanto o ar explodia de seus pulmões.

Ela agarrou o corpo pesado de Pupkin com a mão esquerda e o puxou para trás, mantendo-o longe de seu rosto, mas ele se prendeu à camisa dela. Com o auxílio da mão direita, Louise se esforçou para contê-lo, mas algo picou a ponta de seu polegar, fazendo-a recolher a mão. Os músculos de seu abdômen perderam a força, e, sem a mão para apoiar o corpo, o peso de Pupkin a empurrou para trás até fazê-la se deitar esticada no chão.

A lua brilhava através das portas, revelando a figura de Pupkin em pé sobre o peito de Louise, com um sorriso cheio de malícia, um sorriso tão grande e misterioso que a mente de Louise fez *plim*.

Alucinações auditivas. Alucinações visuais. Alucinações táteis. Típico da Louise.

Ela estendeu a mão para afastá-lo, para arrancá-lo de seu corpo, mas Pupkin se esquivou por baixo do seu braço, tomando toda a sua visão. Algo prateado brilhava em sua luva, refletindo a luz, e Louise imediatamente identificou que era uma *agulha de costura* — bem quando ele a enfiou dentro do olho esquerdo dela.

Instintivamente ela piscou, e sua pálpebra se dividiu em dois de um jeito que nunca acontecera em sua vida, como se houvesse um alfinete bem no meio a impedindo de fechar o olho até o fim, e Louise

ai, meu deus, tem uma agulha no meu olho, pupkin enfiou uma agulha no meu olho

entrou em pânico e o prendeu com firmeza com um dos braços. Ela sentiu o corpo macio do fantoche em sua mão, apertou e puxou, sentindo o colarinho da blusa rasgar com o movimento, pois ele não largava. Ela o jogou para cima e o ouviu bater na parede que dividia a sala de jantar e a sala de estar, caindo no carpete.

Louise se levantou, as pálpebras tremulando convulsivamente, e colocou as cadeiras como um bloqueio entre ela e o local onde o ouviu cair. Conseguiu enxergá-lo com um dos olhos, já que o outro estava embaçado, lacrimejando. Queria fechar o olho, mas sua pálpebra continuava batendo na agulha, e ela sentia o fino instrumento prateado subindo e descendo dentro de seu globo ocular. Um líquido escorria pelo seu rosto.

por favor, que sejam lágrimas, não sangue, nem nada gelatinoso, que sejam lágrimas

Pupkin estava em pé sob a luz do luar que atravessava as portas do pátio, cambaleando, mudando o próprio peso de um lado para o outro. A pálpebra esquerda de Louise tremia feito uma mariposa presa, e ela não conseguia controlar o movimento; sentiu algo deslizando e percebeu que sua pálpebra estava enterrando a agulha mais profundamente em seu globo ocular.

A visão de Louise ficou turva, o corredor escuro e a luz do luar borrando. Ela reuniu coragem e usou dois dedos para abrir caminho entre os cílios trêmulos e beliscar o pequeno e afiado espinho que se projetava da superfície lisa e escorregadia, pegando-o no último segundo antes de entrar completamente em seu olho. Ela o agarrou entre duas unhas como se fosse uma pinça e o puxou para fora.

A pálpebra, finalmente livre, se fechou enquanto ela descartava a agulha. Foi quando Pupkin avançou na direção dela, abandonando outra vez a área iluminada. Louise deveria ter pulado por cima dele e corrido para a porta da frente, deveria ter feito qualquer outra coisa, na verdade, mas entrou em pânico, se virou, correu para o seu antigo quarto e bateu a porta. Pupkin a alcançou e se interpôs na fresta da porta, impedindo-a de fechá-la, abrindo caminho

alucinações auditivas alucinações visuais alucinações táteis

juro juradinho, pelo que há de mais sagrado, se eu estiver mentindo que enfiem uma agulha no meu olho

e, ao entrar, correu atrás de Louise a toda velocidade. Ela viu as portas do armário iluminadas pela luz do poste, as únicas portas restantes no quarto, e correu naquela direção, rezando para conseguir chegar a tempo. Louise se jogou na direção do armário, deslizando-as com violência, desesperada, e seu ombro colidiu com o fundo no momento em que caiu no carpete. Ela rolou para dentro e viu Pupkin correndo para ela, com seus braços e suas pernas atarracados e o ódio estampado no rosto. Louise tentou fechar as portas, mas sabia que daquela vez não havia para onde fugir, não havia escapatória.

Ela tentou manter as portas fechadas com a ponta dos dedos, fincando as unhas nas ripas de madeira, até que Pupkin se chocou contra elas, fazendo-as balançar nos trilhos.

Por um segundo, Louise o encarou por entre as frestas das ripas e pensou que o tivesse derrotado; os braços toscos do fantoche deslizavam pela madeira lisa sem sucesso. Então outra agulha de costura foi cravada na ponta de um de seus dedos, tirando sangue, e ela recolheu a mão. Sem nenhuma força para impedi-lo de abrir as portas, Pupkin deslizou uma para o lado, sibilando de fúria. Louise ouviu a porta chacoalhar sobre os trilhos, fechando-se outra vez, e Pupkin esticou a cabeça na direção dela, mas logo alguma coisa o puxou para trás e ele voou para longe de Louise, atravessando o quarto e adentrando as sombras.

Uma sombra maior pairou sobre Pupkin, e um clarão se fez dentro da casa, emitindo um som que feriu seus ouvidos, preenchendo seu nariz com um fedor de fumaça metálica. Então aquela luz brilhou novamente, e ela ouviu mais uma vez o mesmo som intenso; no segundo clarão, enxergou Mark de pé do outro lado de seu antigo quarto, segurando uma pistola preta e feia com as duas mãos, apontando a arma para Pupkin no chão e puxando o gatilho repetidas vezes enquanto os pedaços de tecido do fantoche se espalhavam pelo quarto escuro.

Capítulo 20

Louise ficou encolhida no chão do armário, ofuscada pelo clarão dos disparos, cobrindo o olho esquerdo com a mão e respirando de maneira entrecortada a fumaça da arma. Mark disse alguma coisa, mas ela não conseguiu ouvi-lo.

— Meu olho! — Louise ouviu a própria voz dizendo ao longe.

Uma lanterna foi acesa. A luz varreu a sala, captando padrões rodopiantes de fumaça, turvando a visão do olho direito de Louise, e então se aproximou. Ela se apoiou na parte de trás do armário e saiu de lá cambaleando, empurrando Mark para o lado com o ombro. Ela precisava ir para o hospital. Ouviu alguém em outro cômodo dizer a mesma coisa, talvez ela mesma, e foi até o corredor, onde apertou o interruptor da luz, mas o ambiente continuou escuro.

Mark saiu do quarto atrás dela, e sua lanterna revelou duas cadeiras deitadas de lado no meio do corredor. Louise as contornou a caminho da porta da frente. Ao abri-la, sentiu o ar gelado atingi-la como se tivesse pulado de cima de uma montanha direto em um lago, e foi em direção à caminhonete de Mark, a grama áspera encharcando seus pés.

Ela abriu a porta do carona e entrou. Mark se sentou no lado do motorista, ligou a ignição e, pela primeira vez na vida, Louise não colocou o cinto de segurança. Eles desceram a rua a toda, até Mark frear bruscamente na esquina ao se lembrar de acender os faróis. Ele entrou na Coleman, indo a setenta quilômetros numa zona cujo limite era quarenta. De repente, Louise se ouviu dizer:

— Encoste o carro.

— O quê? — gritou Mark ao longe.

— Encoste o carro! — repetiu ela, e não sabia se havia falado aquilo em voz alta ou não.

Mark girou o volante e foi encostando o carro no Sea Island Shopping Center. Louise abriu a porta do carona às pressas e pisou no asfalto gelado. Já estava em lágrimas quando seu estômago se revirou e ela vomitou Pizza Chinesa por toda a linha amarela de estacionamento entre seus pés. O cheiro azedo de pizza mal digerida penetrou em suas narinas e lhe causou ainda mais ânsia, provocando outro jato.

— Emergência — ofegou ela, ouvindo a própria voz com mais clareza agora. — Eu preciso ir para a emergência.

— O que aconteceu? — A voz de Mark parecia um eco.

— Meu olho — respondeu ela com a cabeça baixa, ainda cobrindo o olho esquerdo com a mão para impedi-lo de sair do crânio. — Ele enfiou uma agulha no meu olho.

— Deixa eu ver — disse Mark, mas ela ergueu a mão para impedi-lo e se inclinou para a frente, a comida voltando a subir pelo esôfago.

Pontos de luz atrapalhavam a visão do olho direito. Seu corpo parecia leve e feito de plástico; seu estômago estava embrulhado em uma cólica permanente. Algo pesado pousou no ombro de Louise e ela se esquivou, mas então percebeu que era a mão de Mark.

Ele a puxou para si, tirando a mão dela do olho com delicadeza.

— Estou cega — anunciou a irmã.

Mark apontou a lanterna para o olho esquerdo dela. Louise se retraiu e tentou se desvencilhar da luz, mas ele a segurou no lugar, a mão em seu queixo.

— Está tudo bem —afirmou ele. — Tem um pouco de sangue na parte branca, mas você está reagindo à luz e sua pupila está dilatada. Quantos dedos tem aqui?

— Três?

— Correto. Você está bem.

Louise tentou organizar seus pensamentos, mas não conseguia encaixá-los a ponto de fazerem sentido. Ela percebeu que não estava usando calça. Também não estava usando sapatos.

— Preciso ir para a emergência — repetiu. — Preciso de um médico, de alguém que confira o meu olho. Preciso de um cirurgião.

— Eu sei exatamente do que você precisa — disse Mark.

— Bem-vindos à Waffle House — cumprimentou a garçonete, aproximando-se da cabine no canto de trás do restaurante e parando abruptamente. — Tudo bem por aqui?

Louise estava curvada dentro da cabine, cobrindo o olho esquerdo com a mão de novo e encarando a mesa fixamente com a cabeça baixa. Mark havia encontrado uma calça de moletom e um par de chinelos dentro da caminhonete — grandes demais para ela —, mas a camiseta da irmã estava toda suja e com a gola rasgada. Mark estava mais limpo que Louise, mas tinha o perfil exato de um cara que passa em uma Waffle House às três da manhã depois de atirar num fantoche mal-assombrado.

— Melhor do que nunca — respondeu ele. — Louise?

— Estou cega — murmurou ela.

— Já sabem o que vão pedir? — perguntou a garçonete.

— Louise? — chamou Mark.

Louise continuava encarando a mesa.

— Ela vai querer uma omelete de queijo americano — disse Mark —, torrada integral e *hashbrowns* com cebola e queijo por cima.

Era o mesmo pedido que ela fazia desde os nove anos.

— Para mim vai ser bife com ovos — disse Mark. — Malpassado, por favor.

— E para beber? — perguntou a garçonete.

— Dois cafés — respondeu Mark.

— Estou com medo de olhar — disse Louise à garçonete, tirando a mão do rosto. Ela tentou abrir a pálpebra esquerda, mas não conseguiu. — Meu globo ocular ainda está aqui?

— Para com isso — replicou Mark.

A garçonete quase fez um comentário, mas mudou de ideia e voltou para a chapa. Não valia a pena fazer perguntas após uma hora da manhã na Waffle House.

— Eu preciso de um médico — repetiu Louise.

— Dá pra parar? — disse Mark. — No Google diz que existe um monte de gente que leva injeção no olho e fica bem.

— Eu não estou bem — retrucou Louise.

Mark se inclinou para a frente e usou os dedos para abrir a pálpebra esquerda de Louise.

— O que você está vendo?

Louise fechou o olho esquerdo para que nada vazasse.

— Abra esse maldito olho e me diga o que você está vendo — repetiu Mark.

Louise abriu o olho, e a luz entrou. A pálpebra se abriu, dolorida. Ela viu a mesa de madeira laminada, o cardápio de plástico com imagens coloridas de pratos felizes, uma faca e um garfo. Pontos escuros atrapalhavam sua visão, enchendo a Waffle House, vagando pelas paredes, mas ela não estava cega. Então, com todo o cuidado, ela levantou a cabeça e olhou ao redor, com medo de sentir o globo ocular sair da cavidade e o conteúdo escorrer pela sua bochecha.

A Waffle House tinha um clima alegre, iluminado, toda pintada de amarelo e preto, e um cheiro de chapa quente e desinfetante pairava no ar. Os únicos outros clientes eram dois homens negros de meia-idade que pareciam estar indo pescar. A sensação era de que tudo estava muito próximo e muito distante ao mesmo tempo, como se Louise estivesse vendo pelas lentes de uma câmera.

— Neste momento — disse Mark — o que você precisa, pelo menos uma vez na vida, é me escutar.

Louise observou a garçonete entregar o pedido deles ao chapeiro. Ela se sentia como um alienígena cuja missão é observar o comportamento humano. Estava tendo um colapso nervoso na Waffle House. Seu cérebro logo seria servido em um prato à moda da casa.

Ela começou a rir, não pôde evitar. O restaurante bonito e limpinho, todo mundo agindo normalmente, Mark agindo normalmente — só que um fantoche tentara matá-la e ela não estava nada bem. O pensamento a fez rir ainda mais.

— Lulu — disse Mark e inclinou-se sobre a mesa —, você está rindo de um jeito muito, muito assustador. Sério. Estou ficando preocupado.

— Qual a piada? — perguntou a garçonete enquanto colocava duas xícaras na mesa. — Estou na ativa desde as cinco, seria ótimo dar uma risada.

— Nada disso é de verdade — afirmou Louise.

A garçonete pôs ao lado das xícaras uma tigelinha com uma porção de creme sem lactose.

— Espero que não — brincou, servindo o café nas xícaras.

— Eu não quero ficar aqui — disse Louise a ela. — Quero ir para o hospital.

Nesse momento, a garçonete parou. Ela examinou Mark e considerou as possibilidades: cafetão? Namorado abusivo? Traficante?

— Minha irmã está tendo uma noite ruim — declarou ele. — Nossos pais acabaram de morrer.

A expressão da garçonete se suavizou um pouco.

— Sinto muito. — Ela pareceu aliviada por haver uma explicação. — Se quiserem, tem um ministro metodista que passa aqui todo dia por volta das quatro e meia. Ele aceita orar por praticamente qualquer pessoa.

— Obrigado — disse Mark.

A garçonete foi embora, e Louise a viu contar a outra garçonete o que Mark contara.

— Ser de verdade não tem a ver com como você é feito — disse Louise. — Quando uma criança te ama por muito, muito tempo, você se torna de verdade.

Ela riu outra vez e Mark franziu as sobrancelhas.

— Sacou? — perguntou Louise. — É de *O coelhinho de veludo*. Meu livro favorito. — Ela não pôde evitar a gargalhada suscitada pela ideia. — Aposto que também é o livro favorito do Pupkin.

Os dois pescadores olharam na direção deles. Louise sorriu e acenou, e os homens voltaram à própria conversa. O comportamento dela não fazia diferença agora. Nada mais fazia diferença. O mundo estava quebrado.

Mark empurrou a xícara para mais perto dela.

— Beba um pouco — pediu ele. — Chega de ser assustadora.

Louise tomou um gole e, embora fosse basicamente água quente marrom, aquilo a estabilizou e a ajudou a parar de rir. Ela olhou para Mark através do enxame de pontinhos pretos.

— Acho que eu não estou bem — disse Louise, baixinho. — Acho que tem alguma coisa muito errada dentro de mim, alguma coisa que posso ter herdado da mamãe. Preciso que você fique comigo e me mantenha em segurança até de manhã, aí poderemos ir ao hospital para eu fazer alguns exames e investigar as possibilidades. Quer dizer, tem meu olho também, mas talvez eu precise de uns testes farmacogenéticos e conversar seriamente com um médico a respeito de esquizofrenia, depressão bipolar… é melhor fazer uma lista.

— Isso não tem nada a ver com transtorno mental — anunciou Mark —, tem a ver com a gente, com tudo o que envolve a nossa família. Acho que eu descobri o que está acontecendo.

— Prontinho — disse a garçonete ao colocar a omelete de queijo de Louise na frente dela e o prato de Mark na frente dele. — Bife malpassado com ovos. Algo mais?

— Por enquanto é só isso — respondeu Mark. — Muito obrigado.

O cheiro de omelete, batatas fritas, cebolas e queijo derretido não deixou Louise enjoada. Na verdade, fez o estômago dela roncar. Ela deu uma garfada. A comida lhe deu coragem e a fez se sentir preparada para enfim encarar a verdade, mesmo que Mark não conseguisse.

— É genético — afirmou Louise. — O que significa que você provavelmente deveria fazer uns exames também.

Mark bateu na mesa com força suficiente para fazer os talheres saltarem. Louise olhou para ele, assustada.

— O que mais precisa acontecer — disse ele, em um sussurro que era quase um rosnado — para alguém nesta família me ouvir de verdade?

Ela sentiu uma onda de afeição por ele.

— Você está certo — concordou. — Tudo o que você disse hoje é verdade. Nossa família não enfrenta as coisas nem lida com elas, a gente se esconde do passado, jogamos para debaixo do tapete as coisas quando não são convenientes, por isso não enxergamos quando a mamãe deu sinais. Todas aquelas mudanças de humor, a obsessão por artesanato... ela provavelmente lutou contra um baita transtorno mental durante a vida inteira. A mãe dela também deve ter tido que lidar com uma depressão severa depois que Freddie morreu, e isso se tornou um trauma geracional.

Mark a encarou de um jeito que a fez se questionar se havia falado o que pretendia ou se havia saído algo diferente. Ela precisava ter cuidado com a maneira como se expressaria dali em diante.

— Isso não tem nada a ver com a mamãe nem com o papai — disse Mark. — Achei que fossem os fantasmas deles, mas agora percebo que tem tudo a ver com Pupkin. Eu o vi se mexer. Ele tentou te matar. Aqueles bonecos no banheiro escreveram aquela mensagem na parede, mas quem está por trás de tudo é aquele fantochezinho sinistro.

De repente, a coisa toda soou muito, muito engraçada para Louise. Mark gesticulou com um dedo apontado para ela.

— Não ri da minha cara — advertiu-a. — Pela primeira vez, minha vida finalmente faz sentido.

Louise respirou fundo e soltou o ar.

— Não estou rindo da sua cara — rebateu ela. — Mas é sério, se for algo hereditário, fico preocupada com a possibilidade de também afetar a Poppy.

Ela pegou a torrada e deu uma mordida. A comida parecia finalmente se acomodar no estômago de Louise.

— Quem enfiou uma agulha no seu olho? — perguntou Mark. Louise sentiu uma pontada no olho esquerdo e parou de mastigar. — Você fez isso consigo mesma? Quem escreveu aquela mensagem na parede do banheiro? Acha que fui eu? Acha que eu quero tanto assim te zoar?

Louise forçou pela garganta o pedaço de pão duro e seco que tinha na boca.

— Acho que perdi a noção do que é real — disse ela.

— Mas eu não — retrucou Mark. — É por isso que você precisa me escutar. Você tem sorte de eu ter seguido meu instinto e decidido que não ia deixar você sozinha naquela casa depois de toda aquela bizarrice com os bonecos, então estacionei na esquina. Você tem sorte de eu não conseguir dormir direito depois de beber umas cervejas, tem sorte de eu ter deixado a janela do carro aberta, tem sorte de eu acreditar na Segunda Emenda e no nosso direito ao porte de armas, porque ouvi você gritando, entrei correndo na casa e não te encontrei sozinha tentando enfiar uma agulha no próprio olho, e sim você escondida no armário enquanto Pupkin tentava arrombar as malditas portas. Eu o vi. Você o viu. Então, agora que estamos seguros, não finja que você não presenciou aquilo tudo.

— Sempre existe uma explicação — disse ela. — É o que o papai vivia falando.

Mark recostou-se na cabine.

— Que tal esta, então? Durante anos, a mamãe investiu atenção, foco e tempo em Pupkin, e, de acordo com *O coe-*

lhinho de veludo, o amor dá vida às coisas. Ela colocou toda a energia emocional dela em Pupkin, e acabou respingando nos outros. Além disso, acredito no que um grande homem da ciência disse certa vez: a energia não pode ser criada nem destruída.

— *O coelhinho de veludo* não é uma teoria científica — argumentou Louise. — É uma história infantil.

— A Bíblia também é, mas você vê pessoas fazendo leis e matando umas às outras por causa dela todos os dias.

— Essa é uma falsa equivalência. Eu não compro a sua teoria do universo embasada em *O coelhinho de veludo*.

Mark abaixou as sobrancelhas.

— Não me faça parecer burro — disse ele. — Não depois de eu ter tirado você daquela casa, não depois de eu ter te salvado daquele fantoche. Quer comprar alguma coisa? Tenta comprar o seguinte, então: as pessoas deixam todo tipo de merda para trás quando morrem, roupas, revistas, arte feita com conchinhas, comida na geladeira, memórias, sentimentos, emoções, traumas. E, de acordo com o que estamos descobrindo agora, o que a mamãe deixou foi Pupkin, para a porra da nossa infelicidade eterna. Ela fingiu que ele era real por tanto tempo, deu tanto de si para ele, nos fez agir como se o fantoche fosse real por tantos anos... mas agora que ela morreu, quem vai dar ao Pupkin a notícia de que ele não existe de verdade? Quem vai explicar ao Pupkin que ele não é real? Ficou a fim de comprar essa? Vai tirar a carteira do bolso?

— A única coisa que a mamãe deixou para trás foi algum tipo de doença genética — insistiu Louise.

— Ah, ela te deixou um transtorno mental? Beleza, coloca a prova dentro de um frasco e me mostra. Me mostra aí seu transtorno mental em uma placa de Petri.

— Não é assim que funciona. Transtornos mentais são uma série complexa de vetores sobrepostos. É algo parcialmente orgânico, parcialmente cultural, parcialmente psicológico.

— Piiii — disse Mark. — Zero curtida, 0/10. Não vou ler mais nenhuma edição da sua revista.

— Minha explicação tem um raciocínio lógico consistente. A sua é toda baseada em energia mágica.

Mark fez um gesto de desdém com a mão.

— Louise, você está negligenciando a coisa mais importante de todas: seus sentidos. Você ouviu coisas no sótão, viu os bonecos, viu Pupkin. Eu vi Pupkin. Você tocou nele, ele enfiou uma agulha no seu olho. Você está me pedindo para ignorar tudo isso em prol das suas noções preconcebidas sobre o que pode e o que não pode ser real?

Louise sentiu o peso de Pupkin no peito, o viu atacá-la direto no olho, a pálpebra tentando fechar e acertando a agulha... ela sentiu as vibrações da raquete subirem pela palma da mão direita, percorrerem o punho, subirem pelo antebraço, sentiu o esquilo morto se debatendo sob a rede da raquete.

— Não sei você — disse Mark —, mas se eu tiver que escolher entre ter uma condição médica séria e estar em circunstâncias extraordinárias pra cacete, com certeza vou preferir a segunda opção. Mas se você quiser ir pelo caminho do transtorno mental, precisa refletir de verdade sobre o que isso significa. Qual vai ser o diagnóstico desse episódio? Um surto psicótico? Você vai ter que abrir mão da custódia da Poppy para o Ian por um tempo, ser internada em algum lugar para receber ajuda. Talvez ainda queira avisar os professores da Poppy e sem dúvida alguma vai ter que dar a notícia para a família do Ian. Acha que eles não vão brigar com você pela custódia?

Louise cobriu o rosto com as mãos.

— Não consigo nem...

Ela foi incapaz de terminar a frase.

— Pois é melhor conseguir — continuou Mark. — O que aconteceu com Pupkin foi real, Mercy acha que tem alguma coisa errada com a nossa casa e eu também tenho más notícias.

Você é má, muito, muito má, e ninguém nunca mais vai querer brincar com você.

— O quê? — gemeu Louise.

— Você passou muito tempo ignorando o que acontece na nossa família — respondeu Mark —, mas não é mais seguro fazer isso. Agora preste bem atenção no que vai acontecer. Eu vou pedir outra xícara de café e depois vou te contar o verdadeiro motivo pelo qual abandonei a faculdade. Você finalmente vai saber a verdade sobre o Pupkin.

Mark fez um gesto para a garçonete, que se aproximou e encheu as xícaras.

— Tudo bem por aqui? — perguntou a atendente.

— Tudo ótimo — disse Mark.

A garçonete olhou de Mark para Louise e viu que os dois se encaravam fixamente. Ela deu de ombros e foi embora. Louise observou Mark tomar um gole de café, pousar a xícara e recostar-se no banco.

— Quando entrei na faculdade — disse ele —, a primeira coisa que fiz foi me juntar a um grupo radical de manipuladores de fantoches.

BARGANHA

Capítulo 21

O Onze de Setembro me despertou.

Antes de aqueles aviões atingirem o World Trade Center, eu estava indo de mal a pior. Eles começam te colocando para fazer peças infantis como *Branca de Neve e os sete anões* e *Juventude incontrolável*, depois eu fiz aquelas peças religiosas para a mamãe, aí você passa a atuar nas peças para adultos que precisam de crianças, como *Doze é demais*, e aí começam os musicais, e então você vai apenas envelhecendo enquanto assume papéis diferentes no mesmo carrossel de shows: *Oliver!*, *The Music Man*, *Joseph and the Amazing Technicolor Dreamcoat*... você começa interpretando o irmão mais novo e termina no papel do protagonista quando cresce.

Então chegou aquela manhã. Todas as salas de aula que tinham televisão a ligaram, e nós vimos as torres caírem em meio a nuvens de fumaça gigantescas, como se fosse um truque de mágica ruim. Eles mandaram todos os alunos para casa porque não sabiam o que nos dizer. A gente se falou por telefone naquela noite, lembra? Depois de desligar, eu fiquei acordado até o sol nascer, pensando: *Hoje tudo mudou*.

Mas não. Em pouco tempo, todo mundo começou a fingir que essa nova guerra era apenas uma reprise da Segunda Guerra Mundial, onde nós éramos os mocinhos, eles eram os bandidos, e nós íamos bombardeá-los até que o mundo parasse de mudar. Aí o Dock Street entrou em contato dizendo que estavam se preparando para fazer *1776* como uma homenagem às tropas, e eu disse "Beleza, vou fazer um teste", mas nem apareci na data combinada.

Nada fazia sentido. Então eu, Marcus e Leana Banks começamos a fazer umas peças que também não faziam sentido. O pessoal ficava maluco com isso. Fizemos *A coleção de peixes* e *Explosão de breakdance*, mas uma competição de teatro de ensino médio nos impediu de participar porque *Explosão de breakdance* tinha um personagem chamado Bonzo, o Palhaço Aborteiro, então nós nos apresentamos bem na frente do hotel Marriott, onde todo mundo estava hospedado, e a performance virou o assunto do momento entre a galera. Recebemos um prêmio especial por isso.

Eu tive aquelas brigas feias com o papai sobre ir para a Universidade de Boston, mas realmente precisava ir para lá porque era o único lugar que oferecia uma formação em artes teatrais mistas, na qual você podia atuar, dirigir, escrever e produzir. Eu precisava de todas essas competências para abrir minha empresa, já que o plano era sair de Charleston e me mudar para algum lugar onde eu pudesse fazer a diferença. Sabia que o papai ia acabar cedendo porque ele odeia conflitos, então era só eu ter paciência para ganhar essa queda de braço.

No início, a universidade parecia ser tudo o que eu queria. É difícil fazer amigos nas primeiras semanas de faculdade, mas não quando se faz teatro. Depois de uns poucos dias de aula, já estávamos ocupando mesas inteiras no refeitório e curtindo juntos nos quartos uns dos outros. Nós todos líamos os mesmos livros, assistíamos aos mesmos filmes, atuávamos nos mesmos papéis, éramos todos extrovertidos.

Eu odiava a gente.

Derrick Andrews era meu professor de Estudo de Cena. Era um ruivinho bem cricri que procurava toda e qualquer oportunidade para vir com aquela vozinha de Shakespeare dele e mostrar como tal cena realmente deveria ser interpretada. Derrick não se dava ao trabalho de questionar o que significava subir numa plataforma em uma ponta da sala e fingir ser Macbeth quando todos podiam ver nitidamente que você estava em cima de uma plataforma em uma ponta da sala fingindo ser Macbeth. Ele não queria interrogar a linguagem nem transformar *A morte do caixeiro-viajante* em uma comédia-pastelão. Para ele, teatro era um trabalho burocrático que, por acaso, acontecia em cima de um palco. O triste é que todos os alunos do curso queriam crescer e ficar que nem ele.

Encontrei algumas pessoas como eu, sobretudo no curso de dramaturgia. Montamos uma companhia e nossa primeira produção foi *House of Corn*, uma novela parcialmente improvisada que tinha como pano de fundo a mansão de um dos maiores produtores de milho do Kansas, apesar de nenhum de nós sequer conseguir encontrar o Kansas num mapa. Não importava. Fazíamos um episódio por semana, e doze pessoas foram assistir ao primeiro. Quando terminamos a sexta apresentação, tínhamos quase quatrocentas pessoas na plateia. Os professores odiavam o que estávamos fazendo, mas o restante do pessoal estava se divertindo horrores. Havia cenas de sexo, de luta, acrobacias, sangue... era algo vivo.

Na manhã seguinte à última apresentação, acordei e me dei conta de uma terrível verdade: era o fim para mim. Papai estava gastando todo aquele dinheiro para me manter na faculdade, mas a única coisa que me dava um propósito era algo que eu mesmo havia escrito e dirigido. E isso eu poderia fazer na Faculdade de Charleston pela metade do preço.

Não sabia como dizer à mamãe e ao papai que, depois de apenas dois meses, a faculdade pela qual eu tanto brigara, pela qual eu tinha esperneado durante um ano, não era mais a que eu queria fazer. Não sabia como dizer a eles que abandonar aquele plano significava que eu estava mais comprometido em estudar do que se eu continuasse lá. Eles me veriam como um fracasso pelo resto da minha vida.

Ninguém na faculdade liga se você falta às aulas, desde que os cheques continuem sendo compensados, então fiquei no meu quarto por alguns dias e, no sábado, atravessei o rio até a Harvard Square para mudar um pouco de ares. Acabou que lá era tão deprimente quanto o resto de Boston. Então ouvi aquele rufar de tambores, a única coisa nítida naquele dia cinzento e nublado.

Seguindo o som, eu acabei em uma praça perto do American Repertory Theater, e lá estavam eles: dois artistas de rua vestidos com casaco de tweed e gola alta preta tocavam uma marcha militar em caixas de bateria presas por faixas ao redor do pescoço. O que me deixou paralisado mesmo foram as máscaras que eles usavam. Eram feitas de papel machê e não tinham abertura para a boca nem para os olhos, apagavam a humanidade deles, mas também os faziam parecer mais do que humanos. Os dois estavam junto a um pequeno teatro de fantoches listrado de branco e amarelo, cada um de um lado. E, em cima da estrutura, havia uma placa apoiada em um balde de plástico na qual se lia ORGAN APRESENTA: O HOMEM QUE SABIA VOAR.

Os dois músicos ignoravam a minha presença e a das pessoas que diminuíam o passo para assisti-los; só ficavam ali com as costas retas e continuavam tocando a marcha em completa sincronicidade. Eles pararam juntos, deram meia-volta e marcharam para os bastidores. Alguns segundos depois, a cortina se escancarou e exibiu uma pequena sala de estar com uma marionete dentro. Um dos artistas mascarados voltou para a lateral do palco com um acordeão e começou a tocar algo extravagante e francês, que inspirou a marionete a bater os braços até lentamente se levantar do sofá e sair voando. O boneco flutuava pelo palco, mergulhando e subindo, com a graciosidade de uma borboleta.

Havia cerca de quinze pessoas reunidas assistindo ao show, e os pais presentes apontavam para a marionete, mostrando aos filhos.

— Viu o homem voar? — uma mãe perguntou ao bebezinho dela. — Viu que ele voou?

A marionete era pequena, mas pintada de vermelho, então era fácil identificá-la; realmente parecia estar viva. De repente, a música do acordeão parou com uma buzina, e o tocador pegou uma tesoura e cortou as cordas que controlavam as pernas da marionete.

Ela caiu no chão com um baque. Os pais ao meu redor ficaram nervosos; eu fiquei interessado.

O acordeão recomeçou a tocar, incentivando a marionete a ficar de pé e alçar voo outra vez, o que acalmou os pais e os fez permanecer ali. A marionete tremeu, se contorceu e se debateu, mas logo se ergueu novamente no ar. Dessa vez as pernas balançavam penduradas, mas ainda assim o homenzinho voava, e depois de um minuto você chegava a esquecer das pernas.

A música parou de novo, e o artista mascarado sacou a tesoura e cortou o barbante de um dos braços da marionete. Dessa vez, quando o acordeão voltou a tocar a música alegre, ele parecia zombar da marionete amontoada no chão, que lutava para se levantar. Ouvi um murmúrio percorrer a pequena multidão, e algumas pessoas com crianças começaram a ir embora. A marionete se debatia como um peixe fora d'água, chacoalhando feito ossos no chão de papelão. Se atirava no ar com um braço erguido de um jeito meio patético, mas logo caía de novo no chão.

O boneco começou a se balançar e a se debater, até que, contra todas as probabilidades, se levantou novamente, o único braço ligado aos fios dando todo o impulso enquanto os outros membros balançavam como um peso morto, mas ele conseguia voar! Ainda podia voar!

Então outra buzina interrompeu o acordeão, e a essa altura já dava para prever o que estava por vir. Os pais que ainda assistiam começaram a levar os filhos embora, mas as crianças olhavam furtivamente por cima do ombro enquanto o artista mascarado cortava os últimos fios que seguravam a marionete. Ela desabou, e ao cair formou uma pilha. A música começou outra vez, e era a mesma melodia, mas agora soava maldosa. A marionete estava imóvel no chão, e eu me perguntei o que aconteceria. Talvez um pássaro fantoche chegasse voando e levantaria o boneco? Ou cordas feitas de Esperança cairiam e se prenderiam em seus membros? Mas ele simplesmente ficou lá enquanto a música do acordeão tocava. Por fim, as cortinas se fecharam. O público fugiu o mais rápido que pôde, com pressa de se afastar dali.

Todos ao redor podiam sentir a energia deprimente que aqueles fantoches emitiam, e por isso mantinham distância deles, mas eu não. Assisti às cinco apresentações seguintes. Os fantoches da mamãe sempre diziam: "Me ame! Olhe para mim!" Já aqueles caras faziam fantoches que queriam ser odiados.

Quando o último show terminou, eu era o único espectador que restava na plateia. Até os moradores de rua tinham fugido. Um cara monstruosamente alto e careca com cavanhaque ruivo saiu de trás da cortina e começou a desmontar o teatro enquanto a outra pessoa, uma garota que ele chamava de Sadie, foi buscar o carro. Sadie não era nada de mais, sabe? Tinha cabelo cacheado e muitos dentes, todos pequenos demais, olhos de raposa e um corpo que não se vê nas revistas... mas ela agia como se tivesse segredos. Eu não tenho vergonha de admitir que fiquei caidinho por aquela garota desde o segundo em que o cara alto jogou as chaves e ela as pegou com uma mão só.

Comecei a falar com o cara alto da única maneira que eu sabia: dizendo que eles eram a melhor coisa que eu já tinha visto na vida e dando a ele todo o meu dinheiro. Eram apenas seis dólares, mas me lembrei do que aprendemos com a mamãe e me ofereci para ajudá-los a colocar as coisas no carro.

Sadie apareceu na esquina dirigindo uma perua amarela enorme que era quase um tanque... E, eu não quero fazer nenhum comentário inapropriado, mas uma garota sexy dentro de uma caranga gigantesca é a coisa mais linda já criada por

Deus. Fiquei mais apaixonado por ela em cinco minutos do que já tinha ficado por qualquer outra pessoa em toda a minha vida.

Eu ajudei os dois a colocar as coisas no carro, sem parar de falar nem por um segundo. Tenho certeza de que só falei um monte de besteira sem sentido nenhum. Mas oferecer ajuda deve ter feito a diferença, porque quando eu perguntei "Posso trabalhar para você?", o cara alto respondeu: "Esteja em Medford amanhã às três. Vamos testar."

Ele me deu o endereço, depois os dois foram embora e me deixaram parado envolto em uma grande nuvem cinza de escapamento e em meio a uma garoa às seis da tarde na Harvard Square, sentindo que finalmente algo de verdade tinha acontecido comigo.

A casa 523 da Wheeler se parecia com todas as outras casas ao redor da Davis Square, com a diferença de que aquela não tinha uma Virgem Maria no jardim da frente nem uma fita amarela amarrada na cerca. Quando Sadie abriu a porta, ela não sorriu, apenas disse:

— Vamos. Todo mundo está lá atrás fazendo pintos.

O cara alto de cavanhaque se chamava Richard e trabalhava naquele momento com um cara chamado Clark, que parecia uma tênia — extremamente alto, extremamente pálido — e tinha o rosto anguloso de um astro de cinema mudo alemão, coroado por uma explosão de cabelo preto e bagunçado. Seus sapatos haviam sido remendados tantas vezes que pareciam feitos de fita adesiva, e ele praticamente exalava genialidade. Se eu falasse "Wittgenstein", o cara que você imaginaria de primeira se pareceria muito com Clark.

Ah, e Sadie não estava brincando, eles estavam mesmo fazendo pintos. Grandes, de um metro a um metro e meio de comprimento, depois outros menores, que pareciam ter sido moldados a partir de rolos de papel-toalha. Eles tinham pendurado todos no telhado da varanda dos fundos como se fossem sinos dos ventos, besuntados em papel machê, parecendo salames feitos com jornal, o que foi um alívio, porque não tenho certeza se conseguiria lidar com aquela situação se estivessem pintados e parecessem mesmo pintos de verdade. Eu não era tão descolado assim.

Eles me mostraram o que fazer, e eu passei a confeccionar pintos com eles durante o restante do dia. Eles conversavam entre si, e eu ficava contente em ouvir e absorver tudo. Era bom ser tratado como igual.

Os pintos, na verdade, eram mísseis penianos, e precisávamos de trinta e cinco deles para o protesto contra a guerra naquele fim de semana, quando seriam carregados por membros do grupo Fadas Radicais. As Fadas tinham ficado sobrecarregadas com a confecção de suas fantasias e terceirizaram a produção dos mísseis penianos para o Organ porque conheciam o Clark. Cada membro ia segurar um míssil peniano como se fosse uma varinha mágica, e cinco deles seriam designados como carregadores do grandão de um metro e oitenta.

Nós os secamos com secadores de cabelo e os pintamos de branco para evitar que o papel de jornal aparecesse através das camadas finais, que seriam cor-de-rosa. Richard trabalhava em todas as texturas e veias enquanto Sadie ia atrás dele escrevendo ADM ou SCUD nas laterais com tinta preta.

Eles me disseram para eu não me sentir pressionado a aparecer no dia seguinte porque iam colocar as coisas no carro às cinco da manhã, e era uma longa viagem de trem do meu dormitório até lá. Quando voltei para o dormitório, meu colega de quarto e o parceiro dele de cena estavam bebendo cerveja Colt 45 e analisando músicas da Britney Spears. Nosso país mergulhava de cabeça em uma guerra fabricada em que pessoas reais da nossa idade teriam os braços e as pernas explodidos no meio de um deserto que nem sequer conseguiam encontrar no mapa, e a nossa resposta era enterrar a cabeça em cultura pop. Programei meu alarme para as quatro da manhã.

Nossos mísseis penianos foram o sucesso da passeata. No final do dia, eu estava com os pés doendo e a garganta arranhada de tanto gritar, mas havia conquistado meu lugar entre eles. Voltamos para a 523, eles pediram comida chinesa, e eu fiquei sentado na sala enquanto os ouvia reclamar de uma tal de Linda, que tinham visto na marcha. Pelo que entendi, ela costumava trabalhar com eles, mas houve algum tipo de desentendimento, ela saíra e formara seu próprio grupo radical de fantoches.

Perguntei ao pessoal qual era o próximo projeto, e acabou que seria outro protesto, mas dessa vez faríamos teatro de rua. Depois disso, nos apresentaríamos como parte da Grande Banda Marcial Anarquista dos Futuros Mortos de Guerra Americanos em outro protesto. E então faríamos uma *commedia dell'arte* crítica ao governo na Copley Square.

Em um piscar de olhos, eu me uni à causa.

As pessoas riam de nós porque perdemos, mas pelo menos tentamos reverter a coisa toda. Eram milhões de nós no mundo inteiro, meio milhão só em Nova York, que batiam tambores, marchavam pelas ruas, gritavam "Acordem!". Menos de vinte por cento dos americanos apoiaram aquela guerra. Ninguém queria mandar os próprios filhos e filhas para morrer no deserto, mas os generais reuniram os exércitos mesmo assim, não foi? E veja só o mundo que eles criaram.

Vinte anos de matança, oito mil pessoas mortas, além de mais um milhão de mortos do lado de lá — apesar de saber que não devemos contar essas pessoas, porque elas são da cor errada e nasceram no país errado. Um milhão de pessoas como você, um milhão de pessoas como eu, um milhão de pessoas como o papai e a mamãe.

E para quê?

Eu sei que éramos só um bando de crianças com fantoches, mas nós poderíamos ter impedido isso, Lulu. Eu realmente acredito que sim, e se isso me torna burro e ingênuo, se você acha que eu virei um fanático que acredita piamente na causa, está certa. Mas eu prefiro pensar que tentamos e falhamos do que cogitar a hipótese de que nunca tivemos nem chance.

Mas, de verdade? Sabe o que eu mais queria? Queria mesmo nunca ter conhecido nenhum deles. Eu queria poder voltar e fazer tudo de novo, queria nunca ter me envolvido, porque aqueles fantoches malditos arruinaram a minha vida.

Capítulo 22

O *homem que sabia voar* era legal, mas eu preferia *commedia* e teatro de rua. Eles me ensinaram a trabalhar com máscaras e malabarismo, a cuspir fogo e a equilibrar uma escada no queixo. Eu passava muito tempo na rua, então ia ficando melhor a cada dia, mas não queria nem tocar nos bonecos deles por causa da mamãe. Até que eles me mostraram Sticks.

Eu estava com eles havia cerca de três semanas e já tinha feito sete ou oito shows até aquele momento, mas me recusava a fazer *O homem que sabia voar*. Não queria mexer com nenhum dos bonecos. Então, uma noite, estávamos sentados na varanda dos fundos da 523 comendo pão preto caseiro e aioli que o Richard tinha feito, e o motivo de eu não gostar de fantoches virou o assunto principal do grupo. Contei à galera tudo sobre o grupo de fantoches da mamãe, e eles começaram a fazer perguntas sobre os shows dela. Citei Monty, o Cão na manjedoura, e *O gigante egoísta*, e, cara, foi aí que Clark abriu meus olhos.

— Os fantoches da sua mãe são cópias diluídas de cópias — disse ele. — São Muppets sem marca. Se você colocar fantoches e marionetes de verdade dentro de uma igreja, eles vão queimá-la toda. Fantoches incitam a anarquia. O Punch, do show *Punch and Judy*, bate na esposa, mata o próprio bebê e, quando tentam executar o cara, ele engana o carrasco e faz o sujeito enforcar a si mesmo. Fantoches são sobre violência. Eles não dão lição de moral, não falam de amor.

E eu respondi algo como:

— Total, os shows da minha mãe eram uma bosta.

Porque é isso que se faz quando a gente quer impressionar as pessoas na faculdade, né? Queima o filme dos pais.

Aí Clark disse:

— Quem mexe com fantoches e marionetes os respeita. Sua mãe provavelmente respeitava os dela também. A gente sabe que, quando manipulamos um fantoche, ele ganha vida, é como uma granada sem pino.

E Sadie falou:

— Mostra o Sticks para ele.

Não vi Clark balançar a cabeça. Ele apenas deu outra mordida no pão preto.

— Ele deveria ver o Sticks — disse Richard.

— O que é *Sticks*? — perguntei.

Algo pairava no ar, como se todos estivéssemos esperando há muito tempo por aquela conversa importante. Clark largou a fatia de pão e entrou, mas fez isso de um jeito tão trivial que poderia estar só indo ao banheiro. Alguns minutos depois, a porta dos fundos se abriu com um rangido, e Clark surgiu com uma sacola de papel. Ele jogou uma pilha de madeira no chão, tipo um ninho de rato enrolado em barbantes pretos. Parecia algo que tinha encontrado no lixo, mas ele começou a mexer na pilha, endireitando um barbante aqui, puxando outro ali, ajustando as hastes finas de madeira.

Então, com a mão esquerda, ele agarrou a cruz de manipulação da marionete, e a pilha de madeira e barbante de repente pareceu uma figura humana mal esculpida a partir de um monte de hastes de madeira incompatíveis, unidas por laços de linha preta. O rosto era um retângulo rústico com recuos que formavam os olhos, sem boca. Clark segurou o manche com uma das mãos e enrolou no polegar um fio conectado à marionete, em seguida contraiu as mãos e as cordas se esticaram. Sticks ergueu a cabeça.

A maioria das marionetes faz vários barulhos e estampidos. Essa parecia estar viva.

Sticks hesitou, virou a cabeça para o lado, ergueu o rosto e farejou o ar. Então se levantou e ficou ali na varanda junto com a gente. De repente, Clark se tornou invisível. Eu não enxergava mais as cordas de Sticks. Ele não estava pendurado como uma marionete cujos pés mal tocam o chão. Estava realmente em pé na varanda, e seu centro de gravidade não estava nas cordas, mas enraizado na barriga. Sticks esfregou o rosto com uma das mãos, pensativo, depois pareceu sentir um cheiro e virou o rosto na minha direção. Ele me olhou fixamente, e eu me senti visto não por Clark, mas por seja lá que criatura fosse aquela que estava ali na varanda conosco. A perna de Sadie nos separava. Sticks gesticulou, ela a recolheu para si, e então ele veio caminhando, parando apenas quando chegou perto de mim. Depois se inclinou e cheirou minha calça.

Lembro de ter pensado claramente: *Ele está se familiarizando com o meu cheiro*. Embora não passasse de um amontoado de madeira amarrado em cordas.

Ele estendeu a mãozinha de madeira e a colocou na minha perna. Não era Clark manipulando uma corda para me cutucar com um pedaço de madeira — era Sticks tocando a minha perna. Eu parei de respirar. Ele virou o rosto para mim e, embora eu pudesse enxergar as marcas de cinzel no lugar onde deveriam estar os olhos, de alguma maneira fez contato visual.

Sticks vibrava entre nós, esbanjando vida. Ele colocou a outra mão na minha perna, depois o pé, depois foi trazendo cuidadosamente o outro e ficou de pé na minha panturrilha, se apoiando no meu joelho com uma das mãos. Ele pesava menos que um grilo.

— Um fantoche é uma posse que possui o possuidor — ouvi Clark dizer.

Então Sticks voou pelo ar, toda a vida abandonou seu corpo e a tensão na varanda foi drenada como se tivesse descido por um ralo. Ficamos apenas nós quatro novamente. Clark pegou Sticks e o jogou dentro do saco de papel. Todos aguardavam minha reação.

— Você pode me ensinar a fazer isso? — perguntei.

Clark sorriu, e eu percebi que tinha sido a coisa certa a falar.

Na segunda-feira, dormi demais e perdi a aula de Estudo de Cena. Derrick me repreendeu por não demonstrar o devido respeito com meus colegas atores, então decidi faltar à aula de quinta também. Na verdade, decidi nunca mais aparecer na aula dele. Em vez disso, fui à biblioteca e li tudo o que pude encontrar sobre fantoches e marionetes.

Li sobre o teatro Bread and Puppet, em Vermont, e os shows de marionetes antiguerra que terminavam com todo o público compartilhando um pão caseiro. Li sobre o *Wild Night of the Witches*, do teatro Little Angel, sobre o Handspan Theatre, sobre *The Ventriloquist's Wife*, de Charles Ludlam, sobre o teatro javanês de sombras sagradas e sobre como os espetáculos de bonecos costumavam ser tão perigosos que, na Inglaterra do século XVI, algumas cidades os proibiram, enquanto outras pagavam para manipuladores de fantoches ficarem longe.

No sábado seguinte, eu já havia decidido que queria trabalhar com bonecos para o resto da minha vida.

Boston é uma cidade marrom com céu acinzentado, e todo mundo anda por lá como se já tivesse bebido umas e outras e estivesse pronto para começar uma briga. Mas se você abrir a porta certa, vai dar de cara com o mundo dos fantoches: porões de igrejas em Somerville, quartos dos fundos em Cambridge, uma ocupação no South End, um porão de terra batida numa casa geminada em Malden. Entrei em um mundo de bares com mesas de pôquer, ingressos de cinco dólares e chapéus sendo passados no final de cada noite. Todo mundo se conhecia e todo mundo tinha trabalhado para o Bread and Puppet em algum momento, depois para o Big Fun Puppets, em Boston, antes de a coisa toda explodir e várias companhias de bonecos começarem a se formar, se separar e se formar de novo em um ritmo acelerado pela cidade inteira, como organismos unicelulares.

Linda, de quem eu tanto ouvira falar, fazia parte do Organ antes de sair para formar um grupo feminista de fantoches, o Raw

Sharks, com a melhor amiga, Chauncy. Aí Chauncy saiu do Raw Sharks para formar um grupo lésbico de bonecos dedicado a ações diretas chamado Smash Face, mas na época havia rumores de que ela estava saindo desse grupo por causa da guerra. O fato de o Organ ter gerado não só um, mas dois outros grupos, fazia a gente sentir que tinha uma linhagem; fazia a gente se sentir importante.

Nós trabalhávamos o tempo todo. Montávamos shows de rua em que parte da história era que a CIA vendia heroína comprada do Talibã, fazíamos *commedia* em bares, onde nosso personagem Harlequino procurava armas de destruição em massa dentro do sutiã e da bunda dos clientes, e ninguém em Boston fazia qualquer protesto contra a guerra sem um dos nossos bonecos. Mais importante ainda: Clark, Richard e Sadie me ensinaram a trabalhar nas ruas.

As pessoas não te jogam uma moedinha porque você os fez pensar. Jogam uma moedinha porque você está equilibrando coisas na cabeça enquanto toca "Pompa e Circunstância" em um kazoo, e elas querem saber do que mais você é capaz. O que fazíamos era uma mistura de festa de rua, um pouco de circo e um pouco de *vaudeville* clássico. Comparado a isso, nada do que Derrick nos ensinava tinha vida. Como eu poderia respeitar um professor incapaz de prender a atenção de um grupo grande de pessoas na calçada ou de lidar com um bêbado?

Trabalhar com bonecos e máscaras é basicamente a mesma coisa. É difícil descrever a sensação de usar uma máscara para alguém que nunca passou por isso, mas assim que coloca uma no rosto a pessoa deixa de ser ela mesma. Também é assim com fantoches e marionetes. É só colocar um na mão que a sua postura muda, sua voz se altera, dá para sentir o que ele quer, do que ele tem medo, as necessidades dele. Você não usa o fantoche; o fantoche usa você.

— O fantoche é um instrumento por meio do qual a sua personalidade sai do corpo e você permite que um espírito assuma o controle — disse uma vez Clark. — Fantoches não têm liberdade, mas dão liberdade a quem mexe nele. Eles não têm vida, mas vivem para sempre.

Eles me libertaram. Eu me senti como o Pinóquio quando finalmente se transforma em um menino de verdade. Nem sei por que menti para a mamãe sobre essa situação. Na verdade, sei, sim. Menti porque eu tinha feito um escarcéu enorme para estudar na Universidade de Boston e, no fim das contas, eles estavam pagando uma grana pelos meus estudos enquanto eu matava aula.

No entanto, eu poderia ter contado a ela sobre o Organ. Você sabia que mamãe foi em passeatas contra a guerra no Vietnã? Ela participou de vários protestos quando estava em Nova York, e em um desses em Washington até levou gás lacrimogêneo na cara. Eu poderia ter contado a ela sobre o Organ e omitido a parte de não estar indo às aulas, mas não queria que ela fizesse parte da minha vida. Você conhece a mamãe, ela fica toda animada e de repente está tomando conta do seu espaço, te sufocando.

Por isso eu passei a inventar aulas, ensaios e notas. Inventei amigos, inventei audições e disse a ela que tinha sido escalado para o papel principal de uma produção de *Descalços no parque*. Ela e o papai se planejaram para viajar de avião até lá para assistir à minha grande estreia em fevereiro. Não sei como eu esperava lidar com isso. Talvez imaginasse que eles fossem me perdoar quando eu falasse que queria pedir transferência para uma faculdade mais barata e mais perto de casa.

Todos no Organ tinham um boneco próprio que usavam em shows solo — Clark tinha Sticks, Sadie tinha um rato chamado Dustin com quem ela fazia uma apresentação de ventriloquismo, Richard tinha um rapper político com tanquinho chamado Mark Marxista —, então pensei em usar Pupkin para desenvolver meu ato solo. É claro, eu sabia que ele tinha aquela aparência assustadora, e palhaços assustadores meio que estavam super na moda na época, sabe? Mamãe deve ter adorado meu interesse repentino em Pupkin depois de tanto tempo, porque o despachou logo no dia seguinte ao que eu o pedi emprestado. Só depois que abri a caixa me lembrei de quanto aquele fantoche era sinistro. Os olhos grandes contornados de preto em contraste com o rosto branco como o de um cadáver, aquele sorriso implacável… ele parecia total e completamente insano. Uma granada sem pino.

Quando eu o tirei da caixa na 523, todo mundo surtou. Sadie disse que Pupkin tinha vindo direto dos pesadelos de Satanás, Richard falou que nem a pau dormiria no mesmo quarto que Pupkin, mas Clark quis experimentá-lo. No segundo em que ele o colocou na mão, disse:

— Meu nome é Pupkin, tudo legal? Se todo mundo está alegre, eu alegre estou também!

Ele usou uma voz estridente igualzinha à que a mamãe fazia com o Pupkin quando éramos crianças. Foi a primeira vez que me arrepiei daquele jeito. Clark estava certo: os fantoches te usam tanto quanto você os usa. É só colocá-los na mão e eles te dizem quem são. Pupkin disse a Clark quem ele era, e foi aí que as coisas começaram a dar errado.

Fomos contratados por uma escola primária para realizar um espetáculo em Worcester, onde a mãe de Clark conhecia a diretora. O acordo era fazermos uma oficina de fantoches e marionetes pela manhã com as crianças e o espetáculo logo após o almoço, quando elas costumavam estar mais calmas e obedientes. Estávamos muito empolgados com essa oportunidade de mostrar como o trabalho com bonecos era forte, e mais empolgados ainda com os oitocentos dólares que íamos receber pelo dia de serviço.

Passamos as semanas que antecederam o evento ocupados com a construção de bonecos gigantescos: preparamos um *Homem que sabia voar* com uma envergadura de um metro e oitenta — que operaríamos de cima de uma escada —, uma caveira enorme, um general que tinha dois metros de altura, confeccionado a partir de um sobretudo velho e com cabeça de torre de tiro. Fizemos trinta e cinco máscaras do pânico, marionetes de drones e de mísseis. Confeccionamos todo um Conselho de Segurança

Nacional que abria a boca quando acionávamos um mecanismo, e só posso explicar esse excesso de entusiasmo constrangedor pelo fato de ninguém nunca ter nos oferecido oitocentos dólares para fazer alguma coisa.

A gente mal coube no carro de Sadie depois que colocamos todos os fantoches, máscaras, adereços, acordeões e pernas de pau dentro. Clark foi na frente com Pupkin, que navegava na mão direita dele. Ele o pegara emprestado e, até onde eu sabia, nunca o tirava do braço.

Os pais de Clark tinham uma casa alugada nos arredores de Worcester, em uma estrada rural, e paramos lá para deixar nossas coisas antes de seguirmos caminho até a escola. É difícil descrever como aquele lugar era deprimente. A iluminação toda consistia em lâmpadas fluorescentes compridas, e a casa só nos parecia uma opção viável porque planejávamos passar apenas uma noite lá.

Fomos para a escola e realizamos a oficina no parquinho das crianças, que para mim mais parecia um estacionamento, mas é aquela coisa: se você acha Boston deprimente, vá até Worcester. Clark ensinava as crianças com Pupkin encaixado na mão, e elas adoraram.

— Como as crianças estão animadas! — disse a sra. Marsten, a diretora. — Elas nunca tinham visto atores de verdade.

Eu era um "ator de verdade". A mamãe teria amado ouvir aquilo.

A sra. Marsten ficou um pouco receosa quando mostramos as máscaras do pânico às crianças. A parte da frente era feita de papel machê e costurada em um capuz, que fizemos com sacos de vinte quilos usados para armazenar grãos de café, comprados por nós em uma cafeteria gourmet por um dólar cada. Depois de colocar a máscara, o manto acoplado a ela cobria todo o seu corpo, e a pessoa desaparecia naquela trágica e suplicante máscara de dor.

— Pensei que talvez eles fossem se vestir de girassóis — comentou a sra. Marsten. — Ou patinhos. Eles adoram patinhos!

Mas as crianças adoraram as máscaras. Adoraram esconder o rosto e começaram a andar curvadas, como se estivessem com as pernas quebradas e tivessem perdido tudo o que mais amavam no mundo. Adoraram chorar, lamentar e rolar no chão, ter total liberdade para brincar de serem tristes sob o anonimato oferecido pelas máscaras.

Pouco antes de as crianças fazerem fila para o almoço, pedimos que mergulhassem as mãos em tinta vermelha e cobrissem o sobretudo do General com marcas de mãos, como se estivessem ensanguentadas. Acho que se a sra. Marsten estivesse prestando mais atenção naquele momento, poderíamos ter evitado muitos aborrecimentos que aconteceram depois, mas ela já havia entrado e nos deixado com uma professora assistente que vivia dando escapadinhas para fumar.

Nós nos apresentaríamos no ginásio, onde uma cortina havia sido colocada no meio. Assim, corremos que nem demônios para preparar tudo, e então de repente já era uma e meia da tarde, as portas se abriram e as crianças encheram o espaço. A sra. Marsten levou as nossas trinta crianças de antes para os bastidores. Nós colocamos as máscaras de pânico nelas, Sadie rufou os tambores e a sra. Marsten nos apresentou.

— Boa tarde, crianças — disse ela ao microfone, e achei uma demonstração de fraqueza ela precisar de amplificação eletrônica para conseguir controlar os alunos. — Temos a sorte de esta tarde poder contar com a presença do Teatro de Bonecos Organ, que veio lá de Boston para nos ver. Eles vão encenar uma peça…

— Um espetáculo — murmurei.

— … e acho que nenhum de nós viu um espetáculo de fantoches e marionetes tão grande como este. No final, vocês vão ter a oportunidade de conhecer as pessoas que fizeram esses bonecos e poderão fazer perguntas. Sei que todas as turmas têm perguntas, por isso estou muito animada para ouvir as respostas. Mas, primeiro, o que fazemos quando recebemos visitas?

— Atenção e silêncio — respondeu um exército de crianças.

Foi quando percebi que tínhamos escolhido fazer o show certo. Aquelas crianças haviam sofrido lavagem cerebral e precisavam acordar.

— Então, ursinhos, vamos dar as boas-vindas ao Teatro de Bonecos Organ! — exclamou a sra. Marsten.

Os aplausos ainda soavam pelo ginásio quando colocamos nossas máscaras e demos início a *O homem que sabia voar*. Sadie ergueu uma placa que dizia O HOMEM QUE SABIA VOAR e pronunciou as palavras com um kazoo.

Clark marchou até o palco usando as pernas de pau de um metro e oitenta para operar a marionete gigantesca do Homem, e um burburinho percorreu o público. Abri as cortinas do minúsculo palco e o show começou. Aquelas crianças nunca tiveram chance. No instante em que cortamos o último conjunto de cordas e o Homem caiu no chão feito um saco, os alunos da terceira série perceberam que não estávamos de brincadeira.

Depois chegamos ao cerne do espetáculo: a história da Guerra ao Terror, tal como foi fabricada e arquitetada pela CIA e pelo complexo industrial-militar americano. Aquelas crianças recebiam uma dose diária de propaganda imperialista norte-americana por meio de tudo o que as rodeava, desde os desenhos sábado de manhã até os cereais de café da manhã cobertos de açúcar. Quarenta minutos de antídoto era o mínimo que podíamos fazer para libertar a mente delas.

Com toda a sinceridade, achamos que os professores ficariam gratos.

As crianças estavam absortas, mas quando chegamos à retirada soviética e à ascensão do Talibã usando armas fornecidas pelos norte-americanos, mesmo por trás da minha máscara, percebi que os professores estavam nervosos e haviam se reunido ao redor da sra. Marsten na porta dos fundos do ginásio. Pareciam bastante incomodados.

Em nossa defesa, as crianças, que participavam com as máscaras do pânico, claramente estavam se divertindo muito, mas talvez a parte da invasão norte-americana no Afeganistão, quando todas foram mortas em um ataque de drone, tenha sido intensa demais. No ápice da apresentação, Sadie tocou o hino dos Estados Unidos em ritmo de marcha fúnebre enquanto Clark fazia sua entrada em cima das pernas de pau, vestido como a Morte, se inclinando sobre os corpos das vítimas mascaradas que se espalhavam pelo palco. A Morte era o maior fantoche que já tínhamos feito e era completamente assustador. Na última cena, éramos como feras sinistras de pé sobre um campo de cadáveres, enquanto o grande crânio sorridente da Morte se erguia acima de todos nós como uma lua malévola.

Foi quando uma das crianças começou a chorar. Nós não tínhamos como saber que os pais da maioria das crianças ali presentes tinham sido enviados para servir no exterior. Também suspeito que a primeira garotinha que começou a chorar só queria chamar atenção. De qualquer maneira, aquela criança chorando foi o início de uma reação em cadeia, e, de repente, havia alunos chorando por toda parte. Através dos buracos da máscara, pude ver os professores conduzirem as crianças pela porta dos fundos, como se o lugar estivesse pegando fogo, enquanto a sra Marsten avançava pelo corredor em nossa direção.

— Desçam desse palco — sibilou ela. — Agora.

Fizemos uma reverência em agradecimento, e aparentemente aquele foi o movimento errado, porque a diretora arrancou minha máscara com tudo. O elástico ficou preso no meu cabelo, então perdi um tufo. Ela espumava de raiva. Sadie e eu levantamos a lateral do General, e Richard rastejou para fora enquanto observávamos as últimas crianças desaparecerem pelas portas do ginásio. Uma hora antes estávamos sendo tratados como celebridades e naquele momento agiam como se tivéssemos matado um muppet. Eu culpei os professores por não terem preparado direito os alunos.

A sra. Marsten sumiu, e percebemos que a maioria dos professores tinha ido embora, então desmontamos a estrutura e levamos tudo para a perua. Continuávamos nos sentindo muito bem com o que havíamos feito, para ser sincero. E quanto às crianças chorando: se você faz arte de verdade, nem todo mundo vai gostar. Na manhã seguinte, eles nem iam se lembrar por que tinham chorado, e talvez alguns deles até começassem a fazer perguntas sobre a hegemonia norte-americana. Após guardarmos tudo, Clark entrou para pegar nosso pagamento. O sol se escondeu atrás das nuvens e a temperatura começou a cair. Muito tempo depois, ele voltou.

— Não vão pagar a gente — anunciou ele.

— Como assim? — perguntou Richard.

— Não vai ter cheque nenhum com o nosso nome — disse Clark. — Estão dizendo que traumatizamos as crianças e provavelmente violamos a Lei Patriótica.

— A lei o quê? — questionou Richard.

— Eu gastei quarenta dólares em gasolina — replicou Sadie.

— Paciência — disse Clark. — Eles estão bufando de raiva.

— E ainda gastei mais dinheiro com mercado — acrescentou ela.

— É injusto pra caralho — comentei.

Senti que a situação justificava o uso de palavrões.

— Eu gastei trezentos e setenta e cinco dólares em materiais para essa apresentação — afirmou Richard. — Tenho os recibos. Gostando ou não, o mínimo que eles deveriam fazer é cobrir as nossas despesas.

A escola discordou. Acabamos tendo uma discussão bastante acalorada na frente de todo mundo com a sra. Marsten e alguns dos minions dela no estacionamento. Tentamos manter o foco na liberdade de expressão e na resiliência das crianças, enquanto eles lançavam palavras inflamatórias como *perversão* e *invasão*. No fim das contas, alguém chamou a polícia.

Depois que a sra. Marsten terminou de explicar aos policiais que a discussão girava em torno do pagamento de um espetáculo de marionetes apresentado para alunos da terceira série sobre a culpabilidade norte-americana no Onze de Setembro, eles não se deram ao trabalho de ouvir o nosso lado da história. Fizeram a gente tirar todo o material da perua. O General definitivamente ia precisar de uma nova camada de tinta antes de conseguirmos usá-lo de novo.

Richard tentou explicar a diferença entre glorificar o uso de drogas e demonstrar como a CIA usava o narcotráfico para financiar ilegalmente a intervenção norte-americana em guerras estrangeiras, mas os policiais já tinham tomado uma decisão. Depois que terminaram de "revistar" nosso carro, não restaram muitos bonecos que pudéssemos salvar. Por um lado, aquela situação provou o poder dos bonecos; por outro, foi humilhante pra caralho.

Quando finalmente nos deixaram ir embora, as crianças já tinham ido para casa fazia muito tempo e a escola estava vazia. Estávamos famintos e entorpecidos, e a viatura nos seguiu até a divisa do distrito para garantir que tínhamos ido embora mesmo, o que achei meio exagerado. Olhei para Clark no banco do carona, e seu rosto estava pálido, os lábios pressionados com força. A mão esquerda tremia, reagindo às emoções que estava reprimindo, quaisquer que fossem. E ele estava com Pupkin enfiado na mão direita, que repousava em seu colo.

Escurece cedo em Massachusetts no início do inverno, e quando chegamos à casa dos pais dele fora da cidade já era noite. Entramos e começamos a ligar as lâmpadas fluorescentes, mas a casa estava congelante. O sistema de aquecimento mal funcionava. Clark não disse uma palavra, apenas subiu para o quarto principal e fechou a porta. Ninguém falou muita coisa, só comemos macarrão com queijo e fomos para a cama. Dormi no sofá da sala, e fazia muito tempo que não sentia tanto frio.

Acordei no meio da noite para fazer xixi e, na volta, notei uma luz laranja que pulsava na cozinha. Pela janela, vi Clark no quintal dos fundos, com Pupkin no braço. Eles tinham colocado fogo no General e estavam ali observando-o queimar, os rostos pálidos brilhavam no escuro.

Na manhã seguinte, Clark nos falou que tinha descoberto o que dera errado.

— O que deu errado é que nosso grupo passa uma mensagem política, e você marcou pra gente um espetáculo numa escola primária — disse Richard.

— O que deu errado é que nós perdemos o jeito — declarou Clark —, ficamos preguiçosos. Temos que ir mais fundo, temos que botar a mão na massa e fazer acontecer. Passei muito tempo comungando com o Pupkin, e ele é tão profundo que faz nossos outros fantoches e marionetes parecerem mortos. A gente devia ficar aqui. Temos que voltar a nos comprometer com os nossos princípios fundamentais. Quero que a gente explore as ideias que estou tendo com esse fantoche.

Nós éramos manipuladores de fantoches, marionetistas. Ninguém questionou o fato de Clark sugerir que devíamos ouvir o que um fantoche tinha a dizer.

— Política vem e vai — disse Clark. — Mexemos com fantoches porque sabemos que existem forças primordiais em Punch, Petrushka e Guignol, forças desestabilizadoras, forças anárquicas que podemos libertar e que desafiam as estruturas de poder que tentam nos transformar em superpatriotas para espalhar a *Pax Americana* pelo mundo. Precisamos ser maiores que a chamada de notícias da CNN. Precisamos ouvir Pupkin. Este é o nosso momento. Se ficarmos aqui e fizermos acontecer, vamos poder voltar com algo selvagem, poderoso e verdadeiro. A questão é: vocês três podem dedicar uma semana inteira à arte?

Claro que podíamos. Prometemos ficar uma semana e fazer um workshop intensivo juntos. Eles já haviam feito retiros naquela casa antes, então havia suprimentos no porão. Faríamos novas máscaras, novos fantoches e começaríamos a montar um novo espetáculo. Um show fiel a nós. Um show ditado pelo poder primordial liberado por Pupkin.

— Já comecei ontem à noite — revelou Clark.

Ele desceu ao porão e voltou com três máscaras totalmente pintadas. Tinham olhos grandes contornados de preto, bocas sorridentes e bochechas rechonchudas e brancas. Exibiam sorrisos que prometiam encrenca e diversão. Eram Pupkins.

Com o rosto ampliado em tamanho real, Pupkin parecia mais selvagem, mais perigoso, mais semelhante a uma granada sem pino.

— Acho que é hora — disse Clark — de levarmos nosso trabalho a sério.

Ao participar de um trabalho com máscara, você molda seu rosto ao formato dela. Você se solta e a máscara te mostra o que fazer. Ela usa seu corpo para pegar ou derrubar coisas, tomar atitudes que você não entende, mas o objetivo é que você se renda à vontade dela. Não lute contra. Permita que a personalidade dela substitua a sua. A parte boa é que você deixa de ser responsável pelas suas ações porque passa a ser um mero recipiente para a máscara, e a única regra que deve respeitar é: quando o líder do workshop diz "tire a máscara", você faz isso no mesmo instante.

O problema era que Clark nunca nos dizia para tirar as máscaras.

Em nossa primeira sessão com os Pupkins, ele nos disse que havia programado um alarme para despertar em cinco horas. É um período longo para deixar três máscaras à solta tocando o terror em uma casa. Quando ele finalmente nos ajudou a tirá-las, meu rosto pingava de suor, e foi bom poder respirar em um ambiente que não cheirava ao meu próprio hálito. A camisa de Sadie estava encharcada de suor. Richard tinha uma linha de expressão marcada na testa, como se estivesse com raiva, e os olhos estavam vermelhos.

É difícil descrever como é usar uma máscara. Você fica ciente do que acontece ao seu redor, mas tudo parece distante. Quanto mais tempo você usa a máscara, mais distante o mundo se torna quando observado por aquelas frestas. Há momentos específicos em que sua mente simplesmente apaga porque a máscara está ativa, e você entra em um estado de semissono, mas a sensação é boa, porque você não está no controle. Nada é culpa sua. Você vira um fantoche.

Como Clark disse: "O fantoche é uma posse que possui o possuidor."

E a máscara transforma uma pessoa em um fantoche.

Eu tinha imagens vagas daquela primeira sessão, e se alguém tivesse me pedido para escrever o que havíamos feito, eu teria dito que *brincamos*. O que realmente fizemos foi destruir a casa. Os Pupkins haviam picotado as almofadas do sofá, e encontramos espuma por toda parte, até no quintal. Um Pupkin tinha se metido no meio das compras de mercado e pisoteado a maioria dos alimentos, deixando uma papa no meio do chão da cozinha. Um deles havia rasgado todas as páginas da lista telefônica e as enfiado na privada do banheiro de baixo.

— Meus pais vão reformar esta casa — disse Clark. — Não se preocupem com isso. O que importa é que consegui um bloco inteiro cheio de anotações. Vocês exploraram alguns arquétipos poderosos. Este é o começo de um espetáculo realmente vital. Foi como se eu estivesse sozinho na casa com um bando de monstros. Foi absolutamente aterrorizante.

E aí ele riu. Eu nunca tinha visto aquele cara tão feliz.

Clark nunca tirava Pupkin do braço e nos fazia usar as máscaras por cada vez mais tempo. Nossa vida se transformou em devaneios permeados por alguns momentos de lucidez em que ficávamos com muito frio, enjoados, nos sentíamos constrangidos e desconfortáveis. Parecia cada vez mais vantajoso desaparecer nos sonhos de Pupkin.

Quando acordávamos, encontrávamos a casa cheia de embalagens de biscoito, sacos de doces vazios e caixas de chocolate amassadas. Estávamos sempre enjoados, com crostas de glacê seco ao redor da boca das máscaras. Pupkin gostava de doces, aparentemente. Lotamos o porão com fantoches feitos por Pupkin, todos iguais a ele. Inúmeras máscaras de Pupkin penduradas nas paredes, de tamanhos variados: algumas pequenas como uma tampinha de garrafa, outras do tamanho de uma tampa de lata de lixo e várias no meio-termo. Acordávamos com papel machê até a alma.

Depois de alguns dias, começamos a acordar nus, sujos de merda, com o corpo repleto de hematomas e cortes. Havia coisas escritas nas paredes na linguagem de Pupkin, como *Kakawewe!*, seu grito de vitória. Quando estávamos acordados, tomávamos banho e comíamos sem dizer nada, e Clark sempre nos falava:

— Estamos conseguindo um ótimo material.

Então voltávamos a colocar nossas máscaras e nos tornávamos Pupkin outra vez.

Nós perdemos a noção do tempo. Buracos começaram a aparecer nas paredes, e meus dedos do pé esquerdo pareciam estar quebrados. As janelas estavam estraçalhadas, mas só as dos fundos, onde não dava para ver da rua. Acordamos uma vez e encontramos metade do drywall da sala destruído e o isolamento das paredes espalhado pela casa. Um Pupkin tinha quebrado o aquecedor de água, e começamos a tomar banho gelado. Depois de um tempo, nem água tínhamos mais.

Soa idiotice agora, e é muito óbvio que estávamos todos ficando loucos, mas não tínhamos essa percepção na época. Sentíamos como se estivéssemos fazendo mágica. Como se estivéssemos possuídos por forças maiores que nós. Era uma sensação de poder.

Agora percebo que estávamos nos escondendo de várias coisas, da merda gigantesca que tínhamos feito na escola, do fato de que não poderíamos acabar com a guerra, do fato de que não mudaríamos o mundo com nosso talento insignificante. Todo mundo chega a essa conclusão em algum momento, não é? Faz parte do amadurecimento. Você percebe que não vai ser a estrela do show e já pode se considerar sortudo se der conta de sobreviver e pagar o aluguel. É quando muitas pessoas vão para a faculdade de medicina, ou se casam, ou decidem que fumar um assim que se levantam da cama parece uma ótima ideia. Nós não fazíamos nada tão grave. Só viajávamos para a Floresta Tique-Tum.

Acordado, eu me sentia perdido e com saudade de casa. Mas então colocava minha máscara, e num piscar de olhos... lar, doce lar. Eu vestia o rosto do Pupkin e acordava embaixo do Tronco Tique-Taque, na Floresta Tique-Tum, e era tudo exatamente como a mamãe costumava descrever. Eu pude viver dentro de uma daquelas histórias para dormir, em que você pode brincar o dia inteiro porque é o próprio Pupkin e não precisa ter responsabilidade nenhuma a não ser se divertir o tempo todo. Passei intermináveis dias de verão no Pomar de Ossos, visitando a Praia Lá Vamos Nós para ver as sonolentas galinhas piratas navegando em um barquinho. A luz era dourada e laranja e o ar tinha cheiro de pinho. Persegui Morcegos Açucarados, conversei com a Pardalina e me escondi do Homem do Avesso, que morava nas árvores. Naquele inverno, eu não morei na merda de uma casa alugada e sem aquecimento em Worcester. Morei na Floresta Tique-Tum e não queria ir embora.

Estar acordado começou a parecer um sonho, enquanto a Floresta Tique-Tum começou a parecer real. Acordar era dar de cara com um mundo feio, estranho, e nós nunca sabíamos o que dizer uns aos outros, então depois de um tempo nós três passamos a viver como Pupkins a maior parte do tempo. Parecia mais fácil.

Perdemos a noção do tempo. Perdemos dias. Lembro de ouvir Clark dizer: "Este material está incrível." Lembro de Pupkin encaixado no braço dele, me observando o tempo inteiro, lembro de como sentia frio quando não estava na Floresta Tique-Tum... Lembro de flashes que interrompiam um sonho que por mim duraria para sempre.

Lembro de ligar para a mamãe de um telefone público enquanto Clark me observava do carro. Eu disse a ela que passaria o Natal com a família de Ashley. Ashley era meu parceiro de cena imaginário no meu workshop imaginário sobre Shakespeare.

Descrevi a casa dele como um país das maravilhas de Norman Rockwell repleto de lareiras crepitantes, um lugar chique e coberto de neve. Óbvio que mamãe caiu na mentira.

— Não esqueça de levar Pupkin — disse ela —, você sabe que ele não gosta de ficar sozinho durante o período de festas.

Quando dezembro acabou e entramos em janeiro, comecei a encontrar ossos pequenos e gordurosos na bancada da cozinha. No começo, pensei que estivéssemos caçando enquanto éramos Pupkins — tipo capturando guaxinins ou coelhos, talvez até esquilos. Foram necessárias algumas idas à loja de conveniência em busca de suprimentos até eu me dar conta dos vários cartazes de animais de estimação desaparecidos.

Fui falar com Clark.

— O que estamos fazendo? — perguntei.

Eu estava com frio e enjoado, como sempre ficava quando não estava sendo Pupkin, mas naquele momento sentia ânsia de vômito, como se houvesse um bolo pesado de alguma coisa no meu estômago.

— Estamos coletando um ótimo material — disse Clark.

— Por que a casa está cheia de ossos? — perguntei. — O que estamos comendo?

— Não se preocupe com isso.

Acontece que eu me preocupei. Meu instinto era virar Pupkin outra vez e fugir para a Floresta Tique-Tum, mas me obriguei a sair descalço na área externa em busca da fogueira que havíamos feito com a mesa e as cadeiras da cozinha na noite anterior. Dei uma olhada nas cinzas e encontrei uma coleira de cachorro.

Eu deveria ter ido embora naquele momento. Mas tínhamos ido longe demais, e eu não conseguia encarar o que havíamos feito. O que eu tinha feito. Encontrei minha máscara e me escondi novamente na Floresta Tique-Tum. Achei que não tinha como ficar pior do que aquilo.

Lembro de flashes do que aconteceu depois. Barulho e caos, gritos e coisas quebrando. Vi Pupkin no escuro e pratos se estilhaçando em um chão de azulejos brilhantes. Vi uma mulher chorando e gritando ao mesmo tempo, vi meu braço puxar um telefone da parede, vi um Pupkin chutar uma porta enquanto uma mulher se afastava dele e voltava correndo, perseguida por outro Pupkin. A mulher abraçava um garotinho que gritava apavorado. Vi um Pupkin lançar uma televisão contra a parede e outro Pupkin segurar a porta da geladeira de alguém aberta e tirar tudo de dentro e jogar no chão. Ovos pingavam do teto... leite, suco de laranja e creme de leite formavam poças nos azulejos elegantes do chão da cozinha. Vi a mulher deslizar de costas por uma parede, aos prantos, com o filho inerte contra o peito, os dois no ar frio que entrava pela porta da frente, com olhares vazios iguais aos de uma boneca.

Quando acordei, algo pegajoso havia secado nos meus braços. Lambi: suco de laranja. Tinha gema de ovo seca no meu couro cabeludo. Meus pés estavam sujos e cobertos de cortes, e eu sabia quem era a mulher. Eu já a tinha visto antes. Era a sra. Marsten.

Eu não queria pensar naquilo. Não tinha sido eu, mas o Pupkin. Coloquei a máscara de novo e me escondi na Floresta Tique-Tum, mas uma hora eu teria de sair dali.

Quando voltei outra vez, estava no porão, vestindo jeans engordurados, cercado por rostos de Pupkin na parede, todos rindo de mim. Ele era mais forte do que nós. Tínhamos entregado coisas demais a ele, nunca dizíamos não, ele não tinha limites. Qualquer coisa que acontecesse dali em diante seria muito, muito ruim.

Eu precisava fazer alguma coisa enquanto ainda era eu mesmo, porque naquele momento sentia que estava perseguindo meu "eu", como se persegue um sabonete dentro de uma banheira. E por mais que quisesse fugir e me esconder, naquele instante, preso naquele porão frio, me dei conta de que talvez nunca mais voltasse a ser o Mark. Peguei o isqueiro sem pensar. Acendi e levei a chama até o queixo de uma grande máscara de Pupkin pendurada na parede. Segurei o fogo ali até meu polegar queimar. Eu fui um idiota. Papel machê queima rápido, e a máscara estava perto da escada de madeira; em um instante eu estava acendendo o isqueiro, e no momento seguinte havia chamas se espalhando ao longo da parede, de máscara em máscara, de Pupkin em Pupkin, lambendo o chão do andar de cima.

Peguei minha camiseta e saí mancando até a porta dos fundos. Em pouquíssimo tempo, a sensação já era a de que havia um forno aberto atrás de mim. Pensei em voltar para avisar Sadie, Richard e Clark. Meus pés estavam inchados e cobertos de cortes infeccionados, e, quando cheguei mancando no gramado da frente, percebi que tinha feito uma merda fenomenal.

Não dava para ver o fogo lá da frente, apenas fumaça saindo pelas janelas quebradas dos fundos e demônios alaranjados dançando atrás das vidraças. Subi mancando os degraus da frente, e eles já estavam quentes. Gritei por Richard e Sadie. Será que chamei o Clark? Prefiro pensar que sim.

Eu precisava fazer alguma coisa, mas o fogo estava intenso demais, e eu estava fraco demais, sabia que não ia conseguir salvá-los. Não consegui salvar nenhum deles. Mal consegui salvar a mim mesmo. Foi uma tentativa de interromper o que estávamos fazendo, mas eu não tinha calculado bem a coisa toda. Minha solução havia sido à la Pupkin: puro instinto e emoção. Eu tinha colocado fogo nos meus amigos.

Eu sabia que as pessoas não demorariam a chegar ali. Eu não ia conseguir encarar o que tinha feito porque era um covarde, e dessa vez não podia escapar para a Floresta Tique-Tum, já que todas as máscaras de Pupkin estavam pegando fogo. Então me virei e desci a rua aos tropeços, com minha camiseta rasgada e meus jeans imundos, mancando e descalço, com os pés ensanguentados. Ao olhar para trás, vi uma coluna de fumaça subindo ao céu azul gelado. Pedras cravavam na sola dos meus pés, mas o ar fresco era bom. Deixei o ar passar por mim como um rio, limpando a sujeira, esvaziando minha mente, varrendo todos os meus pensamentos. Depois de um tempo, ouvi sirenes.

Atrás de mim, escutei o som de pneus no asfalto, desacelerando. Uma minivan azul-marinho parou ao meu lado.

— Filho, você está ferido? — perguntou um cara grande com o cabelo raspado.

Quase me desmanchei em lágrimas ouvindo alguém me chamar de "filho", mas consegui dizer baixinho:

— Ponto de ônibus? Por favor? Eu preciso ir para casa.

Ele me fez sentar em uma folha de jornal no banco de trás, porque eu estava completamente imundo, mas quando ele foi ganhando velocidade com o carro, eu senti que a casa, Clark, o Organ, Richard, Sadie, Pupkin, o fogo e todas as coisas horríveis e imperdoáveis que eu tinha feito iam ficando para trás, perdendo o controle sobre mim. Na direção oposta, um carro de bombeiros passou por nós.

Na rodoviária, desci da van sem nem me despedir. Eu precisava seguir em frente enquanto ainda tinha forças. Me aproximei da primeira mulher que vi vendendo passagens e disse:

— Não tenho dinheiro, mas preciso voltar para casa, em Boston. Preciso voltar para casa e encontrar minha mãe.

Ela ficou em silêncio, apertou os lábios e olhou ao redor.

— Você está tão encrencado assim? — perguntou ela.

— Bastante — respondi.

Ela fez alguma coisa no computador e empurrou uma passagem pela abertura na parte inferior da janela.

— O ônibus chega em quarenta e cinco minutos — disse ela.

Foi quando comecei a chorar.

Quando o ônibus chegou, ela sussurrou alguma coisa para o motorista, que me fez subir primeiro e sentar nos últimos bancos. Havia apenas outros doze passageiros. Quando chegamos ao pedágio, eu já estava me contorcendo por dentro. Toda vez que fechava os olhos, via a sra. Marsten gritando, ouvia o fogo se espalhando e chegando bem perto dos meus ouvidos, acordava de repente, e depois de alguns minutos a vibração do ônibus me fazia abaixar a guarda de novo. Então eu ouvia o fogo e acordava assustado outra vez.

Eu não queria mais ser eu. Tinha deixado todos lá dentro para morrer, não aguentaria conviver com aquilo. Eu queria ser o Pupkin de novo, porque então poderia voltar à Floresta Tique-Tum e viver novamente sem qualquer responsabilidade. Meus ossos pareciam grandes demais para a minha pele.

Quando vi a placa de BOSTON - 24 KM, comecei a chorar. Eu me dei conta de que daquele momento em diante estaria preso a Mark outra vez pelo resto da minha existência. Ia ter que conviver com as minhas atitudes.

Desci do ônibus na estação sul e dei de cara com um mapa, onde localizei a faculdade. Era bem longe, mas eu não tinha alternativa a não ser andar. Os edifícios começaram a parecer familiares por volta da meia-noite. Uma hora depois, passei pela segurança e entrei no meu dormitório. Ninguém pediu para ver minha carteirinha, o que foi uma sorte, já que ela havia ficado em algum lugar no norte do estado. Peguei a chave reserva na recepção, entrei no quarto e tomei um banho demorado e quente. Toda vez que fechava os olhos, ouvia gritos: os gritos da sra. Marsten, os gritos do fogo, os gritos de Sadie e Richard.

Bati na cama e apaguei. Tive alguns vislumbres do meu colega de quarto entrando e saindo nos dias seguintes; às vezes o quarto estava claro, às vezes escuro, às vezes eu estava sozinho e às vezes não. Lembro de beber água fria da torneira, de pegar alguns trocados perdidos no chão e comprar um pacote de batatas sabor churrasco na máquina. Ficava escuro, depois claro, depois escuro, depois claro de novo, e parei de sentir fome. Só fiquei ali deitado, enquanto o mundo girava ao meu redor. Então, um dia, abri os olhos e vi a mamãe sentada na beirada da minha cama.

— Fiquei preocupada — disse ela.

Eu menti sobre ter pegado uma virose e falei que queria voltar para casa. Acho que ela sabia que era mais do que isso, mas não perguntou e eu não falei. Nós dois ficávamos mais confortáveis assim. Ela me deu sopa de cogumelos e arrumou meu quarto. Na tarde seguinte, minha matrícula na faculdade foi oficialmente encerrada.

Até que ela fez a grande pergunta.

— Cadê o Pupkin?

Era justo o que eu temia. O que eu ia dizer a ela? Que ele tinha pegado fogo em Worcester quando matei as pessoas do meu grupo radical de bonecos? Então fiz a única coisa que podia fazer: menti.

— Eu o deixei na casa do meu parceiro de cena — respondi. — Ele vai mandá-lo de volta pelo correio.

Pelo menos isso me faria ganhar algum tempo. A mamãe, no entanto, não aceitou.

— Bem, ligue e veja se ele pode deixá-lo no hotel. Não podemos ir embora sem ele.

Falei que faria isso, mas não fiz. Disse à mamãe que ninguém tinha atendido, mas que eu havia deixado uma mensagem e eles mandariam Pupkin pelo correio.

Saímos do hotel às seis da tarde para pegar o voo às dez da noite. Pensei que mamãe estivesse agindo que nem o papai, se apressando para chegar cedo ao aeroporto, mas quando entramos no táxi ela me perguntou onde o meu parceiro de cena morava. Eu tinha ido tão longe na mentira que não vi outra saída. Meu cérebro estava machucado demais para inventar um endereço, então dei a ela o único que eu sabia.

A casa 523 na Wheeler estava toda apagada quando chegamos, e me senti aliviado. Não tinha ninguém lá. Eu ia bater e nada aconteceria, então eu diria à mamãe que eles enviariam Pupkin pelo correio, depois iríamos para casa e lidaríamos com tudo aquilo mais tarde. Eu só queria ir para casa.

— Albert e eu vamos esperar enquanto você busca o Pupkin — disse ela, porque é claro que mamãe já sabia o nome do taxista, que ele era engenheiro químico, nascera na Nigéria e a irmã era freira.

Não havia alternativa. Saí do carro e mamãe me viu atravessar a rua. Cada passo era puro terror. Subi os degraus da varanda e fiquei esperando os policiais saírem do esconderijo, com as lanternas acesas na minha direção, e me algemarem, dizendo que eu estava preso por incêndio criminoso.

Mas nada aconteceu. Eu apenas estava diante daquela porta novamente. Sem escolha, toquei a campainha e esperei. Nada se mexeu lá dentro por muito tempo, e eu estava começando a sentir que tinha conseguido me livrar dessa quando a porta interior se abriu, iluminando o hall de entrada. Não consegui ver quem era através do vidro, apenas uma figura se aproximando, então a porta da frente foi escancarada e era Clark. Na minha frente, olhando para mim.

Estava usando os mesmos sapatos, os mesmos óculos, o cabelo parecia o mesmo, mas não tinha queimaduras, nem curativos, nem cicatrizes. Talvez nunca tivéssemos estado em Worcester? Talvez tudo tivesse sido um sonho?

— E aí? — falei.

Ele viu o táxi esperando atrás de mim. Pude ver toda a história se desenrolar na cabeça dele em um piscar de olhos.

— Está todo mundo bem? — perguntei, em voz baixa. — Tudo certo na casa dos seus pais?

— O que você quer? — questionou ele.

Era como se a gente não se conhecesse.

— O Pupkin, o fantoche da minha mãe — disse. — Preciso dele.

Por um segundo, ele não se mexeu, e pensei que talvez Pupkin tivesse queimado no incêndio. Eu poderia dizer à mamãe que ele o tinha perdido. Ela ficaria arrasada, mas pelo menos eu estaria livre. Depois de um momento, Clark se virou e entrou na casa. Eu poderia tê-lo seguido, checado se Sadie e Richard estavam lá, esclarecido toda a situação, mas naquele instante estava com dificuldade até para me manter em pé, então fiquei ali esperando.

Passado um minuto, ele voltou com Pupkin e o entregou.

— Você sabe se… — comecei, e minha garganta se fechou com força, então tentei novamente. — Richard e Sadie estão bem?

A expressão no rosto dele não mudou, Clark apenas jogou Pupkin na varanda e bateu a porta na minha cara. Através do vidro, o observei voltar para dentro, em seguida me virei e atravessei a rua com Pupkin na mão.

Eu não atendia às expectativas. Eu não era ninguém especial. Tinha sido descartado. Eu era só o Mark, um cara que talvez tivesse matado duas pessoas por burrice e egoísmo, e eu teria que ser essa pessoa pelo resto da vida. À luz da rua, olhei para baixo e vi Pupkin sorrindo para mim. Senti vontade de colocá-lo no braço e desaparecer de novo na Floresta Tique-Tum, mas fiz com que minhas pernas continuassem a se mover e voltei para o táxi.

— Aquele homem parecia velho demais para ser estudante — comentou a mamãe quando fechei a porta.

Antes que eu pudesse responder, ela pegou Pupkin e o segurou no colo.

— Oiê! — disse ela.

— Ele era o professor assistente — respondi.

Ela conversou com Pupkin e o motorista de táxi durante todo o trajeto até o aeroporto. Não sei o que ela contou ao papai, mas nenhum deles jamais perguntou sobre o que aconteceu em Boston, e eu nunca contei a ninguém. É como se seis meses da minha vida nunca tivessem acontecido.

Capítulo 23

Louise ficou em silêncio o máximo que pôde, em respeito à história do irmão, até que não aguentou mais. Mark estava falando fazia muito tempo.

— Se eu não for ao banheiro neste exato momento — disse ela —, vou fazer xixi na calça.

Ela deslizou para fora da cabine enquanto dizia *na calça*, correu para o banheiro e trancou a porta. Voltou um minuto depois, se sentindo muito melhor. Sentado sob as luzes fortes da Waffle House, Mark tinha um ar perdido.

— Olhe para mim — disse ele, inclinando-se para a frente. — Você não está louca. Aquilo aconteceu de verdade, você foi atacada pelo fantoche de infância da mamãe. Ele é real. Eu presenciei o que aquele fantoche é capaz de fazer, ele é o núcleo da coisa toda. Mas eu atirei nele. Pupkin está morto de verdade dessa vez.

Os dois se encararam. Louise assentiu.

— Você definitivamente acabou com a raça do fantoche da mamãe — disse ela.

Ela viu os olhos de Mark enrugarem nos cantos e não conseguiu segurar a risada.

— Para de fazer graça disso tudo — pediu ele, mas já era tarde demais.

Mark e Louise começaram a gargalhar. E não era uma risada de desespero, mas sincera. Uma risada gostosa que diminuía Pupkin. Tudo o que acontecera com eles era uma história de família que enfim estavam compartilhando. Os dois pareciam ter finalmente colocado as cartas na mesa.

Eu deveria contar a ele agora, pensou Louise. *Eu deveria contar a ele sobre o lago congelado.*

Ela abriu a boca, e a garçonete parou na mesa deles.

— Como estão as coisas por aqui? — perguntou ela.

— Ah, tudo ótimo — disse Mark. — Estamos criando laços aqui.

A garçonete não ligava a mínima. Ela foi embora antes mesmo que ele completasse a frase. Aos poucos, os dois foram retomando o controle.

— Tudo o que você viu esta noite eu também vi — continuou Mark, usando um tom de voz sincero e equilibrado. — Não é você, é a nossa família. É o Pupkin.

Louise não reconhecia o homem sentado diante dela. Mark não tinha abandonado a faculdade no primeiro ano de bobeira, não tinha voltado para casa e ficado triste pelos cantos feito um pirralho mimado. Ele tinha sido atacado pela mesma coisa que ela, só que pior. Ele precisava saber.

Mas, então, outro pensamento invadiu sua cabeça e fez seu sangue ferver.

O que a nossa mãe fez com a gente?

Foi ela quem inseriu Pupkin na vida deles. Deu o fantoche a Louise, depois a Mark... Pupkin quase matou Mark duas vezes, e agora quase tinha matado Louise. A mãe deles devia ter visto Louise enterrando Pupkin naquele dia, então o desenterrou, tirou dele toda a sujeira até ficar novinho em folha e o colocou em cima da cama. Em vez de tentar descobrir o motivo de Louise o ter enterrado, para começo de conversa, ela fingiu que nada havia acontecido. Quando ele destruiu a vida de Mark na faculdade, a mãe deles não fez nenhuma pergunta porque não queria saber as respostas. Ela sacrificou os dois por Pupkin.

— Me desculpa — disse Louise. — Preciso que você saiba que eu sinto muito por isso tudo. Me desculpe por ter pensado que você fosse alguém que não era e por ter te odiado por isso. Me desculpe por ter te odiado por tantos anos. Por que você não disse nada? Podia ter me contado.

— Quando? — perguntou Mark, reunindo a gordura solidificada no prato com a lateral do garfo. — Em todos os nossos papinhos amigáveis? Em alguma daquelas conversas divertidas tarde da noite enquanto pintávamos as unhas dos pés e tomávamos vinho branco? A mamãe era a única pessoa que sabia que alguma coisa tinha acontecido, mas nunca nem tocou no assunto. Eu sentia vergonha, medo. Ainda sinto medo. Sabe quantos anos passei vivendo com medo? Nós destruímos a casa daquela mulher, eu incendiei a casa dos pais de Clark. Não sei o que aconteceu com Sadie e Richard. Qualquer um deles poderia aparecer do nada um dia desses e arruinar a minha vida. Ou não. Não sei o que é pior. Vivo com medo constantemente e sou covarde demais para fazer algo tão simples quanto pesquisar no Google e descobrir a verdade.

— Como você ignorou isso por tanto tempo? — quis saber Louise.

— É o que a gente faz — disse Mark. — Nossa família funciona à base de segredos.

Louise tomou um gole do café. Estava frio, tinha um gosto real. A calça de moletom e os chinelos emprestados eram de verdade, as luzes da Waffle House — mais fortes que o necessário — eram de verdade, a garçonete era de verdade. Agora ela precisava dar um jeito de conectar aquela realidade a uma em que fantoches raivosos tentavam matá-los.

Ela viu Mark colocar mais açúcar no café frio. Talvez fosse um efeito da luz ou a maneira como a franja caía sobre a testa dele, mas, por um momento, Mark voltou a ser o irmãozinho mais novo dela. Louise pensou em não dizer nada, só que isso a tornaria ainda mais parecida com a mãe.

— Mark — disse —, Pupkin me mandou te matar na casa dos Calvin naquele Natal. Tudo o que você lembra aconteceu de verdade: eu te encorajei a subir no gelo, vi você cair, fui embora e quando voltei para a casa dos Calvin não contei nada a ninguém. Porque Pupkin me disse para não contar.

— O quê? — indagou Mark enquanto a encarava com os olhos arregalados.

Louise contou tudo a ele. Terminada a história, os olhos de Mark estavam vermelhos. Ele passou a palma da mão em ambas as bochechas.

— Querem pedir mais alguma coisa? — perguntou a garçonete, parada em frente à mesa deles.

— Só a conta — respondeu Louise.

— Eu nem lembrava que você ficava com o Pupkin naquela época — disse Mark depois que a garçonete saiu. — Tinha esquecido que você o carregava para cima e para baixo. E ele falava com você?

— O tempo todo. Dentro da minha cabeça. E me mordia, me beliscava, me machucava quando eu não fazia as vontades dele.

— É por isso que ele te odiava tanto. Você o enterrou, o deixou sozinho. E ele me odiava porque tinha ciúmes. É como acontece com o mais novo da família quando nasce um bebê. Eles acham que vão ser substituídos. Meu Deus, Louise, a gente nunca sentou para conversar, então sempre achamos que esses eram segredinhos sujos só nossos, mas é a história da nossa família.

— Mais ou menos — disse Louise.

— Mais ou menos?! — exclamou Mark. — O que você acha que aconteceu com a mamãe e o papai? Você não ficou se perguntando o que realmente rolou naquela noite? Pupkin estava com ciúmes porque eu ia substituí-lo, então tentou me afogar. Ele ficou com raiva de você por enterrá-lo e guardou rancor até ter a chance de te pegar sozinha. Como você acha que ele se sentiu quando o papai quebrou o tornozelo e a mamãe se tornou enfermeira dele em tempo integral?

A garçonete apareceu ao lado da mesa com a conta na mão, esperando um momento oportuno para colocá-la na mesa.

— O que você quer dizer com isso? — perguntou Louise.

— Durante todos esses anos casados, o papai sempre cuidou da mamãe e a mamãe cuidou dos fantoches — disse Mark. — De repente, tudo vira de cabeça para baixo, a mamãe tem que cuidar do papai e deixa Pupkin de lado. E se o Pupkin ficou com ciúmes do papai do jeito que ficou com ciúmes de mim?

Tudo se encaixava tão perfeitamente que Louise só conseguiu falar:

— Eita.

— E se esse "ataque" não foi uma questão de saúde? — questionou Mark. — E se Pupkin atacou o papai do jeito que ele atacou você, e a mamãe finalmente percebeu que as coisas tinham ido longe demais? Não acha que pode ter sido por isso que ela levou o papai para o hospital no meio da noite? E aí ficou tão atormentada pela culpa que não prestou atenção, passou direto pelo sinal vermelho e aqui estamos nós. Com os dois mortos por causa do Pupkin.

Louise pensou no martelo caído no chão da sala, na lasca que faltava na mesa de centro, na bengala jogada em frente à TV.

— Pupkin veio primeiro — disse Mark. — Ele estava aqui antes de todos nós. Desde que a mamãe era criança. Para ele, a única pessoa que importa é a mamãe. Quer dizer, por que você acha que eles fecharam o sótão com tábuas? Não são esquilos que estão lá em cima.

Louise não aguentava mais a garçonete parada ao lado deles à espera, então ergueu os olhos e perguntou:

— Pois não?

— Eu só queria avisar que… — disse a garçonete. — Sabem aquele ministro metodista de quem falei antes? Ele chegou. E parece que vocês estão precisando dele.

Mark e Louise atravessaram o estacionamento gelado da Waffle House na madrugada cinzenta e sem vida em direção à caminhonete. Mark estava com as mãos enfiadas nos bolsos, seus passos lentos.

— Mark? — chamou Louise.

Ele se virou para ela, o rosto caído de exaustão, e Louise ficou triste ao ver sua cara de menino por trás daqueles olhos vermelhos e cheios de lágrimas.

— Me desculpe... — disse ela — por não ter sido mais forte. Me desculpe por nunca ter contado a ninguém.

— Você era uma criança — respondeu ele.

Um guincho gigantesco passou pelo estacionamento com as luzes amarelas piscando e uma minivan presa nas correntes traseiras.

— Foi mais do que isso — continuou Louise, após o guincho ter passado. — Eu tive medo de que a mamãe e o papai me vissem com outros olhos, me levassem a um médico e eu não pudesse mais ser eu mesma. E eu estava envergonhada... era mais fácil fingir que não tinha acontecido nada. Mas durante todo esse tempo, durante toda a minha vida, eu sempre soube que havia alguma coisa errada comigo. Passei a vida inteira com medo de que se eu não fizesse tudo certinho a realidade desmoronaria ao meu redor e eu me perderia de novo. Eu costumava sentir tanto medo naquela casa...

— Agora você sabe como me senti nos últimos vinte anos — disse Mark.

Ela olhou para o irmão caçula parado diante dela, vestido com uma camiseta do Dead Milkmen, short cargo e sandálias; aquele homem com barriga de chope que ela conhecia desde quando ele era mais baixo do que ela; a única outra pessoa no mundo que conhecia seus pais do jeito que ela conhecia, a única outra pessoa que sabia o que realmente acontecera na casa dos Calvin naquele Natal, a única outra pessoa que conhecia Pupkin, que sabia a história verdadeira desde o início. Ela precisava se aproximar dele. Precisava comunicar de alguma forma que não o via com outros olhos agora que sabia a pior coisa que ele já tinha feito na vida. Agora que ele também sabia a pior coisa que ela já tinha feito.

Louise não sabia a melhor maneira de lidar com aquilo, então de repente deu um passo adiante, superando toda a distância que passara anos colocando entre ela e o irmão, abriu os braços e os colocou em volta dos ombros dele, puxando seu corpo rígido contra o dela em um abraço. Após os primeiros cinco segundos, ela quis se afastar, mas se forçou a continuar abraçando o irmão. Passado um momento, sentiu os grandes braços dele a envolverem, esmagando o corpo dela com um pouco mais de força do que teria preferido, mas tudo bem. Mark precisava da irmã mais velha, e ela poderia ficar assim pelo tempo que ele quisesse.

Ela apertou um pouco, tentando confortá-lo e dizer que tudo ficaria bem.

— Vai ficar tudo bem — sussurrou ele, seu hálito quente na orelha de Louise, dando-lhe tapinhas nas costas.

— Isso — disse ela, percebendo que ele entendera tudo ao contrário. — Vai ficar tudo bem, Mark.

Ela voltou a abraçá-lo mais forte e ele fez o mesmo.

— Eu te perdoo — disse ele no ouvido dela.

Louise franziu a testa. Mark achava que *ele* a estava reconfortando? Ele começou a embalá-la de um lado para outro, então ela fez o mesmo com ele, como um sinal claro de que era *ela* quem o estava consolando. Mas então ele começou a fazer "sh, sh, sh...". Ele achava que ela ia chorar? Louise precisava dar um fim àquilo antes que saísse do controle.

Ela o apertou mais uma vez, encerrou o abraço e em seguida se afastou dele. Mark a soltou, e os dois ficaram se encarando no estacionamento vazio, uma distância respeitável restabelecida.

— Está se sentindo melhor? — perguntou ele.

— Espero que *você* esteja se sentindo melhor — disse ela. — Eu estou bem.

— Estou ótimo — respondeu ele, e então foi se dando conta de que o abraço não era o que ele pensava. Os olhos dele se estreitaram. — Você achou que eu estava...?

Ela o interrompeu:

— Então, o que fazemos agora? Quanto à casa. Porque está óbvio que não são a mamãe e o papai lá dentro. As vibes ruins que você sentiu e tudo o mais... é o Pupkin. E você o matou.

— Sem dúvida. Vamos combinar, eu atirei em cheio naquele filhote de cruz credo.

— Você atirou pra caramba nele — concordou Louise. — Mas e as outras coisas? Não podemos ignorar isso dessa vez, é nossa responsabilidade.

— Os bonecos Mark e Louise — disse Mark.

— Sim. Exatamente.

Ela não sabia como confessar que não contara sobre o que havia acontecido com o Presépio dos Esquilos.

— Você tem razão — concordou Mark, esfregando a mão no rosto, de cima para baixo. — Temos que cuidar do resto. A gente devia queimar a casa toda logo. É isso que eles fazem com casas mal-assombradas e objetos amaldiçoados em filmes de terror, não é? Fogo costuma purificar tudo.

— Essa é a sua solução para tudo? — perguntou Louise.

Mark ficou tenso.

— Isso não é engraçado — replicou ele.

— Desculpa — disse Louise, envergonhada, mas Mark já estava falando por cima dela, sorrindo.

— É *muito* engraçado — completou ele. — Não sabia que você era capaz de fazer esse tipo de piada.

O tráfego fluía na rua, um carro, depois três, aumentando gradualmente à medida que o dia clareava.

— Seria burrice voltar para aquela casa — disse Mark. — A parte realmente valiosa é o terreno, de todo modo. Quem comprar vai demolir tudo para levantar algo maior.

— Eu disse a mesma coisa para Mercy — concordou Louise. — Mas ela me disse que, na verdade, a casa vale muito porque tem uma boa planta. Ela acha que podemos vendê-la para uma família por muito mais dinheiro do que uma construtora pagaria pelo terreno.

— Merda — disse Mark, e andou em um pequeno círculo enquanto balançava os braços. — Merda!

— Eu sei.

— O capitalismo faz a gente de gato e sapato — comentou o irmão.

— Não tem mais ninguém que...

— Vamos chamar o Agutter — sugeriu Mark. — Em uma hora ele dá conta do recado.

Louise balançou a cabeça.

— Droga — reclamou Mark. — De verdade, eu não quero fazer isso. Sério.

— Você atirou nele. — Louise o confortou. — Ele está todo estraçalhado. Vamos queimá-lo, e aí o restante vai ser fácil. Eles não têm como derrubar nós dois ao mesmo tempo. Só temos que ficar juntos.

Capítulo 24

Eles ficaram sentados na caminhonete de Mark observando a casa escura enquanto tentavam reunir coragem para entrar.

— Vai ser simples, né? — disse Mark. — A gente só entra, pega ele, leva para a área externa lá atrás e joga na churrasqueira.

— Exatamente — concordou Louise. — Vapt-vupt.

— Ele ficou todo estraçalhado depois de levar tanto tiro. Quase não sobrou nada dele.

— Só restos.

Nenhum deles se moveu, ambos apenas encaravam a casa. Um homem passou fazendo jogging, e Louise se perguntou que imagem ela e o irmão deviam estar passando para quem estava de fora naquele momento: duas pessoas imundas — que pareciam ter passado a noite acordadas — sentadas em uma caminhonete, encarando uma casa escura.

— E Pupkin é o único que você viu se mexer — disse Mark. — Não foi? Não está escondendo nada de mim, certo?

— E os bonecos Mark e Louise — confessou ela. — E talvez o Presépio dos Esquilos. Os três meio que me atacaram. Desculpa.

— Merda! — exclamou Mark, e largou-se no assento do motorista.

— Mas eu acho que matei todos eles.

Louise ouvia o som do radiador da caminhonete. Ela olhou para a fachada simples de tijolos da casa, as venezianas pintadas, as janelas escuras. Era como uma máscara que a família usava para cobrir o verdadeiro rosto.

— Você acha que são todos eles? — perguntou ela.

— Bem, não — disse Mark. — Vou levar minha protetora.

Ele ergueu a pistola que estava apoiada na coxa. Louise teve vontade de pedir para que ele guardasse aquela coisa antes que alguém chamasse a polícia, mas ele salvara a vida dela com aquilo. Seu olho esquerdo ainda doía no local onde Pupkin havia espetado com a agulha.

— O plano é o seguinte — começou Mark. — Pupkin primeiro. Nós o pegamos, o assamos e depois fazemos a mesma coisa com os bonecos Mark e Louise só pra garantir. Com o Presépio dos Esquilos também.

— Todos os bonecos precisam ir embora — argumentou Louise. — Não podemos arriscar.

— Merda. São muitos bonecos.

— Vamos — disse ela, e, antes que pudesse mudar de ideia, saiu da caminhonete de Mark e foi batendo os chinelos pela grama congelada, segurando a calça de moletom com uma das mãos.

As sombras borravam o contorno dos arbustos, e o ar frio deixava os braços de Louise arrepiados. Ela não ouviu Mark atrás dela e não dava para se virar e conferir se ele a seguia, porque no segundo em que se virasse perderia a coragem, e se isso acontecesse nada poderia fazê-la entrar de novo naquela casa.

Seu coração voltou a bater quando ela ouviu os passos de Mark na grama. Ele segurava a arma com uma das mãos, escondida atrás da coxa. Pelo menos estava se esforçando. Mark abriu a porta de tela, Louise colocou a mão na maçaneta, girou e os dois entraram.

Ela ficou parada na soleira da porta do lado de dentro, prestando atenção a qualquer som. Em silêncio, Mark fechou a porta e começou a andar meio abaixado pelo hall de entrada, segurando a arma com ambas as mãos. Louise apertou mais a calça de moletom na cintura e o seguiu.

Quando ela o alcançou, ele estava parado no meio do antigo quarto da irmã, encarando o carpete chamuscado. A luz cinzenta do dia penetrava pelas cortinas e iluminava o ambiente o bastante para revelar que Pupkin não estava mais lá. O enchimento do fantoche estava espalhado por toda parte. Louise sentiu um arrepio.

— Merda — sussurrou Mark.

Ele começou a vasculhar o quarto, embaixo da cama, dentro do armário, até que saiu para o corredor e congelou.

— Lulu — chamou, aos sussurros.

O irmão apontava para a abertura do sistema de ventilação na parede. Na borda afiada do duto de metal havia um pedaço do tecido amarelo brilhante de Pupkin. Louise pegou o celular e se agachou perto da abertura. Ela iluminou o duto com a lanterna do telefone. Em uma emenda irregular mais acima no duto, algumas fibras de Pupkin balançavam suavemente para a frente e para trás com a corrente de ar.

No andar de cima, no sótão, algo pequeno caiu e rolou pelo chão. Os dois arregalaram os olhos um para o outro na escuridão. Louise apontou para cima. Mark assentiu.

Ela vestiu a calça jeans e calçou os sapatos para ter mais liberdade, depois pegou o martelo no balcão da cozinha e o entregou a Mark, que estava de pé em uma das cadeiras da sala de jantar — a mesma que Pupkin havia usado como armadilha para Louise. Ele arrancava as tábuas do alçapão do sótão da forma mais silenciosa possível e passava-as para a irmã, uma de cada vez, todas cheias de pregos tortos e parafusos quebrados, e ela as apoiava na parede cuidadosamente, uma após outra. Quando Mark arrancou a última, entregou o martelo a Louise, que o colocou ao lado da pequena pilha de madeira. Depois, ele enganchou os dedos na ponta do alçapão e olhou para a irmã.

Ela assentiu, e então Mark puxou a porta para baixo com os dois braços, as molas rangendo e o barulho ecoando pelo sótão vazio. Ele parou no meio do caminho, depois puxou de uma vez, deixando as molas rangerem alto. Desceu da cadeira com um pulo, emitindo um som alto e abafado que fez os quadros ainda pendurados nas paredes balançarem. Louise abriu a escada de madeira rústica que dava para o sótão, e os dois encararam o retângulo preto e vazio no teto.

Do buraco saía uma corrente de ar frio que descia escada abaixo e fazia os braços de Louise tremerem incontrolavelmente. Não havia movimento algum. A descarga do banheiro do corredor fez um barulho e Louise deu um pulo, mas a água correu por um segundo e logo parou. O silêncio dentro da casa era denso. Eles se esforçaram ao máximo, mas não conseguiram ouvir nada.

Mark acendeu a lanterna e, com a arma em uma das mãos, colocou o pé no primeiro degrau e depois no segundo. As molas rangiam e a madeira estalava conforme ele adentrava o sótão. Louise se forçou a subir atrás dele, e a escada balançou e chiou com o peso dos dois.

O sótão escuro tinha cheiro de seiva, pinho e coisas esquecidas. Louise ligou a lanterna do celular. Se o andar de baixo já estava atulhado de objetos, ali reinava o caos. Ela jogou a luz sobre pilhas amarelas de revistas *National Geographic*, que ninguém tinha coragem de jogar fora por causa das fotos, todas em cima de malas velhas que quase nunca haviam sido usadas pela família. O bastão de lacrosse que Mark usou por três meses quando praticava o esporte estava pendurado em um cabideiro, e um par de patins que Louise costumava amar jazia em uma caixa aberta repleta de programas de teatro das antigas peças de Mark, úmidos e danificados. A luz revelava minúsculas teias de aranha ao redor das rodas dos patins, tornando-as prateadas.

Algo bateu nas costas da mão de Louise e ela se afastou com um impulso.

Mark lhe estendeu uma raquete de tênis. A irmã a segurou e ergueu-a no ar, sentindo-se mais confiante. Se tinha funcionado com o esquilo, funcionaria com Pupkin. Eles direcionaram as luzes para as montanhas de tralha, a paisagem emaranhada do passado da família Joyner, à procura de Pupkin.

— Vamos começar pelo fim — sussurrou Louise enquanto apontava a raquete de tênis para o outro lado do sótão, onde uma escotilha com fendas de ventilação deixava entrar o sol da manhã, cada vez mais intenso. Na escuridão do ambiente, a luz brilhava com a intensidade de um holofote.

Com a arma em uma das mãos e a lanterna na outra, os punhos cruzados feito um policial em uma série de TV, Mark caminhava pelo cômodo atulhado. Louise foi atrás, passando por cima de brinquedos de montar e sacos plásticos cheios de pôsteres enrolados. Ela tentava olhar para todos os lados ao mesmo tempo, virando a cabeça para trás, para a frente, para as laterais e novamente para trás.

De repente, Mark parou, e Louise trombou nas costas do irmão. A lanterna dele iluminava um espaço livre no chão. As tábuas haviam sido varridas e bem no meio eles se depararam com um pequenino quarto. Havia um minilampião a bateria ao lado de uma garrafa de água e um vasinho de vidro lapidado com uma rosa morta dentro. Ao lado, encontrava-se uma bolinha de borracha saltitante, uma lata aberta cheia de bolinhas de gude, uma caixa de giz de cera novinha e um bloco de papel. Perto de tudo isso havia uma caixa de sapatos pintada para se assemelhar a uma caminha; dentro dela, um pequeno travesseiro feito a mão e uma colchinha de tricô. Embaixo dela estava Pupkin, deitado.

Os dois o encararam enquanto ele olhava para cima, sorrindo para o teto. Seu corpo havia sido despedaçado pelas balas de Mark e o que sobrara foram apenas farrapos, mas a cabeça estava intacta e ele ainda mantinha a forma.

— Ela fez um quarto para ele — sussurrou Mark.

Louise entendeu. Não importava o que Pupkin tivesse feito, a mãe deles odiava deixar o amigo de longa data sozinho no escuro, então tentou deixá-lo confortável, dar a ele coisas para fazer, ofereceu-lhe brinquedos para se entreter, uma cama na qual dormir. Mas Pupkin não gostava de ficar no escuro, ele odiava ficar sozinho, então encontrou um caminho pelos dutos de ar e desceu, furioso por ter ficado trancado.

Nenhum deles se moveu.

— Pegue ele — sussurrou Louise.

— Por que eu?

— Porque você está com a arma — sibilou ela.

Mark estava com medo demais para tirar os olhos do boneco.

— E depois?

— Hora de a-s-s-a-r — respondeu ela, aos sussurros.

Eles ficaram ali encarando Pupkin, que olhava para o teto.

— Ok — sussurrou Mark, mal movendo os lábios. — Vou p-e-g-a-r o P-u-p-k e vamos bater em retirada o mais rápido possível. Você arruma a c-h-u-r-r-a-s e eu vou logo atrás.

— Mark... — começou Louise.

— Um... — sussurrou ele.

Louise não gostou do plano, mas se preparou para correr.

— Dois...

Ela ergueu a raquete com uma das mãos e se preparou para exterminar qualquer esquilo que aparecesse.

— Três! — gritou Mark, e Louise saiu em disparada, pulou o tapete enrolado, passou por cima das caixas e correu em direção ao alçapão.

De uma grande distância atrás dela, Mark falou:

— Não.

Louise parou, já na metade do sótão, e se virou. Mark estava parado diante do quartinho, com a lanterna apontada, a pistola ainda em posição, mas seus braços pareciam ter perdido a firmeza.

— Eu não quero — disse ele, mas não para ela.

Estava conversando com Pupkin.

— Mark? — chamou ela.

Ele não se mexeu. Louise iluminou Mark com a lanterna do celular para ter certeza de que nenhum esquilo estava se aproximando.

— Vamos! — gritou ela.

Mark não respondeu. Ele abaixou por completo a arma e caiu de joelhos. O chão estremeceu. Louise ficou tensa de preocupação.

— Eu não vou colocar você — disse Mark a Pupkin, depois ouviu a resposta e justificou: — Porque você vai fazer mal a ela.

"A ela" percebeu Louise. *Ele disse "você vai fazer mal a ela", não "você vai nos fazer mal"*. Pupkin não planejava machucar Mark, apenas ela.

Mark balançava a cabeça enquanto falava, os braços soltos entre as pernas e as costas curvadas. Parecia fraco. Parecia derrotado.

— Mark — disse Louise enquanto dava um passo em direção a ele.

— Saia daqui — respondeu o irmão em voz alta.

— Vem — insistiu ela. — Vamos embora daqui, certo? P-e--g-a o P-u-p-k e vamos embora daqui juntos.

Ela deu outro passo em direção a ele. Precisava tirar o irmão daquele lugar. Ele não parecia estar bem.

— Todas as coisas que eu fiz... — disse Mark, a voz apática, derrotada. — Eu quero esquecer. Eu quero ser o Pupkin de novo.

— Mark! — chamou Louise, e deu outro passo adiante.

— Para! — gritou Mark, subitamente frenético. Louise congelou. Ela não sabia se o irmão estava falando com ela ou com Pupkin, mas Mark tinha uma arma, então ela não se mexeu. — Eu não vou colocar você!

Seu pescoço inflava enquanto ele gritava com o fantoche.

— Eu não vou fazer isso! Não vou fazer isso de novo! — disse ele aos berros.

Louise não queria se precipitar, tinha medo de que Mark pudesse fazer uma besteira.

— Ah, não — gemeu ele, recebendo más notícias. — Não, não, não. Não. Não faça isso.

Ela sentiu uma dor profunda na voz do irmão.

— Mark? — chamou Louise.

— Você precisa ir embora agora, Louise — disse Mark, rápido, como se só tivesse uma chance. — Você tem que sair daqui.

Ele tem uma coisa... ele tem uma coisa aqui em cima que eu tinha esquecido e que vai usar para machucar você se eu não o colocar.

— Não o coloque, Mark — respondeu ela. — Você não precisa fazer o que ele manda. P-e-g-a e-l-e e vamos embora.

— Você precisa sair daqui agora mesmo — insistiu Mark, rápido, sem tirar os olhos de Pupkin. — Não vai me machucar, mas vai machucar você. Você tem que ir, Louise, vai embora *agora*!

— Mark? — gritou ela, sua voz embargada, lágrimas de frustração enchendo seus olhos. — Ele não pode nos machucar. Ele é só um fantoche.

— Não é ele — disse Mark, com a voz baixa e sombria. — É o Aranha.

A mente de Louise parou de funcionar.

Quando Louise tinha nove anos e Mark seis, ela queria tanto um cachorro que se recusava a viver mais um dia sequer sem ter um. Ela passaria horas com os braços ao redor do pescocinho do animal, o deixaria dormir na sua cama, o levaria ao parque e jogaria uma bolinha para ele buscar o fim de semana inteiro. Ela convenceu Mark a pensar da mesma maneira, e logo ele também foi acometido da febre canina.

Se algum filme tivesse um cachorro, eles o assistiam várias vezes, sem parar, até chegar o dia de devolver a fita na Blockbuster: *Uma Dupla Quase Perfeita*, *Bingo – Esperto Pra Cachorro*, *Todos os Cães Merecem o Céu*. Chegou a um ponto em que o pai deles só os deixava alugar um único filme de cachorro por semana.

No jantar, todos os assuntos convergiam para cães.

— O cachorro da Vicky, Beaux, dorme dentro de casa — dizia Louise.

— Os Papadopoulos têm dois cachorros — acrescentava Mark.

— Chega de falar de cachorro à mesa — decretou o pai.

Isso não os impediu. Eles continuaram insistindo, porque imaginaram que, mais cedo ou mais tarde, os pais acabariam cedendo. O pai disse que *ele* é quem ficaria com o trabalho de cuidar do cachorro, ressaltando que não importava o que dissessem naquele momento, os filhos acabariam se cansando de levá-lo para passear e de alimentá-lo.

— Isso não vai acontecer — afirmou Louise.

— É o que você acha — disse o pai enquanto os ajudava a encher a máquina de lavar louça —, mas já vi acontecer com pessoas no trabalho. Eu é que vou acabar assumindo a responsabilidade de levar o bicho para passear toda noite.

— Vocês não acham que Miau Miau ficaria com ciúmes? — perguntou a mãe, segurando seu fantoche de gatinho favorito e fazendo-o parecer triste quando Louise a encurralou na oficina.

— Não — disse Louise. — Eu não acho que ela ficaria com ciúmes. É só um fantoche.

A mãe fez Miau Miau esconder o rosto atrás das patas.

— Agora você feriu os sentimentos dela.

— Não — protestou Louise. — É você quem está fazendo ela agir assim.

— Buáááá, buáááá. — A mãe simulou um choro com a voz de gatinha de Miau Miau. — Por que todo mundo odeia a pobre Miau Miau?

Os dois irmãos foram para o quarto de Louise. Ela se jogou na cama e Mark se esparramou no chão.

— Nunca vamos ganhar um cachorro — disse Louise.

Eles ficaram sentados em silêncio enquanto contemplavam a triste realidade. Através da parede, ouviam a máquina de costura da mãe bater sem parar, fazendo mais fantoches.

— E uma aranha? — sugeriu Mark. — Clay Estes me mostrou uma que fica na sala de aula deles, era peludinha igual a um cachorro. E aranhas não precisam ser levadas para passear.

— Eu não quero uma tarântula — rebateu Louise. — Eu quero um *cachorro*!

A necessidade de ter um cachorro era um desejo torturante que lhe causava dor física, mas ter passado aquela noite inteira chorando foi catártico para Louise, e, quando acordou na manhã seguinte, o desejo desaparecera. Ela ainda queria um cachorro, mas não estava mais tão desesperada para alcançar esse objetivo. No café da manhã, ela já nem pensava mais em cachorro. Foi quando Mark apareceu com Aranha.

— Ele é meu cachorro, mas é imaginário — declarou o irmão a todos os presentes. — Assim ninguém fica magoado, e eu sou o único que precisa cuidar dele.

Foi um golpe de gênio. A mãe deles sempre os incentivava a usar a imaginação, e agora Mark tinha imaginado um cachorro. Ela não teve escolha a não ser aceitar. E, como manda o figurino, a mãe não apenas aceitou Aranha, ela também o incluiu na vida cotidiana. Perguntou a Mark que tipo de comida Aranha gostava e passou a encher uma tigela com ração para o cachorro todas as manhãs durante meses.

Quando saíam para comprar cachorro-quente, o pai abria a porta traseira do carro para que Aranha pudesse entrar. Quando voltavam da escola, a mãe dava a Mark um relatório completo do que Aranha tinha feito em casa naquele dia enquanto o garoto estava fora.

Sempre que perguntavam a Mark como era a aparência de Aranha, a descrição mudava. Às vezes Aranha era caramelo, às vezes era preto, depois passou a ter pelo azul, e por um período foi de todas as cores ao mesmo tempo.

Aranha e Mark passavam horas no quintal brincando de jogar e buscar a bolinha. Louise observava o irmão lançar seu frisbee, chamando Aranha; então o frisbee pousava, e depois de um momento Mark saía correndo para buscar o brinquedo e fazer tudo de novo. Aquilo a deixava triste. Ele podia fingir o quanto quisesse, mas um cachorro imaginário nunca brincaria de verdade.

Quando o saco de ração acabou, eles não compraram outro, e na volta às aulas, depois do Natal, Louise notou que Aranha participava de cada vez menos passeios de carro com a família. Depois de um tempo, meses se passaram sem que Mark mencionasse o nome do cachorro. No primeiro verão em que ela voltou de Berkeley, Louise sentiu uma pontada de nostalgia e perguntou ao irmão, já mais velho e irritadiço, por onde andava Aranha. "Quem?", foi a resposta de Mark.

Ele havia crescido e deixado o companheiro imaginário para trás. Com o passar dos anos, os dois se esqueceram completamente de Aranha. Pupkin não.

— Você precisa ir agora! — berrou Mark.

Louise não sabia o que fazer. Mark estava surtando e tinha uma arma na mão. Podia acabar se machucando; podia acabar machucando Louise. Ela pensou em sair correndo e pegar Pupkin, mas não sabia qual poderia ser a reação do irmão diante disso.

— Mark — gritou ela, determinada a tentar uma última vez. — Você precisa vir comigo agora!

Ele virou o rosto suado para ela, as sobrancelhas levantadas e unidas, a testa enrugada, um semblante de desespero.

— Ah, não — disse ele. — O Aranha está aqui.

Louise sentiu um frio na barriga.

— Mark. Por favor...

— Desculpa.

Antes mesmo de cair a ficha, ela ouviu um rosnado longo e grave entupido de catarro, diretamente atrás de sua orelha esquerda. Vinha do alto da parede, quase em cima de seu ombro. Seus músculos se tensionaram e seu coração se encheu de medo.

Foi necessário reunir toda a sua coragem para se virar lentamente para a esquerda, enquanto o rosnado persistia. Na penumbra do sótão, ela o viu, e lembrou que Aranha, antes de ser um cachorro, era uma criatura imaginária. Durante toda a sua vida, ela pensou nele como um cachorro, mas é claro que ele era fruto da imaginação de Mark. Aranha podia ter tantas pernas quanto um menino de seis anos fosse querer. Podia ser verde, vermelho ou até azul. Podia ter a habilidade de andar nas paredes, de se pendurar no teto e até ter uma boca entupida com fileiras e mais fileiras de dentes brancos e afiados, todos cobertos de saliva.

Capítulo 25

Os braços de Louise se ergueram, mas era tarde demais para proteger o rosto; os dentes vieram em sua direção, o hálito de cachorro esquentando sua testa, a enorme cabeça desgrenhada, grosseira e medonha avançando como um tubarão peludo. Os dedos dela atingiram a parte inferior da mandíbula musculosa e cabeluda de Aranha, e de repente Louise percebeu que seu rosto estava dentro da boca do bicho, os dentes se fechando e o ambiente escurecendo. Ela sentiu a arcada dentária inferior de Aranha fazer cócegas na pele macia sob seu queixo, e a superior acariciar sua franja. Naquele momento, soube que ele arrancaria o rosto dela do crânio. O tempo desacelerou e tudo aconteceu em meio segundo.

Ela enfiou a raquete de tênis na boca de Aranha pela lateral. Os dentes do bicho atingiram a raquete, e a madeira se estilhaçou, lançando lascas nas bochechas de Louise. Ela se jogou para trás, caindo o mais rápido que pôde e aterrissando na pilha de *National Geographics* com tanta força que sua alma abandonou o corpo por um segundo. As revistas se espalharam com o impacto, ela deslizou com a pilha e um milésimo de segundo depois bateu com a cabeça no chão de madeira, fazendo um som forte e oco. Ela sentiu a força da batida, e sua visão escureceu por um momento.

— Aranha, não! — gritou Mark do outro lado do sótão.

Algo pesado aterrissou em seu peito, esmagando-a no chão, expulsando a pequena quantidade de ar que restava em seus pulmões. Aranha havia subido nela — sem que Louise nem ao menos o visse pular — e estava novamente avançando em seu rosto. Ela enfiou as mãos no longo pelo azul do peito dele e cravou os dedos, empurrando-o para trás com força, como se estivesse fazendo supino com um carro. Louise mal conseguiu mover Aranha, mas foi o suficiente. As mandíbulas da criatura se fecharam a um milímetro da ponta de seu nariz.

Ela virou o rosto para o lado, empurrando Aranha, que batia os dentes freneticamente na tentativa de abocanhar suas bochechas, um gemido distorcido e faminto saindo de sua garganta. Então ele desapareceu — apesar de ela ainda senti-lo em suas mãos — e reapareceu quase instantaneamente, a bocarra aberta se aproximando do nada do rosto de Louise, fios quentes de saliva pegajosa saindo lá de dentro e atingindo os lábios e o nariz dela. O bicho arranhava os ombros e o pescoço de Louise como um louco, mas apoiava as quatro patas no corpo dela; foi quando ela lembrou que Aranha tinha seis pernas. As duas patas extras se fincavam nela como se sua carne fosse terra, atravessando sua blusa, a pele, os seios e a parte desprotegida do pescoço. Os dedos dela começaram a deslizar ao longo do pelo brilhante de Aranha. Ela sentiu seus cotovelos lentamente serem forçados para trás.

Algo duro cravou em seu quadril do lado esquerdo, a machucando, e ela aproveitou a oportunidade. Enquanto Aranha recuava com a cabeça e se preparava para desferir um novo golpe, ela libertou sua mão direita, levou-a até o lado esquerdo do quadril por cima da barriga e agarrou o objeto que a atingira, balançando-o para a frente com toda a força.

Os músculos de seus ombros queimavam enquanto ela batia com o patins rosa na ponta do focinho de Aranha. O ângulo era ruim, então o golpe perdeu um pouco da força, mas foi o bastante para fazê-lo fechar a boca. Aranha soltou um grito altíssimo e fincou as garras das seis patas no corpo de Louise, fazendo brotar gotas de sangue na barriga, nos quadris e no peito dela. Depois, de repente, não havia mais nada em cima de Louise.

Em pânico, ela se levantou do chão, espalhando caixas e sacolas. Não conseguia ver onde Aranha estava. Olhou para cima e para baixo no sótão escuro e teve um vislumbre de Mark no outro extremo.

— Corre! — gritou ele.

Louise procurou Aranha, mas ele havia desaparecido. Ela ouviu seu rosnado gutural de serra elétrica em meio à escuridão e o enxergou no espaço sombrio debaixo do beiral, agachado no chão numa área em que se via um pedaço do isolamento, preparando-se para dar outro bote, com o traseiro erguido no ar e o peito junto ao chão. Sua imagem piscava, ele aparecia e sumia depressa, entrando e saindo da realidade.

— Eu não vou! — gritou Mark do outro lado do sótão, talvez para ela, talvez para Pupkin.

Louise sentia o peito dolorido. A parte de trás da cabeça, onde batera, latejava no ritmo da sua pulsação. Café ácido e pedaços de ovo queimavam no fundo de sua garganta, e ela engoliu em seco para não pôr para fora. A prioridade agora era fugir.

Ela lançou um rápido olhar para a direita e viu que o alçapão estava próximo. Virou a cabeça para trás bem a tempo de ver Aranha desaparecer de novo, mas logo o ouviu rosnar e reaparecer. Ele agrupou as seis pernas sob seu corpo pesado, os músculos prontos para a ação sob seu longo pelo azul, alguma parte de seu corpo sempre se movendo. Louise não queria tocá-lo outra vez, queria apenas mantê-lo afastado.

Instintivamente, ela pegou uma sacola cheia de quadrinhos antigos de Mark e a jogou na direção de Aranha. As revistas se chocaram contra as patas dianteiras do bicho enquanto ele atacava, a sacola se abrindo sem causar nenhum dano, apenas atrapalhando um pouco o movimento dele e fazendo suas pernas se enroscarem umas nas outras. Ele caiu para o lado, atingindo com força o velho triciclo de Louise. Todo o ar do sótão reverberou quando ele tombou no chão. Como uma barata de costas para o chão, suas pernas chicotearam e se debateram inutilmente por um momento, até que ele girou e voltou a se erguer.

— Não me obrigue! — gritou Mark do outro lado do sótão.

Louise já estava correndo rumo ao alçapão. Aranha soltou um grunhido hediondo que ficava cada vez mais alto e agudo, como se estivesse prestes a emitir um verdadeiro uivo. Ela pulou sobre caixas e rolou por cima de um banco de exercícios que Mark ganhara da mãe deles em algum Natal, caiu de pé e estendeu o braço para alcançar a borda do alçapão, planejando descer, aterrissar no corredor, depois virar e bater a porta do sótão na cara de Aranha, mas algo a atingiu entre as escápulas, e Louise se inclinou para a frente, sentindo seu centro de gravidade virar de cabeça para baixo.

Ela caiu do sótão de cara e bateu na escada com força, sentindo o gosto de sangue. Suas pernas viraram por cima da cabeça quando a escada a projetou para a frente, e ela se estatelou no carpete do corredor. Sua visão ficou turva por um segundo. Algo enorme voou por cima dela: Aranha aterrissou no corredor com um baque estrondoso, e em um movimento suave e fluido deu a volta para encará-la, se apoiando nas seis pernas e se colocando entre ela e a porta da frente. A criatura lambeu os dentes gotejantes, aparecendo e desaparecendo. Louise estava presa dentro da casa. E ainda ouvia Mark discutindo com Pupkin no sótão.

Não conseguia tirar os olhos de Aranha, mas deixou sua visão periférica varrer o ambiente; atrás dela estava a porta do quarto dos pais, aberta. Se conseguisse entrar, poderia fechar a porta e bloqueá-la com o peso do colchão para mantê-la fechada.

Louise movimentou o corpo para a frente, como se fosse correr em direção à porta que dava na varanda, e observou Aranha acompanhar a ação, se preparando para disparar junto. Foi quando ela se jogou para trás, deslizando entre a escada do sótão e a parede, derrubando uma porção de quadros no chão, esbarrando na cadeira da sala de jantar. E então ela havia passado pela escada e agora rumava aos tropeços em direção ao quarto dos pais.

Esperava que a escada do sótão fosse desacelerar Aranha, mas sentiu a parede à sua direita ressoar como um tambor enquanto ele a escalava. Num piscar de olhos, Aranha estava avançando na direção dela, correndo pelo topo da parede como se fosse o chão e mergulhando do alto enquanto mirava sua presa.

Louise focou no quarto dos pais, mas, bem acima dela, sentiu o corpulento Aranha saindo da parede, embora não o tivesse visto. Assim, como uma velocista olímpica, ela disparou e deu um forte impulso no carpete, se lançando em direção ao quarto bem quando Aranha pousou em seus ombros.

O movimento ágil derrubou Louise. Não houve tempo sequer de estender os braços e amortecer a queda. Ela teve apenas uma fração de segundo para agradecer à mãe por nunca ter substituído o carpete por pisos de madeira, e então sentiu os dentes de cima baterem nos de baixo enquanto caía com tudo. Lampejos de luz branca inundaram seu campo visual.

Mas ela não desistiu. Continuou dando impulsos adiante desesperadamente, apoiando-se nos braços e nas pernas, tentando sair de baixo dele. Ainda dava para chegar à porta do quarto, batê-la, jogar todo o peso do corpo contra ela e mantê-la fechada. Ela sentiu quatro patas dele prendendo-a sob seu peso pelas laterais, e logo as outras duas desceram, prendendo-a no chão. Louise rolou de barriga para cima e levantou os joelhos, atacando o rosto de Aranha; suas pernas se agitaram no ar, atingindo a ponta do focinho dele, movendo-se depressa e impedindo o bicho de mordê-la.

Ela bateu os calcanhares no rosto de Aranha sem parar, e ele recuou, protegendo seu focinho sensível. Por um momento, Louise pensou que conseguiria escapar e soltou um suspiro de alívio involuntário, mas então ele mergulhou a cabeça outra vez, e suas mandíbulas se fecharam com firmeza ao redor do tornozelo direito dela.

Louise gritou. Um anel de dentes comprimia seu tornozelo por todos os lados, até o osso. Aranha começou a sacudir a cabeça para a frente e para trás, e ela sentiu o joelho e a articulação do quadril quase se deslocarem. Rosnando, a criatura começou a recuar, arrastando-a com ele, a perna machucada aguentando todo o peso do corpo enquanto Louise gritava e tentava se sentar, mas não encontrava apoio. Ela chutou o rosto dele com o outro pé, cravando o calcanhar em seu focinho repetidas vezes, mas ele apenas abaixou a cabeça enorme e expôs a testa proeminente.

Ela cravou as unhas no carpete, mas não conseguiu impedi-lo de continuar arrastando-a. A dor no tornozelo piorava, e ela arquejou alto, mas não teve fôlego para gritar, então ficou apenas hiperventilando. Toda a energia para lutar a abandonou. Sua coluna parou de se comunicar com o restante do corpo, seus braços e suas pernas perderam as forças. Era o fim. O cachorro imaginário do irmão estava prestes a matá-la. Louise não conseguia mais lutar contra ele.

A princípio, ela nem percebeu que Aranha havia largado o seu tornozelo, e no instante seguinte ele já estava passando pelo seu peito, suas costelas, seus ombros. Com uma pata, ele pisou em seu rosto e escorregou, enganchando a garra no lábio dela por acidente. Louise se virou para o lado para que ele não o rasgasse.

Aranha deu meia-volta, ainda em cima do corpo de Louise, a fim de se posicionar de frente para o outro lado do corredor, e, apesar do sangue rugindo em seus ouvidos, ela o ouviu choramingar, mas de um jeito diferente agora: parecia frenético e desesperado, um som inconfundível de medo. Estridentes e dissonantes, um ganido sucedia outro. Ele não a estava mais atacando — estava de pé em cima dela para se afastar o máximo possível do que quer que estivesse no corredor.

O bicho saiu correndo, escalando desesperadamente a parede à esquerda de Louise, e ela o viu desaparecer enquanto ainda ouvia suas patas trovejando ao longo da parede, cruzando as escadas do sótão e escorregando ao contornar o canto mais distante do corredor. Quando seu corpo atingiu o chão, sacudiu a casa inteira.

Ela ouviu garras percorrendo o linóleo, o som de lascas de madeira e cacos de vidro quando ele quebrou a porta da garagem, depois silêncio.

Ela não queria se mover. Nunca se sentira tão exausta em toda a sua vida, mas ergueu o corpo machucado sobre os cotovelos, olhou para o corredor e viu o corpo de um homem parado ali no escuro. Mark.

Ele mantinha o braço direito erguido bem alto, e algo na ponta dele parecia dançar e se contorcer. O restante do corpo do irmão permanecia imóvel. O braço levantado e alvoroçado analisou o ambiente com atenção, observando o corredor, procurando alguma coisa. Assim que Mark saiu das sombras, a fraca luz do dia que vinha da sala de jantar o iluminou. Seu rosto estava caído e na mão direita usava Pupkin.

Pupkin acenou para Louise.

Seu olhar era malicioso e seus movimentos, inquietos; ele estava tão animado e vívido quanto Mark estava inerte e morto.

— *Kakawewe!* — gritou Pupkin com uma voz estridente que saiu da garganta de Mark, mas era a voz de Pupkin. A mesma que Louise costumava ouvir quando era criança.

— Não — disse ela.

Pupkin começou a cantar, dançando de um lado para o outro.

— Pupkin chegou! Pupkin chegou! Bem, sim, vai bem? Pupkin chegou!

Mark deu um passo rígido e cambaleante em direção a Louise. Depois outro, Pupkin dando as coordenadas.

— Pupkin chegou! Pupkin em casa! Na-na-ni-na-não! Pupkin em casa! — berrava ele feito uma criança perturbada.

Louise foi se arrastando para trás com a palma das mãos em carne viva, se agarrando no carpete e puxando o corpo até apoiar as costas na abertura do duto de ventilação.

— Mark? — chamou ela, depois projetou a voz para soar mais autoritária. — Mark!

Ele parou.

— Mark — repetiu ela, com a voz saindo rouca da garganta machucada. — Tire essa coisa.

— Mark sumiu, Pupkin agora! — gritou Pupkin.

— Cala a boca — mandou Louise. Ela se deu conta de que estava discutindo com um fantoche, e aquilo a deixou irritada. — Tire essa coisa ou eu tiro por você. Não tenho tempo para lidar com essa palhaçada agora.

Ao apoiar o peso no joelho direito, Louise sentiu como se ele estivesse cheio de cacos de vidro. Sua coluna estalou quando ela se reergueu, e sua pélvis parecia ter sido quebrada ao meio.

— Ui! Ui! Ops! — disse Pupkin. — Oba, de pé! Vamos!

— Para com isso — gemeu Louise, apoiando-se contra a parede, tentando se endireitar.

— Pupkin salva o dia! — guinchou Pupkin. — Fez Aranha ir embora! E vai brincar e brincar agora!

Pupkin se afastou de Louise, e o corpo de Mark o seguiu. Ele caminhou até o final do corredor e virou em direção à porta da frente. Louise tentou dar um passo. Ela podia ir até a cozinha. Precisava ser rápida. Seu tornozelo direito estava fraco, mas seus joelhos davam conta. Ela começou a se mover.

Do outro lado, ouviu um estalo inconfundível: o trinco da porta da frente sendo fechado, e isso a paralisou. A cabeça de Pupkin apareceu no canto da parede.

— Gente malvada deixou Pupkin trancado — disse ele, assentindo enquanto falava. — Mas Pupkin voltou e não vai mais ficar de lado!

Ele começou a dançar pelo corredor em direção a Louise, seguido pelo corpo lento de Mark. Ela precisava chegar até o irmão.

— Mark, não deixe ele fazer isso de novo. Não deixe que ele assuma o controle.

— Louise má — grasnou Pupkin. — Louise ruim. Trancou o Pupkin. Machucou o Pupkin. Deixou o Pupkin com muita, muita raiva.

— Eu não tranquei você — corrigiu Louise, dando mais um passo na direção deles. Se conseguisse desviar dos dois e chegar à cozinha, poderia fugir pela garagem. Mark estava praticamente dormindo; Pupkin estava todo esfarrapado e destruído. Ela podia dar um empurrão forte neles e sair correndo. — Foi a Nancy que te colocou no sótão porque você machucou o Eric. Você a deixou com raiva, Pupkin.

— Nancy não brinca com Pupkin — disse o boneco pela boca de Mark. — Pupkin trancado. Pupkin sozinho. Pupkin enterrado. Todo mundo abandona o Pupkin!

Eles estavam próximos agora. Louise se preparou para dar um empurrão em Mark e sair em disparada.

— Porque você foi mau — respondeu Louise. — Vai ser bonzinho agora?

— Pupkin é sempre bonzinho — murmurou ele. — Todo mundo é que é mau!

Mark se agachou perto das tábuas que eles tinham arrancado da porta do sótão, e Pupkin vasculhou entre elas.

Ao se levantar, segurava algo em seus bracinhos rechonchudos de fantoche. E então, começou a cantar sua música especial.

Pupkin chegou! Pupkin chegou!
Hora de rir e brincar no meu show!
Não vai ter banho! Regra para nada!
Sem professores! Sem tabuada!
Hoje só vamos cantar e dançar,
Pupkin chegou pra brincar e brincar
E BRINCAR E BRINCAR!

Pupkin segurava o martelo. Mark abaixou o braço, e Louise não conseguiu sair do caminho porque as escadas do sótão bloqueavam o espaço. Ela virou a cabeça, e o martelo a acertou de lado, à sua esquerda, resvalando seu crânio e tirando uma lasca dele enquanto abria um corte em seu rosto que descia até a mandíbula. Louise ficou tonta e bateu contra a parede.

Mark deu um passo adiante, contornando as escadas do sótão, erguendo Pupkin e o martelo no alto de novo.

— E BRINCAR E BRINCAR E BRINCAR E BRINCAR! — gritava Pupkin, repetindo sem parar, e Mark abaixou o braço com Pupkin e o martelo direto no crânio de Louise.

Capítulo 26

Ao olhar para cima, Louise viu dois Marks segurando Pupkins, um do lado do outro.

Ele me acertou!, pensou várias vezes, seu cérebro preso em uma litania. *Ele me acertou! Ele me acertou!*

— Mark, não! — gritou ela.

Mas sua mandíbula não funcionava mais, e o lado esquerdo de seu rosto estava dormente, inchado, então a frase soou como "Ma, na!".

— *Kakawewe!* — cantava Pupkin, e se contorcia de alegria atrás de seu martelo.

Mark pairava sobre Louise, bloqueando a luz e preenchendo o corredor como um ogro em um conto de fadas. O martelo de Pupkin baixou novamente de uma longa distância. Louise levantou as mãos e sentiu o cabo da ferramenta bater com força em sua palma direita com um baque. Seu braço perdeu os movimentos na altura do ombro, e ela sentiu agulhadas se espalharem pelo membro atingido. Bolotas de espuma firme do enchimento de Pupkin choviam em seu rosto. Ela tentou enganchar os dedos ao redor do martelo para que Mark não conseguisse puxá-lo de volta, mas já não tinha mais uma mão, apenas uma garra.

— É a Louise! — tentou dizer. — Sua irmã!

Mas saiu:

— É Ui, ua ma!

— Hoje só vamos cantar e dançar — gritou Pupkin. — Pupkin chegou pra brincar e brincar!

O fantoche girou o martelo com um movimento habilidoso de seus bracinhos atarracados e o segurou com as garras voltadas para Louise. Parecia ser capaz de perfurar seu crânio com a maior facilidade. Louise sentia suas articulações arrebentadas e seus músculos fracos — não havia mais ninguém ao redor para ajudá-la, mamãe e papai não viriam resgatá-la, ela estava sozinha.

Ele vai te matar. Ele vai te matar se você não fizer alguma coisa.

— Ara-n! — disse ela, olhando para o corredor em direção à porta da frente com toda a atenção. — Om ao-o!

Aranha! Bom garoto!

Pupkin também olhou. Pupkin, não Mark. O pequeno fantoche se virou, abraçado ao enorme martelo, e olhou na direção em que Louise encarava, mas Mark permaneceu voltado para a irmã, com a expressão apática inalterada. Era tudo que ela precisava.

Ela se atirou pelo corredor, tentando se afastar o máximo possível deles, e com o movimento cambaleante derrubou o último quadro que restava na parede. Fugiu para a sala de jantar, sentindo uma pontada dolorosa no crânio a cada passo, as vértebras estalando como plástico-bolha. Louise não sabia se estava sendo rápida o suficiente, mas não podia arriscar olhar para trás; ela avançou na ponta dos pés, dando o máximo de impulso que podia.

Alguma coisa a atingiu na nádega esquerda e a derrubou. Ela não podia parar, então continuou se arrastando com os braços, se esticando, e Pupkin a atingiu com o martelo outra vez, esmagando a parte inferior de suas costas...

ai, meu deus, estou pensando nele como pupkin agora

Ela continuou em frente, se arrastando, e alcançou o piso de linóleo no instante em que o martelo atingiu a região posterior de sua coxa direita, fazendo-a sentir como se um pedaço de sua pele tivesse sido arrancado.

Louise conseguiu arrastar o corpo inteiro até o piso de linóleo e arriscou olhar para trás. Eles estavam muito perto, cada vez mais próximos. Ela escalou a parede da entrada da cozinha, se reerguendo sem tirar os olhos de Pupkin e de seu martelo enquanto ele balbuciava e arrulhava consigo mesmo:

— Mark volta para casa! Louise vai embora!

Mark deu um enorme passo adiante e ao mesmo tempo baixou o braço em que estava Pupkin para desferir outro golpe. Louise largou o batente da porta e se jogou para trás. A garra do martelo perfurou a parede de gesso no ponto onde sua cabeça estava um segundo antes, espalhando fragmentos no rosto dela e impedindo-a de abrir os olhos. Ela se virou por instinto, e em seguida se precipitou em direção à cozinha, novamente de olhos abertos. Viu Pupkin tentando arrancar de maneira frenética o martelo preso na parede.

A ferramenta arrebentou o gesso ao ser extraída, os destroços cobrindo o piso. Louise cambaleou, pegou impulso no balcão da cozinha e correu aos tropeços até a porta quebrada da garagem. Se conseguisse chegar ao quintal, poderia fugir para a casa ao lado, escapar deles. Estaria em segurança, livre, teria chance de sobreviver.

A porta parecia estar bem à sua frente, mas então ela perdeu o equilíbrio. A gravidade pendeu para o lado direito do cômodo, fazendo-a tombar em direção à pia da cozinha; ao trombar novamente com o balcão, Louise ganhou um novo hematoma no quadril e o impacto fez seu corpo rodopiar.

Quando deu a volta completa, ela teve um vislumbre de Mark, como se estivesse rodando em um carrossel: ele vinha pela sala de jantar, o chão inclinado sob seus pés enquanto ela girava e passava por ele. Louise bateu com o ombro esquerdo nas portas vazadas da despensa e o ouviu estalar, já se apoiando nele e pegando outro impulso com força para chegar à garagem. Estava tão perto.

— Fi-fá-fó-fiz — gritou Pupkin. — Sinto o cheiro do sangue de Louise!

Ela caiu para a frente e agarrou o batente lascado da porta para não sair rolando pelos degraus de tijolos. A luz vibrante da manhã que atravessava os vidros da porta da garagem revelou que a porta dos fundos estava aberta; um caminho que a conduziria ao ar livre e à segurança.

Logo atrás, Pupkin viu que ela estava fugindo e deu um grito terrível que penetrou em seus ouvidos como um picador de gelo. Era Mark quem gritava, mas na verdade era a voz de Pupkin, porque ela nunca tinha ouvido um ser humano emitir um som como aquele. Só podia ter vindo de um fantoche.

Cambaleando na soleira da garagem, Louise se permitiu abrir um sorriso malicioso de triunfo.

chupa, seu monstrinho desgraçado

Ela deu um passo adiante, e algo explodiu na parte inferior de suas costas, logo acima do rim esquerdo. O golpe a empurrou para a frente, tornando a passada mais ampla e larga, e quando ela ouviu o martelo lançado cair no piso de linóleo, Louise percebeu que havia passado reto pelos degraus e já estava no chão na garagem. Ela caiu em cima da perna esquerda, e a dor no rim, onde o martelo a atingira, enfraqueceu todo aquele lado do corpo. Louise tombou para o lado, dando passos gigantescos e rastejando descompensada pela garagem; a perna machucada foi arrastando o cabo da extensão que Mark deixara lá para ligar a serra elétrica, e ela esbarrou nas prateleiras do outro lado.

Ofegante, Louise se virou, e já era tarde demais. Mark estava diante da porta, de pé no topo dos degraus, mas ela entendia agora que aquele não era Mark. Era apenas Pupkin. E ele estava com o martelo outra vez.

Ele desceu os três degraus lentamente e parou na base da escada. Para chegar à porta do quintal, ela teria que passar por ele. Era perto demais. Ele tinha vencido. Não era justo.

Não é justo!

Louise sabia que não conseguiria fazer aquilo sozinha. A dor era intensa, mas não importava: ela forçou a mandíbula a se mover.

— Mark — disse, e o movimento comprimiu tanto o sangue do lado esquerdo de seu rosto que ela sentiu as veias saltarem. — Por favor, para, por favor, me ajuda.

Po fa, pa! Po fa, me aju.

Ele caminhou pela garagem, pisou no fio da extensão, e ela sentiu o laço em volta de seu pé se estreitar, evidenciando o quanto ele estava próximo. Estava tocando em algo que a tocava também.

Louise começou a chorar.

— Bebê chorão! Bebê chorão! — cantava Pupkin, balançando o martelo de um lado para outro como se estivesse conduzindo um desfile.

— Você já fez isso antes, Mark — disse ela. — Em Boston. Pode fazer de novo.

Mas com a mandíbula inchada as palavras saíam confusas.

— Não vai ter banho! Regra para nada! — cantarolava Pupkin, tão perto que a sombra dele chegava até Louise.

— Mark, por favor — implorou ela. — Socorro!

Mark se deteve. Foi uma breve hesitação, mas Pupkin percebeu.

— Na-na-ni-na-não! — balbuciou ele, tremendo de raiva.

Ele foi se erguendo na ponta do braço de Mark sem soltar o martelo, deslizando cada vez mais para a ponta. Mark chacoalhou o braço, fazendo o martelo voar para trás, bater no teto e descer com velocidade. Por pouco não acertou a nuca de Mark; caiu no chão de concreto ecoando um som pesado.

— Louise! — gritou o irmão com a própria voz, e ela soube o que ele queria.

Pupkin chiou quando Louise se inclinou para a frente com os braços estendidos para arrancá-lo do braço de Mark. Ela segurou Pupkin pela cintura e ele se virou na direção dela, contorcendo-se como uma cobra.

Mark não a impediu, mas também não ajudou Pupkin. Louise jogou o corpo contra o dele, fazendo o irmão ter um sobressalto e dar um passo para trás. Ele enroscou os tornozelos na extensão e caiu com força sentado. Louise caiu em seu colo.

Pupkin balbuciava, uivava e em seguida pulou no rosto de Louise. Ela o agarrou pelas axilas e teve a impressão de que não era a mão de Mark dentro do fantoche; parecia haver um corpo vivo na ponta do braço dele.

— Hoje só vamos cantar e dançar! Pupkin chegou pra brincar e brincar e brincar e brincar! — gritou ele, então arqueou os braços e avançou no rosto dela.

Louise sentiu algo afiado perfurar sua bochecha — *dentes???* — enquanto o boneco cobria o rosto dela, se movimentando em várias direções. Garras afiadas tateavam e arranhavam os olhos dela, e ele pressionou seu globo ocular esquerdo até ela enxergar manchas e sentir o olho se mover ligeiramente para dentro da órbita. Louise percebeu que Pupkin estava esmagando seu olho ferido, tentando afundá-lo dentro de seu crânio.

Ela se recusava a desistir. Apertou com mais força o corpo esfarrapado do fantoche e se inclinou para trás, apoiando os pés nas costelas de Mark, puxando com força. Sentiu músculos que nem sabia que tinham sido distendidos e rompidos. Seus ombros ardiam. Ela puxava com toda a força que tinha para arrancar Pupkin do braço de Mark.

E nada.

Então ele voltou a atacá-la com vontade, depressa, a dura cabeça de plástico golpeando seu nariz. Louise sentiu o sangue quente, úmido e salgado escorrer por seus lábios e descer pelo queixo. Pupkin recuou e examinou o resultado de seu trabalho.

— *Kakawewe!* — gritou de alegria e voltou a bater no nariz inchado de Louise.

Tudo desapareceu por um momento. Uma fatia do tempo se perdera, e agora Pupkin rastejava no chão, arrastando Mark atrás de si, indo em direção ao martelo. Mark tentou se agarrar às colagens, a uma pilha de latas de tinta, mas não parecia ter mais forças, e Pupkin continuou rastejando, arrastando-o como um peso morto.

Louise balançou a cabeça como se fosse uma boxeadora, mas o movimento a deixou tonta. Ela se sentia fraca, esvaziada, e por trás do zumbido que gritava dentro de sua cabeça, ouviu outro som: a voz de Mark implorando e chorando ao mesmo tempo.

— Não me obrigue a fazer isso! Não me obrigue a fazer isso! Por favor, Pupkin, não me obrigue a fazer isso!

Ela sabia o que ele estava dizendo: *Não me obrigue. Não me obrigue a espancar minha irmã até a morte no chão da garagem dos nossos pais falecidos.*

Um som alto e estridente rasgou o ar, tirando-a de seu torpor. Mark pegara a coisa mais próxima capaz de impedir aquela catástrofe iminente: sua serra circular. Ela estava no chão, conectada ao fio, e ele apertara o botão de ligar por um breve momento. Mark voltou um olhar atormentado para Louise, os dois apavorados, e pela primeira vez desde que eram crianças eles entenderam um ao outro completamente.

— Agora! — gritou ele.

Pupkin fechou os bracinhos em volta do martelo.

— *Kakawewe!* — berrou e se ergueu no ar como uma serpente, largando todo o peso do braço e do martelo na mão em que Mark segurava a serra, fazendo um som de vários lápis se quebrando.

A mão de Mark enrijeceu, flexionou e soltou a serra, ficando vermelha na hora.

— Louise! — chamou o irmão com um grito gutural, arrancado do fundo da garganta.

Ela jogou os ombros para a frente, deu impulso com as pernas machucadas e subiu em Mark. Com a mão esquerda, arrancou o martelo da mão de Pupkin, e o fantoche tentou segurá-lo, dotado de uma força surpreendente — mas ela também tinha uma surpresa para ele. Louise jogou o martelo o mais longe que pôde, a uma distância de apenas um metro, mas foi o suficiente.

Soltando um grunhido de esforço, esticou o braço direito por cima do ombro de Mark e agarrou a serra circular. Era pesada, portanto ela teve que soltar Pupkin e se ajoelhar em cima de Mark, sem se importar com o corpo dele, tratando-o como se fosse o chão.

Ela esticou o pé esquerdo e pressionou o punho de Mark no chão. Ao ver o que havia na mão dela, Pupkin gritou, batendo palmas:

— Eba! Eba! Eba!

— Depressa! — gritou Mark.

Louise apertou o botão e ligou a serra.

A ferramenta parecia faminta em suas mãos, dando trancos para a frente, ansiando cumprir a função para a qual fora criada. O som era alto, e ela não sabia se tinha coragem de seguir com aquilo, mas, acima do rugido estridente, ela ouviu — e viu — Mark gritando, a boca tão aberta que sua mandíbula parecia deslocada, o rosto vermelho e suado. Louise mirou na tatuagem do infinito no antebraço direito de Mark e, antes que perdesse a coragem, baixou a serra no meio do arco.

A serra entrou rápido, como se não houvesse nada ali, como se estivesse cortando o ar, e uma névoa vermelha se espalhou ao redor. O rosto de Louise ficou quente, ela logo atingiu o osso (*o rádio dele,* informou seu cérebro de escoteira), e o guincho terrível da ferramenta subiu uma oitava até se tornar um uivo estrondoso, como a broca de um dentista no consultório.

A serra trepidou em suas mãos, vibrações intensas que tentavam forçar suas mãos a se abrirem, tentavam fazê-la soltar enquanto ela empurrava a lâmina giratória através do *rádio* de Mark. Nacos grossos de gordura respingavam em seu rosto, nos nós de seus dedos, e ao gritar ela sentiu grãos duros de osso fragmentado pousarem em sua língua. Ela apertou os lábios e sentiu o gosto do sangue do irmão. Mark gritava, e Pupkin se acabava de rir, dançando na ponta do braço meio decepado, até que a lâmina atravessou o osso por completo, e Louise, de repente livre da resistência que a deixava hesitante, inclinou-se sobre a ferramenta e a forçou a continuar.

A serra atingiu o concreto e disparou uma chuva de faíscas brancas. Ao sentir o cheiro de algo queimando, Louise soube que era o osso do irmão, e então a serra atingiu o segundo osso do antebraço de Mark (*ulna*, observou seu cérebro de escoteira), mas o obstáculo mal desacelerou o ritmo da ferramenta.

Louise se inclinou mais, colocando seu peso em cima da serra, faíscas disparando em seu rosto, sangue aspergindo o rosto de Pupkin, a garagem preenchida pelas risadas do fantoche e pelos gritos do irmão. Então ela terminou, e Pupkin caiu em um ângulo esquisito. Ela soltou o botão da ferramenta e o ambiente teria sido imediatamente tomado pelo silêncio, não fossem os gritos de Mark.

Louise notou que Pupkin ainda se contorcia. Ela tentou se convencer de que era apenas um reflexo involuntário do braço decepado de Mark dentro dele, mas então o fantoche começou a rastejar deliberadamente em direção ao martelo, arrastando atrás de si o membro banhado de sangue de Mark que ainda pendia da luva do fantoche.

Com as palmas das mãos ainda dormentes por causa da serra, ela se levantou, o agarrou e o arrancou da ponta do braço de Mark, depois correu, o jogou na lata de lixo e bateu a tampa. O braço de Mark era mais pesado do que esperava. Louise olhou para o irmão, que estava imóvel, a boca aberta em um grito silencioso, e foi se encolhendo como um feto ao redor do braço decepado que jorrava sangue pelo chão de concreto em um jato de alta pressão. O membro pulsava no ritmo do coração de Mark, a artéria radial banhando o chão de sangue como uma mangueira de incêndio.

Louise largou o antebraço decepado, cujos dedos se curvaram ao atingir o concreto, e se ajoelhou ao lado de Mark. O corpo dela agonizava e gritava em protesto, os joelhos estalando, os hematomas surgindo. Ela agarrou o fio da extensão, enrolou-o nos nós dos dedos e torceu-o firmemente em volta do braço de Mark, recebendo um jato quente de sangue no rosto enquanto seus músculos se lembravam do procedimento: enrolar o fio duas vezes e cruzar as pontas para fazer o torniquete perfeito do manual das escoteiras.

Louise tinha apenas alguns minutos para chamar uma ambulância antes que Mark sangrasse até a morte, e não teria como chegar até o celular enquanto mantinha o torniquete firme. Ela pisou em uma extremidade do fio de extensão e puxou; com a outra mão, pegou o celular da calça jeans e clicou em EMERGÊNCIA.

Mark tentou se levantar, murmurando algo, sua boca azul, mas ela empurrou seu peito com um joelho e o segurou no chão, falando por cima da atendente da emergência:

— Meu irmão serrou o próprio braço, estamos na garagem.

Louise deu o endereço, deixou o celular deslizar até cair no chão e apertou ainda mais o fio da extensão. Mark tentou se sentar, mas ela jogou todo o seu peso em cima dele, ambas as mãos puxando o torniquete. Pela camiseta, sentia como ele estava gelado, o corpo tremendo tanto que mais parecia estar convulsionando. Ele estava entrando em choque com a súbita perda de sangue. Com uma perna, Louise puxou para si uma sacola de lixo repleta de bonecos e chutou os pés de Mark para cima do volume, elevando as pernas dele.

Ela segurava o torniquete com tanta força que era capaz de sentir o pulso dele através do fio, e os nós de seus dedos tremiam com a tensão. Em sua mente, um único pensamento ecoava sem parar:

Eu não vou te deixar morrer. Eu não vou te deixar morrer. Eu não vou te deixar morrer.

Capítulo 27

O que dizer depois que você decepa o braço do próprio irmão?

Aos paramédicos, Louise disse que fora um acidente: Mark estava cortando madeira na garagem e perdeu o controle da serra. Calhou de os paramédicos terem acabado de atender um caso no Walmart onde um policial tinha atirado no próprio dedo enquanto testava uma arma calibre .22, depois na canela de um funcionário enquanto pegava a arma do chão, então eles estavam preparados para acreditar em qualquer coisa.

Aos médicos do pronto-socorro que a socorreram, deram pontos em seu couro cabeludo, tiraram raio X de seu crânio e lavaram seu olho esquerdo — afirmando que não haveria nenhum dano permanente —, ela disse que um conjunto de prateleiras na garagem da casa havia desabado em cima dela no meio da confusão.

Aos policiais do hospital, Louise deu mais detalhes sobre o "acidente" de Mark, incluindo suas preocupações a respeito da ausência de procedimentos de segurança enquanto o irmão trabalhava, suas suspeitas de que ele pudesse ter tomado algumas cervejas no café da manhã e, percebendo que os policiais ainda pareciam ter dúvidas, acrescentou o fato incriminador de que, num momento crucial do trabalho com a serra, ela talvez o tivesse distraído ao ser esmagada por algumas prateleiras que derrubou sem querer.

A Poppy, Louise não disse nada. Ligou para ela do estacionamento da Faculdade de Medicina da Carolina do Sul, para onde Mark havia sido transferido porque o hospital de lá tinha mais estrutura para lidar com aquele tipo de ferimento. Ela só queria ouvir a voz da filha.

Para sua surpresa, a voz dela estava normal.

— Urso coala — contou Poppy. — Urso-polar, urso panda, urso-pardo, urso-caído, existem muitos ursos.

— Não acho que esse último exista, meu amor — disse Louise.

— Existe. Eles vivem na Austrália. Tio Devin disse que eles caem na cabeça das pessoas.

— Acho que ele só está brincando com você.

— Ele me mostrou uma foto — respondeu Poppy.

Louise não queria que a filha parasse. Se sentia grata por ouvi-la falar sobre qualquer outra coisa, e não apenas implorando que ela voltasse para casa, então não questionou a existência do urso.

— Você vai ter que me mostrar — pediu.

— Quando? — perguntou Poppy.

— Não sei, mas muito em breve. Muito em breve de verdade porque vamos nos encontrar daqui a pouco. E aí, sobre quais outros ursos você aprendeu?

Louise deixou a conversa de Poppy sobre ursos ser a única coisa em sua mente por um minuto.

— Ei, querida — disse ela, caminhando em direção ao elevador do estacionamento. — Eu preciso ir. Te amo.

— Tudo bem — respondeu Poppy.

— Tudo certo por aí? — perguntou Ian quando pegou o celular de volta. — Ainda é cedo.

— Ela parece bem — comentou Louise, desviando do assunto. — Parece ter voltado ao normal.

— Sim. Talvez conversar com o terapeuta tenha ajudado. Não sei. Minha mãe está passando bastante tempo com ela. Nada de xixi na cama hoje. O que está acontecendo aí?

— Estou entrando em um elevador — disse Louise, evitando ao máximo ter que explicar a Ian o que acontecera com o braço de Mark. — Ligo mais tarde.

Ela acabou numa sala de espera no quinto andar. Pacientes que aguardavam ser chamados para a cirurgia vagavam pela sala, e uma enfermeira eficiente fazia o check-in, falando alto em meio ao barulho da TV de tela plana que exibia o jornal da manhã. Não havia notícia alguma sobre um homem que havia serrado o próprio braço em Mount Pleasant. Louise falou com a enfermeira, depois se sentou para aguardar. De repente, se sentiu muito sozinha.

Suas articulações estavam rígidas desde... o acidente? O incidente? A amputação? E toda vez que fechava os olhos, enxergava o símbolo do infinito na parte interna do antebraço de Mark, logo abaixo da manga de Pupkin, e então o sangue cobria a tatuagem, fazendo-a abrir os olhos com um sobressalto. Fosse lá o que tivessem injetado em seu couro cabeludo como anestesia havia perdido o efeito, e a pele do lado esquerdo de seu rosto parecia esticada. Tudo coçava. Ela não achou que conseguiria pegar no sono, até que enfim adormeceu.

Acordou com um susto. Uma enfermeira muito jovem estava de pé ao seu lado.

— Ele saiu da cirurgia — avisou.

— Tá bem — disse Louise, a boca seca, sem muito controle da língua. — O que... tá bem.

— Quer lavar o rosto antes de eu te levar até ele? — sugeriu a enfermeira.

Louise cometeu o erro de se olhar no espelho do banheiro. Eles lhe deram lenços umedecidos no East Cooper Medical, o primeiro hospital para onde haviam sido levados, mas, ao se limpar, não vira um rastro de sangue que tinha ficado em seu pescoço; crostas que tinham se formado debaixo de seu queixo e dentro de suas narinas. Tinha sangue seco na orelha esquerda e coágulos ao longo da raiz do cabelo. O lado esquerdo de sua mandíbula parecia inchado. Seus dois olhos estavam vermelhos.

Louise se curvou sobre a pia para jogar água no rosto e sentiu a cabeça latejar forte, a visão se turvando. Levantou rápido demais e sentiu a coluna machucada ranger. Então se apoiou na beirada da pia e tentou aos poucos recuperar o fôlego.

O que dizer às pessoas depois que você decepa o braço do próprio irmão?

O que dizer para o seu irmão?

Um pouco menos suja, Louise seguiu a enfermeira pelas portas duplas. A moça usava um cobertor felpudo enrolado na cintura como se fosse um sarongue, coisa que Louise achou estranha até entrar na sala de recuperação pós-cirúrgica e sentir um ar gelado envolvê-la. Eles mantinham o ambiente na temperatura de um frigorífico. Louise pensou outra vez no braço decepado e vermelho vivo do irmão, semelhante a carne de hambúrguer — o que, se pararmos para pensar, realmente era. Os sons pareciam abafados. As luzes haviam sido reduzidas em alguns dos leitos pós-cirúrgicos, e as poucas pessoas que conseguia enxergar se moviam silenciosa e lentamente, como se estivessem debaixo d'água.

A enfermeira a levou até um leito pouco iluminado e passou pelas cortinas semicerradas. Louise foi andando atrás dela. A cama se encontrava debaixo de um painel repleto de máquinas, tubos e reservatórios, com uma enorme tela digital cujos números vermelhos e verdes ocupavam quase todo o espaço. Havia uma cadeira reclinável de couro sintético amarelo-claro espremida ao lado do pé da cama.

Mark estava inchado, e sua pele parecia acinzentada contra os lençóis brancos e limpos. Com os olhos semicerrados, acompanhava a enfermeira enquanto ela checava o visor e batia na tela várias vezes com o dedo. Não havia muito espaço, então Louise se sentou na poltrona, para tentar ficar mais perto. Os olhos de Mark deslizaram pelo ambiente e pousaram nela, mas sua expressão não mudou. Louise não sabia dizer se ele reconhecia a presença dela ou não.

Ambos os braços dele repousavam sobre o lençol, fazendo-o parecer assimétrico. Um braço terminava na mão, o outro terminava logo abaixo do cotovelo, envolto por bandagens branquíssimas e apertadas.

— Algumas pessoas se recuperam logo da anestesia, outras não — informou a enfermeira a Louise, alto. Os olhos de Mark seguiram a voz. — Mas ele parece estar indo bem. Pode ser que esteja um pouco confuso. A dra. Daresh estará aqui em breve e poderá contar a você como foi todo o processo, mas por enquanto tudo parece ok.

— Certo — disse Louise, com extrema consciência dos olhos de Mark passando de uma para a outra enquanto falavam.

— Se precisar de alguma coisa, estamos logo ali — comunicou a enfermeira, e então elevou a voz, como se falasse com um inválido, dirigindo-se a Mark. — Como se sente, sr. Joyner?

Louise nunca tinha ouvido ninguém se referir a um "sr. Joyner" que não fosse seu pai.

— Uhum — respondeu Mark.

— Ótimo.

A enfermeira sorriu, passou pela cortina e deixou-os a sós.

Os olhos de Mark permaneceram no canto por onde ela havia saído. Louise se ajeitou na poltrona reclinável, que a puxou para trás. Atraídos pelo movimento, os olhos de Mark deslizaram até ela. Louise se sentia a única coisa suja no recanto limpo do hospital.

— Mark? — chamou ela.

Mark olhou para a irmã com os olhos brilhando, e Louise teve um pensamento repentino e maluco: *E se ele ainda for o Pupkin? E se eu o arranquei do braço dele tarde demais?*

A ideia abalou um tanto sua sensação de segurança.

— Você está... — murmurou Mark, a voz falhando.

Louise esperou para ver se ele diria mais alguma coisa. Ele não disse. Depois de um minuto, ela perguntou:

— O quê?

Os olhos dele passaram por cima do ombro dela e se arregalaram.

— Ara… — murmurou ele.

Aranha.

Louise olhou atrás da poltrona, para o teto, ao redor da saleta. Nada de Aranha.

— Não estou vendo ele, Mark — disse ela, sem muita certeza da afirmação.

Mark se concentrou nas cortinas ao pé da cama.

— Ara… — murmurou novamente, os lábios grudados um no outro.

As pálpebras de Mark se fecharam, o rosto relaxou e o peito começou a subir e descer lenta e constantemente. O grande relógio acima da cama marcava 12h14.

Como não viu Aranha, Louise presumiu que fosse uma alucinação pós-anestésica. Pouco depois, seus olhos ficaram pesados e se fecharam. Ela sentiu o martelo acertar seu crânio, os pontos latejaram, e ela ouviu o som oco do metal bater no osso. Abriu os olhos assustada. Mark a observava.

Os dois se encararam. Louise não sentiu necessidade de sorrir, nem de parecer preocupada, nem de exibir qualquer tipo de expressão. Eles apenas se encararam.

Mark tinha mais pelos grisalhos do que loiros na barba por fazer. A camisola hospitalar deixava exposta grande parte do pescoço e dos ombros dele, região coberta de uma penugem fina e muito clara. Ele parecia perdido, em algum lugar entre vivo e morto.

— Como está se sentindo? — perguntou ela depois de um minuto.

— Igual… — O irmão se interrompeu, as palavras presas na garganta seca. Ele pigarreou, procurou algum lugar para cuspir, não encontrou e engoliu com força. — Igual a como está a sua cara.

A voz dele soou mais firme do que ela esperava.

— O que aconteceu? — indagou ela. Precisava de uma dose de sanidade, ansiava pelo que era real. — Por que você fez aquilo?

Mark franziu a testa para ela. Louise abaixou a voz e se inclinou para a frente, o que causou novas dores nas articulações.

— Por que você colocou o Pupkin? — perguntou ela.

— Ele me disse que se eu não o colocasse — disse Mark —, deixaria Aranha te matar.

O irmão baixou os olhos para a cama e observou o braço amputado. Os músculos do antebraço direito se contraíram e as linhas ao redor da boca dele se aprofundaram por causa da dor.

— Ei — chamou Louise e inclinou-se o máximo que pôde. Mark ergueu os olhos para ela. Os olhos eram a única coisa vívida no rosto pálido e inexpressivo do irmão. — Obrigada.

Mark quase sorriu, mas então sua expressão ficou novamente preocupada.

— Vai — disse ele, e Louise não teve certeza se tinha escutado direito.

— Vai? — perguntou ela.

— Coloque fogo nele. Coloque fogo nele como a gente planejou.

Ela se lembrou da feição inerte de Mark quando ele estava com Pupkin no braço. Lembrou do que ele lhe contara sobre a faculdade e de como devia ter sido difícil para ele colocar Pupkin de novo. Pensou em Pupkin dizendo a ela para mandá-lo subir no gelo.

— Coloque fogo nele — repetiu Mark.

Era a única coisa sensata a fazer.

— Ok — disse ela, e por um momento sentiu vontade de apenas ficar ali naquela poltrona macia e confortável, mas então se levantou.

Ela andou — praticamente se arrastou — até as cortinas e deu uma espiadinha do lado de fora. A enfermeira que a conduzira até lá estava sentada à mesa entre duas colegas. Atrás dela, Mark suspirou. Louise se virou para o irmão.

— Foi tão bom — revelou ele, e os dois se olharam. — Foi tão bom voltar a não ser responsável por nada.

Louise passou pela cortina, terrivelmente consciente de como se encontrava. A enfermeira ergueu os olhos de onde estava quando Louise passou mancando.

— A dra. Daresh está a caminho para a conferência pós-cirúrgica — avisou ela.

Louise sorriu, mas não parou de andar. Se parasse, talvez não fosse capaz de começar de novo e seguir caminho.

— Banheiro — disse ela.

— Seja rápida — alertou a enfermeira, e voltou o olhar para a tela.

Louise saiu da unidade de recuperação, atravessou a sala de espera, passou pelo banheiro e seguiu até o elevador, com a sensação de estar fugindo da prisão. Enquanto esperava pelo elevador, ficou se perguntando se as pessoas achavam que ela havia sido espancada pelo marido ou fora vítima de um acidente de carro. No saguão, já não se importava com o que os outros estavam pensando. Ao entrar no pequeno Kia gelado, tudo o que sentia era dor. Sua pele doía. Cada hematoma parecia estar conectado a outro.

Fez o percurso inteiro sem pensar, até chegar à Crosstown, passar pela ponte e virar na McCants. Quando deu por si, já havia estacionado em frente à casa. Os paramédicos haviam deixado o portão da garagem aberto. Ela saiu do carro, entrou na garagem sem hesitar e acendeu a luz. Não olhou para as enormes manchas de sangue no chão. Apertou um botão e o portão desceu, atingindo o chão com um estrondo e deixando todo o ambiente escuro.

Ela pegou a pinça de churrasco e uma garrafa plástica branca com fluido de isqueiro que estava bem ao lado, depois caminhou para os fundos da casa. Arrastou para longe da parede a churrasqueira verde enferrujada que eles talvez tivessem usado uma vez na vida, abriu, usou a pinça para espalhar as cinzas velhas e em seguida empilhou um monte de gravetos que encontrou no quintal. Quanto mais se movimentava, menos rígidas ficavam suas articulações. Ela borrifou o fluido de isqueiro nos gravetos até deixá-los brilhando.

Na prateleira onde estava o fluido de isqueiro, encontrou um longo acendedor. Então tirou o saco de lixo de cima da lata e abriu a tampa. Pupkin estava jogado de barriga para cima, sorrindo para ela, ensanguentado e alegre, com os olhos voltados para o lado e um ar travesso, astuto. O sangue de Mark havia manchado metade de seu rosto de plástico branco.

Pupkin vai se divertir!, Louise o ouviu cantar dentro de sua cabeça.

Ela o pegou com a pinça.

Ebaaaa!!!, disse Pupkin.

Sem olhar para ele, foi levando-o em direção ao quintal, até a churrasqueira. À medida que se aproximavam, ela pensou ter sentido um movimento na pinça. Lançou um rápido olhar para baixo e viu que Pupkin se contorcia enquanto ela caminhava e começou a se contorcer ainda mais, até o momento em que ele colocou um braço na ponta da pinça e a encarou.

Não, disse Pupkin, com a voz carregada de pânico. *Pupkin não. Pupkin ama você!*

Ela ergueu a pinça e o deixou cair em cima da pilha de gravetos.

cadê nancy socorro nancy ajude o pupkin por favor pupkin ama...

Louise apertou o gatilho para ligar o acendedor e o encostou nos gravetos. As chamas se ergueram, claras sob a luz do meio-dia. Dentro de sua cabeça, ouviu Pupkin gritar, um guincho estridente que parecia não ter fim, mas que estava apenas dentro de sua cabeça. E se estava somente lá, era possível ignorar.

Louise pegou o fluido de isqueiro e borrifou o corpo do fantoche. O fogo se ergueu em uma coluna que quase chamuscou as sobrancelhas dela. Louise soltou a garrafa, que emitiu um som úmido. De barriga para cima, Pupkin se contorcia e suplicava no fogo. Grito após grito ecoava no crânio de Louise. Ela deveria ter fechado a tampa da churrasqueira, mas não fechou. Se forçou a permanecer ali, observando-o queimar.

Os gritos de Pupkin atingiram um nível febril, altos o suficiente para quebrar os vidros, enquanto chamas lambiam seu rosto de plástico, formavam bolhas em suas bochechas. Louise se preocupou com a possibilidade de deixar algum resquício para trás e borrifou o fluido de isqueiro no rosto dele até sobrar apenas ar na garrafa. Os gritos de Pupkin começaram a soar engasgados, líquidos. Enquanto o fogo fazia o rosto do boneco derreter como cera, Louise pensou ter ouvido dentro da própria cabeça:

nancy por favor por favor nancy nancy promete nunca deixar pupkin sozinho dói dói dói cadê nancy nancy ajuda pupkin nancy, socorro

Então a cabeça de Pupkin derreteu e revelou o interior oco do fantoche, um buraco que se expandiu e apagou o desenho de sua boca. O corpo de tecido se transformou em flocos brancos de cinzas que flutuavam em correntes de ar vagarosas pelo quintal. Os gritos cessaram. Um pedaço de graveto em chamas crepitou. Era o fim dele.

Louise observou a cena por um longo tempo, depois abaixou a tampa da churrasqueira e se forçou a voltar para a garagem. Jogou a garrafa plástica vazia no lixo, e o recipiente fez um barulho oco de plástico batendo em plástico ao cair no saco. Ela fechou a lata de lixo e entrou na casa.

Tudo ali parecia imóvel e vazio. Louise caminhou em direção ao corredor, imaginando se Aranha ainda estaria por perto. Ou os esquilos. Percebeu que não dava a mínima. Agora poderia lidar com eles. Ela dobrou a escada do sótão. Os buracos dos parafusos no teto causavam uma impressão desagradável. Eles teriam que consertá-los antes de colocar a casa à venda.

Ela se forçou a abrir a porta do banheiro do corredor. Os bonecos Mark e Louise continuavam no mesmo lugar. Pareciam vazios; pareciam mortos.

Louise caminhou de forma hesitante pelo corredor até chegar ao quarto dos pais. Parou no meio do cômodo e fechou os olhos, embora também tenha precisado se forçar a isso. Prestou atenção nos sons, à espera de ouvir algo. Manteve-se ali parada por um longo tempo, até finalmente abrir os olhos.

A casa parecia estar vazia. Nenhuma presença. Ninguém nos quartos. Nada no sótão. Nenhum peso do passado. Nenhum sinal da mãe e do pai. Era como se alguém tivesse pegado o imóvel e sacudido, se livrando de todas as pessoas de dentro, de toda a história, a esvaziando. Já não era uma casa, mas uma porção de caixas conectadas por carpetes, sem nada dentro.

A casa deles não parecia mais assombrada.

DEPRESSÃO

Capítulo 28

No caminho de volta para o centro da cidade, Louise tentou se concentrar no que estava diante dela: os sinais mudando de cor, o cruzamento que dava na ponte, a saída para a Rutledge Avenue, uma vaga de estacionamento perto do hospital. De alguma maneira, ela conseguiu chegar ao quinto andar e encontrar a mesma sala de espera.

— Não tínhamos vaga nos quartos — informou a enfermeira da recepção —, então o mantivemos na sala de recuperação.

Louise voltou para lá. A enfermeira que falara com ela pela manhã se levantou da mesa ao vê-la passar.

— A dra. Daresh não conseguiu encontrar você — disse. — Ela queria dar detalhes de como correu a cirurgia e informar sobre os cuidados pós-cirúrgicos. Não sei quando ela vai estar disponível novamente.

Louise pediu desculpas, mas logo a enfermeira perdeu o interesse nas justificativas, então ela passou pelas cortinas que isolavam o leito de Mark e viu que a cabeceira de sua cama agora estava erguida. Ele estava sentado, encarando o braço que faltava. Quando Louise entrou, o irmão ergueu o olhar.

— Ele se foi — disse ela.

A expressão de Mark não mudou.

— Eu o queimei. Não sobrou nada, Pupkin se foi — acrescentou ela.

Mark soltou um suspiro profundo, e as linhas exibidas no monitor digital ao lado da cama se movimentaram.

— Preciso de uma cerveja — disse ele.

Louise sentia-se tomada por uma tristeza indescritível. Os dois ainda tinham a casa para vender, mas não era mais a casa de seus pais, era apenas uma casa. Tudo havia acabado, não sobrara nada. Mark tentou levantar o braço ferido, mas estremeceu de dor, então ele só apontou para o local enfaixado.

— Era por isso — disse ele — que eu queria contratar o Agutter.

— Você está colocando a culpa em mim? — perguntou Louise.

— Um pedido de desculpas viria a calhar.

— Pelo quê? — questionou Louise, sentindo que estavam voltando a uma dinâmica familiar; quase não era uma discussão pra valer.

— Eles não vão conseguir reimplantar — disse Mark.

— Foi você quem me disse pra...

Ela não podia dizer em voz alta porque as enfermeiras estavam próximas, então fez um gesto de serra com uma das mãos.

— Eu achava que iam conseguir reimplantar. Como você teve coragem de fazer aquilo? Eu não teria sido capaz de fazer o mesmo com você.

— Você estava tentando me matar com um martelo — sussurrou Louise, esperando que isso encorajasse Mark a falar mais baixo também.

— Você tentou me afogar na casa dos Calvin — argumentou ele.

— Nós dois concordamos que foi o Pupkin.

— Então foi o Pupkin quem tentou te matar com um martelo — concluiu Mark —, mas aí você foi e serrou o *meu* braço.

— Dá pra falar baixo? — sussurrou Louise. — Eu tive que mentir pra muita gente sobre o que aconteceu.

— Pois é — disse Mark —, porque se eles soubessem o que realmente aconteceu, você seria acusada de agressão.

— Mark — sibilou Louise—, você está mesmo chateado comigo por eu ter salvado a sua vida ou isso é alguma disfunção pós-cirúrgica, algum efeito colateral dos remédios que te deram?

A cortina se abriu, e um garoto que não parecia ter idade suficiente para estar na faculdade se aproximou. Ele usava um uniforme cor de ameixa e ostentava uma barba extremamente falhada por trás da máscara.

— Olá, olá! — disse ele. — Eu sou o residente da ala cirúrgica. Estão tentando encontrar a dra. Daresh para vir dar notícias, mas estou aqui para dar uma adiantada no que ela tem a dizer.

— Depois a gente continua essa conversa — avisou Mark a Louise.

— Oi — disse ela ao residente.

— Você é a… — ele verificou as anotações — … irmã. Uau, você está com uma cara péssima. O que aconteceu?

— Algumas prateleiras caíram em cima de mim — disse Louise.

— Essa é a sua história? — perguntou Mark, incrédulo.

Louise lhe lançou um olhar de "fica quieto". O residente nem pareceu se abalar.

— Prateleiras bem pesadas, pelo jeito — comentou. — Eu sou o dr. Santos. Vamos dar uma olhada na região da amputação.

Ele examinou o ferimento de Mark.

— Um corte bem limpo — disse Santos, e Louise quase agradeceu, mas conseguiu se conter.

Enquanto o dr. Santos enfaixava novamente o braço de Mark, começou a falar com Louise.

— Então, eu já passei as informações para o seu irmão, mas vou repetir tudo para atualizar você — disse ele. — Não conseguimos reimplantar o membro. Não foi mantido em uma temperatura tão baixa quanto gostaríamos, e a possibilidade de danos nos nervos era maior do que o ideal. Mas, mantendo o otimismo, com um corte limpo como este, vamos conseguir te preparar para receber uma prótese muito boa e logo tudo voltará ao normal.

— Duvido — replicou Mark.

— O East Cooper fez um excelente trabalho ao desbridar a ferida — continuou o dr. Santos. — A maioria dos intravenosos que você está recebendo agora são antibióticos, mas ainda pode haver pus. Vamos manter o dreno cirúrgico por algumas semanas e daqui a pouco uma das enfermeiras mostrará à sua irmã como ordenhá-lo, algo que precisará ser feito duas vezes por dia. Acho que podemos te dar alta hoje à tarde, mas vamos prescrever uma receita de antibiótico oral e precisamos que você fique de olho na região afetada. Qualquer inflamação, inchaço, sensibilidade, febre, pode nos ligar. Tirando isso, gostaríamos que você se recuperasse em casa mesmo. Perder um membro sempre exige adaptação, mas creio que este aqui seja o melhor dos cenários, com certeza. Vou descobrir se a dra. Daresh está a caminho.

O dr. Santos se retirou e os irmãos ficaram em silêncio por um bom tempo. Louise estava ciente de que Mark passaria por uma montanha-russa de sentimentos, cheia de altos e baixos, então tentou brincar com a situação.

— Eu vou ter que ordenhar a sua ferida — disse ela. — Acho que já é punição suficiente.

Mark olhou para ela com os olhos arregalados, chateado com o comentário.

— Eu só tenho um braço, Louise.

E não falou mais com ela pelo resto do dia.

Mark não falou com ela pelos cinco dias seguintes, na verdade. De vez em quando fazia um comentário, geralmente maldoso, mas só. Quando Louise o levou para casa, ele se jogou no sofá, pegou o celular, tentou navegar pelo Facebook, descobriu que fazer isso com uma única mão era difícil e jogou o aparelho entre as almofadas. Depois disso, basicamente só dormiu.

Movida pela culpa, Louise se dedicou a cuidar dele e até comprou os infinitos itens de que ele precisaria para se adaptar à nova vida: anéis para prender nos zíperes, hidratante para o local da cirurgia, um multitriturador para usar na cozinha… Embora, pelo estado da geladeira, ela suspeitasse de que o irmão não fosse muito de cozinhar.

Tentou convencê-lo a fazer fisioterapia, marcou consultas médicas remotas e apareceu na casa dele com um iPad para acompanhá-lo nas consultas, mas ele reclamava que o braço amputado doía demais, ou dizia que estava muito cansado, ou que simplesmente não estava a fim naquele dia.

— Mark, você precisa tentar, senão eles não vão conseguir encaixar a prótese em você — disse Louise depois que ele interrompeu uma sessão no meio, envergonhada pela maneira como o irmão se comportara na frente de um estranho que estava apenas tentando ajudá-lo.

— Eu não quero uma prótese — replicou Mark. — Quero meu braço.

— Eu também quero isso, mas não vai rolar. Você precisa aceitar a realidade.

Mark ficou parado no meio da sala bagunçada e cheia de tralhas, encarando Louise com aquele olhar apático e sem vida que parecia ser o único no rosto dele ultimamente.

— Me deixa em paz — disse.

Depois virou as costas e voltou para a cama. Eram 12h45.

Louise pesquisou "depressão pós-amputação" no Google e tentou conversar com Mark, tentou ser uma ouvinte paciente, tentou convencê-lo a fazer umas meditações que encontrou no YouTube.

— Já que você gosta dessas coisas que envolvem toque físico e emoções — comentou ela ao parar diante da porta do quarto dele às dez da manhã, fazendo suas palavras atravessarem aquele cheiro de suor e roupa suja que irradiava da caverna escura do irmão —, agendei uma sessão de reiki. Dizem que pode ajudar com a dor do membro fantasma. Mas você precisa tomar um banho agora se quiser chegar na hora certa. Depois eu te levo para almoçar.

— Claro — disse ele, depois rolou na cama, virou as costas para ela e, no minuto seguinte, já estava roncando.

Nas poucas vezes em que conversou com Louise, pareceu irritado com o fato de o corte ter sido feito bem no meio da tatuagem do infinito.

— Era só ter mirado alguns centímetros pra cima ou alguns pra baixo, sabe? — disse à irmã. — Assim eu teria ficado com a tatuagem ou a perdido toda.

— A integridade estética da sua tatuagem não era minha prioridade naquele momento — respondeu Louise.

— O que eu vou fazer com meio sinal de infinito? — resmungou Mark.

— Mas que rabugento que você ficou.

— É, acontece quando serram seu braço.

Mercy e Constance foram visitá-lo. Decidiram se sentar no gramado da área externa no condomínio para aproveitar o sol. Louise arrumou as cadeiras e preparou chá gelado.

Ele reclamou da visita, mas acabou saindo para vê-las.

— Eu não quero conversar — disse à irmã. — Não pedi para ninguém vir aqui.

— Elas estão preocupadas — comentou Louise. — Gostam de você, Mark. São da família.

Por fim, ele concordou em sair.

— Ai, meu Deus — soltou Mercy quando viu o braço dele. — Serras são tão perigosas.

Louise sabia que essa era a parte que Mark mais odiava: ter que fingir que o acidente tinha sido culpa do próprio descuido.

— Depende de quem está operando a serra — respondeu ele, se sentando em uma das cadeiras de jardim que Louise havia comprado para recebê-las, já que Mark não tinha nenhuma. — Já estou processando o East Cooper Medical.

Na verdade, ele não estava processando o hospital, mas pesquisava sobre o assunto constantemente. Um advogado entrara em contato com ele sem ser solicitado e afirmara que o hospital tinha guardado o braço de maneira inadequada, razão pela qual o membro não pôde ser reimplantado. Mark imprimiu vários artigos sobre negligência médica. Até chegou a conversar com alguns advogados, mas sempre se recusava a dar continuidade porque eles não tinham uma "mentalidade de gladiador", ou seja, não achavam que ele conseguiria ganhar tanto dinheiro com um acordo quanto Mark pensava ser justo.

— Vou pegar uma cerveja — disse ele, então se levantou e entrou.

Louise preferia que o irmão não bebesse, já que tinha tomado um analgésico pouco antes de as primas chegarem. Na verdade, ela havia "esquecido" de comprar cerveja quando passou no mercado no dia anterior, mas ele pagou um frete de onze dólares para entregarem em casa.

— Então... o que *realmente* aconteceu? — perguntou Mercy em voz baixa depois que Mark entrou.

— Ele não estava prestando atenção — mentiu Louise.

Mercy a encarou por um bom tempo. Constance ergueu as sobrancelhas.

— A última vez que vi vocês foi na visita de avaliação da casa — disse Mercy. — Um dia depois de eu contar sobre a... situação que compromete a venda, Mark corta fora o próprio braço e você parece ter sido atropelada por um caminhão. O que aconteceu?

— Situação que compromete a venda? Como assim? — perguntou Constance.

— Eu te conto depois — garantiu Mercy, sem olhar para a irmã, concentrada em arrancar a verdade da prima.

— Mark bebeu algumas cervejas no café da manhã e estava cortando lenha — contou Louise. — Eu me apoiei nas prateleiras para pegar alguma coisa e elas caíram em cima de mim. Acho que foi isso que o distraiu.

Mercy analisou Louise por um bom tempo e em seguida balançou a cabeça.

— A gente é da família — insistiu ela, convicta.

Louise queria contar a ela, mas tinha a família e tinha a *família*. Pupkin, Aranha, o que ela havia sido obrigada a fazer com Mark... tudo isso era assunto da família Joyner.

— Você viu aquelas prateleiras — disse Louise, se sentindo mal. — São todas completamente instáveis.

— Se você quiser conversar, estou aqui — comentou Mercy baixinho, depois voltou a falar em um tom normal. — O que vocês decidiram fazer com a casa?

— Decidimos não vender por enquanto — respondeu Louise, também retornando a um tom normal. — Ela não vai sair de lá. É provável que a gente tente de novo depois que sair o inventário.

— Bem — disse Mercy —, pelo menos a vozinha vai ficar feliz.

Mark não voltou mais para a área externa. Em dado momento, Louise entrou e o encontrou sentado no sofá, olhando para o celular e com uma cerveja entre as coxas.

— Você não vai voltar lá pra fora? — perguntou ela.

Ele deu de ombros.

— Não estou me sentindo bem.

Louise o encarou por um tempo. Percebeu que não adiantava discutir. Ela não era a mãe dele. Saiu para dizer às primas que Mark não voltaria. Enquanto as duas caminhavam na direção dos respectivos carros, Louise viu que Constance interrogava Mercy.

— Que situação é essa que compromete a venda? — questionou ela no que foi, para Constance, um sussurro discreto.

Não era de todo ruim. Louise só precisava sobreviver àquela semana. Mark não era filho dela, era um homem adulto e responsável pelas próprias decisões. Cada dia que ela riscava no calendário era um dia mais perto de voltar para casa.

Ela sabia que aquele era o começo do fim para ambos. Mark talvez melhorasse, talvez não. Os dois ainda tinham algumas burocracias para resolver com Brody, e então, dentro de um ano, venderiam a casa — embora não fosse mais a casa dos pais deles, apenas uma casa —, e Louise sabia que depois que eles dividissem o dinheiro, ligariam um para o outro com mais frequência do que antes, depois os intervalos de tempo ficariam maiores, depois conversariam só por mensagem, depois haveria cada vez mais tempo entre uma mensagem e outra, e então fim.

Ela e Mark eram diferentes demais. Sem algo que os mantivesse unidos — morar na mesma cidade, a mãe e o pai, filhos da mesma idade —, eles acabariam se afastando. Ela tentaria visitar Charleston com mais frequência para ver a tia Honey e as primas, e é claro que jantaria com Mark quando estivesse na cidade, mas a centelha que se acendeu com o acidente de carro dos pais havia se apagado no momento em que ela colocou fogo em Pupkin; qualquer conexão extra entre os dois parecia agora nada mais do que uma lâmpada queimada.

Se dar conta disso não a deixou tão triste quanto ela esperava. Louise estava bem. As coisas tinham mudado. Agora ela só queria ir para casa; precisava reencontrar sua verdadeira família.

Mark nem apareceu no aeroporto para se despedir. Em vez disso, mandou uma mensagem:

DESCULPA. TÔ DOENTE.

Ela ficou até impressionada por ter sido considerada digna de receber duas palavras e meia. De qualquer maneira, Mark não lhe devia mais nada. Tudo o que tinha acontecido entre eles parecia distante, já se transformava em uma história que ela um dia contaria a alguém, aquelas confidências que são feitas no escuro, ou algo que falaria com Poppy quando ela terminasse a faculdade. As duas tomariam uma taça de vinho juntas enquanto ela revelava todos aqueles fatos sobre a mãe, Pupkin e Mark. Elas destrinchariam os detalhes e questionariam o significado de tudo aquilo, depois guardariam em uma caixa como se fossem fotos de família.

Louise tinha reservado um voo para o início da tarde, pagado a conta monumental do hotel, entregado o carro na locadora, pagado a conta monumental do aluguel e agora estava sentada no portão de embarque com o sentimento de que cumprira seu dever para com Mark, a mãe e especialmente o pai. Ele teria ficado orgulhoso se pudesse ver como ela lidou com tudo aquilo: foi objetiva, direta e prática. Viu o que precisava ser feito e não hesitou em fazê-lo.

Estava ansiosa para ver Poppy novamente, queria chegar em casa logo, queria já estar pousando em São Francisco. Abrira mão de tomar café naquela manhã porque queria dormir durante o voo para chegar em casa mais rápido. A vontade de ver a filha a deixava irrequieta, ela não conseguia ficar parada.

Decidiu não contar a Poppy sobre o braço de Mark. Não por um tempo. Por que ela contaria? Quando ligou para Ian a fim de avisar que estava voltando, ficou receosa de ter que falar com ele sobre o assunto, então teve um insight: ela nunca precisaria lhe contar sobre o braço de Mark. Quando Ian o veria novamente? Escolher o caminho mais fácil fazia com que ela sentisse que estava contando uma mentira, a fazia se sentir um pouco parecida com Mark, mas também era um grande alívio. Talvez ser um pouco parecida com ele não fosse algo ruim. Um pouquinho de Mark não era o problema, a grande questão era que nunca havia só um pouco de Mark, era sempre tudo ou nada.

Ela dormiu durante o voo inteiro, e quando o avião pousou se sentiu como uma chave encaixando na fechadura. Mandou uma mensagem para Ian com muitos pontos de exclamação e até perguntou ao motorista do Uber de onde ele era, há quanto tempo estava em São Francisco, puxando assunto para o tempo passar mais depressa. Mandou mais uma mensagem para Ian a alguns quarteirões da casa e nem ficou receosa de reencontrá-lo, só precisava se livrar dele assim que pudesse. Educadamente, é claro.

Destrancar o portão do prédio foi estranho, como se ela estivesse fazendo aquilo pela primeira vez. Louise percebeu cada marca de desgaste na escada, cada rasgo no carpete do corredor. Foi carregando a mala pelas escadas, que rangiam mais do que se lembrava, e entrou pela porta da frente.

— Poppy! Estou em casa! — anunciou ela, como se estivesse prestes a começar a cantar uma música.

Esperava ver a filha sentada no chão, desenhando com as pernas cruzadas. Talvez tivesse feito um cartaz fofo de boas-vindas ou viesse correndo pela sala com os braços estendidos para dar um abraço na mãe, mas em vez disso o que encontrou foi Ian sentado no sofá.

— Oi — cumprimentou ele, levantando a cabeça e abaixando o celular. — Meu Deus, o que aconteceu com o seu rosto?

— Umas prateleiras caíram em cima de mim — disse ela, colocando a mala no chão e a bolsa em cima. — Poppy está bem?

— *Você* está bem? — perguntou ele, se aproximando com os braços estendidos na altura da cintura de Louise para abraçá-la, como se fosse um parceiro preocupado.

Ela não tinha tempo para aquilo.

— Está tudo bem, sério — respondeu, evitando o abraço. — Cadê a Poppy?

— No quarto dela. Espera um pouco, chega com calma, ela está bem.

Ela se esquivou de Ian e seguiu pelo curto e rangente corredor, quase disparando até o quarto de Poppy. Deu duas batidas rápidas na porta.

— Po-ppyyy! — cantou ela, abrindo-a.

Poppy estava parada no meio do quarto, em cima do tapete colorido.

— *Kakawewe!* — gritou Poppy com uma voz familiar e estridente. — Bem, sim, vai bem?

Pupkin acenou para Louise, dançando de um lado para outro no braço de Poppy.

Capítulo 29

Louise congelou. Suor irrompia de seus poros, ela sentiu um frio na barriga e todo o seu corpo perdeu as forças. Tinha atravessado o país apenas para correr em círculos.

— *Kakawewe!* — berrou Pupkin, a voz saindo da garganta de sua filha. — Pupkin em casa! Pupkin em casa! Pupkin em casa pra sempre!

Louise ouviu o grito da serra, viu o leque de faíscas brancas e laranja atingindo o chão de concreto.

A palavra *não* ficou presa em seus lábios, apenas um gemido. Seus joelhos estavam fracos, seus pés, dormentes. O grito confinado dentro de seu crânio subiu uma oitava quando a serra atingiu o osso de seu irmão.

— Minha mãe confeccionou junto com ela — explicou Ian ao se aproximar por trás. — A Popster inventou tudo sozinha. Já tinha tudo pronto na cabeça.

— Pupkin chegou! — disse Pupkin pela boca da filha dela. — Pupkin chegou! Bem, sim, vai bem? Pupkin chegou!

Louise segurando o braço de Mark sob um de seus pés, esmagando-o no chão, os dentes de aço cravando no símbolo do infinito, o gosto do sangue do irmão. Ela começou a hiperventilar.

— Ele é um pouco assustador no começo — continuou Ian —, mas você acaba se acostumando depois de um tempo. E a Popster o ama demais.

— Pupkin chegou! Pupkin chegou!

O fantoche dançava de um lado para o outro, cantando aquela mesma frase repetidas vezes sem parar, a voz mais aguda porque as cordas vocais de Poppy eram menos desenvolvidas, os pulmões menores, o palato mais macio. Louise ouviu Pupkin gritando através da garganta de Mark, batendo o martelo no crânio dela. Ela sentiu uma pontada aguda e precisa do lado esquerdo da testa.

A parte inferior do corpo de Louise ficou entorpecida enquanto urina quente se espalhava entre suas pernas.

— Pupkin chegou! Pupkin chegou!

O fantoche dançava em direção a Louise na ponta do braço de Poppy e depois se afastava, provocando-a.

— Lou? — chamou Ian.

Louise queria que aquilo parasse. Ela não conseguia parar. Urina quente e pegajosa escorreu pelas suas pernas e molhou as meias, criando uma poça na parte de trás dos seus sapatos.

— Lou! — exclamou Ian.

— Pupkin quer um beijinho!

Ele se pressionou contra a boca de Louise, olhando de soslaio, contaminando sua filha, corrompendo sua filha, aquela que Louise havia jurado proteger, aquela com quem falhara.

— Não! — bradou Louise, alto demais, a calça molhada já ficando gelada. — Não!

Ela agarrou Pupkin e sentiu o braço da filha dentro da manga dele. Pupkin parecia diferente, mais áspero, feito de um tecido mais barato. Ela puxou o fantoche, sacudindo o braço de Poppy com ele.

— Lou! — repreendeu-a Ian.

— Ai! — gritou Poppy.

Louise puxou o braço de Poppy várias vezes, parada ali com as calças molhadas, sem se importar em como aquela situação parecia de fora, apenas cedendo à necessidade de tirar Pupkin do braço da filha, sacudindo-a como um pitbull enfurecido. Poppy cerrou o punho dentro do corpo de Pupkin e o segurou por dentro. Louise agarrou o cotovelo dela, cravando os dedos na pele da filha, e puxou a cabeça de Pupkin para trás com a outra mão. Não queria saber se ia machucá-la, só precisava tirar aquele fantoche de casa, afastá-lo de sua família.

— Meu Deus, Lou, pare com isso! — disse Ian. — Qual é o seu problema?

Poppy começou a gritar, uma nota única, alta, sustentada e ininterrupta que encheu a sala e fez vibrar as paredes. A cada puxão, Louise gritava:

— Não! Não! Não!

Ela cravou os dedos no cotovelo de Poppy com ainda mais força, os dedos se afundando. Não podia se dar ao luxo de mostrar a Pupkin um pingo de misericórdia.

Apesar de parecer impossível, o grito de Poppy ficou mais agudo ainda, e Louise sentiu seus dentes vibrarem. O corpo da criança perdeu as forças, e ela caiu no chão com a boca aberta. Louise sentiu Pupkin se afrouxar no braço dela, escorregar... ela quase o tinha pegado. Então algo prendeu em seu bíceps com tanta força que sua mão esquerda se abriu; Ian a segurava pelos dois braços, puxando-a para longe, virando-a para ele.

— Que diabo aconteceu com você? — gritou ele na cara dela. Os berros de Poppy se transformaram em um choro, e Ian baixou a voz. — Quer deixar a garota com hematomas? Meu Deus do céu!

Ele empurrou Louise em direção à porta, colocando-se entre ela e a própria filha. Poppy se encolheu no pufe verde, Pupkin protegido contra o peito da menina, o corpo dela inteiro dobrado ao redor do fantoche. Ian se agachou ao lado da filha e tentou acalmá-la, esfregando as costas dela com uma das mãos, oferecendo toda sua atenção para a menina, como um pai deve fazer. Louise ficou parada no corredor com a calça molhada e se sentindo uma estranha na própria família.

Pupkin, esquecido pelos dois, encarava Louise de soslaio, grudado na ponta do braço de Poppy.

* * *

— Ela vai ficar marcada — disse Ian. — Mas acho que podemos mantê-la em casa até os hematomas sumirem. Vamos só dizer que ela teve um problema de estômago. A última coisa de que precisamos é que a sra. Li chame o conselho tutelar.

Ele ficou parado no meio da sala, segurando uma xícara de chá verde com as duas mãos. Louise se sentou no sofá com uma calça limpa, os cotovelos apoiados nos joelhos, as mãos entrelaçadas uma na outra; as mesmas mãos que haviam machucado a filha, que haviam serrado o braço do irmão. Ela pensou na pele delicada e impecável de Poppy cheia de manchas roxas em volta do braço no formato dos dedos da própria mãe e sentiu que ia vomitar se abrisse a boca.

Ian se sentou ao lado dela e colocou a caneca na mesa de centro com um leve estalo.

— O que aconteceu lá dentro? — perguntou ele, sentando-se perto dela como costumava fazer. — Eu nunca vi você agir daquele jeito.

No segundo em que ela abrisse a boca, todas as coisas podres que existiam dentro dela se espalhariam pelo chão. Ela não conseguiu dizer uma única palavra e pensou ter sentido o cheiro salgado da própria urina. Suas pernas coçavam.

— Você só está com jet lag — explicou Ian para ela —, e imagino que também estava muito apertada.

O estômago de Louise se contraiu em uma cólica, depois relaxou. Ela respirou fundo, e Ian se aproximou dela com expectativa, achando que ela estivesse prestes a falar alguma coisa. Louise não podia contar, Ian jamais entenderia. Então percebeu que não precisava contar nada e se endireitou no sofá.

— De onde veio o fantoche? — perguntou ela.

— Não, você precisa me contar o que deu em você — insistiu ele. — Estou preocupado de deixar nossa filha aqui. Não tenho certeza se você está em condições de se controlar.

Então esse era o preço que ela teria que pagar: forçar uma espécie de intimidade emocional para provar que era capaz de se controlar e receber autorização para ficar a sós com a própria filha. A perda de controle de Louise dera a Ian poder demais. Ela não podia deixar aquilo se repetir.

— É um fantoche nojento que minha mãe teve a vida inteira — obrigou-se a dizer Louise, contornando os buracos de sua história. — Ela era obcecada por ele, e eu não quero esse troço aqui.

— É evidente que Poppy sente falta da avó e o fantoche é uma lembrança dela — comentou Ian. — É fofo.

— Poppy nunca o viu antes — disse Louise.

Nunca? Eu disse à minha mãe que não queria Pupkin perto de Poppy, disse à minha mãe que os outros fantoches tudo bem, mas não Pupkin. Eu a protegi. Não foi?

— Ela com certeza já o viu — replicou Ian. — Por chamada de vídeo, em alguma visita ou algo assim, porque desde o início ela sabia o que queria fazer com esse fantoche. Minha mãe ajudou com a cabeça e fez a costura, mas Poppy descreveu exatamente como deveria ficar.

— Ela não pode ficar com ele.

— É claro que ela pode. Não quero parecer que estou criticando, mas você simplesmente jogou o conceito de morte no colo dela e me deixou aqui para limpar a bagunça. Não melhorou em nada quando disse a ela que voltaria mais cedo e depois mudou de ideia. O terapeuta ajudou, e depois disso minha mãe começou a trabalhar em uns projetos artesanais com ela. Esse era o fantoche que Poppy queria fazer, e tem sido um mar de rosas desde que ficou pronto, então, sim, ela pode ficar com esse fantoche palhaço esquisito, e você não tem o direito de ficar brava.

Eu não protegi Poppy.

— Você está dizendo que é tudo culpa minha? — perguntou Louise, pronta para se enfurecer com outra pessoa. — Que eu sou uma péssima mãe?

— Fala sério, Lou... — começou Ian.

— Eu não sou uma péssima mãe! — disse Louise, aumentando a voz. — Isso não é minha culpa!

— Louise! — disparou Ian. — Você vai ter que superar seus traumas com aquele fantoche, sejam eles quais forem, porque sua filha se apegou a ele. Aja como a adulta da situação.

Aja como a adulta.

Era justamente por isso que ela precisava acabar com aquele fantoche. Poppy ia superar, se apegaria a alguma outra coisa. Crianças são resilientes. Louise tinha que encontrar uma maneira de tirá-lo do braço da filha e destruí-lo.

E se ela drogasse Poppy? Não drogar — isso não soava bem —, mas talvez apenas dar a ela um pouquinho de xarope para tosse? E arranjar um fantoche substituto para quando ela acordasse? Ou um cachorrinho? Um cachorrinho a faria se esquecer de Pupkin.

Primeiro ela precisava fazer com que Ian fosse embora, assim ficariam só ela e Pupkin.

— Eu estou com jet lag — declarou ela com a maior sinceridade que pôde. — E eu precisava muito fazer xixi. Deveria ter ido ao banheiro assim que entrei pela porta, mas estava empolgada para vê-la.

Louise esperou para ver se Ian morderia a isca.

— Não sei como eu agiria se meus pais morressem — comentou Ian, e ela sentiu a mão dele nas suas costas, esfregando suas escápulas.

Louise recuou ao toque.

— Desculpe — disse ela, em resposta ao olhar magoado dele. — Umas prateleiras caíram em cima de mim enquanto limpávamos a garagem.

Ian pegou a mão direita dela e esfregou o polegar nos nós de seus dedos.

— Perder os dois pais, ter que lidar com o seu irmão... você está processando muitos traumas. Mas não pode descontar na Poppy, Lou.

Ela odiava que ele a chamasse de "Lou".

— Eu sei — respondeu ela —, desculpe.

— Não precisa se desculpar — disse ele, como um rei magnânimo. — Sabe, fiquei me perguntando sobre qual seria o objeto a que Poppy acabaria se apegando. Pelo menos não foi uma princesa da Disney que vai fazer nossa filha ter distúrbios de imagem.

Até aquele momento Louise estava preocupada em ter que fingir uma crise de choro para dar a Ian a catarse de que ele tanto precisava, mas não foi necessário. As lágrimas vieram naturalmente.

Quando tudo aquilo teria um fim?

Foi necessário reunir todo o seu autocontrole para não arrancar a cabeça de Ian com uma mordida na décima vez que ele se ofereceu para passar a noite lá.

— Você tem certeza? — insistiu ele. — Talvez dê a Poppy mais estabilidade se nós dois estivermos aqui quando ela acordar.

— Nós precisamos dormir — respondeu Louise. Ele havia ficado lá o dia inteiro e já estava completamente escuro do lado de fora. — Confie em mim, por favor. Estou morando em um hotel há três semanas, eu só preciso estar na minha casa.

— Encomendei várias porções de sopa e congelei — afirmou ele. — Estão no congelador etiquetadas.

Ela odiava sopa.

— Muito obrigada — disse Louise, esperando que isso fosse o suficiente para fazê-lo descer as escadas e ir embora.

Para o azar dela, Ian se aproximou.

— Você bem que podia deixar alguém cuidar de você — comentou ele, com uma voz suave e íntima. — Perder alguém é difícil.

Ai, meu Deus, pensou ela. *É a voz sedutora dele.*

— Eu vou ficar bem — garantiu ela. — Obrigada por estar aqui.

— Você não está sozinha.

Ela se sentia presa em uma emboscada, como se atuasse em uma das peças horríveis de Mark.

— Obrigada — disse Louise mais uma vez — por tudo.

Ian se aproximou para beijá-la.

Ai, meu Deus. Pupkin está na minha casa. Pupkin está no braço da minha filha e meu ex está tentando me pegar.

Louise desviou a cabeça e se apoiou no ombro de Ian, e uma mecha grossa do cabelo dela acabou entrando na boca dele. Ela ficou na ponta dos pés — tomando cuidado para manter a barriga longe da virilha de Ian e sem deixar que os seios tocassem o peito dele — e passou os braços firmemente em volta do corpo de Ian para que ele sentisse sinceridade naquele abraço, mas também para evitar que os braços dele ficassem livres e começassem a vagar pelo corpo dela.

Contou até dez enquanto o abraçava e depois se afastou, soltando o peso nos calcanhares e relaxando os músculos, porque agora ele ia embora de verdade.

— Eu senti isso — disse ele, olhando no fundo dos olhos de Louise. Ian segurou o queixo dela com uma das mãos. — Vamos com calma.

Louise tentou não gritar. Era como se houvesse um bando de pássaros em seu peito batendo nas costelas e tentando sair. Graças a Deus, Ian escolheu aquele momento para ir embora — desceu as escadas e saiu pela porta da frente. Ela foi até o sofá, pressionou uma almofada contra o rosto e gritou, abafando o som e sentindo o próprio hálito quente.

Depois de um tempo, se controlou e checou o celular: 22h35. Ela precisava lidar com Pupkin, tinha que se livrar dele, tinha que tirá-lo de casa.

Louise foi até a cozinha e pegou um saco de lixo branco. O plástico faria barulho demais se ela o levasse até o quarto de Poppy, então ela o abriu e o deixou em cima do balcão. Planejou entrar sorrateiramente no quarto, arrancar o fantoche do braço de Poppy, correr até o balcão e jogá-lo dentro do saco. Mesmo que Poppy acordasse, uma vez que Louise o tivesse pegado, ela já teria... o quê? Como ela o destruiria? Seus olhos varreram a cozinha enquanto ela pensava.

Não tinha uma churrasqueira portátil no apartamento. Também não tinha nenhum fluido de isqueiro. Ela verificou embaixo da pia, mas não achou nada que pudesse destruir um fantoche maligno. Ficou ali no meio da cozinha, olhando do forno para o fogão, do porta-facas para o processador de alimentos... e então viu seu liquidificador Vitamix.

Tinha comprado o eletrodoméstico depois de ler um artigo sobre o consumo de sucos e o usado exatamente três vezes, mas sabia que o utensílio era capaz de despedaçar qualquer coisa. Planejou, então, enfiar Pupkin no Vitamix, colocar água para facilitar o processo, depois ligar o liquidificador na potência máxima e transformá-lo em uma pasta.

Louise ficou pensando sobre aquele novo Pupkin. A cabeça dele parecia mais leve, mais irregular, e ela teve a impressão de que era feita de papel machê. Já o tecido parecia ser de má qualidade. Seu Vitamix ia destroçá-lo.

Ela dobrou o saco de lixo e o deixou de lado. Não ia precisar dele — o fantoche ia direto para o Vitamix. Quando terminasse, ela o jogaria no vaso sanitário, depois descartaria a jarra de plástico do liquidificador e compraria uma nova. Não queria nada na casa que tivesse tocado em Pupkin. Exceto Poppy, é claro.

Louise parou na entrada do pequeno corredor que levava ao quarto de Poppy. Respirando fundo, se arrastou lentamente ao longo da parede para que o chão não rangesse. No quinto passo, uma tábua estalou, alto como um tiro. Ela congelou. Ficou tentando ouvir se os lençóis farfalhavam, mas nada se movia atrás da porta de Poppy. Deu outro passo e o chão absorveu o impacto. Ao dar o último, se sentiu tonta.

A porta se abriu suavemente. Poppy estava deitada na cama, virada para a porta com os olhos fechados, parecendo uma pintura pré-rafaelita sob o brilho dourado do abajur no formato de ganso. Pupkin continuava no braço dela, sentadinho na cama com as pernas balançando, e olhava diretamente para Louise com a cabeça inclinada, como se a esperasse.

Os olhos de Poppy estavam fechados, se mexendo sob as pálpebras, os lábios entreabertos, a respiração profunda e regular. Pupkin parecia alerta. Ela devia ter adormecido segurando-o daquele jeito.

Louise encarou Pupkin. Pupkin encarou Louise. Ele não se mexeu, mas ela teve a sensação incômoda — como se houvesse uma barata voadora rastejando pelas suas entranhas — de que se estendesse a mão para alcançar o interruptor, a cabeça dele seguiria seus movimentos.

Tudo o que precisava fazer era dar três passos, e em poucos segundos Pupkin estaria longe do braço de Poppy sem que ela sequer acordasse — Poppy estava com sua cara de sono profundo, fazendo o som que indicava já ser seguro pegá-la no colo, carregá-la até o quarto e colocá-la na cama sem que despertasse. Louise ia tirar Pupkin do braço da filha e jogá-lo no liquidificador antes que ela abrisse os olhos.

Planejou o próximo passo: trancar o quarto e deixar Poppy lá dentro, mesmo se a filha batesse na porta e gritasse. Às vezes era preciso ser cruel a curto prazo, mas aquele era o preço de ser adulta e ter que agir como tal. Era necessário tomar decisões difíceis e torcer para que um dia os filhos entendessem que tudo o que você fez foi pensando no bem deles.

Louise respirou bem fundo, reuniu toda a força do corpo, soltou a respiração lentamente e foi transferindo essa força para os braços, as pernas e a coluna. Ela tirou o peso da perna esquerda para dar um passo à frente, e Pupkin se moveu. Ela congelou. Ele ergueu um dos bracinhos e o baixou, levantou-o novamente e o baixou, acenando para Louise, para cima e para baixo, para cima e para baixo, de novo e de novo, mantendo no rosto aquele sorriso fixo e malicioso.

Tchau, tchau, dizia o gesto.

Tchau, tchau
Tchau, tchau

Poppy não se mexeu. Continuava dormindo, o rosto inexpressivo, a respiração regular e os olhos fechados.

Pupkin balançou a cabeça de um lado para outro e acenou com os braços. Para ele, aquela brincadeirinha era muito engraçada.

Toda a força fluiu pelas pernas de Louise e se espalhou pelo chão.

Bem devagar, com cuidado, ela foi retrocedendo de costas. Em silêncio, saiu do quarto, fechou a porta e deixou o trinco deslizar para dentro. Depois se sentou no sofá e esperou que as mãos parassem de tremer.

Capítulo 30

Ouviu-se um bipe alto e constante: *pii, pii, pii, pii, pii.*

Louise despertou de um sono profundo e olhou ao redor, em pânico.

Pii, pii, pii, pii, pii, pii, pii, pii...

A luz do sol batia na parede onde ficava a cabeceira da cama, como acontecia todos os dias. O ângulo da luz indicava que eram seis da manhã, como acontecia todos os dias. Mas ela nunca tinha ouvido aquele som antes, e algo cheirava mal.

Levou alguns instantes até ela assimilar as informações.

O som: alarme de incêndio. O cheiro: fumaça.

Fogo.

Buscar a Poppy.

Ela jogou o edredom para o lado e saiu correndo, sem sentir o frio que emanava das tábuas no chão. A porta do quarto de Poppy estava aberta e a cama, vazia. Louise não diminuiu o ritmo: passou pelo banheiro (também vazio) e chegou à sala, onde o cheiro de queimado estava mais forte e uma névoa cinzenta pairava no ar.

— Poppy! — gritou.

Ouviu um chiado de fogo e uma movimentação na pia da cozinha, então foi correndo até lá, onde uma coluna de fumaça se erguia de uma frigideira no fogão. Embaixo dela queimava uma chama azul, a torneira estava aberta e a fumaça cinza abafava todo o ambiente. Poppy estava em cima de uma cadeira diante do balcão, com os armários abertos, caixas rasgadas espalhadas por toda parte e Pupkin no braço dela. Louise foi se aproximando do fogão para desligá-lo, mas escorregou em um ovo quebrado no meio da cozinha e caiu sentada, absorvendo todo o impacto no cóccix enquanto os dentes de cima batiam nos de baixo.

Poppy começou a rir com a voz estridente de Pupkin, o que enfureceu a mãe. Ela sentiu a gema de ovo fria e pegajosa na parte de trás das coxas, se levantou e desligou a boca do fogão.

— O que você está fazendo? — gritou para Poppy.

A menina misturava um conteúdo dentro da tigela com a mão em que segurava Pupkin. Pupkin soltou a colher e se virou para Louise.

— Fogão não é brinquedo — repreendeu ela, sentindo que a raiva lhe atribuía autoridade. — Não se brinca com isso, Poppy. Nunca. Jamais!

O balcão estava salpicado de farinha, e o chão, coberto de cascas de ovos quebrados. Manteiga, leite, pão, pasta de amêndoas, um abacate, tudo o que Poppy já tinha visto a mãe tirar do armário e da geladeira para preparar um café da manhã estava amassado, melecado, derramado ou esmagado em cima do balcão, de uma ponta à outra.

— Hora do café da manhã! — guinchou Pupkin, dançando de um lado para outro.

Poppy cambaleou e caiu de lado da cadeira. Louise a segurou e a colocou no chão da cozinha.

— Pupkin quer... — começou o fantoche, se colocando entre as duas.

Louise o tirou da frente.

— Entregue o Pupkin para mim agora mesmo, mocinha, do contrário a coisa vai ficar muito, *muito* feia para o seu lado.

E não deu tempo a Poppy para decidir. Em vez disso, segurou o fantoche e o arrancou do braço da menina.

Até que foi fácil, pensou Louise.

Mas Poppy a mordeu.

Ela nem sequer viu a cabeça da filha se mover. Poppy agarrou a mão de Louise no ar com a boca, e os dentes da menina fincaram na carne da mãe com força, pressionando seus ossos. Foi uma dor terrível, aguda e esmagadora ao mesmo tempo, subindo pelo seu braço como uma corrente elétrica. A mão de Louise se abriu num espasmo, o que a fez largar Pupkin no chão.

Ele caiu no piso, então Poppy soltou a mão de Louise e pegou o fantoche. Louise sentiu uma onda de alívio quando a dor passou, um alívio tão profundo que nem seguiu Poppy quando a viu correr da cozinha e ir para a sala, com Pupkin novamente no braço.

Louise tinha muito a resolver: abrir as janelas para se livrar da fumaça, limpar a cozinha, tirar a frigideira quente do fogão. Tinha que lidar com a mordida de Poppy e com a bagunça que a filha fizera, desligar o alarme de incêndio antes que o barulho acordasse os vizinhos, colocar a mão na água fria, tirar Pupkin de casa... e precisava fazer tudo naquele exato instante.

Ela segurou o cabo da frigideira — a marca lívida da mordida latejando e lhe causando náuseas de agonia ao se aproximar do fogo — e a jogou dentro da pia com a torneira ainda aberta. A panela chiou como uma cobra furiosa. Louise alcançou o alarme de incêndio no teto com a ponta da vassoura e, de repente, um silêncio abençoado se fez no ambiente. Ela observou o dispositivo por um momento, desafiando-o a disparar de novo, mas ele continuou em silêncio.

Louise deixou a água fria correr sobre a mão latejante e a envolveu em um pano de prato, depois foi para o quarto da filha. Parada do lado de fora da porta fechada, ela respirou fundo e entrou no cômodo, que cheirava a adesivos de morango e menininha, pronta para ser uma mãe paciente e compreensiva.

— Poppy... — começou a dizer, e deu de cara com uma parede de barulho.

— NÃÃÃÃÃÃÃÃÃÃÃÃÃÃÃÃÃÃÃÃÃÃÃÃÃÃÃÃÃÃÃÃ
ÃÃÃÃÃÃÃÃÃÃÃÃÃÃÃÃÃÃÃÃÃÃÃÃÃÃÃÃÃÃÃÃÃÃÃÃÃ
ÃÃÃÃÃÃÃÃÃÃÃÃÃÃÃÃÃÃÃÃÃÃÃÃÃÃÃÃÃÃÃÃÃÃÃÃÃ
ÃÃÃÃÃÃÃÃÃÃÃÃÃÃÃÃÃÃÃÃÃÃÃÃÃÃÃÃÃÃÃÃÃÃÃÃÃ

ÃÃÃÃÃÃÃÃÃÃÃÃÃÃÃÃÃÃÃÃÃÃÃÃÃÃÃÃÃÃÃÃÃÃ
ÃÃÃÃÃÃÃÃÃÃÃÃÃÃÃÃÃÃÃÃÃÃÃÃÃÃÃÃÃÃÃÃÃÃ
ÃÃÃÃÃÃÃÃÃÃÃÃÃÃÃÃÃÃÃÃÃÃÃÃÃÃÃÃÃÃÃÃÃÃ
ÃÃÃÃÃÃÃÃÃÃÃÃÃÃÃÃÃÃÃÃÃÃÃÃÃÃÃÃÃÃÃÃÃÃ
ÃÃÃÃÃÃÃÃÃÃÃÃÃÃÃÃÃÃÃÃÃÃÃÃÃÃÃÃÃÃÃÃÃÃ
ÃÃÃÃÃÃÃÃÃÃÃÃÃÃÃÃÃÃÃÃÃÃÃÃÃÃÃÃÃÃÃÃÃÃ
ÃÃÃÃÃÃÃÃÃÃÃÃÃÃÃÃÃÃÃÃÃÃÃÃÃÃÃÃÃÃÃÃÃÃ
ÃÃÃÃÃÃÃÃÃÃÃÃÃÃÃÃÃO!

Os lamentos, gritos e uivos de Poppy impediram que Louise entrasse. A filha se debatia, palavras se transformando em berros, a menina se tornando um furacão violento que destruía o quarto inteiro. Louise tentou abraçá-la, puxá-la para si, mas Poppy chutava, as pernas se agitando rápido demais, o que impedia a mãe de controlá-la. Sua boca estava vermelha e brilhante e os pulmões expulsavam tanto ar que Louise imaginou as cordas vocais dela se dilacerando. A coxa esquerda de Louise doía onde o calcanhar de Poppy havia acertado, e ela decidiu que tudo o que podia fazer era deixá-la gritar até parar.

Louise saiu, fechou a porta, ficou de costas junto a ela e sentiu os gritos de Poppy vibrarem através da madeira. Seu coração se contraiu e relaxou repetidas vezes dentro da caixa torácica, como um punho. Sua respiração foi ficando superficial e apertada no peito. Ela precisava urgentemente se acalmar.

Foi arrumar a cozinha. Quando fechou o último armário, o barulho do quarto de Poppy se transformara em soluços e gritos curtos de "Não!". Quando terminou de limpar os balcões, já passava das dez da manhã, e tudo o que vinha do quarto de Poppy era o silêncio. Ela seguiu pelo corredor na ponta dos pés e abriu a porta. A filha estava deitada de bruços, dormindo enquanto chupava o dedo, com o rosto corado e suado, o cabelo grudado nas bochechas. Então Pupkin levantou a cabeça para olhar para Louise, e ela fechou a porta. Sentia-se incrivelmente solitária.

Ela mantivera Poppy em segurança por tanto tempo! Protegera a filha de todos os problemas entre ela e Ian, de Mark, de

Pupkin e de sua mãe, da tensão entre ela e a mãe de Ian... Passou anos protegendo-a de todos aqueles adultos, e daquele mundo, e de toda a maldade que havia lá fora, mas não havia conseguido protegê-la daquele fantoche.

Louise precisava de ajuda.

— Ela quase colocou fogo na casa inteira — contou a Ian ao ligar para ele. Estava no saguão de entrada, encolhida contra a porta e com a cabeça voltada para o chão, o mais longe possível de Poppy, e seu tom era baixo e urgente.

— Onde ela está agora? — perguntou ele.

— Deitada na cama com aquele fantoche, chupando o dedo.

— Olha, eu não estou gostando disso — declarou Ian. — Escute, você ficou longe por três semanas, ela está lidando com o conceito de morte, vai ser difícil se adaptar a essa nova realidade.

— Eu não quero que ela fique com aquele fantoche.

— Acho que o comportamento dela tem mais a ver com a falta de estabilidade do que com um fantoche que ela fez com a avó.

Louise tentou explicar as coisas para Ian de uma maneira que o fizesse ficar do lado dela.

— Eu sei que pareço louca quando fico falando do fantoche — disse ela —, mas Mark tinha um igualzinho quando era criança e desenvolveu um apego nada saudável por ele, então vê-lo no braço de Poppy desperta muitos sentimentos em mim. É o mesmo fantoche, entende? Acho que seria mais fácil lidar se fosse alguma coisa diferente.

Fez-se um silêncio, o que era bom. Significava que Ian estava pensando.

— O que o Mark fez com ele? — perguntou.

— Começou a se rebelar — contou Louise. — Arrumava brigas, abriu um buraco na parede do quarto dos meus pais...

Eu decepei o braço dele.

— Nada contra o cara — disse Ian —, mas me parece um comportamento típico do seu irmão. Com ou sem fantoche. Olha, eu entendo que a perda da sua mãe e do seu pai seja demais para processar, mas agora você precisa agir como mãe.

— Ian...

— Você precisa fazer com que ela te *entregue* o fantoche para que haja alguma evolução.

Ele não estava ouvindo. Tinha fechado a porta para a comunicação. Ela passou os cinco minutos seguintes concordando com ele apenas para poder desligar.

Na tentativa de se apegar a qualquer resquício de uma rotina normal, Louise bateu na porta de Poppy e perguntou se ela queria almoçar. Preparou um sanduíche com pasta de amêndoas e geleia, colocou no prato umas cenourinhas com homus e a fez pelo menos se sentar à mesa da cozinha. Louise não mencionou Pupkin. Poppy parecia exausta e apática, exibia um comportamento contido e mecânico enquanto se curvava sobre o prato e mastigava. Estava pálida, com o cabelo solto e grudado em volta do rosto por causa do suor. Pupkin observou Louise por cima do ombro da menina, rastreando qualquer movimento seu enquanto ela colocava os pratos dentro da máquina de lavar louça. De costas para Louise, a filha não conseguia ver onde a mãe estava, mas de alguma maneira Pupkin mantinha os olhos grudados nela o tempo inteiro.

Depois do almoço, perguntou a Poppy se ela queria assistir à *Patrulha Canina* no iPad. Colocou a menina e Pupkin sentados no sofá, depois foi para o quarto e encostou a porta, deixando apenas uma fresta aberta.

Não queria ter que fazer aquela ligação, mas precisava falar com alguém que fosse entender. Precisava conversar com alguém que soubesse o que Pupkin era capaz de fazer, precisava não se sentir sozinha naquela situação.

Mark atendeu no oitavo toque.

— O quê? — perguntou com uma voz arrastada.

Ele provavelmente tinha acabado de tomar o analgésico da tarde.

— Pupkin está aqui — sussurrou ela.

Houve um longo silêncio do outro lado da linha.

— Não.

Foi uma declaração simples.

— Ele está aqui — sussurrou ela com urgência, rápido, de olho na porta entreaberta. — Poppy o fez com a avó...

— Espera, o quê? — perguntou Mark, e Louise o ouviu tentando acompanhar o que ela dizia através da névoa do comprimido. — Com a *mamãe*?

— Não, a outra avó dela. A mãe do Ian. Ela fez um fantoche, e é o Pupkin, e agora ela não quer tirar do braço de jeito nenhum. Quase colocou fogo na casa.

A pausa se prolongou tanto que Louise achou que o irmão tivesse desligado, mas quando ele se pronunciou não houve discussão, nenhuma explicação alternativa, nenhuma exigência de provas: ela e Mark tinham passado por aquilo juntos. Ele sabia.

— Você tem que se livrar dele — declarou.

— Você nunca comentou com ela sobre o Pupkin? — perguntou Louise.

— Não — respondeu ele, e parecia mais lúcido, mais concentrado agora. — Eu só encontrei a Poppy umas... quatro vezes? Por que eu contaria a ela sobre o Pupkin?

Louise prestou atenção nos sons ao redor. *Patrulha Canina* continuava rodando no outro cômodo.

— O que eu faço? — perguntou ela.

Era a primeira vez que perguntava aquilo ao irmão.

— Eu tenho que... — Mark hesitou, parou e tentou de novo. — Eu preciso pensar, tenho que assimilar isso. Olha, não faça nada, ok? Eu te ligo de volta.

— Tudo bem — disse Louise, e pela primeira vez confiou nele.

— Louise — retomou Mark. — Não... não tenta cortar fora, ok?

Ela viu a cena na cabeça, um pé no bracinho fino de Poppy, prendendo-o no chão da cozinha, a faca amolada na mão. Uma onda de náusea fez com que Louise suasse frio.

— Nunca.

— É, pois é — disse Mark. — Nunca diga nunca. Te ligo de volta.

Nas horas seguintes, ela tratou Poppy como uma bomba-relógio. Ouviu a menina sussurrar para Pupkin, ouviu Pupkin sussurrar de volta e se esforçou ao máximo para não fazer contato visual com o fantoche. Até que finalmente convenceu Poppy a deitar na cama para tirar uma soneca.

Então, antes de sair do quarto, ela se ajoelhou ao lado deles, os olhos de Poppy já fechados, e sussurrou no ouvido de Pupkin.

— Eu te matei duas vezes — sibilou. — E vou matar de novo.

Em seguida, se sentou no sofá com uma xícara de chá preto, tentando ficar acordada. Não podia se permitir cair no sono. Se fizesse isso, Poppy poderia realmente colocar fogo na casa, poderia encontrar o martelo... Louise não achava que a filha teria coragem de machucá-la, mas Pupkin sim.

Ela tomou um gole do chá, que já esfriava. Tinha um gosto amargo. Tentou ler, mas era impossível se concentrar. Não parava de verificar a hora. Por que Mark ainda não havia ligado de volta? Será que tinha tomado outro remédio? Resolvido encher a cara? Decidido que a situação era demais para ele e voltado a dormir?

Ela deslizou a tela do celular, viu as mensagens de trabalho no Slack e checou o e-mail, tudo sem prestar muita atenção; seu foco estava voltado apenas para os sons atrás da porta entreaberta do quarto de Poppy.

Em algum momento, devia ter cochilado, porque sua cabeça tombou para a frente e ela despertou, já ouvindo vozes baixas vindo da cozinha. A porta do quarto de Poppy estava aberta. Louise se levantou rapidamente, as costas estalando e os pontos no couro cabeludo se apertando. Chegou à cozinha antes mesmo de o cérebro começar a funcionar. Poppy estava sentada no chão, de costas para a porta, e Louise precisou contorná-la para ver o que a filha estava fazendo.

— Poppy… — começou ela.

— … brincarBRINCARbrincarBRINCARbrincar — cantava Pupkin pela boca de Poppy.

Pupkin estava segurando a faca mais afiada da cozinha entre os bracinhos, cravando a ponta na parte interna do antebraço esquerdo de Poppy. Ela não tinha força para pressionar com vontade, mas estava cheia de arranhões profundos, do punho ao cotovelo, dos quais lentamente escorriam gotas de sangue. A faca rasgava sua pele macia e fazia um som de raspagem na cozinha silenciosa. Uma pequena gota de sangue caiu no chão.

— Não dói — disse Poppy com a própria voz, olhando maravilhada para o braço ensanguentado e em seguida para Louise. — Não dói nadinha.

Louise se moveu tão rápido que a faca saiu das mãos de Pupkin sem problemas. Ela a jogou na pia com um barulho. Nem Pupkin nem Poppy resistiram quando ela os levou ao banheiro e os sentou no vaso sanitário fechado. Pupkin dera o recado: ele não era forte o suficiente para machucar Louise, mas podia machucar Poppy.

Ele a observou limpar o braço de Poppy e examinar os cortes. Os olhos dela pousaram nos hematomas que marcavam o bíceps da menina. Se ela a levasse ao pronto-socorro, haveria policiais, assistentes sociais e muitas perguntas; se contasse a Ian, ele ia pensar que ela mesma havia feito aqueles cortes na filha e a levaria embora. Então Louise apenas desinfectou os cortes e Poppy nem se retraiu, como normalmente fazia, só ficou ali olhando para o braço como se pertencesse a outra pessoa enquanto a mãe fazia curativos nos piores arranhões.

Depois carregou Poppy de volta para a cama e tentou se deitar com ela.

— Não! — gritou Pupkin.

Louise recuou e se sentou no chão, encostada na porta.

O que eu estou fazendo? Estou lutando contra um fantoche maligno pela vida da minha filha. Isso não é normal.

E concluiu:

Isso tudo é culpa da minha família. Foi a mamãe quem fez o Pupkin. Depois passou a doença dela para Mark e agora a passou para a minha filha. Por meio de mim. Eu fiz isso. Ela pensou em todas as outras mães sobre as quais lera em sites e jornais, todas que eram chamadas de "loucas". *Talvez elas também estivessem apenas tentando proteger os filhos.*

A pilha de cobertas se mexeu, a cabeça de Pupkin se ergueu acima delas e ele sorriu para Louise.

O que era o Pupkin? O que ele queria dela?

Por que não perguntar?

Foi necessário um esforço indescritível para Louise conseguir dizer a primeira palavra. Era como deixar a terra da sanidade e entrar em algum outro lugar.

lá vamos nós para a floresta tique-tum

— Quem é você? — sussurrou ela.

Pupkin inclinou a cabeça.

— O que você quer? — perguntou Louise.

O sorriso do fantoche pareceu aumentar. A maneira como o rosto dele captava as sombras fez com que as bochechas parecessem mais esticadas.

— O que você *quer*? — repetiu ela, de forma quase inaudível.

E deu um pulo de susto quando ele realmente respondeu:

— Cadê Nancy?

Aquela voz estridente devia ter vindo de Poppy, que estava dormindo. Era aguda, só que mais densa, o ar empurrado pelas cordas vocais repletas de muco e passando pelos lábios adormecidos.

— Nancy foi embora — disse Louise, a contragosto.

— Para onde? — perguntou Pupkin enquanto se inclinava para a frente.

— Ela foi embora para sempre — declarou ela, sentindo-se tonta.

— Não — guinchou Pupkin, mas sua voz soou mais áspera dessa vez, mais exaltada.

— Ela morreu — disse Louise, querendo acrescentar *Você a matou*, mas em vez disso esperou para ver como ele reagiria.

— Pupkin quer Nancy.

— Você sabe o que significa "morrer"? — perguntou Louise.

— Sem morrer — respondeu o fantoche. — Pupkin sempre.

— Todo mundo morre.

— Não — afirmou. — Nancy esconde-esconde.

Louise tentou pensar em uma maneira de explicar a morte a um fantoche.

— Nancy se machucou muito...

— Nancy prometeu! — interrompeu-a Pupkin, sibilando. — Nunca sozinho. Pupkin bom menino, nunca sozinho. — Ele estremeceu e murmurou para si mesmo, depois começou a fazer carinho nele próprio com os bracinhos. — Pupkin bonzinho.

— Você é bonzinho — disse Louise. — Mas precisa ir embora agora.

Pupkin parou de fazer carinho em si mesmo, inclinou a cabeça para ela e então começou a rir.

— Ke ke ke ke ke ke ke — soltou ele, voltando a esfregar a barriga com as mãos. — Pupkin em casa.

Com um dos braços, começou a fazer carinho na própria bochecha.

— Ke ke ke ke ke ke ke...

Então ele se aconchegou lentamente entre os cobertores, ainda encarando Louise, fazendo carinho no rosto com o braço e acalmando a si mesmo. Louise se levantou, sem tirar os olhos do fantoche, e saiu do quarto. No saguão, ela ligou para Mark.

Ele atendeu no primeiro toque.

— Eu estava prestes a te ligar — disse o irmão depressa, e sua voz soava mais clara agora, mais decidida. — Já sei o que fazer.

— Ele quer saber onde a mamãe está. Acha que ela está brincando de pique-esconde com ele.

— Ele está falando, isso é bom. Anote tudo o que ele disser, pode ser importante.

— Não posso deixá-lo no braço da Poppy nem por mais um minuto — rebateu ela. — Ele a cortou, Mark. Pegou uma faca e a cortou, e se eu tentar tirá-lo do braço dela, vai fazer isso de novo.

— Volte pra casa — disse Mark.

Aquilo a pegou de surpresa.

— O quê?

— Você precisa voltar pra casa. Só podemos lidar com ele aqui.

— Não — respondeu Louise, balançando a cabeça de um lado para o outro, embora ele não pudesse vê-la. Aquela era uma péssima ideia. Ela pensou na casa, no sótão, em Aranha, nos esquilos, nos bonecos Mark e Louise. Não ia se aproximar de nenhum deles nunca mais, em hipótese alguma. — Ah, não. Não vou cair nessa armadilha.

— Isso está muito além da nossa alçada, então precisamos de um especialista. Era isso que eu ia te contar. Liguei para a Mercy.

A conversa continuou tomando um rumo que Louise não conseguia acompanhar.

— O quê? — perguntou ela. — Mark, estamos falando da minha filha, Mercy vende imóveis, por favor, leva a sério!

— Eu estou levando a sério. Não sei nada sobre fantoches que falam, possessão, fantasmas e assombrações, mas a tia Gail? Isso tudo é a praia dela, ela manja muito desses assuntos. E não se pode dizer não para a família. Você precisa voltar para casa.

Capítulo 31

A diversão começou na área de segurança do aeroporto.

— Ela precisa tirar o fantoche do braço — anunciou o segurança em um tom de voz entediado.

— Não — gritou Pupkin. — Não! Não! Não!

— Espere aí, Poppy, está tudo bem — disse Louise docemente, depois baixou a voz para aquela frequência especial que só outros adultos conseguem ouvir. — Existe alguma coisa que o senhor possa fazer?

O segurança lançou um olhar que dizia *Mães permissivas, crianças mimadas.*

— Ela precisa tirar o fantoche para passar pelo scanner — repetiu.

— Se o senhor pudesse me quebrar um galho… — implorou Louise. — Ela está tendo um dia difícil.

— A senhora vai querer me causar problemas?

— Que tal só fazer uma revista? — perguntou ela.

— Não! — gritou Pupkin. — Pupkin fica! Pupkin fica! Pupkin fica!

As pessoas olhavam para ver o que aquela mãe horrível estava fazendo com sua filhinha. Louise percebeu os olhares atentos que encaravam os curativos no braço esquerdo de Poppy, os arranhões e hematomas no rosto de Louise, a marca de mordida nas costas da mão dela.

— Se você puder deixá-la com o fantoche, estaria nos fazendo um favor maior do que consegue imaginar — disse Louise.

— Vou ter que pedir que a senhora saia da fila — declarou o segurança.

O que Mark faria?

Louise teve um lampejo de inspiração.

Ele mentiria.

— Por favor — repetiu ela, baixando a voz para um sussurro. — O pai dela acabou de falecer e foi ele quem fez o fantoche para ela. Estamos a caminho do funeral dele.

O segurança se acomodou no assento e olhou novamente para a identidade de Louise.

— Uma assistente para revista no cinco, por favor — chamou ele sem erguer o olhar.

A diversão continuou no avião. Poppy chutava o assento da frente sem parar, agarrou a saia da comissária de bordo quando ela passou, fazendo-a tropeçar e derrubar a bandeja de água que carregava pelo corredor, e Pupkin gritava "*Kakawewe!*" em momentos aleatórios. Depois da terceira vez, Louise viu alguns passageiros gesticulando para os comissários de bordo e chamando-os para reclamar enquanto apontavam na direção em que ela e Poppy estavam sentadas.

Por fim, a comissária-chefe se agachou no final da fileira e sussurrou com um grande sorriso:

— O piloto pousará em Salt Lake City e retirará a senhora e sua filha do avião se não conseguir fazê-la se comportar.

— Me desculpa — disse Louise. — Me desculpa mesmo!

Seus nervos estavam em frangalhos de tanta vergonha. Ela se virou para Poppy.

— Você está me constrangendo — declarou antes que pudesse pensar no que dizia.

Soava exatamente como sua mãe.

— *Kakawewe!* — guinchou Pupkin.

Louise sentiu que não tinha mais opções. Chegou a uma conclusão: já que estava se comportando como a mãe, era melhor abraçar a situação e ir com tudo.

— Pupkin — disse ela, fazendo contato visual com o fantoche, sem se importar com o que a comissária poderia pensar ao testemunhar a situação. — Se você não parar com isso, eles vão nos obrigar a descer do avião, e nós não vamos voltar para Charleston. Se isso acontecer, você não vai poder ver a Nancy.

Pupkin parou e inclinou a cabeça para ela.

— Nancy? — perguntou Poppy, com a voz de Pupkin.

— Você não está com saudade dela? — questionou Louise. — Se não for um bom menino, não vai poder vê-la de novo.

— Nancy... — murmurou Pupkin.

Assim, ele se comportou o restante da viagem. Louise odiou aquilo. Eram os livros da biblioteca que ficavam tristes de novo, a promessa de um cachorro que nunca se concretizaria, pedir a Mark que tivessem uma noite de Pizza Chinesa para se despedir dos pais. Ser mãe, ser manipuladora... às vezes não havia diferença entre uma coisa e outra. Ela aprendera aquilo com a própria mãe.

Depois de suportar olhares tortos do avião inteiro, depois de baixar sozinha a bagagem dela e a de Poppy do compartimento superior, depois de suportar um chute muito doloroso da filha na canela esquerda ao sair da aeronave, Louise mandou uma mensagem para Mark.

CHEGAMOS

Ele tinha prometido buscá-las, mas ela lhe daria apenas cinco minutos antes de ir atrás de um carro disponível na locadora. Para surpresa de Louise, a tela do celular acendeu quase na mesma hora:

JÁ TE ENCONTRO AÍ

Ela conduziu Poppy pelas portas automáticas, e as duas foram recebidas pelo calor vespertino de Charleston. Louise estava preparada para esperar no mínimo uns vinte minutos, mas a caminhonete vermelha gigante de Mark encostou perto das duas antes mesmo que ela colocasse a mala no chão. Louise abriu a porta do carona, mas Mark já tinha descido do carro.

— E aí — disse ele, contornando o capô, com o braço direito amputado afastado do corpo como a asa de um pinguim. — Vi alguns vídeos no YouTube e já estou dirigindo tipo…

Mark ficou paralisado, encarando Pupkin, que o encarou de volta. Poppy mantinha a cabeça baixa, o cabelo liso e comprido escondendo seu rosto.

Mark soltou um longo e baixo:

— Jesus…

Louise pegou a mala de rodinhas e tentou colocá-la na traseira da caminhonete. Eles não tinham tempo a perder.

— Vai dar certo colocar a mala aqui? — perguntou enquanto lutava para passar a bagagem pela lateral da caminhonete.

Pupkin começou a cantar:

— Era corta, corta aqui, era corta, corta ali, corta, corta, corta para todo lado, ia-ia-ô!

— Louise — disse Mark com uma voz apática, parecendo à beira do pânico.

— Corta, corta ali — cantou Pupkin —, corta, corta, corta o Mark para todo lado, ia-ia-ô!

— Pupkin! — repreendeu Louise. Para surpresa dela, ele prestou atenção. — Boca fechada ou nada de Nancy.

Pupkin parou.

— Me ajuda! — ordenou ela a Mark no mesmo tom, e o irmão desviou os olhos de Pupkin.

— Sim, claro — disse ele ao mesmo tempo que contornava a caminhonete e evitava chegar perto de Pupkin.

Dentro do carro, longe de estranhos, Louise sentiu os ombros relaxarem. Ela se sentou entre Poppy e Mark, porque não queria que Pupkin chegasse nem perto do volante. Sentiu uma culpa gigantesca não só por a filha estar no banco da frente, mas também por não estar em uma cadeirinha. Adicionou isso à lista de fracassos como mãe. Lógico que a maneira como Mark dirigia também não ajudava.

— Você não precisa de uma licença especial ou algo do tipo? — questionou ela.

Poppy começou a bater com os pés no porta-luvas.

— Não é muito diferente de dirigir com os dois braços — disse Mark enquanto mudava de faixa em direção ao acostamento. Ela ouviu os pneus rugirem quando o carro passou pelo cascalho solto. Mark virou com ímpeto o volante na direção oposta, para corrigir o carro e deixá-lo em linha reta. — Dá para colocar uma bola no volante para ajudar nas curvas, mas estou indo muito bem.

Ele mudou de faixa rápido demais, e o coração de Louise deu um salto. Instintivamente, ela colocou um braço sobre Poppy.

— Você falou com a tia Gail? — perguntou ela, sem querer falar demais na frente de Pupkin. Logo em seguida, não conseguiu se conter e o alertou: — Vai devagar!

— Para de me dar ordens — disse Mark enquanto Poppy começava a chutar com mais força o porta-luvas. — Dá pra mandar ela parar com isso?

Em vez de tirar os pés do porta-luvas, Poppy empurrou Pupkin por cima de Louise, se apoiando, e sibilou na cara de Mark.

— Não é assim que a gente se comporta! — disparou Louise. — Você quer ver a Nancy ou não?

Pupkin recuou.

— Isso funciona? — Mark ficou impressionado.

— Sim, mas sabe como é... — Louise deu de ombros. Não fazia ideia de por quanto tempo conseguiria manipular Pupkin daquele jeito. — Ei, você precisa ficar na faixa da direita.

A rodovia se bifurcou, mas Mark permaneceu à esquerda, em direção ao centro da cidade, em vez de virar à direita, rumo a Mount Pleasant.

— Preciso te contar uma coisa — disse Mark. — Eles ligaram para mim porque sabiam que você estava no avião.

— Quem? — perguntou Louise, e cerrou os dentes quando Poppy voltou a chutar a parte de baixo do porta-luvas. — Para com isso *agora*!

— Cadê Nancy? — inquiriu Pupkin.

— A tia Honey está no hospital — revelou Mark.

A realidade pesou de repente.

Não posso perder mais uma pessoa, pensou Louise.

— Nancy! Nancy! Nancy! — exigiu Pupkin, os gritos sincronizados com os chutes de Poppy.

— O que aconteceu? — perguntou Louise, ignorando Poppy. — Ela está bem?

— Tem alguma coisa a ver com o nível de oxigênio no sangue. Mercy ligou. Ela disse que era pra irmos direto para lá.

Não tão cedo, pensou Louise. *Não posso lidar de novo com isso tão cedo.*

Mas ela não tinha escolha. Teria que lidar com o que quer que acontecesse. Não existia "isso demais". Havia apenas "cada vez mais", e danem-se os limites dela. A vida não dava a mínima para isso. Tudo o que Louise podia fazer era aguentar.

— Cadê Nancy? Cadê Nancy? Cadê Nancy? — repetia Pupkin.

Louise se virou para ele.

— Primeiro vamos ter que ir ao hospital ver a tia Honey, depois vamos ver a Nancy.

— Nancy! — berrou Pupkin.

— Se continuar se comportando mal, você não vai vê-la nunca mais — ameaçou Louise.

Pupkin se afastou e encostou na porta, mantendo os olhos em Louise.

— Mercy disse que não era nada muito sério — disse Mark —, mas as pessoas falam isso o tempo todo quando alguém vai para o hospital, daí, quando você menos espera, elas estão no necrotério.

Mark virou rápido demais para entrar na Crosstown, e Louise ouviu sua mala deslizar pela caçamba da caminhonete e bater na lateral. Sentiu o corpo inteiro chacoalhar.

— Por favor, não nos mate — disse ela, sem conseguir se conter.

Mark quase ultrapassou um sinal vermelho e teve que pisar no freio no último segundo. Quase bateu na traseira de um carro estacionado na Rutledge quando estendeu a mão para dar seta com o braço direito que não estava lá. Quase bateu na lateral do pequeno Honda azul ao lado deles quando abriu demais para entrar na vaga do estacionamento. Mas, apesar de tudo, não os matou.

O hospital foi o primeiro lugar onde Louise sentiu que as pessoas não encaravam o braço de Poppy cheio de curativos, os pontos em seu couro cabeludo ou a bandagem de compressão no braço amputado de Mark. Quando chegaram ao saguão, Louise teve um pensamento horrível: tia Honey, as sondas, os tubos, Pupkin com vontade de brincar... ela se virou para Mark.

— Eu acho que Poppy não deveria subir.

— Eu não vou ficar sozinho com ela ou... aquela coisa — disse Mark baixinho, com olhos suplicantes.

Não importava. Louise se lembrou de como a mãe deles conseguia ser implacável quando se tratava dela e de Mark e canalizou um pouco daquela energia no momento.

— Não é uma escolha, eu não posso levar a Poppy comigo.

O suor começou a escorrer pela testa de Mark. De repente, ela sentiu o cheiro de suor que ele emanava.

— Não demora — pediu o irmão.

Louise se ajoelhou na frente de Poppy. Não gostava de como a filha parecia suja e apática sob a iluminação forte do hospital. Ela ergueu o queixo da menina para fazer contato visual, mas Poppy desviou a cabeça. Louise teve que se contentar em dizer:

— Seja boazinha e ouça seu tio — pediu ela, se dirigindo ao topo da cabeça da filha.

E subiu.

Ao sair do elevador no décimo segundo andar, foi até a enfermaria.

— Estou aqui para ver a sra. Cannon.

— Ela está no quarto 1217, mas acho que está dormindo por agora — disse a enfermeira. — A filha dela está na sala de espera reservada para a família, no fim do corredor, caso queira vê-la.

Louise andou pelo corredor e entrou na sala de espera, onde tia Gail estava sentada sozinha, lendo a Bíblia.

— Tia Gail? — chamou Louise, passando por entre as cadeiras. — Como ela está?

A tia se levantou, deu um abraço rápido e forte em Louise e se afastou. Usava um suéter branco e dourado com o desenho de um anjinho com os braços ao redor do próprio corpo e a palavra ALEGRIA! escrita embaixo da imagem.

— Estável — respondeu. — Ontem ela estava com dificuldade para respirar, então fui à casa dela e passei a noite lá. A situação continuou na mesma hoje de manhã, aí o médico disse para trazê-la ao hospital. Eles a colocaram no oxigênio. Os números voltaram a subir e dizem que isso é bom, mas agora estamos esperando que alguém venha checar os pulmões dela.

— Quando eles acham que ela vai ter alta?

— Parece que hoje — disse tia Gail, e se sentou.

Louise se sentou ao lado dela. Não sabia por onde começar. As duas ficaram ali em silêncio por quase um minuto inteiro. Finalmente, Louise sentiu que não tinha outra opção.

— Você está bem? — perguntou ela.

— Deus me dá força — respondeu a tia.

Louise desejou ter algo que lhe desse força também, porque ela não sabia se era Deus, uma boa genética ou a água mágica do rio Jordão, mas tia Gail nunca parecia cansada, nunca ficava doente, nunca reclamava de se sentir indisposta. Enquanto Louise era pura indisposição.

— Como está aquela garotinha linda? — quis saber a tia.

— Foi por isso que viemos — declarou Louise, enxergando ali um momento oportuno.

— Ela está aqui?

— Lá embaixo com o Mark.

— Vocês duas voaram até aqui por causa da minha mãe? — questionou tia Gail. — Eu disse a Mercy para não causar pânico.

— Estamos aqui para ver a tia Honey, sim, mas meio que viajamos para cá porque... bem... não sei como dizer isso, mas eu queria conversar com você.

Tia Gail a olhou com um olhar compreensivo.

— Nunca é tarde para batizar uma criança. Posso providenciar que aconteça amanhã mesmo.

Louise respirou fundo e abriu o jogo.

— Mercy nos contou que um tempo atrás você a ajudou com algumas propriedades que ela estava vendendo. Tinha umas... coisas esquisitas acontecendo nelas, sabe?

A expressão da tia não mudou.

— Ela disse que foram duas casas — continuou Louise, e precisou se esforçar para dizer as palavras. — E, segundo ela, as propriedades apresentaram alguns problemas, mas que você... você, sabe, meio que orou por elas?

— Estavam infestadas por forças demoníacas, e eu as mandei de volta para o Inferno — afirmou tia Gail, assentindo. — Depois ela as vendeu para uns ianques.

Louise se sentiu aliviada por poder conversar com mais clareza.

— Certo. Bem, não sei como dizer isso, mas temos a impressão... e Mercy concorda... de que a casa dos nossos pais está... nessa mesma situação, então queríamos saber se você faria pela nossa casa o mesmo que fez por aquelas outras.

— Peçam e receberão — disse tia Gail. — Batam e a porta lhes será aberta. Qual é a natureza do demônio que vocês encontraram?

— Nós nem temos certeza se é um… demônio — admitiu Louise. Era difícil dizer aquilo em voz alta. — Quer dizer, eu tenho andado com a cabeça meio cheia e talvez nem devesse estar te incomodando…

A tia colocou a mão no braço de Louise.

— Querida, uma vez eu confrontei um feiticeiro em Summerville. Nada do que você me disser vai ser capaz de me chocar.

Louise respirou fundo. Pensou na mãe. Tomou coragem por Poppy.

— A casa dos meus pais está assombrada. Aquele fantoche, Pupkin, que a mamãe levava com ela para todos os lados, tentou me matar. É um fantoche de palhaço que ela gostava muito, sabe? Lembra dele?

— Não — afirmou tia Gail.

— Tem um rosto branco, olhos pretos e usa um capuz vermelho pontudo. Não? — tentou Louise. — Temos a sensação de que ele é a origem da coisa toda porque antes do acidente minha mãe e meu pai o tinham deixado trancado no sótão, e talvez tenha sido esse o motivo de ela ter levado meu pai para o hospital no meio da noite, porque o fantoche o atacou.

Uma família com duas crianças pequenas, da idade de Poppy, entrou e se sentou do outro lado da sala. Louise se perguntou se ela e a tia deveriam ir para algum outro lugar onde tivessem mais privacidade, mas tia Gail ficou ali sentada, esperando que ela continuasse.

— Além disso, eu fui atacada pelo cachorro imaginário de Mark, de quando ele tinha seis anos — prosseguiu Louise. — E por alguns esquilos empalhados. Enfim, a questão é que a casa está assombrada, tem um fantoche que parece ser o foco de tudo e, na verdade… — ela abaixou a voz — … na verdade fui eu quem decepei… hum… cortei o braço de Mark para tirar aquele fantoche do braço dele.

Ela encarou a tia, esperando alguma reação. Nada. Então continuou a falar.

— Eu não contei isso a ninguém. Mark me pediu para fazer isso porque ele meio que estava tentando me matar... ou algo do tipo. Ele estava me atacando com um martelo, mas quem estava no controle era o fantoche. E agora o fantoche está no braço de Poppy, e ela é só uma menininha, e ele a está ferindo, fazendo com que ela se machuque. Eu não sei o que fazer, tia Gail, e agora a tia Honey está no hospital, e meus pais se foram, e eu não consigo entender o que aconteceu, ou por que eles estão mortos, e não sei quanto mais disso vou ser capaz de aguentar. Acho que tenho um limite e estou chegando bem perto dele, e com medo do que vai acontecer quando eu chegar lá, porque aí o que vai ser da Poppy? Eu não posso mais fazer isso sozinha, preciso de ajuda, por favor, preciso de alguém que me ajude a resolver essa situação.

Louise estava com dificuldade para respirar. Seu nariz escorria, e, ao estender a mão para limpá-lo, percebeu que o rosto inteiro estava molhado. Ela colocou a bolsa no colo e procurou um lenço de papel.

Sentiu alguém tocar seu queixo e erguer seu rosto. Tia Gail segurava um pacote de lenços que havia produzido como que por mágica e, com o toque experiente de uma mãe, enxugou as lágrimas de Louise. Depois, segurou o lenço de papel sobre o nariz dela e disse:

— Assoe.

Envergonhada por ser tratada como uma criança em público, Louise assoou. A tia amassou o lenço de papel e o fez desaparecer, tirou o cabelo da testa de Louise e então recostou-se na cadeira. As duas se entreolharam.

— Me desculpa — murmurou Louise.

— Não precisa se desculpar — disse a outra. — Você perdeu sua mãe e seu pai de uma tacada só e ainda foi alvo das forças das trevas.

— É assim que eu me sinto.

— É assim que é. Vamos ver a mamãe. Ela vai ficar triste porque aquela garotinha linda não vai poder subir, mas quem sabe isso não a faça sair daqui mais rápido. Depois disso, vamos ligar para as minhas meninas e trataremos de expulsar o Diabo da casa dos seus pais e de mandar aquele fantochezinho mal-assombrado direto para o Inferno.

Capítulo 32

Tia Gail reuniu todos no deque dos fundos da casa de Constance. Poppy e Pupkin foram banidos para o quintal, onde Brody os distraía enquanto tia Gail fazia Louise recontar a história, tintim por tintim, e fazia anotações. Mark intervinha quando sentia a necessidade de oferecer mais detalhes à narrativa de Louise.

Quando terminaram, houve um silêncio. Um soprador de folhas começou a fazer barulho em algum lugar do quarteirão ao lado. Louise se sentia esgotada. Foi difícil falar sobre o que ela fizera com o braço de Mark, ainda mais na frente do irmão. Quando chegou àquela parte da história, todos congelaram e Mark ficou encarando o próprio colo. Até a tia parou de fazer anotações. Agora, após a conclusão, tia Gail orava, de olhos fechados, os lábios se movendo silenciosamente.

— Bem — disse Constance, quebrando o momento demorado de quietude —, não sei vocês, mas eu preciso de uma bebida.

Com um barulhão, ela empurrou para trás a cadeira de ferro forjado, se levantou e entrou em casa. Essa atitude despertou os demais. Eles se remexeram nas cadeiras, piscando, olhando uns para os outros, tentando não olhar para o braço de Mark. Tia Gail terminou a oração e abriu os olhos.

— Não estou surpresa que a casa de vocês esteja infestada de forças demoníacas — disse ela. — O grupo de fantoches da sua mãe banalizou a igreja. Quando você se desvia do caminho da retidão, corre o risco de ser cooptado pelo Inimigo.

— Mamãe — disse Mercy —, ninguém gosta de gente que fica falando "eu te avisei".

— Ei — chamou Brody, dando uma corridinha até a grade do deque, chegando até Louise meio sem fôlego. — Ela não para de perguntar sobre a tia Nancy. O que eu falo?

Louise sabia que uma hora ou outra teria que lidar com aquilo, mas no momento ela não conhecia outra maneira de manter Pupkin sob controle.

— Diga a ele — começou, porém logo se corrigiu. — Diga a ela... diga a eles que vamos ver a Nancy em casa hoje à noite.

Brody pareceu querer falar alguma coisa, mas apenas deu de ombros.

— Tudo bem — disse e voltou até onde Poppy estava sentada na grama.

Todos observaram a cabeça de Pupkin rastrear os movimentos de Brody, depois se inclinar para o lado enquanto o fantoche ouvia o que ele tinha a dizer. Louise não estava gostando da maneira como a cabeça de Poppy pendia. Ela deu uma boa olhada no rosto da filha quando chegaram, e os olhos da menina estavam vidrados, a boca relaxada, as bochechas pálidas. Não gostava do fato de a única parte de Poppy que parecia ainda estar viva era Pupkin.

— Bonecos amaldiçoados são propensos à violência e à malevolência — disse tia Gail. — É a natureza deles. Minha amiga Barb os coleciona, compra vários na internet.

— Existem fantoches amaldiçoados pra comprar na internet? — perguntou Louise, enquanto se questionava se aquilo era algo que ela já deveria saber.

— Bonecos — corrigiu tia Gail. — Não tenho certeza se fantoches e bonecos são a mesma coisa, teologicamente falando, mas há vários deles à venda na internet. A vocação de Barb é mantê-los fora do alcance de mãos inocentes. Nós os desativamos espiritualmente durante fins de semana prolongados e feriados.

A porta de correr se abriu e Constance apareceu com uma garrafa de vinho e uma pilha de copos plásticos.

— Quem quer um golinho? — perguntou ela.

— Ninguém — disse a tia. — Precisamos estar sóbrios e conscientes se quisermos mandar esses demônios de volta para o Inferno esta tarde.

Constance pareceu desapontada.

— E o fantoche? — perguntou Louise. — Vamos tirá-lo do braço de Poppy?

Tia Gail fez que sim com a cabeça.

— Constance e Mercy me ajudaram com as outras duas casas infestadas — explicou ela. — Vamos precisar que todos estejam lá, firmes e fortes na fé. Como você se declara?

Esta última pergunta foi dirigida a Louise, que de repente sentiu como se tivesse voltado para casa das férias da faculdade e alguém perguntasse se ela estava namorando.

— Na verdade, eu não vou à igreja. Isso é um problema?

Tia Gail suspirou.

— Você concorda que existem forças maiores que este mundo e que estamos indefesos diante delas? — perguntou ela.

— Eu... é... — disse Louise. — Não sei.

— Meu Deus, Lulu — replicou Mark, virando-se para ela. — Você cortou meu braço fora e não sabe?

— Tá bem, tá bem, concordo — cedeu Louise.

— Então agarre-se a isso e ao amor pela sua filha, e dessa forma poderemos passar ilesos por esta provação — disse tia Gail.

— Eu sou ateu — afirmou Mark.

— Bobagem — retrucou tia Gail e fez um gesto de pouca importância. — Você é presbiteriano, assim como seus pais.

Louise viu Constance de repente se endireitar, com as mãos nos braços da cadeira, enquanto olhava para alguma coisa no quintal. Ao se virar, viu Brody no meio da grama, completamente curvado. Em frente a ele estava Poppy, de cabeça baixa, o cabelo cobrindo o rosto. Apoiado na pontinha do braço da menina, Pupkin se preparava para tentar dar um novo soco nas bolas de Brody.

— Mercy — disse tia Gail. — Libere o banco traseiro do Sedona. Mark? Você vai atrás de nós com a sua caminhonete. Temos que lidar com a maldição antes de estarmos prontos para enfrentar a casa. Precisamos ir a Dorchester e consultar a Barb.

— Eu quero Nancy! Nancy! *Nancy!* — berrava Poppy dentro da minivan.

Ou Pupkin berrava. Eles estavam se confundindo na mente de Louise, e isso a assustava.

Ela prometera que veriam Nancy mais tarde para convencer Pupkin a entrar no carro, mas, no meio da viagem de quarenta e cinco minutos até Dorchester, ele teve um colapso — ou Poppy teve um colapso, ou os dois tiveram um colapso —, então Louise teve que colocar Poppy sentada no colo e segurar os braços da filha enquanto Constance segurava as pernas. Mesmo assim, Pupkin se debatia, chutava e de vez em quando conseguia libertar um braço e bater na cabeça de Constance. Louise se preocupava com o que os motoristas que passavam iam pensar, mas Mercy pareceu ter lido a mente da prima.

— Está tudo bem, pessoal — disse ela do banco do motorista, tranquilizando-as. — Os vidros têm insulfilm.

Louise sentiu o cheiro azedo do cabelo suado de Poppy. Sentiu os músculos da menina se retorcerem incessantemente como serpentes. Queria olhar nos olhos de Poppy e ver alguma centelha da própria filha; queria ouvir a voz dela, não a voz de Pupkin. Precisava ter um debate sobre todos os diferentes tipos de ursos, ou sobre os livros tristes da biblioteca, ou até mesmo sobre a *Patrulha Canina*. Poppy estava usando Pupkin já fazia muito mais tempo do que Mark usara, e Louise ficava apavorada só de pensar que talvez pudesse ser tarde demais.

Quando Mercy finalmente estacionou nas ruas largas e planas do Dorchester Village Mobile Home Park, Constance e Louise encontravam-se cobertas de hematomas, mas Poppy parecia ter se cansado. Estava sentada no colo de Louise, molenga, o corpo tombando na direção em que a minivan fazia as curvas de exatamente noventa graus pelas estradas sem árvores, movendo-se lentamente, tia Gail procurando a casa.

— É aqui — anunciou ela, apontando para o outro lado e indicando o lugar para Mercy. — Aquela com o quintal animado.

Elas pararam em frente a um trailer cinza, e Louise pensou: *Mas é claro*.

Havia cervos de pedra atrás da cerca de arame e, atrás deles, duendes de concreto risonhos, um São Francisco de Assis com um pássaro azul no dedo, um poço dos desejos de concreto com a palavra ESPERANÇA pintada na lateral, duas figuras de Jesus que pareciam rezar no jardim do Getsêmani, um bando de flamingos cor-de-rosa ainda com gorros de Papai Noel e guirlandas no pescoço, um Pé-Grande de um metro de altura que olhava por cima do ombro enquanto parecia andar, uma menina curvada para cheirar as flores — deixando à mostra as roupas de baixo de concreto —, um pomar de cata-ventos coloridos que giravam freneticamente na brisa do dia, três orbes refletivas em pedestais, meia dúzia de esquilos de concreto e caracóis pintados e um bebedouro para pássaros com um pedestal feito de guaxinins apoiados nos ombros uns dos outros.

— Vamos, pessoal — disse tia Gail, saindo do carro. — Acelerem o passo.

Mercy apertou o botão de abertura automática e, com muita cautela, Constance soltou as pernas de Poppy. A porta do carro deslizou para trás e elas saíram, Louise segurando Poppy, que tinha o peso de um corpo sem vida. Juntas, as três primas seguiram a tia Gail por entre as esculturas do gramado e esperaram enquanto ela batia na porta barulhenta do trailer.

A porta se abriu e lá de dentro saiu Barb.

— Oi, gente! — gritou ela ao mesmo tempo que puxava tia Gail com violência para um abraço.

Barb preenchia a entrada. Ela era asiática, usava uma regata rosa e um short tie-dye e acenou para todas com as mãos.

— Gail me disse que vocês viriam! — exclamou ela, empolgada. — Estou tão animada para conhecer vocês!

Antes que pudesse fazer qualquer coisa, Louise percebeu a si mesma e Poppy envolvidas em um abraço que parecia um airbag disparando contra seu rosto.

— A mamãe! — disse Barb, balançando-as com força.

Então empurrou Louise e praticamente pulou em cima de Mark.

— Eu gosto de um homem grande e confortável! — comentou ela, animada, jogando os braços em volta dele e se balançando de um lado para outro. — Olhe só esse braço!

Mark começou a retribuir o abraço, mas ela o empurrou, correu de volta para Louise e curvou-se para encarar Poppy.

— Vejam só esse docinho — proclamou a todos, depois cutucou Pupkin com um dedo. — Falamos com você mais tarde, senhor.

Então, Barb se levantou.

— Vamos ter uma tarde agitada, pessoal, e eu já me sinto tomada por louvores e pelo Espírito Santo.

Louise notou que Barb tinha a franja tingida de roxo.

— Barb é especialista em bonecos amaldiçoados — explicou tia Gail.

— Não se preocupem! — Barb riu ao ver a expressão de Louise. — Bonecos e fantoches fazem parte do mesmo departamento no que diz respeito ao Senhor. Eu lido com bonecos, com fantoches, uma vez lidei até com uma boneca inflável de s-e-x-o. Nossa, aquela foi uma loucura, vou te dizer. Entrem, venham, vamos orar juntos.

Ela os conduziu até o trailer, mas quando Louise colocou o pé no degrau da frente, Barb apoiou a mão no ombro dela, interrompendo-a.

— A mamãe precisa ficar aqui fora com a bebê. Vamos ter um papinho para trocar informações.

— Ninguém vai discutir nada sem mim — disse Louise.

— Então o irmão pode ficar aqui fora e segurá-la — decidiu Barb.

Mark ergueu o braço amputado e deu de ombros.

— Eu fico com ela — anunciou Mercy.

Ela pegou o corpo flácido de Poppy dos braços de Louise, e o restante das pessoas entrou no trailer de Barb. A anfitriã fechou a porta.

Louise teve a impressão de estar se enterrando em uma enorme montanha de bonecos. Prateleiras e mais prateleiras ocupavam as paredes até o teto; superfícies inteiras de bonecos com gorrinhos, chapéus de palha, lábios vermelhos fazendo biquinho, rostos brilhantes de porcelana, rostos de palhaços, rostos de bebês... todos olhando para a frente com seus olhos vazios de vidro. Todos enfileirados ao longo da parede, empilhados nos cantos. Na TV passava a Fox News, com o som desligado, a luz tremeluzindo sobre os velhos bonecos caipiras com rostos franzidos pelo tempo, os macacos de meia, os ursinhos de pelúcia com um olho só, os bonecos velhos e sujos, os bonecos novos, os bonecos carbonizados, queimados e cheios de cicatrizes. Seus corpos absorviam todos os ruídos e cercavam completamente o punhado de humanos no meio da sala.

Barb passou entre os visitantes na ponta dos pés, ágil, movendo-se como uma bailarina. Atravessou a sala, pegou um enorme copo térmico que estava ao lado de uma poltrona e deu um grande gole no canudo flexível todo roído.

— Eu sei o que vocês estão pensando — comentou ela. — Mas não se preocupem, eu guardo os amaldiçoados em um depósito. Eu jamais dormiria em uma casa lotada de bonecos amaldiçoados. Imagina que loucura! Agora, vamos! Se aproximem!

Ela estendeu a mão e os reuniu em uma espécie de círculo, jogando os braços sobre os ombros deles e puxando-os para perto. Louise conseguia sentir o cheiro de seu perfume, algo exuberante, como madressilva.

— Ouçam, ouçam, ouçam — disse Barb. — Vocês estão morrendo de medo, eu entendo, mas podem ficar tranquilos porque a Big Barb está aqui. — Ela encarou Louise, que imediatamente sentiu o hálito de maracujá. — Você é uma moça de muita sorte. Bonecos amaldiçoados são fáceis. E a situação é a mesma com os fantoches. Eles não ficam possuídos de verdade, entende? Demônios não podem possuir objetos inanimados. O que eles fazem é amaldiçoá-los para irritar as pessoas até dizer chega.

Louise achou que precisava transmitir a Barb que a situação exigia certo nível de seriedade.

— Meu irmão perdeu o braço.

— Certo. E é uma pena, mas, para um demônio, um braço não é nada. Eles comem braços no café da manhã. Desculpe, garotão, mas é a verdade. Você, o grandão ali e sua filha se tornaram alvos de um demônio. E essa é a má notícia. Mas a boa notícia é que o fantoche no braço da sua filha é uma maldição. E sabe o que mais? Barb come maldições no café da manhã. Eu vou quebrar a maldição e descobrir qual demônio a lançou, depois seguiremos para Mount Pleasant, local onde a Irmã Gail vai expulsar aquele demônio da casa de vocês. O que acham?

— Amém — disse tia Gail.

— Amém — repetiu Barb. — Vamos pegar essa maldição e espremê-la como uma espinha. Vai ser melzinho na chupeta, mamão com açúcar.

Louise fechou os olhos com força. Ela estivera preparada para tudo, mas não para a figura que era Barb.

— Estamos falando da minha filha — lembrou Louise, abrindo os olhos e fixando-os em Barb, tentando transmitir a gravidade da situação. — Não acho nada disso empolgante. Aquela coisa a cortou e quase colocou fogo na minha casa! Não é uma piada pra mim!

Ela não tinha planejado ficar tão nervosa.

— Barb é uma pessoa animada — comentou tia Gail. — Mas não existe mais ninguém a quem eu confiaria o destino da minha alma do que ela.

Barb e Louise se encararam por um longo tempo. Por fim, Louise assentiu.

— Tudo bem — disse.

Barb bateu palmas duas vezes, enchendo a sala com o som estridente e fazendo Louise levar um susto.

— Então é hora do show! — anunciou ela. — Mas, primeiro, estou com a bexiga cheia de limonada de maracujá e preciso aliviá-la. Já deixo avisado que as paredes aqui são muito finas. Talvez seja melhor vocês esperarem lá fora.

Capítulo 33

Eles empurraram a mesa de centro contra uma parede e desligaram a TV. Barb abriu o plástico que envolvia um fardo de garrafas de água e as colocou no balcão. Tudo na cozinha estremeceu com o impacto.

— Uma para cada um — disse ela. — Quando começarmos, vocês ficarão presos na cadeira, e este é um trabalho que dá sede.

Barb cedeu a poltrona reclinável para tia Gail, indicou o sofá para Constance se sentar e trouxe duas cadeiras da sala de jantar para Mark e Louise. Ela ocupou a segunda melhor poltrona reclinável, bem à direita de Louise. Com todos amontoados na sala com os bonecos, o trailer ficou mais abafado. Louise colocou a garrafa de água atrás da perna da cadeira em que estava.

— Peça à sua irmã que traga Poppy — indicou tia Gail a Constance.

Constance se levantou e abriu a porta da frente.

— Mercy, pode vir — chamou.

— Quer um chiclete, garotão? — perguntou Barb, estendendo um maço de Nicorette para Mark.

— Estou bem — disse ele.

Ela estendeu o pacote para Louise.

— Não, obrigada — respondeu Louise.

— Eu também não quero — disse Barb, colocando dois na boca. — Mas é melhor do que câncer.

Pupkin enfiou a cabeça no trailer, examinando cada um deles, depois entrou, seguido por Poppy. A menina parecia magra e cansada; por trás do cabelo caído no rosto, sua respiração saía alta, úmida e rouca. Louise queria pegá-la no colo, carregá-la para longe de tudo aquilo, medir sua temperatura, dar um banho nela.

Em vez disso, se forçou a permanecer na cadeira. Aquelas mulheres precisavam saber o que estavam fazendo, porque ela não tinha opção a não ser confiar nelas.

— Sente-se no sofá ao lado de sua irmã — instruiu tia Gail a Mercy, e Louise se perguntou onde Poppy ia se sentar.

— Mamãe — disse Barb —, coloque a demoníaca no meio do círculo.

Percebendo que Barb se dirigia a ela, Louise ficou irritada. Não gostou nem um pouco de ouvir a filha ser chamada de algo que era uma mistura de *demônio* e *maníaca*, mas cedeu ao pedido, colocou o braço em volta dos ombros ossudos de Poppy e a conduziu até o meio do círculo.

— Isso não é uma sessão espírita — disse tia Gail enquanto se endireitava. — Eu não me submeto ao que está oculto. Este é um círculo divino de luz, uma fortaleza espiritual construída sobre a fé dos crentes. Sejam fortes e me deixem guiá-los. Há uma presença demoníaca nesta sala, causada por aquele objeto amaldiçoado que se prendeu à nossa Poppy e que oprime a alma.

Poppy parecia tão sem vida quanto os bonecos que observavam das prateleiras ao redor, mas Pupkin estava ativo e cheio de energia, prestando atenção no que tia Gail dizia. Louise tinha um mau pressentimento de que a tia não sabia com quem estava lidando.

— Vamos fazer o que chamamos de Rastrear, Confrontar e Eliminar — anunciou tia Gail. — Vamos Rastrear espiritualmente a maldição deste demônio até chegar à entidade impura que a lançou. Então vamos Confrontar essa entidade. A primeira reação de um demônio sempre será mentir sobre quem ele é, porque é esse o instinto dos demônios, o Fingimento. Mas nós iremos forçá-lo até o Ponto de Ruptura, onde o poder da justiça de Deus o fará admitir seu verdadeiro nome. Então a batalha terá início de fato enquanto Eliminamos a maldição deste fantoche e a mandamos de volta para o Inferno. Depois disso, vamos de carro até Mount Pleasant, onde iremos confrontar o demônio na fortaleza dele.

Ela continuou:

— Isso tudo será extenuante. O Inimigo vai tentar esmagar nossos espíritos invocando manifestações extraordinárias que farão cada um de vocês desejar nunca ter nascido. Sejam fortes, confiem no Senhor e mantenham-se hidratados. Agora deem as mãos e eu conduzirei a oração.

Louise estendeu a mão direita e segurou a mão esquerda de Barb, macia e suada, e com a esquerda segurou a mão pequena e seca de sua tia. Todos baixaram a cabeça, e Barb apertou rapidamente a mão de Louise.

— A luz de Deus nos cerca — disse tia Gail. — O amor de Deus nos envolve. O poder de Deus nos protege. A presença de Deus cuida de nós. Onde quer que estejamos, Deus está. E tudo vai bem, e tudo vai bem, e tudo vai bem, amém.

— Amém — repetiu Barb.

Louise deu uma rápida olhada nos integrantes do círculo e viu que Mark também estava com os olhos abertos. Ele ergueu as sobrancelhas. Poppy estava entre eles, como um manequim sem vida, mas Pupkin encarava Mercy. Em seguida, virou no sentido anti-horário e avaliou tia Gail, depois olhou diretamente para Louise. Então passou para Barb, que fez um biquinho e lhe mandou um beijo silencioso. Aí Pupkin se virou para Mark, que rapidamente fechou os olhos e baixou a cabeça, depois olhou para Constance.

— Pelo poder de Deus e do meu Senhor Jesus Cristo — disse tia Gail, alto —, eu ordeno ao demônio que amaldiçoou este fantoche terreno: diga-me o seu nome.

Pupkin se virou para encará-la.

— Pelo poder de Deus, diga-me seu nome — repetiu tia Gail.

— Todo mundo é Pupkin! — cantou o fantoche, e Poppy começou a se balançar de um pé para o outro, inconsciente. —

Pupkin todo mundo! Eu canto e danço tudo junto! Eu me divirto todo segundo!

Louise sentiu Barb ajustar a pegada em sua mão.

— Eu conheço seu rosto, Pai das Mentiras — afirmou tia Gail. — Me diga seu nome. O Senhor Jesus Cristo é quem ordena!

— Mark! — disse Pupkin, e soou como "Mawk". O fantoche apontou para ele. — Pupkin é o Mawk!

Louise viu os ombros do irmão se contraírem.

— Pelo poder de Jesus Cristo, meu Senhor e Salvador — insistiu tia Gail —, diga-me seu nome.

— Louise! — cantou Pupkin, agora apontando para Louise. — Pupkin Louise.

Ela queria largar as mãos que segurava, correr até Poppy e obrigá-la a parar de falar daquele jeito. Queria obrigá-la a dar respostas diretas, a colaborar, mas a filha não estava mais lá. Havia apenas Pupkin agora. Louise se forçou a não se mexer e a ser forte. Confiar na tia para expulsar aquele demônio da garotinha dela.

— Mentiroso e imundo! — repreendeu tia Gail. — Me diga seu nome! Sua rebeldia é pura vaidade!

— Nancy! — exclamou Pupkin. — Pupkin Nancy!

Tia Gail soltou a mão de Louise, tirou um colar com pingente de cruz de dentro do suéter estampado com a palavra ALEGRIA! e o apontou na direção de Pupkin.

— Veja a Cruz do Senhor! — disse ela. — Diga-me seu nome, poder hostil!

Pupkin gargalhou, inclinou a cabeça para trás e gritou:

— *Kakawewe!*

— Diga-me seu nome, profano — ordenou tia Gail —, ou te atribuirei à tutela dos Anjos Guerreiros, onde ficará preso numa gaiola quinhentas mil vezes pequena demais, selada com o Sangue do nosso Rei, Jesus Cristo, nosso Senhor e Salvador!

Pupkin se virou para Louise, fixando os olhos nela.

— Pupkin um dia foi passear — cantarolou ele. — Com sua amiguinha ele foi brincar. O nome da menina era Pardalina, a garota-passarinho que era muito gente fina.

— Revele seu nome, eu ordeno — gritou tia Gail.

— Antes de sair pra brincar na floresta — continuou Pupkin, sem tirar os olhinhos de Louise. — A mãe dele disse...

Do sofá, Mark continuou de onde Pupkin parou, sem perder o ritmo:

— ... não tenha tanta pressa. Pupkin, não se afaste, não faça besteira. Filhinho, aquele bosque não é brincadeira.

Pupkin virou a cabeça para Mark, que parecia aterrorizado.

— Mamãe vai chorar muito se Pupkin se perder — continuou recitando Mark, impotente. — E vai ficar tão triste que pode até morrer.

No silêncio que se seguiu, Mark disse:

— Mamãe. É a história da mamãe. Eu a ouvi um milhão de vezes antes de dormir quando era criança.

Mark perdeu as forças. Pupkin parecia mais vibrante, mais forte, mais vívido.

— Pelo poder de Deus, diga-me seu nome — disse tia Gail.

— Pupkin é meu nominho! — guinchou. — Feliz Feliz é meu joguinho.

Algo fez barulho na cozinha e Louise levou um susto, então percebeu que eram apenas os pratos no escorredor em cima da pia. Algo se mexeu no canto de seu campo de visão. Ela virou a cabeça, mas só viu fileiras e mais fileiras de bonecos imóveis e os respectivos rostos de porcelana sem vida.

por que viemos aqui? estamos cercados por bonecos, estamos em menor número

A mão de Barb escorregava de suor.

esse é o ambiente do Pupkin, todos esses são amigos dele

— Pelo poder de Deus, diga-me seu nome — disse tia Gail. — Satanás? Lúcifer?

— Na-na-ni-na-não! — cantarolou Pupkin.

ele está rindo da gente, está achando engraçado

Houve um tinido quando os pratos fizeram barulho de novo no escorredor, depois o som de um garfo caindo na pia. Todos levaram um susto. Barb apertou a mão de Louise com força.

— Não olhem — ordenou tia Gail. — É uma distração. Pelo poder de Deus, diga-me seu nome! Belzebu? Leviatã?

— *Na-na-ni-na-não* — repetiu Pupkin.

Algo caiu no chão atrás de Louise, e ela se virou na cadeira. O boneco de um garotinho com roupa de marinheiro estava jogado de bruços no tapete.

— Não olhe! — ordenou tia Gail enquanto puxava a mão da sobrinha, forçando-a a voltar a atenção para o centro do círculo.

Na prateleira acima da TV, uma boneca sorridente tombou de lado.

— Pelo poder de Deus, diga-me seu nome! — gritava tia Gail para Pupkin. — Belfegor? Moloque? Andras?

Pupkin riu.

Um ursinho de pelúcia usando um colete de veludo e óculos caiu da prateleira de bruços no chão.

Pupkin continuou rindo.

Tum tum tum.

Mais bonecos caíram das prateleiras, uma chuva deles cambaleando, tombando para a frente e caindo de cabeça no chão. Então, de repente, a chuva de bonecos cessou. No silêncio que se fez, Poppy correu até tia Gail e enfiou Pupkin na cara dela. A tia recuou.

— *Bu!* — gritou Pupkin.

Um leve tremor passou pelos bonecos, circundando todos eles, arranhando as paredes, alguma força invisível que Louise podia sentir passar pelo corpo. Então todos os bonecos se atiraram no chão em uma avalanche de corpos macios. Todos os membros do círculo precisaram se encolher conforme as bonecas batiam em suas costas, desviaram enquanto os ursinhos de pelúcia atingiam a cabeça deles, encolhendo os ombros à medida que uma tempestade de bonecos caía.

Poppy caiu no chão, rindo abraçada a Pupkin, rolando de um lado para outro na pilha de bonecos, chutando o ar. O rosto de tia Gail ficou pálido. Ela estremeceu.

— Demônio imundo... — começou.

Houve um movimento à direita de Louise, e a mão dela perdeu o apoio. Barb se inclinou para a frente e se agachou ao lado de Poppy.

— Isso foi muito engraçado! — disse ela para Pupkin e sorriu.

— Barb! — repreendeu tia Gail, mas Barb ergueu uma das mãos, com a palma à mostra.

— Eu gostei daquela brincadeira — disse Barb. — Pode fazer de novo?

Pupkin encarou Barb, então Poppy se aproximou e lhe deu um tapa. O estalo foi forte e alto, ecoando na sala escura. Louise recuou e começou a se levantar, pronta para se desculpar pela filha, mas deteve-se quando Barb começou a rir.

— Que Pupkinzinho forte você é, não? — disse ela.

Pupkin estufou o peito. Barb mudou de posição, ficando meio ajoelhada, meio agachada. Ela estendeu a mão e fez cócegas sob o queixo de Pupkin. Ele se contorceu de satisfação.

— Será que esse menino forte quer uma guloseima? — perguntou Barb.

Pupkin acenou com os braços, empolgado.

— Guloseimas! — exigiu. — Guloseimas!

Barb colocou a mão na boca e tirou o chiclete mascado, marrom e brilhante, coberto de saliva. Ela o estendeu para Pupkin, que esticou o rosto timidamente na direção do chiclete, tremendo, até que Barb aproximou a mão um pouco mais e o esfregou nos lábios do fantoche. Pupkin gemeu de satisfação e o estômago de Louise revirou.

— E onde mora esse menino forte? — perguntou Barb, com uma voz doce feito mel.

— Na Floresta Tique-Tum — cantarolou Pupkin.

— Aposto que você está com fome depois de aguentar os gritos da velha e malvada Gail. — Barb sorriu. — Eu tenho uma guloseima melhor para você.

Ela se esticou para trás e pegou uma tigela de vidro cheia de M&Ms que estava na mesa ao lado da poltrona. Colocou alguns na própria boca.

— Hummm, que delícia! — disse, sorrindo e mastigando, o chocolate esguichando entre seus dentes. Ela ergueu um M&M amarelo entre o enorme indicador e o polegar. — Meu menino corajoso vai querer unzinho?

Pupkin assentiu ansiosamente e se inclinou na direção de Barb. Ela segurou a parte de trás da cabeça do fantoche com uma das mãos e esfregou o M&M amarelo de um lado para outro nos lábios de Pupkin. O corpo dele estremeceu de satisfação.

— Hum, que delícia! — disse Barb.

Então, de uma maneira tão suave e lenta que Louise nem percebeu até acontecer, Barb manobrou o fantoche até Poppy e Pupkin estarem sentados em seu colo. Pupkin cantarolava e murmurava algo para si mesmo, esfregando os lábios no chocolate enquanto Barb balançava os dois de um lado para outro.

Louise se sentiu mal.

poppy odeia chocolate e ainda mais m&m's, é o pupkin quem está ali, tudo nela agora é o pupkin, o que sobrou da minha poppy?

— Você é um garoto corajoso, não é? — sussurrou Barb. — Mas aposto que às vezes você fica triste.

Pupkin fez uma pausa, depois voltou ao M&M. O atrito aqueceu o chocolate, que já se espalhava pelos lábios do fantoche.

— Todo mundo fica triste — comentou Barb. — Até eu fico triste. Por que você está triste?

Pupkin foi esfregando mais devagar.

— Nancy — respondeu ele.

Louise se endireitou na cadeira.

— Você sente saudade da Nancy? — perguntou Barb.

— Ela voltou — disse Pupkin. Parou de esfregar a boca no chocolate e pensou por um momento, depois assentiu. — Vamos ver Nancy logo, logo.

— Se você sente saudade da Nancy — continuou Barb —, por que pregou peças maldosas nela?

Pupkin ergueu a cabeça e fez contato visual com Barb.

— Nancy pregou peça primeiro — respondeu.

— Mas você machucou pessoas que ela amava — argumentou Barb. — Machucou o marido dela, Eric, e isso deixou a Nancy assustada e triste. Ela não entendeu por que você fez aquilo.

— Não — disse Pupkin, e recuou para o ombro de Poppy, se escondendo no cabelo da menina.

Barb deixou cair o M&M amarelo no chão e pegou um verde da tigela. Ela o segurou no ar.

— Os verdinhos são para pessoas especiais — sugeriu.

Por um momento, nada aconteceu, então Pupkin lentamente esticou a cabeça para a frente e começou a esfregar a boca no M&M verde.

— O que Nancy fez para merecer aquelas maldades, Pupkin? — perguntou Barb, com uma paciência de Jó.

— Nancy trancou Pupkin — disse ele. — Colocou Pupkin no escuro. Pupkin chora e chora sem parar, mas Nancy malvada não ajuda. Só liga para o Homem Manco.

Meu pai, percebeu Louise.

— Então o que o Pupkin fez? — questionou Barb.

— Pupkin fez ele ir embora. Pra sobrar só o Pupkin e a Nancy, mais ninguém.

— E Nancy ficou com medo quando você fez isso — disse Barb. — Ela tentou ajudar o Homem Manco, e foi assim que eles sofreram um acidente e se machucaram muito. Você queria machucar a Nancy?

— Não! — guinchou Pupkin, e nesse momento Louise pensou que ele fosse parar de falar.

Mas o fantoche voltou a esfregar a boca no M&M.

— Você também machucou outras pessoas — disse Barb.

— E daí? — respondeu Pupkin.

— Machucou o filho da Nancy.

— Não ligo — afirmou Pupkin.

— Você não liga de machucar as pessoas que a Nancy amava? — perguntou Barb.

— Menino Gordo — disse Pupkin, e sua voz ficou grave e sonhadora enquanto ele esfregava a boca contra o M&M, todo satisfeito. — Menino Gordo começou como Pupkin. Começou como bebê, aí cresceu. Ficou grande, mas Pupkin continuou igual. Pupkin nunca fica grande. Menino Gordo substituiu o Pupkin, então o Pupkin fez o Menino Gordo ir embora.

— Quantos anos você tem, Pupkin? — perguntou Barb.

— Cinco — disse Pupkin suavemente, como um sussurro. — Pupkin cinco.

— E você sempre foi o Pupkin?

Pupkin balançou a cabeça.

— Qual era o seu nome?

Pupkin parou de esfregar a boca no M&M.

— Freddie — respondeu baixinho, como se não ouvisse aquele nome há muito tempo. Depois repetiu mais alto: — Freddie.

— Meu Deus do céu — soltou Mark.

Barb olhou feio para ele.

— Nosso tio Freddie — disse Mark, baixo e em tom aflito. — Irmão da mamãe. Ele tinha cinco anos.

Barb fez um gesto de "fique quieto" para ele e voltou toda a atenção para Pupkin, mas era tarde demais. Pupkin saiu do colo de Barb, levando Poppy consigo. A cabeça da menina pendia para o lado como se ela tivesse quebrado o pescoço, e Pupkin a conduzia freneticamente pelo interior do círculo, orbitando ao redor de Barb, a mão livre de Poppy batendo na perna de cada pessoa conforme a menina passava.

— Na-na-ni-na-não, na-na-ni-na-não, na-na-ni-na-não... —

cantava Pupkin pela boca de Poppy enquanto ela andava em círculos, cada vez mais rápido.

Louise soltou a mão da tia Gail e, quando Poppy passou por ela novamente, a mãe a segurou e puxou-a para o colo.

Poppy se contorceu e Pupkin bateu no rosto de Louise. A cadeira tombou para trás, caindo por cima das bonecas, e Louise perdeu o fôlego, mas se recusou a soltar a filha. Ela pressionou-a contra o peito e a segurou com força, enterrando o rosto no cabelo sujo da menina.

— Tudo bem — disse. — Tudo bem, tudo bem, shhh... tudo bem...

— Isso não é um demônio — ouviu Barb dizer à tia Gail. — É um fantasma.

Capítulo 34

Algo se quebrara dentro de Poppy. Ela estava exausta, deitada nos braços de Louise murmurando coisas sem sentido, Pupkin balançando a cabeça de um lado para outro no ritmo de uma canção. Havia chegado ao fim de alguma reserva de energia, atingido algum limite, e agora Louise segurava no colo a filha mole e febril enquanto ao redor as pessoas não paravam de falar.

— Você disse que era um demônio — protestou Barb —, mas é um fantasma, e aí estamos lidando com uma coisa completamente diferente porque alguém não fez o dever de casa.

— Não existem fantasmas! — exclamou tia Gail. — São todos aspectos diferentes do Inimigo.

— Isso realmente faz diferença? — perguntou Mercy.

— A coisa muda compleeeetamente de figura — disse Barb. — Não existe nenhum demônio chamado Freddie.

— Freddy Krueger? — sugeriu Mark.

Louise abraçou Poppy mais forte. Sentiu os próprios pés formigarem — estava ficando sem circulação, mas não se importou.

— Seria ótimo se a nossa única preocupação fosse um filme de Hollywood! — gritou Barb. — Seria como um feriado na praia com um cooler cheio de cerveja.

— Demônios só sabem enganar! — exclamou tia Gail. — Os verdadeiros espíritos dos mortos residem no céu!

Louise mal os ouvia. Poppy precisava ser abraçada e naquele momento estava deixando a mãe abraçá-la. E esse era o trabalho dela. Que os outros discutissem quanto quisessem.

— E se for um fantasma, o que isso significa? — perguntou Constance, o tom da voz mais alto do que o da mãe, diretamente para Barb.

— Significa muita coisa — respondeu Barb.

— Isso não existe! — protestou tia Gail.

Louise abraçou Poppy com mais força, se agarrando aos resquícios da personalidade da filha que ainda restavam, tentando impedi-los de se dissiparem.

— Um fantasma permanece aqui porque tem assuntos pendentes a resolver — explicou Barb.

— É um demônio tentando te enganar! — disse tia Gail.

Barb a ignorou.

— Algo o liga a este plano terrestre e o impede de seguir em frente — continuou ela.

— Não existem fantasmas na Bíblia — argumentou tia Gail. — Aos homens está ordenado morrer uma só vez, vindo, depois disso, o juízo. Hebreus 9, 27.

— Esperem. — Mercy tentava entender tudo. — Então Freddie não está pronto para seguir em frente? Ele tem assuntos pendentes? Está preso a este plano?

Louise queria gritar para todos calarem a boca, pararem de discutir e fazerem alguma coisa para ajudar a filha dela. Constance, porém, se antecipou.

— Como Freddie morreu, mãe? — perguntou ela.

Houve uma longa pausa enquanto todos esperavam que Gail falasse.

— Ele contraiu tétano depois de pisar em um prego — disse ela. — Em Colúmbia.

— Então por que ele não está assombrando Colúmbia? — questionou Constance.

— Eu tinha quatro anos e não estava lá quando tudo aconteceu — respondeu a mãe dela. — Mais ninguém daquela época está por aqui hoje.

— Exceto a tia Honey — disse Mark.

— Que está no hospital! — rebateu tia Gail. — Não podemos incomodar a mamãe agora!

Eles começaram a discutir, e as vozes encheram o trailer. Louise ouviu a voz da mãe se sobrepor à de todos eles.

Sua tia Honey conta histórias.

Louise tinha catorze anos e estava sentada no banco da frente do Volvo com a mãe, do lado de fora da casa da tia Honey, na Páscoa. O pai tinha levado Mark a Chicago para visitar a família dele, então eram só as duas. Havia acontecido uma briga na cozinha entre a tia Gail e a tia Honey, e o clima ficou tenso durante o jantar, então a mãe de Louise arranjou uma desculpa para conseguir ir embora antes do café.

— Por que elas estavam brigando? — perguntara Louise, no segundo em que entraram no carro.

— Por causa da Constance — dissera a mãe. — Tia Honey não para de dizer que ela foi expulsa da escola.

— Ela foi transferida para a Bishop England porque é disléxica — argumentara Louise.

— Sua tia Honey acha que soa melhor dizer que ela foi expulsa. Tia Honey é assim, quando coloca na cabeça que as coisas deveriam ser de uma determinada maneira, ela inventa um milhão de histórias para sustentar que foi desse jeito que elas aconteceram.

— Mas ela ficou tão brava — comentara Louise.

— Por que você acha que sua tia Gail recorreu a Jesus? — perguntara a mãe. — Ela se voltou para a única pessoa grande o suficiente para enfrentar a mãe dela. Depois que a tia Honey decide como algo vai ser, acabou. Ela nunca vai perdoar seu pai e eu por termos casado escondido porque a privamos de uma grande festa de casamento, então ela diz às pessoas que tivemos uma cerimônia, mas ninguém tirou fotos. Ela ainda acha que temos um cachorro, não importa quantas vezes eu diga a ela que o Aranha é inventado. Ela é teimosa.

Louise se levantou com Poppy nos braços.

— Mark — disse, e todos pararam de falar e olharam para ela. — Vamos ver a tia Honey.

Todos olharam para a tia Gail, à espera da reação dela.

— Louise, a mamãe está doente.

— Não me interessa se ela está doente — respondeu Louise. — Ela é a única que conheceu Freddie, então vai me contar tudo o que sabe para que eu possa tirar essa coisa do braço da minha filha. Mark, pegue suas malditas chaves e entre na caminhonete.

A enfermeira da recepção disse que eles só tinham meia hora antes do fim do horário de visitas, às nove, mas Louise nem parou para escutar. Estava com Poppy nos braços, e o peso da menina começava a fazer seus braços doerem. Ela queria colocar a filha no chão, mas se recusava a diminuir o ritmo até encerrar aquela história.

Foi andando a passos firmes pelo corredor, os sapatos rangendo no piso limpo, enquanto Mark pedia desculpas à enfermeira pelo comportamento da irmã. Ela abriu a porta do quarto 1217 com o ombro.

Na TV passava *Cold Case*, ou *NCIS*, ou *CSI*... alguma série de detetives, e a tia Honey estava sentada no leito, assistindo. Usava uma máscara de oxigênio transparente que cobria a boca e o nariz.

— Como está se sentindo? — perguntou Louise.

Ela colocou Poppy na poltrona destinada aos visitantes.

— Pronta para voltar para casa — resmungou a tia.

Louise pegou o controle remoto em cima da cama e colocou a TV no mudo.

— Não temos muito tempo — disse ela.

— E como está essa coisinha fofa? — perguntou tia Honey, olhando de Louise para Poppy.

Mark entrou na sala. Louise e o irmão se encararam, então ele fechou a porta silenciosamente.

— Venha aqui e me dê um abraço — disse tia Honey a Poppy. Foi quando percebeu que Pupkin olhava para os cateteres. — Não fique com medo, é só remédio.

Ela tirou a máscara de oxigênio do rosto, se virou para o lado e estendeu um braço para Poppy. Louise se colocou entre elas, perto da cama, de maneira que a tia Honey teve que olhar para cima.

— Temos que ir embora em trinta minutos — avisou Louise —, e temos muito o que conversar.

Um lampejo de irritação passou pelo olhar da tia, mas ela suavizou a expressão com um sorriso.

— Vocês podem voltar amanhã.

— Não temos tempo pra ficar de conversinha — disse Louise.

— Lulu — alertou Mark, da porta.

Tia Honey olhou para Louise como se a estivesse vendo pela primeira vez.

— Por que você está tão nervosa? — perguntou.

— Eu cansei dessa família e dos segredos que todo mundo guarda — disse ela. — Como o Freddie morreu?

— Seu tio Freddie? — questionou tia Honey.

— Como ele morreu? — repetiu Louise.

— Ah, querida, isso aconteceu há muito tempo.

— Precisamos saber como foi — disse Mark, se aproximando de Louise. — Cada detalhe.

A tia pareceu chateada. Ela voltou a se recostar, olhou para a imagem silenciosa da TV e em seguida para a janela escura e as luzes do estacionamento. Então se virou para os dois e suspirou. Começou a falar no tom de voz irritadiço e regular que usava quando era obrigada a repetir alguma coisa pela terceira vez.

— Seus avós levaram sua mãe e Freddie a Colúmbia para que seu avô desse uma olhada numa lavanderia a seco que ele estava planejando comprar — contou. — Eles ficaram no Howard Johnson porque era um hotel muito famoso naquela época. Sua mãe e o tio Freddie estavam brincando na piscina quando ele pisou em um prego enferrujado. Os pais o levaram na mesma hora para o hospital, mas o menino já tinha contraído tétano, e então ele morreu.

— Onde a nossa mãe estava? — perguntou Louise.

— Ela ficou comigo — respondeu tia Honey. — Eu fui buscá-la. Hospital não é lugar para menininhas.

Ela fez questão de lançar um olhar para Poppy.

— Não é assim que o tétano se desenvolve — disse Louise. — Eu nunca tinha pesquisado sobre o assunto, mas dei uma olhada a caminho daqui. Não sei por que nunca fiz isso antes... mas leva três dias até os sintomas começarem a aparecer.

Tia Honey acenou com a cabeça para Pupkin na ponta do braço de Poppy. Ele analisava a tia como se estivesse tentando identificá-la.

— Estou feliz que ela tenha guardado isso — disse tia Honey.

Louise não tinha tempo para sentimentalismo.

— Essa coisa está deixando minha filha doente.

— Era do seu tio Freddie. Você deve ter ouvido a história de quando minha irmã jogou fora tudo o que era do Freddie, não é mesmo? Ela queimou todas as roupas e os brinquedos do menino. Queimou até as fotos dele. Depois começou a pedir a outras pessoas que lhe dessem fotos de Freddie caso tivessem alguma. Eu não deveria ter deixado ela ficar com a minha. Sua mãe resgatou aquele boneco do lixo e o escondeu da Evelyn. Foi tudo o que restou do irmãozinho dela.

É claro que é dele, pensou Louise. Sentiu como se a tia Honey apenas confirmasse que ela estava no caminho certo.

— O tio Freddie não morreu de tétano — insistiu Louise.

Tia Honey desviou os olhos de Pupkin e encarou novamente Louise.

— Hospital não é lugar para uma menininha — disse. — Ela só tem cinco anos. Deve ser assustador para ela.

Louise sabia o que a tia estava fazendo. Todos eles faziam isso. Quando uma conversa se aproximava demais de um assunto que um Joyner ou um Cannon não queriam discutir, apelavam para o lado pessoal.

— Ela está aqui porque você está mentindo — desafiou-a Louise. — Ela está aqui porque todos vocês acham que, se não falarem sobre um assunto, ele automaticamente desaparece. Foi isso o que sua irmã fez quando parou de falar sobre o Freddie e jogou fora todas as coisas que a faziam se lembrar dele. Mas adivinhe só: ele existiu. Algo dele sobreviveu e minha mãe herdou isso, e agora essa mesmíssima coisa está machucando minha filha. Vocês mentiram a vida inteira e agora essas mentiras estão machucando a minha menina.

Tia Honey se inclinou e apelou para Mark.

— O que está acontecendo com a sua irmã?

Antes que Mark pudesse responder, Louise retrucou:

— Pare de mentir e fale comigo.

O rosto da tia Honey endureceu e os olhos ficaram vermelhos nas laterais.

— Eu não falo com gente grossa — rebateu. — Então talvez eu devesse estar conversando com seu irmão. Pelo menos ele é educado!

Não dava mais para ser boazinha.

— A mamãe se foi e ela nunca nos contou a verdade — disse Louise. — E você nunca nos contou a verdade. Agora está aqui, doente e velha, e se você morrer ninguém jamais vai saber o que realmente aconteceu. Essa é a sua única chance de se acertar com a sua família e de se acertar com Deus.

— Não é da sua conta! — gritou tia Honey, com o rosto pálido, tremendo e segurando a grade ao lado da cama com uma das mãos, lutando para se levantar. — Essa história não tem nada a ver com você!

— É o que está matando a minha filha! — gritou de volta Louise, chegando perto o suficiente para sentir o cheiro do hidratante que a tia usava.

Mark colocou a mão no braço dela para fazê-la recuar, mas Louise o afastou.

— É porque vocês estão vendendo a casa! — retrucou a tia, recusando-se a ceder e tremendo com o esforço que fez para erguer o corpo. — Ninguém autorizou vocês a fazer isso! A culpa é de vocês!

— A casa não é sua! — disse Louise. — Você é uma velha doente que tem medo de mudanças. Pare de tentar controlar tudo ao redor e me conte o que aconteceu com o meu tio.

— Sua mãe o deixou se afogar! — gritou tia Honey.

E ficou imóvel após aquela declaração. Já não tremia mais, mas a pele continuava pálida e os olhos ficaram opacos. Ela lentamente se recostou no travesseiro. Tentou controlar a respiração e virou o rosto para o outro lado.

— Seus avós foram para Colúmbia e ficaram no Howard Johnson — disse, olhando para a janela. — Pediram a Nancy que cuidasse do Freddie por alguns minutos enquanto o pai deles ia até a recepção fazer uma ligação interurbana e a mãe desfazia as malas. Disseram à sua mãe para ficar na piscina infantil e de olho no irmão. Era assim que as pessoas faziam naquela época, mas sua mãe não deu ouvidos aos pais. Ela nunca ouvia ninguém além de si mesma, sempre teve que ditar as próprias regras. Resolveu ir até a sorveteria conferir o número de sabores, porque não conseguiu acreditar quando o pai lhe disse que havia vinte e oito. Ela me contou que quando voltou deu de cara com uma multidão reunida em volta de uma ambulância e minha irmã uivando de um jeito que ela nunca tinha ouvido um ser humano fazer antes. Levaram Freddie direto para o hospital. Eu fui até lá, busquei sua mãe na sala de espera e a trouxe de volta para casa. Ela não entendia o que havia feito, então eu disse a ela que Freddie tinha pisado em um prego, e minha irmã... confirmou minha história.

Ninguém se mexia no quarto. Até Pupkin prestava atenção. Tia Honey se ajeitou na cama e voltou os olhos vermelhos para Louise.

— Como contar a uma criança de sete anos que ela matou o próprio irmão? — perguntou. — Como ela conviveria com essa verdade? Foi essa história que contamos a todas as pessoas próximas, e aqueles que sabiam a verdade julgaram que havíamos feito um favor à sua mãe. Aquilo consumiu a minha irmã, corroeu tudo o que havia nela. É por isso que ela não suportava olhar para a sua mãe. Ela tentou. Tentou superar isso, tentou se concentrar na filha que ainda tinha, não no que perdera, mas nunca funcionou. Justamente quando sentia que a ferida estava começando a cicatrizar, pensava na sua mãe se afastando para contar os sabores de sorvete, e então tinha que se trancar em algum lugar para ficar longe, por medo do que seria capaz de fazer.

A tia prosseguiu:

— Foi ideia do seu avô mandar sua mãe para longe, deixá-la um tempo na casa de familiares. Ela passava mais tempo com outras pessoas do que na própria casa, e isso partia o coração dele, mas minha irmã não conseguia voltar a ser como antes com a criança que havia matado o seu Freddie. Lógico que eles se culpavam e se sentiam responsáveis pela situação, mas foi sua mãe quem deixou o menino se afogar, e minha irmã não conseguia ignorar isso.

Tia Honey olhou para o teto, mas parecia enxergar além dele. Louise sentiu que havia mais a ser dito.

— E o que mais? — perguntou ela.

Tia Honey desviou os olhos para Louise sem mover a cabeça.

— Não vendam a casa. Por favor.

Sua voz soava fina como papel, quase como se a vida se esvaísse do corpo dela. Louise foi firme.

— Por que não podemos vender a casa? — perguntou ela. — Você não está dizendo alguma coisa.

Tia Honey virou a cabeça de um lado para outro no travesseiro.

— Não me obrigue — implorou ela.

Louise se inclinou na beirada da cama e colocou uma das mãos onde ela achava que estaria o ombro da tia. Começou a usar um tom de voz mais empático e suave.

— Você sabe que quer nos contar. Está precisando tirar esse peso do peito e já chegou bem perto. Um último segredo e pronto. Vai estar livre.

Tia Honey encarou Louise. Tinha um olhar firme, uma expressão severa, mas os olhos estavam marejados.

— Eu fiz uma promessa à minha *irmã* — disse ela, enfatizando a última palavra.

— Sua irmã está morta.

Tia Honey olhou para ela com a mesma expressão de antes e em seguida começou a falar.

— Eles fizeram um velório com caixão fechado e iam enterrá-lo no jazigo da família em Stuhr, mas no dia anterior minha irmã mudou de ideia. Não suportava a ideia de ficar longe do garotinho dela. Convenceu Jack a enterrá-lo nos fundos da casa. É por isso que eles nunca se mudaram, por isso sua mãe não podia construir aquele deque. Eles teriam que cavar buracos para construir qualquer coisa ali. E aquele quintal pertence ao Freddie.

A tia virou o rosto. O som mais alto na sala era a respiração ofegante de Poppy. Louise se levantou. Tia Honey murmurou alguma coisa e se virou para a sobrinha.

— Eu fiz uma promessa. A única coisa que me restava da minha irmã era a promessa que eu tinha feito a ela de nunca dizer uma palavra sobre isso. Agora eu a quebrei. Você me fez quebrar o que jurei à minha irmã.

— Eu sinto muito — disse Louise.

— Não sente, não. Se eu jamais tivesse contado, ninguém descobriria.

— Um dia os ossos dele seriam encontrados.

— Ah, sim, as pessoas encontram ossos o tempo todo — rebateu a tia, em um tom cheio de desprezo. — O mundo está cheio deles. Você me fez quebrar a promessa que fiz à família.

Louise estava cansada. Não queria mais discutir.

— Vamos transferi-lo para o jazigo de Stuhr — disse Louise. — Para ficar perto da mãe, do pai e da irmã dele. Freddie deveria estar perto da família.

— E o que você sabe sobre família? — perguntou tia Honey, olhando para ela fixamente.

Capítulo 35

Mark e Louise saíram do quarto em silêncio, Louise, na frente, segurava Poppy pela mão, Pupkin vinco atrás, ainda olhando para a tia Honey. Eles ficaram no corredor sem saber o que falar nem para onde ir.

— A vida toda... — disse Mark. — A vida toda, ela deve ter entendido que havia algo errado. Ela nunca quis falar sobre morte nem sobre o Freddie porque devia saber que algo naquela história não batia. Mesmo que tivesse sido apenas um acidente horrível, ela deve ter se sentido tão culpada por ter acontecido quando deixou o irmão sozinho que nunca disse uma única palavra sobre o assunto. Nenhum deles disse. Ela se agarrou por quase setenta anos à única coisa que a fazia se lembrar do irmão. Consegue imaginar o que deve ter sido isso?

Louise não conseguia. Ela pensou naquelas mulheres — tia Honey, a avó, a mãe — decidindo o que precisava ser feito e colocando em prática. Elas tinham uma frieza impressionante, e Louise começava a achar, cada vez mais, que ela mesma herdara aquela frieza. Era algo que não imaginava ter antes de se tornar mãe.

— Precisamos ir até a casa — disse Louise.

— Por quê? — perguntou Mark.

— Para encontrar o Freddie.

Ambos olharam para Pupkin, que os encarou.

— Não seria melhor chamarmos a polícia, ou algo do tipo? — questionou Mark, sem muita convicção.

Louise ajustou a mãozinha calorosa, macia e inerte de Poppy na dela. Aquela seria a sensação de tocar a mão da filha se ela estivesse em coma. Aquela seria a sensação de tocar a mão da filha no momento em que a menina morresse.

— Precisamos fazer isso agora — disse Louise —, antes que não sobre mais nada de Poppy.

Por um momento, Mark deu sinais de que ia tentar protestar, mas então assentiu.

— Tudo bem.

Foi difícil colocar Poppy na caminhonete de Mark. Ela se agarrou à porta do carro, apoiando os pés no assento e jogando o corpo para trás. Louise começou a tirar os dedos dela da porta, um por um, e então Mark soltou a criança e deu um passo para trás.

— Você vai machucá-la — disse ele.

Louise se virou para ele furiosa.

— Ela já está machucada! Mamãe já a machucou! Tia Honey a machucou! Todos nessa família a machucaram! Agora me ajude!

Havia limites para o que ele conseguia fazer com um braço só, mas juntos os dois deram um jeito de enfiá-la na caminhonete. Louise sentou Poppy entre eles para mantê-la longe da porta, mas no instante em que Mark entrou, Poppy atacou, começando a dar impulsos para trás em Louise e a chutar a coxa de Mark.

— Segura ela! — exclamou o irmão, enquanto Poppy chutava o volante.

— Estou fazendo o que eu posso aqui! — retrucou Louise, lutando com a filha, que de repente parecia estar em toda parte, os pés batendo no rosto de Mark, Pupkin dando um soco atrás de outro em Louise.

Por fim, ela deu um abraço de urso em Poppy, passou-a por cima de si mesma e colocou o próprio corpo no meio, entre a filha e Mark. A menina ficou mole. Louise colocou o cinto de segurança nela e se certificou de que estava bem ajustado.

Com um olho em Poppy, Mark ligou a caminhonete.

— É um quintal grande — disse Mark em voz baixa, enquanto passavam pela rua Ashley.

— Eu sei.

— Como vamos saber onde cavar? — perguntou ele, e virou para pegar a Crosstown.

— Não sei.

Após o primeiro sinal, Mark voltou a falar.

— Louise — começou ele, a voz tensa —, não entre em pânico, mas preciso te contar uma coisa.

— O que foi? — perguntou ela, começando a entrar em pânico.

— O Aranha está aqui.

Um raio desceu pela espinha de Louise. Ela olhou ao redor.

— Onde?

— Na traseira da caminhonete — disse Mark, os olhos no espelho retrovisor.

Ao se virar, Louise viu apenas a caçamba vazia da caminhonete. Continuou olhando, esperando que Aranha aparecesse de repente, mas nada aconteceu.

— Eu o vi algumas vezes — comentou Mark. — No hospital, depois da cirurgia, rondando a minha cama. Achei que talvez fossem alucinações, mas é como se ele estivesse esperando por mim.

— Temos problemas maiores — disse Louise, e tentou controlar o pânico crescente ao se lembrar dos dentes de Aranha em seu tornozelo, as garras dele arranhando suas costas.

Eles pegaram a ponte, subindo alto sob o céu noturno, passaram pela primeira curva acentuada, mudaram de pista e ultrapassaram o porto de Charleston por cima. Poppy caiu ainda mais profundamente no estado de estupor, com a cabeça apoiada na porta, sacudindo ao longo do caminho. Sua respiração parecia úmida e difícil, como se os pulmões dela estivessem cheios de muco. As orelhas da menina emanavam um cheiro rançoso de sujeira que costumava aparecer quando ela ficava doente. Louise desejou que Mark dirigisse mais rápido. A cada minuto que Pupkin estava no braço da garota, Poppy parecia ficar cada vez mais distante. Louise conseguia sentir a filha se afastar a cada tique-taque do relógio.

— Mark… — começou ela.

A cabine explodiu em um turbilhão de vento e caos. O alarme de porta aberta soou no painel, e Louise se transformou em um furacão enquanto Poppy se agitava como uma enguia para tirar o cinto de segurança e ao mesmo tempo se levantava diante da porta aberta do carona.

Eles estavam no topo do primeiro vão da ponte, e o vento soprava pela caminhonete a cem quilômetros por hora, jogando recibos e guardanapos de papel no rosto deles, sugando copos de café porta afora.

Louise assistiu por um segundo aterrorizante enquanto Poppy se jogava para fora da caminhonete. Os pés da filha deixaram o assento e Louise a viu tombar para fora do carro em direção à superfície pavimentada.

Ela se lançou para a frente e agarrou Poppy com força pela cintura, metade do corpo pendurado para fora. Então passou os braços ao redor da filha, cabeça e ombros suspensos fora do carro, e puxou-a de volta para dentro, sentindo um rompante de dor na base da coluna devido ao esforço.

— Fecha! — gritou Mark em meio ao vento.

Louise estava com os braços em volta de Poppy, que se debatia, chutava e gritava, batendo-se contra o peito da mãe diversas vezes, até que o vento empurrou a porta e a deixou encostada no batente. Como a nova ponte não tinha acostamento, Mark precisou continuar dirigindo com a porta do passageiro destravada, um assobio estridente cortando a cabine, Poppy gritando, tentando fugir, tentando se jogar para fora de novo, batendo em Louise até a gravidade ficar mais pesada e eles passarem pelo último vão da ponte. Então a caminhonete mudou de faixa, fazendo uma curva perigosamente rápida à direita no fim da pista, Louise agarrada à filha, segurando-a com força. Mark estacionou no posto Shell ao pé da ponte e tudo de repente... parou.

Eles ficaram sentados por um minuto, enquanto se davam conta da sorte que tinham de ainda estarem vivos. Louise estendeu a mão por cima de Poppy, fechou a porta e a trancou. Colocou a menina sentada em seu colo, esticou o cinto de segurança por cima das duas e apertou os braços ao redor da filha para que ela não saísse do lugar.

— Jesus Cristo — disse Mark.

— Vamos — indicou Louise a ele.

Mark olhou para ela, pensou em dizer alguma coisa, depois alcançou o volante com a mão esquerda e colocou a caminhonete em movimento. Eles entraram na Coleman.

Ele não queria parar o carro para não dar oportunidade a Poppy de tentar fugir novamente, então passou a cronometrar os sinais; diminuía para quarenta, para vinte, esperava que eles mudassem de vermelho para verde, depois pisava no acelerador. Quando via o verde se transformar em amarelo, acelerava mais. Poppy estava inerte no colo de Louise, balançando para a frente e para trás com o movimento do carro. Pupkin olhava pela janela do passageiro enquanto a cabeça da garota rolava de um lado para outro contra o peito de Louise. Ela sentiu algo molhado no braço. Era a baba de Poppy.

Ela nem está mais engolindo.

— Não acredito que crescemos com um cadáver enterrado no quintal — disse Mark.

Fiquei tão feliz por você ter decidido fazer faculdade em outro estado, lembrou-se Louise do que a mãe dissera quando ela veio da faculdade para passar o Natal em casa. *Eu iria embora se pudesse, mas sinto como se estivesse presa aqui.*

Mark aproximou-se bem devagar de um sinal vermelho, tentando não parar. Quando mudou para verde, ele acelerou e partiu. Por um momento, Poppy parou de respirar. Louise olhou para baixo, sem saber o que fazer. A menina voltou a respirar com um som áspero, o peito congestionado.

— A gente só chega lá e começa a cavar vários buracos? — perguntou Louise. — Ou você se lembra de algum lugar em que a mamãe nos disse para não brincar?

Mark diminuiu a velocidade, cronometrando o próximo semáforo.

— O lugar inteiro — disse ele. — Brincar no quintal era tipo um castigo.

O sinal ficou verde e Mark saiu depressa. Eles estavam perto agora.

— E na época que você ia construir o deque? — lembrou Louise. — Ela disse alguma coisa sobre onde cavar ou não?

— Ela só me disse que eles tinham mudado de ideia — respondeu Mark.

— Tem que haver alguma coisa! Pense!

— Não sei, Louise! — disparou ele. — Por que você fica gritando comigo? Pergunte a ele!

Foi como se Mark de repente tivesse acendido as luzes. Louise se virou para Pupkin, que olhava a rua através do para-brisa.

— Pupkin? — chamou ela, usando o tom de voz mais gentil que conseguiu encontrar. Ele se virou para ela. O corpo de Poppy não se moveu. Louise relaxou a garganta para não gritar. — Você quer brincar de um jogo?

Pupkin assentiu, animado.

— Sabe brincar de "quente ou frio"? — perguntou Louise.

Pupkin olhou para ela por um tempo e então balançou a cabeça.

— É um jogo em que tentamos encontrar algo que você escondeu. Quando chegamos mais perto da coisa escondida, você diz "está esquentando", mas quando nos afastamos você diz "está esfriando". Entendeu?

Pupkin assentiu e olhou para ela em expectativa.

— Digamos que eu queira encontrar o Pupkin — disse Louise, a voz suave. Ela estendeu a mão em direção ao volante. — O Pupkin está aqui?

Silêncio. Os carros passavam por eles à esquerda, e Louise se deu conta de que estavam próximos do cruzamento com a McCants, o lugar onde seus pais haviam morrido. Ela se forçou a se concentrar.

— O Pupkin está aqui? — repetiu Louise.

— Frio? — disse Pupkin pela boca de Poppy.

Louise sorriu, encorajando o fantoche a continuar. Ela estendeu a mão em direção ao painel.

— O Pupkin está aqui? — perguntou.

— Esfriando — cantarolou Pupkin, agora mais confiante.

Louise tocou a porta do passageiro.

— Ele está aqui?

— Esfriando — guinchou Pupkin, então, quando Louise trouxe a mão de volta em direção a ele, disse: — Esquentando... esquentando... quente!

Ela se obrigou a cutucá-lo na barriga. Pupkin riu e gritou de satisfação.

— Ele vai nos dizer onde está — declarou ela.

Então Poppy se agitou de repente no colo de Louise e jogou a cabeça para trás, acertando o lábio superior da mãe. Os seios da face de Louise se encheram de sangue e ela soltou a filha, que se transformou em um tornado que gritava, uivava e movia-se rapidamente. Ela se esgueirou por baixo do cinto de segurança e passou por cima de Mark em direção à porta do motorista.

Louise a agarrou, mas Poppy deu um chute e acertou o queixo dela com o sapato. Mark pisou no freio e tentou passar um braço em volta dela para impedir que pulasse, mas um chute forte no braço amputado o deixou paralisado de dor. Um carro buzinou atrás deles, os faróis altos iluminando a cabine, depois passou pela esquerda sem diminuir a velocidade. Antes que qualquer um deles conseguisse se desvencilhar dos cintos de segurança, Poppy abriu a porta do motorista, pisou em Mark e se jogou em plena Coleman Boulevard.

— Poppy! — gritou Louise quando uma van branca passou e desviou para não acertar a menina, mal diminuindo a velocidade.

Louise arrancou o cinto de segurança, abriu a porta do lado dela e saiu correndo, ignorando todos os faróis que a desorientavam, perseguindo a filha. Ela correu junto com o trânsito e sentiu o tornozelo direito queimar, movimentando os braços para pegar velocidade e aos poucos conseguir se aproximar de Poppy, que corria pelo canteiro na diagonal, segurando Pupkin no alto. Ia em direção a um denso aglomerado de árvores que ficava do outro lado da via. Carros passavam em alta velocidade na direção oposta, os faróis ofuscando Louise. Se Poppy não fosse atropelada por um deles, ia se perder em meio às árvores e desaparecer.

Louise disparou, extraiu tudo de si para alcançar a velocidade máxima, e sentiu um carro passar por ela de raspão, o que proporcionou uma grande onda de ar às suas costas. Ela usou isso para dar um enorme passo adiante, fazer uma curva e pegar Poppy no colo, caindo em seguida de joelhos em cima da seta pintada no asfalto que indicava para a esquerda. Era o sinal onde seus pais haviam morrido.

Poppy se jogava de um lado para outro enquanto os carros passavam a centímetros de distância, e Louise, ofegante, a segurava com força contra o peito, abraçando a filha enquanto engolia uma quantidade absurda de fumaça. Poppy jogou a cabeça para trás e gritou. Toda a força do corpo dela se concentrou naquele grito, um bramido sem palavras, um guincho de agonia que exprimia tudo o que era demais, a dor saindo da boca da menina em um lamento — e não era a voz de Pupkin, era a de Poppy, que gritava de um jeito que nenhuma criança jamais deveria gritar, mais alto do que a garganta aguentava, mais alto que o trânsito, e tudo o que Louise conseguia fazer era abraçá-la no meio da estrada enquanto ela berrava a plenos pulmões.

— Eu sei — repetia Louise sem parar. — Eu sei, eu sei, eu sei.

Por fim, Poppy se calou e Louise se levantou. Mark parou atrás delas com a caminhonete, o pisca-alerta ligado. Ele a ajudou a entrar no carro e a colocar Poppy, agora molenga, no colo da mãe.

— Você está bem? — perguntou Mark.

— Não — disse Louise enquanto colocava o cinto de segurança e sustentava Poppy com uma das mãos.

Mark olhou para trás e entrou na McCants. Enquanto a caminhonete acelerava pelas pistas, Louise se perguntou se o cascalho que ela sentira cravando em seus joelhos podiam ser pedaços das lanternas traseiras do carro dos pais, cacos de vidro temperado, resquícios daquele acidente.

Mark encostou na entrada da garagem da casa às escuras e desligou o carro. Por um momento, os dois ficaram ali sentados, em silêncio.

Louise olhou pelo para-brisa. Ela havia saído daquela casa vinte e dois anos antes, e ali estava novamente. Havia corrido em círculos. Dentro da cabeça, reviveu aquele primeiro dia, quando chegou à cidade para enterrar os pais, ela e Mark brigando pelas certidões de óbito no gramado da frente. Viu as primas jogando futebol lá fora no Natal, a mãe carregando as malas cheias de bonecos para dentro do Volvo, o pai pendurando as luzes na árvore de Natal. Agora, sob o forte brilho prateado da iluminação distante da rua, a casa parecia um objeto abandonado no sótão por muito tempo, já sem cor. Parecia que eles haviam chegado ao fim da linha.

Mark pegou as chaves e saiu do carro. Louise se esgueirou por baixo de Poppy e ficou na entrada da garagem com Mark.

— Tem uma pá na garagem — disse ela. — Vamos fazer o Pupkin brincar de quente ou frio com o corpo do Freddie. Acho que ele vai nos levar até lá, não vai conseguir se conter.

— Vamos precisar de mais do que uma pá — comentou Mark. — Quem sabe uma retroescavadeira.

— Eles o enterraram com as próprias mãos. Vai ser assim que vamos desenterrá-lo.

Mark olhou para dentro da caminhonete e viu que Pupkin os observava.

— Os dois têm cinco anos — disse ele em voz baixa.

— O quê? — perguntou Louise.

— Freddie, ou Pupkin, ou quem quer que seja. Tanto ele como Poppy têm cinco anos.

Louise olhou para a filha; inerte, exausta, imunda. A única coisa viva nela era o fantoche no braço.

— Eu também tinha — lembrou Louise. — Quando tentei afogar você. Eu também tinha cinco anos.

— Não acho mais que essa seja uma boa ideia — opinou Mark. — E se desenterrarmos o corpo do Freddie e nada acontecer? E se ele não estiver aqui?

A voz de Mark ficou trêmula. Louise fitou o rosto abatido do irmão sob a luz prateada da rua, os olhos fundos.

— Mark, se eu não tirar aquele fantoche do braço da Poppy, vou perder minha filha.

Um relâmpago rasgou o céu silenciosamente, muito longe dali, perto do porto.

— Quando ele se for — disse Mark —, a mamãe também se vai.

— A mamãe já se foi — corrigiu Louise. — Essa é apenas mais uma coisa que ela deixou para trás.

Mark soltou um suspiro baixo e trêmulo.

— Tudo bem — disse ele. — Tudo bem, vamos lá.

Um vento gelado percorreu a rua atrás deles, de uma ponta à outra, sacudindo as folhas de todas as árvores conforme passava. Louise virou para a caminhonete e abriu a porta do passageiro.

— Pupkin? — perguntou, odiando ter que chamar a filha por aquele nome. — Quer brincar de quente ou frio?

Pupkin veio em direção à porta, seguido pelo corpo de Poppy. Louise os ajudou a sair e os três ficaram juntos na entrada da garagem. Os quatro.

— Pupkin, você se lembra de como brincamos de quente ou frio no carro?

Pupkin assentiu.

— Vamos brincar de novo, mas agora no quintal — explicou Louise. — Você sabe o que estamos procurando?

Ele balançou a cabeça.

— Estamos procurando o Freddie — disse Louise, abrindo o maior sorriso que pôde para não assustar Pupkin. — Pode nos ajudar a jogar esse jogo?

Pupkin ficou imóvel por três longos segundos e, por fim, balançou a cabeça.

— Vamos lá, Pupkin — insistiu Louise, ansiosa para não deixar transparecer seu desespero.

Ele balançou a cabeça novamente. Louise se agachou na frente de Poppy e encarou Pupkin.

— Nancy se foi. Eric se foi. Sua mãe e seu pai se foram. Todo mundo que se lembrava de você foi embora. É hora de você agir como um menino crescido e ir embora também.

— Não — disse Pupkin.

— Mas quem vai cuidar de você agora? — perguntou ela. — Não quer ficar com sua mãe e sua irmã?

Pupkin deslizou para a frente e se aconchegou na lateral do pescoço de Louise, como fazia quando ela era uma garotinha. O corpo do fantoche parecia frio e pesado, como o de uma lesma.

— Você cuida de Pupkin agora — disse ele.

Louise tentou não reagir.

— Eu vou cuidar de você — obrigou-se a dizer. — Mas, para fazer isso, preciso saber onde você está. Por isso vamos jogar esse jogo. Você entende?

Pupkin se soltou do pescoço dela e a encarou, depois olhou para Mark com o rostinho branco e brilhante. Nada aconteceu.

— Eu não acho… — começou Mark, e Poppy fugiu.

Antes que Louise pudesse ter a chance de se levantar, Poppy virou a esquina da casa e correu para o quintal, segurando

Pupkin na frente. Louise foi correndo atrás deles. Mark os seguiu.

Eles contornaram a casa, passaram pelo portão e entraram no círculo farfalhante de bambus que escondia da rua o grande quintal vazio. Nuvens encobriam a lua e passavam por ela, ao mesmo tempo que a brisa agitava as folhas das árvores ao redor deles. Louise identificou as tábuas de madeira de Mark na escuridão da noite. O clima esfriara mais, secando o suor em suas costas, e ela estremeceu quando o ar noturno a deixou gelada. O vento açoitava as árvores, fazendo com que as folhas rugissem continuamente, como o oceano.

Poppy não estava lá, mas a porta dos fundos da garagem estava aberta.

Mark e Louise foram até a porta. Mark se inclinou para dentro e pressionou o interruptor para acender as luzes. Nada aconteceu. A energia estava desligada. De repente, pareceu uma péssima ideia voltar para dentro de casa. Louise pegou o celular, acendeu a lanterna, apontou-a para a porta e a luz branca e mortiça revelou o interior da garagem.

Os dois sacos de lixo pretos que eles haviam enchido de bonecos tinham sido rasgados — estavam abertos, murchos, vazios no meio do chão de concreto.

— Ai, não — gemeu Mark.

O vento aumentou, assobiando mais alto, e do buraco escuro da porta quebrada que levava até a cozinha ecoou uma risada.

— Esquentando — veio a voz de Pupkin.

— Ah, tá de sacanagem! — exclamou Mark, virando-se para Louise.

A irmã, entretanto, já havia entrado na garagem. Mark ficou ali, transferindo o peso de um pé para o outro, depois olhou para Louise — que já subia os degraus de tijolos até a cozinha — e foi apressado atrás dela antes que pensasse melhor e acabasse mudando de ideia.

Capítulo 36

Louise ficou parada na sala de jantar escura, iluminada pela implacável luz branca de sua lanterna. Ouviu o vento sacudindo as janelas e se deu conta de que eles tinham cometido um erro terrível: estava ainda mais frio dentro da casa do que do lado de fora. O lugar tinha cheiro de gordura velha e moscas, e ela sentiu que algo esperava por eles no fim do corredor escuro e sombrio.

Mark se aproximou dela, cutucou a testa e acendeu a lanterna de cabeça que havia colocado. Mais sombras surgiram da escuridão que rodeava os dois, movendo-se e deslizando pelas paredes quando ele virava a cabeça.

— Ele está enterrado dentro da casa? — sussurrou Mark, e até mesmo isso ecoou alto demais.

A casa fora construída na época em que Freddie se afogou, lembrou Louise. Será que era possível cavar embaixo dela? Não tinha sido construída sobre uma laje? Se tivessem enterrado Freddie e concretado depois, os dois estariam ferrados.

— Esquentando — cantarolava a voz de Pupkin do corredor escuro.

Ele parecia rouco agora, como um velho que finge ser uma garotinha. Louise precisava acabar com aquilo enquanto ainda existia algum resquício de Poppy. Ela se obrigou a adentrar ainda mais a escuridão da casa.

— Espere aí — disse Mark, e ela o ouviu abrir armários atrás. — Pronto — avisou, novamente ao lado dela, segurando uma frigideira. Ela olhou a ferramenta inusitada. — É melhor do que uma raquete de badminton.

Os dois percorreram o hall juntos. Um ar gélido saía dos quartos, como se alguém tivesse deixado as janelas abertas. Louise se arrepiou inteira, e o frio congelava seu sangue.

— Mas que porra é essa… — sussurrou Mark ao lado da irmã.

Quando se virou, Louise viu a sala de estar.

Os bonecos tinham voltado. Todos eles. Haviam rastejado de volta para o armário de bonecos — Henrique VIII e as esposas, o bibelô Hummel cantor de yodel, todos de volta aos seus lugares. O Presépio dos Esquilos estava em cima, as bonecas alemãs clássicas se enfileiravam na estante, os palhacinhos encontravam-se no encosto do sofá e o Arlequim, encolhido em um dos braços do móvel. Estavam todos de volta ao lugar onde haviam passado a vida inteira, reivindicando suas antigas posições, permanecendo onde a mãe os havia deixado. Não estavam prontos para serem jogados no lixo.

— Gostaria de deixar registrado que essa porra aqui é a coisa mais estranha que já me aconteceu — sussurrou Mark. — Mas estou com um pressentimento péssimo de que ainda vai ficar pior.

Louise voltou para o corredor e se forçou a caminhar em direção aos quartos.

— Esquentando — a voz de Pupkin ecoou pela casa, parecendo vir de todos os cantos ao mesmo tempo.

Todas as portas do corredor estavam abertas e revelavam apenas escuridão em cada cômodo. Mark olhou para dentro de seu antigo quarto enquanto Louise foi até a oficina da mãe. Ela empurrou a porta e esperou senti-la esbarrar na parede macia repleta de fantoches, mas a porta continuou a abrir até a maçaneta bater na parede. Louise iluminou o interior da oficina com a luz do celular.

A oficina da mãe estava vazia.

A máquina de costura se encontrava perto da janela, a mesa de trabalho, no meio do cômodo, e uma das torres de caixas havia tombado e espalhado tufos de enchimento de fantoche pelo carpete, mas os bonecos tinham desaparecido. As paredes estavam nuas e as prateleiras, vazias. Mark se aproximou e parou ao lado de Louise, que pôde ouvir a respiração dele.

— Eu disse que essa era uma péssima ideia — sussurrou o irmão.

Os dois seguiram pelo corredor, olhando para todos os lados, as luzes iluminando cada canto e fazendo sombras se esticarem, deslizarem. Eles tentaram não pisar nos porta-retratos espalhados pelo carpete. Ao chegarem ao fim do corredor, pararam entre a porta do quarto dos pais e a porta entreaberta do quarto de Louise. Antes que pudessem decidir qual abrir primeiro, Pupkin, do outro lado do corredor, atrás deles, guinchou:

— Pegando fogo!

Mark e Louise deram meia-volta, as luzes varrendo o corredor, e viram Pupkin parado ao longe, junto à porta da sala de jantar. Poppy o segurava, cambaleante, sem energias, febril, a cabeça pendente para o lado, o braço enfaixado refletia as luzes das lanternas.

— É aqui que o Freddie está? — perguntou Louise.

— Você fica — disse Pupkin através da garganta machucada de Poppy. — Menino Gordo tem um braço só, não serve pra Pupkin. Mas você fica. Você fica, cuida de Pupkin e mora na Floresta Tique-Tum pra sempre, e nada muda, e tudo sempre igual, pra sempre e sempre.

— Onde está o Freddie? — questionou Louise.

— Não pode ficar? — perguntou Pupkin com uma voz baixa e triste.

— Não pode — disse Louise. — Freddie precisa ir para casa.

— Freddie em casa! — insistiu Pupkin.

— Ele quer ficar com a família — replicou Louise.

— Tá bom — disse Pupkin. — Acabou o jogo.

Alguma coisa nos quartos escuros em ambos os lados do corredor se moveu, deslocava-se no ar, e Louise se virou para a porta do quarto dos pais bem a tempo de vê-la se escancarar. Uma parede de fantoches avançou sobre ela como um maremoto.

Uma avalanche de fantoches mergulhou na direção de Louise, com o Sr. Não na liderança, seus olhos de bola de pingue-pongue encontrando os dela, sua boca aberta em um grito silencioso. Ela gritou de volta para o fantoche, recuando pelo carpete do corredor, colidindo com Mark enquanto ele tentava fugir dos fantoches que saíam como uma torrente do antigo quarto de Louise. Fantoches boquiabertos caíram em cima deles, vindo de toda parte.

Louise mergulhou para sair do caminho, mas eles soterraram Mark. Enroscaram-se nas pernas, no punho, agarraram seu pescoço e puxaram seu cabelo, se penduraram no braço amputado e arrancaram a frigideira de sua mão. Ela começou a arrancar os fantoches que se grudavam no irmão, jogando-os longe, mas eles se agarravam às mãos dela, se enrolavam em seus braços com aqueles membros longos e ásperos, grudavam em sua camisa. Ela largou o celular e viu a luz girar pelo carpete do corredor, afogando-se sob uma tempestade de fantoches.

Eles precisavam chegar à frente da casa, precisavam alcançar Pupkin. Louise puxou Mark pelo corredor, sentindo os braços dos fantoches ao redor de suas pernas, subindo por sua cintura, se pendurando em suas costas. Ela conseguiu dar cinco passos, mas havia fantoches demais. Eles estavam sendo cercados.

Ela se recostou na parede e foi arrancando os fantoches do corpo, arremessando-os o mais longe que conseguia, depois arrancou alguns da cabeça de Mark. A lanterna que ele usava se agitava com o movimento e revelava trechos do pesadelo que os rodeava: fantoches sem pernas arrastavam-se pelo carpete como lesmas de feltro, fantoches pendurados nos batentes das portas, fantoches que se lançavam na direção de Louise, com os olhos fixos nela, as bocas abertas em gritos. Danny, o Dragão da Imaginação, articulado e medindo um metro de comprimento, corria pelo teto de cabeça para baixo, as garras de espuma fixando-o ao teto, com as asas estendidas. Dois pirulitos listrados de vermelho e branco, com cerca de um metro e meio de altura — que a mãe fizera para um concurso natalino —, pulavam na direção deles após saírem de onde se escondiam, no quarto de Mark, as bocas pretas abrindo e fechando a cada salto. Poppy, parada no fim do corredor com Pupkin no braço, ria e dançava.

Louise arrastou Mark para o banheiro e bateu a porta.

Os fantoches do lado de fora começaram a forçar a entrada. Ela pressionou as mãos na madeira e jogou todo o seu peso para manter a porta fechada enquanto os fantoches se arremessavam contra ela sem parar, fazendo-a chacoalhar. Mark se recostou nela, e então algo arranhou os pés de Louise, e, sob a luz da lanterna de Mark, Louise viu mãos peludas e braços de espaguete atravessando a fresta inferior da porta, alcançando seus pés. Ela recuou, mas manteve o peso do corpo apoiado na porta.

— O que a gente faz? — gritou ela, à beira das lágrimas, sentindo o pânico aumentar, e saindo de controle. — O que a gente faz? Eles são muitos!

Estavam batendo na porta ao mesmo tempo agora, em golpes coordenados. Cada vez que batiam, Louise sentia a porta tremer no batente. Eles iam conseguir entrar.

— Ai, Jesus — disse Mark ao lado dela, e Louise seguiu o olhar horrorizado do irmão até o outro lado do banheiro.

Os bonecos Mark e Louise estavam lado a lado embaixo da janela, observando os dois com rostos inexpressivos e olhos mortos. A boneca Louise cambaleou para um lado como se fosse cair, mas conseguiu se reequilibrar e cambaleou novamente na outra direção. Louise percebeu que ela estava andando na direção deles, atravessando o banheiro.

— Ai, Jesus! — repetiu Mark quando os fantoches golpearam novamente do outro lado da porta.

O boneco Mark também deu um passo na direção deles, e os dois bonecos gigantescos caminharam cambaleantes até os verdadeiros Mark e Louise.

Chegaram à pia.

A maneira como se moviam parecia errada, antinatural. Louise sentiu vontade de vomitar.

— O que a gente faz?! — gritou Mark de terror. — O que a gente faz?

— Segure a porta — disse ela, e arrancou o band-aid.

Sem se permitir pensar, deu um passo adiante, pegou os dois bonecos pelos braços e os jogou dentro da banheira. Eles caíram fazendo um baque duplo e pesado. Ela deslizou a porta do boxe para isolá-los ali, e a manteve fechada com as duas mãos. Atrás de Mark, os fantoches golpearam de novo na porta do banheiro e, dessa vez, alguma coisa se quebrou dentro da moldura. Louise chegou bem a tempo de apoiar as mãos na porta antes que os fantoches desferissem o golpe seguinte.

— Temos que encontrar o Freddie — disse ela.

— Como? — perguntou Mark. — Estamos presos dentro de um banheiro, os fantoches da mamãe nos odeiam, tem bonecos na banheira. Eu acho que a gente tá fodido.

Os fantoches bateram na porta outra vez. O que quer que tivesse se quebrado na moldura antes se estilhaçou com o novo golpe.

— Não temos alternativa! — disparou Louise. — Temos que encontrá-lo!

— Como é que a gente vai conseguir encontrar alguma coisa? — gritou Mark. — Parece a Floresta Tique-Tum lá fora.

— Pensa! — disse Louise.

Mark não respondeu. Os fantoches se lançaram de novo. Dessa vez, a porta foi forçada para dentro do banheiro. Apenas um centímetro, mas era o suficiente. Eles não tinham mais tempo.

— Ai, meu Deus — disse Mark.

— O quê?

— A Floresta Tique-Tum — respondeu ele, enquanto os fantoches golpeavam a porta de novo. — Eu estive na Floresta Tique-Tum, Lulu, em Boston, quando eu era o Pupkin.

Outro golpe na porta, e Louise ouviu a chapa de montagem se soltar da maçaneta.

— Sabe o Tronco Tique-Taque, onde o Pupkin tira as sonecas dele? Que fica no Pomar de Ossos? Eu já vi isso tudo. O Tronco Tique-Taque é um cipreste, o Pomar de Ossos é bambu. É o lugar onde o Pupkin sempre se senta no início de todas as histórias. É onde ele pensa melhor.

Outro golpe dos fantoches.

— É o cipreste no quintal — afirmou ele. — Com todo aquele bambu ao redor. É onde o Freddie está. Tenho certeza disso!

Louise não gostava das certezas de Mark. Foi com essa convicção que ele acabou se tornando dono de uma fazenda de cobras.

— Confie em mim — pediu ele enquanto os fantoches faziam uma nova investida contra a porta.

As certezas de Mark já o tinham feito perder todas as suas economias em duas expedições de caça ao tesouro. As certezas de Mark o tinham levado a investir em uma fábrica de árvores de Natal que nem sequer existia. As certezas dele tinham sido a salvação em Worcester. As certezas dele o tinham feito dormir na caminhonete depois da Pizza Chinesa. As certezas dele já tinham salvado a vida de Louise.

— Como a gente chega lá? — perguntou ela.

— Sai pela janela — disse Mark. — Eu seguro a porta.

Louise hesitou. Os fantoches bateram na porta de novo. Eles ouviram um estalo profundo e de estilhaços.

— Vai! — gritou o irmão.

Ela soltou a porta, e os fantoches bateram nela novamente. Desta vez, os pés de Mark deslizaram alguns centímetros. Na banheira, os bonecos Mark e Louise batiam com as mãozinhas na parte interna da porta de plástico do boxe. Louise correu até a janela, abriu a cortina e tentou levantá-la.

— A tinta endureceu a janela, não abre! — exclamou ela.

— Quebra o vidro! — gritou Mark.

Louise olhou em volta: vaso sanitário, pia, saboneteira, toalhas, escova sanitária. Ela precisava de algo pesado. Mais um golpe dos fantoches. Os bonecos Mark e Louise batiam na porta do boxe com os punhos minúsculos. Louise abriu a porta do boxe, hesitou por uma fração de segundo e pegou a boneca Louise. Era pesada o suficiente.

— Desculpa! Desculpa! — disse, e em seguida bateu a cara da boneca no vidro fosco da janela do banheiro.

A boneca atravessou o vidro com um som de estilhaço. Louise segurou o corpo que se contorcia lentamente nas mãos dela como se fosse um aríete e deu mais duas pancadas no vidro, depois o usou para tirar todos os caquinhos pendurados na moldura.

O ar gelado do quintal invadiu o cômodo. Louise jogou a boneca quebrada de volta na banheira e fez contato visual com Mark.

— Vai rápido — pediu ele.

Louise respirou fundo, agarrou a moldura da janela, sujou as mãos com caquinhos de vidro e rastejou para o lado de fora. Pousou no chão de cabeça para baixo e apoiou as mãos no quintal, então arrastou as pernas e se levantou.

Ela olhou de volta para o banheiro. O vento a impedia de ouvir qualquer coisa, mas ela viu Mark dar um salto para a frente quando os fantoches golpearam a porta. Louise se virou e saiu em disparada.

Capítulo 37

Um vento gelado com cheiro de chuva soprava pelo quintal e chicoteava a copa das árvores e os bambus. Os braços de Louise ardiam de frio e ela estava coberta de caquinhos de vidro. Nuvens escuras se fecharam no céu, cobrindo a lua. Ela adentrou a escuridão da garagem e começou a tatear as prateleiras até conseguir tirar a pá do suporte na parede.

Com a pá na mão, Louise saiu. No alto, o vento mudou de direção e sacudiu os galhos mais altos e nus da nogueira enquanto, em volta dela, os bambus batiam uns nos outros como se fossem ossos. No canto mais distante do quintal, o cipreste atrofiado se agitava e balançava ao vento.

Louise correu até lá. Não se aproximava daquela parte do quintal havia mais de vinte anos, e o lugar parecia úmido. Nem mesmo o vento conseguia amenizar o fedor de matéria orgânica e folhas podres. O chão parecia duro, nodoso e cheio de raízes. Ela procurava uma criança de cinco anos do tamanho de Poppy e não sabia por onde começar ou até que profundidade cavar. Podia estar em qualquer lugar ali. Não tinha a menor chance, não ia conseguir.

Precisava confiar na própria intuição. Como Mark.

Louise fechou os olhos, inspirou, expirou, inspirou de novo e prendeu a respiração. O ar cheirava a lama e umidade, dava para sentir a água nele. Ao longe, na direção do porto, um trovão retumbou. Louise soltou o ar e inspirou profundamente mais uma vez.

Imaginou a avó, que ela nunca tinha visto nem em fotos, entrar naquele quintal no meio da noite, acompanhada do avô, com um baú de viagem feito de lata. Ele fica atrás da esposa enquanto ela permanece imóvel, assim como Louise está naquele momento. Então ela aponta para um lugar específico no quintal.

Aqui.

Louise abriu os olhos e caminhou até um ponto um pouco mais adiante, ao lado da árvore. Levantou a pá, enfiou a lâmina na terra e arrancou um pedaço das raízes. Ao repetir o movimento, arrancou outro grande pedaço. Um relâmpago brilhou no alto do céu, revelando o buraco raso que começava a escavar, e então Louise enfiou a pá outra vez e começou a raspar a terra, tirando-a lá de dentro.

Tudo o que ouvia era o vento. Frestas de luz do quintal de um vizinho chegavam até Louise como tiras cintilantes por causa dos bambus, mas, fora isso, tudo era escuridão. Atrás dela, na casa, um súbito tilintar de vidro cortou o barulho do vento. Ela não parou. Levantou outro monte pesado de terra e jogou-o para o lado. Então uma enorme onda de vidro explodiu atrás dela, fazendo-a virar a cabeça para ver o que tinha acontecido.

As portas deslizantes de vidro do pátio haviam explodido e criado uma chuva de pequenos cacos que desabou no pátio de concreto. A estrutura de metal cedeu e algo escuro caiu no chão e saiu rolando.

Mark.

Ele se sentou, desorientado, e balançou a cabeça para se recuperar da tontura. Tentou se levantar, mas os calcanhares apenas afundaram no chão. Louise fez menção de ir na direção dele, mas logo parou. Atrás de Mark, atravessando a porta estilhaçada, um conjunto de sombras se desprendeu da escuridão que se fazia no interior da casa, e algo enorme, pesado, abriu caminho, chutando a moldura de alumínio para o canto.

Mesmo de onde estava, Louise conseguia ouvir os passos desajeitados que arrastavam a estrutura metálica das portas de correr. Conseguia ouvir os pés batendo com força no chão. A coisa tropeçou, se libertou dos destroços, sacudiu os cacos de vidro das costas e saiu da escuridão da casa. O cérebro de Louise se limitou a repetir uma única palavra várias e várias vezes, sem parar.

Não. Não, não, não, não, não, não, não, não, não, não, não...

Uma forma humanoide gigantesca, pesada e atarracada avançou mais um passo na direção de Mark. Tinha um corpo quadrado e rústico, pernas e braços grosseiros, uma protuberância rudimentar no lugar da cabeça. E era feito de fantoches. Todos eles. Todos os fantoches criados pela mãe. Centenas deles, agarrados uns aos outros, braços amarrados em braços, pernas entrelaçadas a pernas, corpos trançados ao redor de corpos. O vento soprava a pelagem, o cabelo e a lã de cada um, fazendo-os dançar por cima do volumoso mosaico. Os olhos cegos de plástico olhavam para todas as direções, e, com as bocas abertas, todos eles se envolviam numa massa raivosa e absurda.

Deuteronômio, o Burro; Danny, o Dragão da Imaginação; Caradepizza; Miau Miau; Bob, o Bobo; Rogers; Brilho Cósmico; Sr. Não; Madona Mandona; Irmã Caprichosa; Monty, o Cão.

A coisa se virou para encará-la. Louise sentiu o cérebro desligar e a pá caiu dos dedos dormentes dela. A criatura deu um passo na direção dela, depois outro, o corpo balançando para lá e para cá, alternando onde colocavam o peso para se equilibrar. Os corpos dos fantoches se contraíam e se esticavam como tendões, o corpanzil ondulava ao se mover, e a boca deles abria e fechava cada vez que os pés tocavam o chão.

Atrás da criatura, Poppy saiu pelas portas quebradas do pátio, com Pupkin erguido em um braço.

— *Kakawewe!* — exclamou Pupkin em triunfo enquanto dançava no ar.

O golem fantoche se virou para Pupkin, e ele apontou para Louise. Devidamente orientado, o golem começou a caminhar pelo quintal na direção dela. Louise procurou uma saída, mas não havia para onde ir. O buraco ainda não era profundo o suficiente. A coisa continuava se aproximando, agora perto da pilha de madeira de Mark.

Toda a sua vida dependia daquilo. Louise pegou a pá, enfiou de volta no buraco, retirando a terra mais depressa, jogando mais e mais punhados de solo para o lado, os ombros ardiam, a parte inferior das costas doíam. Quando ela olhou para cima, o golem fantoche já percorrera metade da distância que antes os separava. Ela olhou de volta para o buraco. Mal tinha conseguido aprofundar a cova. Não havia mais tempo, não havia mais alternativas. Louise se virou para encarar o golem fantoche, segurando a pá com as duas mãos bem na frente do próprio corpo, como se fosse uma lança.

A criatura deu mais dois passos adiante, e Louise sentiu a perspectiva se deturpar. A coisa parecia estar longe, mas era mais alta que ela, mais alta que Mark, com pelo menos dois metros de altura. Uma sensação emergiu e desapareceu dentro de seu peito. Louise não podia lutar contra aquilo, mas mesmo assim ela se preparou: apoiou-se bem nas pernas e ajustou a pá nas mãos. Não havia alternativa.

Eu vou lutar contra os fantoches da mamãe, pensou Louise. *Há quatro semanas eu era designer de produtos e tinha uma filha, agora vou lutar contra os fantoches da minha mãe com uma pá e... ai, Deus, mãe e pai, por favor, me ajudem agora.*

A coisa deu mais um passo adiante, e Louise ouviu algo no limite da audição, vozes implorando, gritando, balbuciando de dor dentro da própria cabeça. Um trovão retumbou, mais perto agora, mas a gritaria nos ouvidos soava, ao mesmo tempo, mais próxima e mais distante do que o trovão. Foi então que ela percebeu que eram os fantoches — os fantoches gritavam.

Louise sabia os nomes deles, tinha visto a mãe fazer cada um, e ela mesmo tinha usado alguns deles durante as performances da mãe. Aqueles fantoches tinham sido felizes por tanto tempo! Tinham sido acolhidos, mantidos em segurança, recebido cuidados, e de repente haviam perdido a criadora. O luto os transformara naquela coisa perturbada, e Louise não queria lutar contra eles.

— Você está machucando eles! — gritou Louise para Pupkin, o vento levando embora suas palavras. — Isso está errado. O que você está fazendo é errado!

O golem fantoche deu outro passo, e os gritos dentro da cabeça de Louise fizeram o lado esquerdo de seu rosto latejar. A criatura estava próxima o bastante para poder atacá-la. Quando o golem balançou o braço na sua direção de forma lenta e desajeitada, Louise recuou, sentindo o vento soprar em seu rosto com a força de um carro ao passar em alta velocidade. Ele era grande demais e muito denso. No segundo em que colocasse as mãos nela, seria o fim.

Eu não quero machucá-los.

Em meio aos gritos dos fantoches dentro de sua cabeça, Louise decidiu que ia cansá-los. Ela disparou para a esquerda, dando a volta na criatura e se afastando de Pupkin, instintivamente atraindo a coisa para longe da filha, ou do que quer que restasse de Poppy. Acertou as pernas do gigante com a pá, mas não colocou muita força no golpe e só passou de raspão na massa sólida, fazendo Fábio, o Cartomante, e a Sra. Ursa Branda rodopiarem e caírem. A coisa deu a volta lentamente para encará-la. Louise continuou a circular ao redor dela, investindo contra seu rosto com a pá para mantê-la afastada. Ela mudou de direção, indo para o canto do quintal, e a criatura a seguiu. Atrás da coisa, Pupkin dançava na ponta do braço de Poppy. Louise sabia que precisava acertá-la, tinha que fazer isso parar. Eram os fantoches ou ela. Então, mirou baixo, nas pernas do golem fantoche, jogou a pá para trás a fim de pegar impulso e a balançou para a frente, dando tudo de si no golpe.

A lâmina atingiu a perna direita da criatura, mas a pá ficou presa. Braços de fantoches saíram aos montes do corpanzil, pareciam trepadeiras, e se enrolaram na lâmina, segurando-a com firmeza. A coisa desceu com força o enorme braço direito, e Louise se desvencilhou e recuou enquanto o golpe partia ao meio o cabo da pá. Ela viu sua única arma cair no chão.

Algo veio do ponto cego de Louise e a arremessou para longe, como se tivesse sido atropelada por um carro. A saliva dela adquiriu uma textura espessa, o corpo girou em um círculo completo e ela caiu de joelhos, com uma das mãos apoiada no chão para evitar cair de cara. Com a visão periférica, viu o golem fantoche dar impulso com o braço para desferir outro golpe.

Ela cambaleou, tentando se levantar, mas a coisa estava perto demais e a lançou na outra direção, fazendo-a colidir com os bambus. Louise sentiu o corpo muito pesado, a visão escurecendo. Sabia que a coisa estava próxima e se esforçou para rolar e desviar do próximo golpe. O pé do gigante bateu no exato local em que ela estava poucos segundos antes.

Louise se apoiou nas hastes de bambu para se colocar de pé. Ia correr. Fugir dali. Ela era mais rápida do que a criatura, mas não conseguia ver para onde… para onde a coisa tinha ido? Antes que conseguisse organizar as ideias, algo a atingiu do lado direito, e as pernas dela pararam de funcionar. Louise caiu.

Ela rolou de costas e tentou ficar em pé, mas seus braços e suas pernas não funcionavam mais. Louise se contorcia na terra enquanto os fantoches pairavam sobre ela, bloqueando o céu, preenchendo sua visão. Sentiu Poppy chegar perto, dançando, Pupkin na ponta do braço erguido, cantando sua música em meio aos gritos dos fantoches que ecoavam em sua mente.

Pupkin chegou! Pupkin chegou!
Hora de rir e brincar no meu show!
Não vai ter banho! Regra para nada!
Sem professores! Sem tabuada!
Hoje só vamos cantar e dançar,
Pupkin chegou pra brincar e brincar
E BRINCAR E BRINCAR!

Os gritos dos fantoches atingiram um tom agudo demais para Louise assimilar, e seu cérebro parou de processar qualquer tipo de informação. Tudo o que conseguia ver eram os braços do golem fantoche se estendendo na sua direção, um fantoche de cachorro com a boca aberta

monty, o cão

pendurado no cotovelo, todos pairavam sobre ela, maiores que o mundo inteiro.

... sinto muito, poppy...

Um único e constante assobio estridente cortou a noite. A coisa se afastou, e Louise virou a cabeça para o lado, de onde viera o som. Viu que Mark tinha se arrastado até a base da nogueira; seus dentes brilhavam no escuro, e ela percebeu que ele sorria. Mark levou dois dedos à boca novamente e deu outro assobio longo e estridente. Então, Louise o ouviu dar o comando.

— Pega, garoto.

Por um longo momento, nada aconteceu. Então algo atingiu o golem pela lateral, fazendo-o cambalear. O céu acima de Louise não revelava nada além de nuvens escuras, e um trovão soou ainda mais próximo. Ela ouviu os fantoches gritarem ainda mais alto dentro de sua cabeça e, com um esforço enorme, conseguiu se sentar.

O golem fantoche ficou imóvel, a protuberância que era a cabeça se agitava de um lado para outro. Pupkin se revirava na ponta do braço de Poppy em busca de algo, vasculhava o quintal.

Algo atingiu o golem em cheio e o empurrou para a frente. Ele perdeu metade de um braço. Os fantoches caíram no chão, se contorcendo, gritando, e Louise ouviu Mark elogiar através do vento:

— Bom garoto!

Então ela o viu.

Aranha.

Ele atacou o golem, esmagando cada pedacinho, os dentes se fechando por todos os lados; rosnava, rasgava, mordia, arrancava fantoches da massa sólida, as seis patas cheias de garras atacando furiosamente enquanto a besta azul sumia e reaparecia diante dos olhos de Louise. Aranha percorria o corpo inteiro da coisa, subindo pelos ombros, passando sobre o peito, prendendo a cabeça dela na boca e arrancando os fantoches de lá, jogando-os pelo quintal, depois se enrolando entre as pernas da criatura, escalando suas costas, arranhando seu rosto.

O golem cambaleou, os fantoches gritaram e Louise viu Poppy se afastar como se algo tivesse explodido dentro da cabeça da menina, que caiu sentada e não se mexeu mais. Louise precisava ajudá-la, precisava alcançá-la, e então viu que Pupkin se movia na ponta do braço de Poppy. Foi quando Louise se deu conta do que precisava fazer.

Com o último resquício de força nos músculos doloridos, Louise se forçou a ficar de quatro e rastejou de volta para onde começara a cavar o buraco. Ela não tinha mais a pá, então enfiou os braços até os cotovelos e foi tirando a terra, raspando o fundo. Chegou a perder uma unha, enquanto Aranha despedaçava o golem desequilibrado, um fantoche de cada vez, e Louise tirava um punhado de terra após outro do túmulo de Freddie.

A primeira gota fria de chuva atingiu a nuca de Louise como uma bala, mas ela estava exausta demais para se importar. Gotas esparsas caíram no chão ao seu redor, depois começaram a chiar através dos bambus e a bater nas folhas macias do cipreste. Quando o som dos gritos dos fantoches se calou dentro de sua mente, as nuvens liberaram um verdadeiro dilúvio. Louise estava curvada no quintal morto, a chuva caindo, perfurando suas costas como lanças, mas ela não conseguia parar de cavar, até que sentiu algo grande que se aproximava e virou-se para olhar o que era.

Aranha trotava na direção dela sob a chuva torrencial, entrando e saindo da existência em um piscar de olhos, com a cabeça baixa e os olhos fixos em Louise. Atrás do cachorro, ela viu um monte de fantoches espalhados, ainda se contorcendo na terra que pouco a pouco virava lama; alguns cambaleavam sobre as pernas para fugir, e então caíam imóveis depois de apenas alguns passos. Atrás deles, Louise viu Poppy sentada no chão, inclinada para a frente sem se mover sob a chuva pesada.

O hálito de Aranha fumegava no frio quando ele se aproximou, e Louise sentiu uma pontada nauseante nas feridas. Ele olhou para ela com curiosidade, arreganhou a enorme boca e deslizou a longa língua pelos lábios. Ao olhar para baixo, Louise viu o buraco se enchendo de água, enquanto as mãos dela pareciam tão rígidas, frias e inúteis quanto ganchos. Ainda não era fundo o suficiente.

Ela olhou para Aranha.

— Cave! — ordenou. Ele inclinou a cabeça para o lado e começou a rosnar. — Cave, Aranha! — repetiu Louise.

Dessa vez, ela se inclinou para a frente, enfiou as mãos na água gelada que enchia o buraco, tirando lá de dentro dois punhados de lama. A pele das mãos dela gritava de agonia.

— Cave! — ordenou e apontou para o buraco. — Aranha! Cave!

Ele deu um passo na direção de Louise, e ela se preparou para fechar os olhos. Então Aranha parou de rosnar, enfiou as duas enormes patas dianteiras dentro da água no fundo do buraco e começou a cavar. O segundo par de patas juntou-se ao primeiro, e um arco de terra e lama se ergueu no ar como uma fonte entre as patas traseiras do bicho. Era como uma serra elétrica cravada no chão.

Afastando-se para desviar da terra que acertava seu rosto, Louise observou Aranha usar as seis pernas para aumentar o buraco no chão enquanto uma cortina de chuva caía sobre eles.

Algo mudou no som da terra que saía do buraco. Ela ouviu as garras arranharem algo oco, duro, e gritou:

— Aranha! Pare!

O cachorro olhou para ela com curiosidade, afundado até a altura dos ombros no buraco, e Louise rastejou na direção dele. No fundo, coberta de terra, havia uma superfície lisa. Louise se deitou de bruços e começou a tirar a lama de cima do objeto, empurrando a terra molhada para o lado. A chuva escorria pelo rosto, quase a afogando enquanto ela cavava com as mãos geladas e inúteis, tateando as bordas do objeto. Até que encontrou uma alça. E assim, com toda a força que lhe restava, ela o puxou, as costas enrijecidas, a coluna contraída, os músculos dos ombros dilacerados e a terra grudada no objeto. Por fim, o baú se soltou, e Louise o arrastou para fora.

Ela largou o baú de lata ao lado do buraco e caiu de costas no chão. Ficou ali deitada por um momento, com dificuldade para respirar, enquanto a chuva caía com força, atingindo-a no rosto e nos olhos, encharcando suas roupas. Ela rolou e se levantou, agarrou a alça do baú e começou a arrastá-lo em direção à figura indistinta de Poppy através da chuva forte.

Aranha oscilava na realidade atrás dela sob o dilúvio, observando-a, e alguma parte distante de seu cérebro assimilou que Mark estava caído debaixo da nogueira. Teve a impressão de ver a cabeça dele se mover, acompanhando seus movimentos, mas não tinha certeza.

Ela caminhou com dificuldade sob a chuva intensa, que formava grandes poças. Poppy estava ali, com Pupkin ainda no braço, descansando no colo dela. Quando Louise se aproximou, o fantoche ergueu a cabeça devagar, enfraquecido. A chuva começava a dissolver o papel machê do rosto dele, tornando-o pegajoso, descascando-o, uma camada por vez. Ele sorriu para Louise enquanto a tinta preta ao redor de seus olhos escorria por suas bochechas como rímel.

Louise largou o baú entre eles e caiu de joelhos. Tateou indistintamente até, por fim, encontrar um trinco, coberto de ferrugem e terra, e o abrir. Logo encontrou o segundo, o terceiro e, finalmente, agarrou a tampa com as mãos e a forçou para trás.

Lá dentro havia o corpo de uma criança, todo encolhido. O que sobrara era quase apenas ossos, mas tinham restado alguns vestígios de pele nas bochechas e nos punhos, junto com algumas mechas de cabelo claro que a chuva imediatamente colou ao crânio boquiaberto. Os bracinhos estavam dobrados e as mãos delicadamente recolhidas junto ao queixo. Um garotinho vestido com jeans desbotados e — isso foi o que apunhalou o coração de Louise — um suéter vermelho.

a mãe não queria que ele sentisse frio

— É você — gritou Louise para Pupkin através da chuva. — É você, Freddie.

Pupkin desviou o olhar do corpo do menino e encarou Louise, depois voltou a observar o baú. A chuva os golpeava como um bastão. Tinta preta escorria pelo queixo de Pupkin enquanto suas feições ficavam borradas e desapareciam.

— Você precisa ir agora, Pupkin — declarou Louise. — É hora de ir para casa.

Pupkin estremeceu na ponta do braço de Poppy, uma coisinha triste, derretida e encharcada que vislumbrava o próprio cadáver.

— Pupkin não vai — disse ele. — Pupkin fica pra brincar e brincar...

— Não sobrou ninguém. Todos eles se foram.

— Pupkin real! Pupkin vivo! — exclamou ele.

— Não — disse Louise, exausta demais para dar explicações.

— Por quê?! — uivou Pupkin.

— Porque quando o corpo se machuca muito, muito, ele para de funcionar e você morre. Isso significa que você vai embora para sempre. Foi o que aconteceu com você.

— Não... — choramingou Pupkin. — Não é justo...

— Não — concordou Louise. — Não é justo.

Da ponta do braço de Poppy, Pupkin virou o rosto arruinado e derretido para ela.

— Por quê? — perguntou ele de novo, e era a voz de uma criança perdida, que não sabia o caminho de casa.

Naquele momento, Louise pensou em *O coelhinho de veludo* e se deu conta do porquê sempre ter odiado aquela história. Ser amado não significava estar vivo. As pessoas amam várias coisas inanimadas: bichos de pelúcia, carros, fantoches. Estar vivo significava outra coisa.

— Porque você é real, Pupkin — disse Louise —, e nada real pode durar para sempre. É assim que você sabe que é real: um dia chega a hora de morrer.

A chuva continuava a cair sobre os três sentados na lama. Por fim, com uma voz tão baixa que Louise quase não ouviu em meio ao barulho da chuva, Pupkin falou:

— Estou com medo.

Louise deu a volta no baú e atravessou a poça gelada que se formara ao redor deles. Sentando-se atrás da filha, colocou-a no colo e estendeu a mão para Pupkin, encharcado na ponta do braço da menina. O rosto do fantoche derretera até se tornar um calombo irreconhecível, mas ela ainda podia identificar os contornos tênues dos olhos, da boca, do queixo, do nariz arrebitado. Como era mãe, Louise pegou a manga de Pupkin e o tirou do braço da filha, encaixando-o depois no próprio braço — não podia deixar uma criança, não importava qual fosse, enfrentar aquilo sozinha.

Pupkin estava frio, úmido, pesado, e instantaneamente congelou os nós dos dedos de Louise. Então ela sentiu o corpinho dele ganhar vida; a chuva desapareceu, o mundo tombou para o lado, rodopiou, e ela se viu deitada de costas olhando para cima, admirando um céu noturno límpido, repleto de nuvens cor-de-rosa brilhantes.

Uma brisa suave e calorosa agitava as folhas do Tronco Tique-Taque acima deles. Louise se sentou, olhou para o lado e viu um garotinho sentado na grama da Floresta Tique-Tum. Ele usava jeans azuis e suéter vermelho. Em um braço, vestia Pupkin.

— Cadê a Nancy? — perguntou o garoto, com uma voz infantil.

Louise não conseguiu falar. Ela sabia que aquilo era algum tipo de alucinação, mas tudo parecia tão real e completo, como se não fosse uma visão criada por seu cérebro exausto, mas um mundo ilimitado ao redor dela, um lugar onde poderia andar em qualquer direção sem nunca chegar ao fim.

— Eu quero a Nancy — disse o menino.

Louise não sabia o que dizer a ele, e então o instinto assumiu a liderança. Ela se lembrou de como eram as histórias que a mãe lhe contava.

— Ela está no Fim do Mundo — afirmou Louise.

— Eu não acredito em você — respondeu o menino. — E Pupkin também não acredita em você. O mundo não tem fim.

— Tudo tem fim — declarou Louise.

— Não tem, não — insistiu o menino. — Né, Pupkin?

— É! — cantarolou o fantoche em seu braço, com a vozinha estridente de Pupkin.

— Por que você não descobre por si mesmo? — perguntou Louise.

O menino a encarou por um instante e depois se levantou.

— Nós vamos — afirmou. — Vem, Pupkin.

Os dois começaram a se afastar, mas então o garoto parou e se voltou para Louise.

— E se eu não conseguir encontrar? — indagou, parecendo preocupado.

— Você vai — tranquilizou-o Louise. — Você sempre encontra. E se não encontrar, Pardalina vai te levar para casa. Porque você sempre volta para casa, Freddie. Você e Pupkin. É assim que toda aventura termina: com vocês dois seguros em casa com a mamãe e o papai. E sua irmã.

Freddie estufou o peito.

— Estou indo pra casa — disse ele.

— Você está indo pra casa — concordou Louise.

Ele e Pupkin seguiram caminho, e Louise não se conteve.

— Freddie! — chamou.

O garoto se virou.

— Quando encontrar sua irmã — pediu —, diga a ela que eu agradeço.

— Pelo quê? — perguntou Freddy.

Louise não sabia. Não conseguia encontrar as palavras. Como poderia colocar tudo em uma frase? Havia tanta coisa a dizer.

— Por tudo — disse ela por fim. — Diga a ela que eu agradeço por tudo.

Freddie deu de ombros, se virou e, junto com Pupkin, saiu andando pelo Pomar de Ossos, em busca do Fim do Mundo.

Então, a Floresta Tique-Tum se desfez e a gravidade puxou Louise para baixo. De repente, ela estava encharcada e com muito frio outra vez, e havia pessoas com lanternas por todos os lados — uma confusão de capas de chuva, coletes e ponchos —, todas ao seu redor enquanto ela embalava a filha no colo, e, na ponta do braço direito, uma massa encharcada de tecido e papel derretido se transformava em uma pasta. Uma das pessoas se inclinou para ela. Era a tia Gail.

— Louise? — gritou ela de muito longe. — Louise?

— Eu o levei para casa — respondeu Louise. — Eu levei o Freddie para casa.

Então ela caiu para trás e ouviu o som da água quando atingiu o chão. O mundo inteiro desapareceu.

ACEITAÇÃO

Capítulo 38

Louise saiu discretamente do quarto de hospital de Poppy um pouco antes das nove da manhã no dia seguinte. Estava se sentindo péssima, mas tinha muito a fazer. Precisava ir até a casa. Precisava ter certeza.

Ao encostar o carro na frente da casa, Louise viu um golden retriever passar correndo pela rua com algo mole e muito colorido na boca. Levou um minuto até seu cérebro exausto assimilar que o cachorro pegara um dos fantoches da mãe. Ela saiu do carro e atravessou o gramado da frente.

A polícia já tinha ido embora, mas deixou lá a fita amarela que demarcava a cena do crime, amarrada nas colunas da varanda e enrolada no portão lateral. Louise pulou a cerca, tomando cuidado para não rasgar a fita, e observou os destroços espalhados pelo quintal.

Os fantoches da mãe estavam por toda parte, trapos multicoloridos rasgados em pedacinhos e espalhados de uma ponta à outra do quintal lamacento. A chuva os havia arruinado. Além disso, a polícia e os paramédicos tinham caminhado por cima deles a noite inteira, o que acabou de vez com todos. Alguns tinham sido esmagados na lama, outros foram eviscerados, os tecidos e enchimentos cobriam o chão aos montes. A maior pilha deles estava a poucos metros do buraco que ela e Aranha tinham cavado juntos. A polícia o havia expandido e transformado em uma cova vasta.

Tudo o que a mãe de Louise tinha construído, tudo o que havia passado a vida inteira criando, tudo o que tinha tanto significado para ela havia desaparecido. A chuva, a lama e os pés de estranhos destruíram tudo. Os fantoches tinham sido a vida de sua mãe. Pupkin tinha sido a vida de sua mãe. E agora eles não existiam mais, assim como ela. Louise começou a chorar.

Chorou porque finalmente percebeu que o tempo só se move em uma direção, não importa quanto a gente queira que seja diferente.

Não é justo, ouviu Pupkin protestar dentro de sua cabeça.

— Não — repetiu Louise baixinho para si mesma enquanto chorava. — Não é justo.

— Com licença — disse uma voz atrás dela.

Dolorosamente, com todas as juntas rígidas e lágrimas escorrendo pelo rosto, Louise se virou. Havia um homem com um colete preto e calças esportivas do outro lado da cerca, estendendo o braço na direção dela. Nele pendia um dos fantoches arruinados da mãe de Louise. Ela reconheceu Miau Miau.

— Não quero ser grosseiro — disse ele, sendo grosseiro —, mas seu lixo está espalhado por todo o meu quintal.

Louise o reconheceu vagamente como um dos novos moradores da antiga casa dos Mitchell. Eram uma família de Westchester cujos pais trabalhavam com finanças, ou uma família do ramo de tecnologia da Bay Area, ou uma família de alguma profissão de algum lugar parecido. Ela abriu um sorriso em meio às lágrimas que encharcavam seu rosto.

— Vou resolver isso agora — respondeu.

Louise pegou o telefone, encontrou o número na lista de chamadas e apertou.

— Sr. Agutter? — disse ela. — É Louise Joyner, daquela... sim... sim, está cedo... Receio que tenhamos começado com o pé esquerdo antes. Nós definitivamente queremos que você volte o mais rápido possível... seria ótimo. E mais uma coisa! Vocês também limpam quintais?

* * *

Enquanto o hospital processava a alta de Poppy, Louise desceu até o carro e pegou uma mochila. Ela se sentou na beira da cama da menina, segurando a bolsa no colo.

— Como está se sentindo? — perguntou.

Poppy tossiu e assentiu ao mesmo tempo. Louise colocou a mão na testa da filha porque era isso que sua mãe sempre fazia quando ela estava doente. Os médicos disseram que os pulmões de Poppy estavam limpos e receitaram uma série de antibióticos de via oral. Louise não fazia ideia de quanto Poppy se lembrava, mas ir para casa era o primeiro passo.

— Está animada?

— Vamos voltar pra São Francisco? — perguntou Poppy.

— Vamos voltar pra São Francisco — confirmou Louise.

Então abriu o zíper da mochila e, lá de dentro, puxou Ouricinho e o colocou na cama de frente para a filha. Depois pegou Coelho Vermelho, Buffalo Jones e Dumbo e os posicionou um ao lado do outro.

— Estes são alguns amigos que tive quando tinha a sua idade — disse ela.

Poppy os encarou.

— Qual o nome deles? — perguntou ela, sem erguer o olhar.

Louise apresentou Poppy a seus amigos de infância.

Ela os tinha encontrado em casa, escondidos em seu quarto, amontoados debaixo da cama. Não se lembrava de tê-los visto naquela noite e não achava que seriam capazes de fazer algo para machucá-la. Além disso, pareciam tão assustados e sozinhos... Para recuperá-los, Louise os mandou para uma boa limpeza — espiritualmente com Barb, que disse não haver nada preocupante neles, e fisicamente na lavanderia Sea Island Suds.

— São seus amigos agora — disse Louise. Poppy estendeu a mão cautelosamente, puxou Coelho Vermelho por uma orelha e o aconchegou contra a barriga; depois estendeu a mão para pegar Buffalo Jones. — Mas, escute, você vai ter que cuidar deles. Eles nunca estiveram em uma cidade tão grande como São Francisco.

Quando Louise era pequena, a mãe a amara sem reservas, sem hesitação, mas Louise não nasceu sabendo fazer isso por outra pessoa. Com aqueles bichinhos de pelúcia, ela aprendeu pela primeira vez a amar algo que talvez não pudesse amá-la de volta. Foi com eles que aprendeu a cuidar de algo que dependia totalmente dela. Eles foram como rodinhas de apoio para o seu coração, e agora era a vez de Poppy.

Cabia à filha mantê-los limpos, amados e aquecidos. Um dia, talvez, Poppy os passasse adiante para os próprios filhos, ou para os afilhados, ou para os filhos da melhor amiga, ou talvez não. Talvez ela se cansasse deles muito antes disso. Independentemente do que viesse a acontecer, Louise tinha feito a sua parte. Agora estava nas mãos de Poppy.

A família fez o velório do tio Freddie em outubro. Louise e Poppy foram até lá de avião e ficaram com a tia Honey, o que a emocionou profundamente. No início, Louise pensou que a recepção calorosa da tia fosse apenas uma encenação, então esperou até uma noite, depois que Poppy já tinha dormido, e serviu duas taças de vinho.

— Quero me desculpar pelo que aconteceu no seu quarto naquela noite no hospital — começou Louise.

Tia Honey fez um gesto de dispensa.

— Eu nem me lembro — disse. — Estava dopada, cheia de remédios. Vamos falar sobre algo que realmente importa. Você acha que Constance vai ter outro filho? Ela parece grávida para você? Notei que ela não está bebendo.

Demorou uma eternidade para que um juiz assinasse a licença de exumação para desenterrar o caixão vazio de Freddie e enterrar novamente os restos mortais dele. Houve muitos outros obstáculos legais a serem resolvidos, mas, finalmente, sessenta e oito anos após sua morte, a família Joyner-Cook-Cannon se reuniu no cemitério de Stuhr e colocou o tio Freddie para descansar ao lado da irmã.

Eles se reuniram sob a tenda verde no cemitério, perto da cova recém-cavada no jazigo da família, e todos se divertiram muito. A tia Gail conduziu as orações e Mark contratou um sujeito para tocar "Amazing Grace" na gaita de foles por motivos que ninguém conseguiu entender. Até Barb foi.

— Veja só essa menina! Ela é um muffinzinho delicioso! — disse Barb, levantando Poppy e esmagando suas bochechas. — Vontade de devorar essa pequena!

Louise percebeu que Poppy não fazia ideia de quem era Barb, mas a filha gostou da atenção, então aceitou o abraço e a tratou como se fosse outra tia. A cena fez Louise se lembrar de como sua mãe aceitava com facilidade a atenção das outras pessoas e de como isso sempre parecia deixar os outros mais à vontade.

Cada um deles jogou um punhado de terra em cima do caixão de Freddie, e de alguma maneira Brody conseguiu escorregar e cair na cova, embora, por sorte, não tivesse quebrado nada. À medida que a cerimônia caminhava para o fim, surgiu um burburinho de que Constance tinha várias latas de drinques e duas garrafas de vinho na minivan. Assim, as pessoas começaram a passar as bebidas umas para as outras, e como a funerária não parecia incomodada com a presença da família, todos permaneceram em volta da cova aberta conversando.

Mercy contou a Louise sobre uma casinha adorável que ela não conseguia vender por nada no mundo porque os proprietários se recusavam a aceitar que o sótão estava infestado de morcegos. Barb e tia Gail ficaram lendo lápides e fofocando sobre as pessoas falecidas que conheciam. Constance e Mark entraram em uma discussão sobre evolução enquanto Poppy brincava de pique-esconde atrás das lápides com as outras crianças. Ela finalmente tinha idade suficiente para brincar com os filhos mais novos de Constance e Mercy. Enquanto os gritos das crianças ecoavam sobre os cadáveres enterrados e tia Honey começava a fazer um solilóquio a respeito de como Freddie era quando criança, Louise escapuliu da tenda e ficou do lado de fora, observando sua família.

— E aí? — disse Mark, vindo em sua direção com uma lata extra de drinque.

— E aí? — devolveu ela, pegando a bebida. — Está se sentindo bem?

Ele parecia pálido e suado. A noite que haviam passado na casa tinha causado um novo trauma no local da cirurgia, e os médicos tiveram que raspar alguns tecidos danificados em seu braço direito. Não foi agradável.

— Só dói um pouco — respondeu ele. — E por "um pouco" quero dizer "muito" e também "o tempo todo".

Eles ficaram um ao lado do outro enquanto observavam a tia Honey presidir a corte e ouviam as crianças brincando entre os túmulos.

— Você acha que ele está feliz? — perguntou Louise.

— Freddie? — indagou Mark. — Depois de tudo isso, é melhor que esteja.

— E Pupkin?

Perto da tenda, tia Honey gargalhava alto, acompanhada por todos no círculo ao seu redor.

— Espero que sim — respondeu Mark.

— Como vai a reforma? — perguntou Louise.

Mercy dissera a eles que não esperassem muito da casa. Na verdade, tinha dito que eles provavelmente não a venderiam por um tempo.

— Vocês encontraram um cadáver no quintal — argumentara ela —, então de repente todo mundo quer um desconto de cem mil no preço anunciado. Talvez a gente encontre alguém que viva no mundo da lua e não leia jornais, ou talvez alguém de Los Angeles, mas eu não teria muitas esperanças de encontrar um comprador sério tão cedo.

Isso não impediu Mark de adquirir um empréstimo e começar a reformar. Ele disse a Louise que precisava de algo para fazer e que o mercado para bartenders com uma só mão não era lá essas coisas.

— Olha, precisamos conversar sobre uma coisa — disse Mark.

Ah, não, pensou Louise. *Não aguento mais notícias ruins, não vou conseguir...*

Poppy bateu nas pernas de Louise por trás, com o rosto corado, completamente sem fôlego, se acabando de rir.

— Está se divertindo? — perguntou Louise.

— Eu nunca me diverti tanto! — disse Poppy.

A menina não sabia o que fazer com toda a alegria que tinha dentro de si. A emoção causou um curto-circuito em suas terminações nervosas de um jeito que a fazia tremer. As mãos de Poppy se fecharam em punhos e ela pressionou o rosto contra as pernas da mãe, depois se afastou e voltou a correr atrás dos primos, braços e pernas se agitando freneticamente. Louise a observou partir, então se virou e encarou o irmão.

— Certo — disse ela. — O que é?

— Talvez a gente tenha um comprador — anunciou Mark.

— Sério? — perguntou Louise, sem saber bem o que dizer. — Como?

— Mercy disse que é um cara de Toronto da área de software. Ele não liga para a situação toda do Freddie. Vai vir na próxima semana dar uma olhada na casa.

— E a reforma?

— Era sobre isso que eu queria falar com você. Está praticamente terminada.

Ele ficou ali parado como um mágico que acaba de fazer um truque, esperando os aplausos. Poppy contornou uma lápide rápido demais e levou um tombo. Louise estremeceu ao vê-la cair, depois a observou se levantar, com manchas de grama no vestido na altura dos joelhos, e continuar a perseguir os primos.

— Isso é ótimo — disse Louise, e voltou-se para Mark. — É realmente excelente! De verdade.

— Quer ver como ficou? — perguntou ele.

Algo dentro dela gelou.

— Eu... — começou a dizer, e enxergou a decepção no rosto de Mark. — Não sei. Quase morri lá, Mark, e a Poppy... não foi um bom lugar para ela.

— Se esse cara comprar, vai fechar negócio bem rápido. Talvez você não tenha outra oportunidade.

— Você tem fotos?

— Deixa quieto, vai... — disse o irmão, e Louise percebeu que ele estava bem desapontado.

— Quer saber? — cedeu ela. — Vamos passar em frente. Se a Poppy não ficar incomodada, vou adorar ver o que você fez lá.

Lá estavam Louise e Poppy no saguão de entrada da casa em que Louise crescera, de mãos dadas, avaliando o novo espaço com conceito aberto. Cheirava a carpete novo e tinta fresca.

— Eu tenho um excelente gosto — comentou Mark. — Quer dizer, Mercy ajudou, mas o que você está vendo aqui é praticamente tudo coisa minha.

Ele parecia nervoso e orgulhoso, como se realmente precisasse da aprovação dela.

— Eu admito — disse Louise —, ficou muito bom.

Poppy puxou a mão dela e Louise olhou para baixo.

— Posso ir ver seu quarto? — perguntou a filha.

— Claro — autorizou Louise. — Você sabe onde fica?

Poppy assentiu e, com o Coelho Vermelho na mão, caminhou pelo corredor até o antigo quarto de Louise.

— Eu aceito alguns sons de admiração — disse Mark. — Eu ralei pra caralho nessa reforma.

Louise começou a emitir sons de admiração ao ver o banheiro novo e maior, o piso de madeira no espaço comum, o carpete nos quartos, as persianas...

— Está muito na moda — comentou ela.

Ele era realmente bom naquilo. Louise tentou encaixar as lembranças daquela última noite desesperadora... as luminárias da IKEA, as bancadas de mármore, mas as coisas não se conectavam. Não parecia ser mais a mesma casa.

— Mercy perguntou se eu queria ajudá-la a reformar outra casa — disse Mark enquanto caminhavam para o antigo quarto dos pais. — Talvez eu ajude. Tipo, até que foi divertido, sabe?

Eles encontraram Poppy parada no meio do que fora o quarto dos pais deles. Mark havia removido o armário do pai, ampliado o banheiro e feito um closet maior. Louise mal conseguia se lembrar de como era antes.

— Foi tudo embora — disse a menina.

Louise assentiu.

— Sim. E nunca mais vai voltar.

— E a vovó e o vovô? — perguntou Poppy.

Louise hesitou por um minuto e depois disse:

— Eles também se foram.

Ela esperou que os olhos de Poppy ficassem marejados, que o rosto dela ficasse vermelho, que aquele fosse o início de um colapso.

— Ah — disse a filha, assimilando a questão. — Tá bom.

Ela ajeitou o Coelho Vermelho e pegou a mão de Louise novamente.

Mark levou as duas até a cozinha e contou a Louise sobre a aquisição do mármore e que baita desconto ele tinha conseguido no aço inoxidável. Então Poppy ficou com vontade de ir ao banheiro e quis que Mark a levasse. Ele a conduziu pelo corredor.

— Então, é... — começou ele depois de voltar. — Uma coisa sobre a qual não falamos é o novo preço de venda.

O coração de Louise parou. Lá vinham as más notícias. Mercy os tinha avisado que todo mundo ia querer um desconto depois do que acontecera com Freddie.

— E qual é? — se obrigou a perguntar.

Mark falou o número. Era alto. Maior do que ela imaginava.

— Metade disso vai ser seu — disse ele. — Garante um tremendo futuro para a Poppy.

Demorou um minuto para Louise absorver o que ele dissera.

— Obrigada. De verdade. Você fez isso tudo e ficou incrível.

De repente, ela sentiu um cheiro mais forte que o de tinta, mais forte que o de carpete novo, algo quente e tostado. Louise se perguntou se Mark tinha deixado o forno ligado ou se era aquele truque de assar biscoitos para dar à casa um toque de lar, mas o comprador em potencial não faria a visita até a semana seguinte. Ela inspirou novamente. O cheiro tinha ficado mais forte.

Era o cheiro de alguma coisa assando. Cheiro de *stollen* no forno.

Louise deu uma olhada na cozinha vazia e fria. Viu que o forno estava desligado, o display digital piscando 12h00 repetidamente. Ela se sentiu envolvida pelo cheiro de manteiga derretida e glacê quente, e então inspirou e permitiu que o aroma preenchesse sua cabeça. Sentiu cheiro de frutas cristalizadas e açúcar derretido. De fermento.

Ela olhou para Mark, parado ao lado dela com uma expressão estranha no rosto, como se ouvisse uma música distante. Os dois se entreolharam.

— O que… — começou ele.

— Sabe de uma coisa? Sempre que eu sentia o cheiro do *stollen* do papai, tinha certeza de que tudo ia ficar bem.

— Eu… — começou a dizer Mark, e então ficou ali congelado, imerso naquele aroma.

Os dois ouviram a descarga, e Poppy entrou na sala com o Coelho Vermelho.

— Cheirinho de biscoito — disse ela.

— Sim — concordou a mãe.

Ela não sabia se eram energias, ou vibrações, ou fantasmas, ou memórias, ou talvez até mesmo o pai que resolvera enviar uma última mensagem para os três, mas não importava. Durante um tempinho, pela última vez, Mark e Louise puderam estar na casa em que cresceram e sentir o cheiro do *stollen* do pai no forno.

Finalmente, Louise disse:

— Hora de ir.

Mark se virou para ela, emocionado.

— Lulu, tudo o que aconteceu foi coisa do Freddie, ou do Pupkin, ou do que quer que fosse, mas isso... é realmente o papai.

Ela balançou a cabeça e repetiu:

— É hora de ir.

Ele engoliu em seco e assentiu. Então os quatro — Mark, Louise, Poppy e o Coelho Vermelho — saíram da casa e fecharam a porta.

Depois de um tempo, o cheiro de *stollen* desapareceu.

Para Louise, ia e voltava. Às vezes não a incomodava por anos e às vezes ficava difícil de lidar. O pior era quando ela sonhava que eles ainda estavam vivos e tudo não tinha passado de um terrível engano. Naqueles sonhos, ela ainda tinha trinta e nove anos, e quando recebia a ligação de Mark dando a notícia, ligava para casa e o pai atendia o telefone; os dois conversavam um pouco e depois ele passava para a mãe. Louise acordava radiante, abria os olhos, se sentava na cama cheia de energia e chegava até a pegar o celular. Era aí que se lembrava de que eles estavam mortos, e o golpe a atingia com a mesma intensidade da primeira vez.

Quando isso acontecia, ela sentia uma dor profunda no peito, como se sua caixa torácica estivesse sendo aberta com um machado. Quando isso acontecia, ela precisava ligar para a única pessoa que entendia aquela sensação. Quando isso acontecia, ela ligava para o irmão.

UMA CELEBRAÇÃO
DA VIDA E DA ARTE DE

Eric Joyner
&
Nancy Cooke Joyner

ORDEM DA CERIMÔNIA

Chamado à adoração — Reverendo Michael Bullin

O Quarteto Agitadores de Bonecas apresenta "This Little Light of Mine" (com a participação de Joshua Bilmes, Adam Goldworm, Harold Brown, Daniel Passman)

DEPOIMENTOS

Srta. Rata na Mata e seu humano, Eddie Schneider

Monsieur Brady McReynolds e seus amigos Jacques & Andre

Valentina "Dona Bola de Neve" Sainato

"Os cinco pinguins", por Susan Velazquez

Jessica "Grito de Alegria" Wade

Kitty-Cat Camacho

INTERLÚDIO MUSICAL

Um tributo a Nancy Joyner em Música Corporal, apresentado por Doogie Horner e Seu Corpo

"Candle in the Wind", apresentado por Os Cantumáticos

Alexis Nixon
Danielle Keir
Fareeda Bullert
Daniela Reidlová
Jin Yu
Craig Burke
Gabbie Pachon
Lauren Burnstein

DEPOIMENTOS

"Meu patinho de olhões grandes", recitado por Claire Zion

Uma Meditação Silenciosa guiada por Jeanne-Marie Hudson e Oliver, o Avestruz

Emily Osborne e Scarlett Ursolante

Laura Corless, a Suricata Dançarina

Anthony Ramondo e Frionóquio

Hosana nas Alturas, por Trio Australiano

INTERLÚDIO MUSICAL

Eine kleine Nachtmusik, de Wolfgang Amadeus Mozart, apresentado por Megha Jain (com colheres)

"Where Have All the Flowers Gone?", de Pete Seeger, apresentado por William Barr (na flauta)

DEPOIMENTOS

"Eu imito o corpo elétrico", um poema original de Lydia Gittens

Uma visualização guiada por Frances "O Magnífico" Horton e Filhote

Kevin Kolsch e seu gato dançarino, Igrejo

O Lounge Lizard Original (e seus dois sapos), Davi Lancett

Dr. Ralph Moore e os Três Porcos Bastantes
Apresentação de balé por Sr. Girafa e Amigos (Y. S. T.)

CANÇÃO FINAL

"Rainbow Connection", por Kermit, o Sapo

ENCERRAMENTO

"When the Saints Go Marching In"
Todo mundo (kazoo)

Gostaríamos de agradecer à família Hendrix pelas lindas flores doadas ao santuário (Julia, Kat, Ann, David).

A FCMB deseja estender sua calorosa gratidão à família Buss, que abriu sua casa para tantos convidados durante este período difícil (Barbara, John, Johnny, Leon, Effie e Lou).

Esta cerimônia é também dedicada à memória daqueles que nos deixaram demasiado cedo:

Erica Lesesne, Pete Jorgensen, tia Lee, tio Gordon, Eartha Lee Washington, tia Betty Moore, Joyce Darby e Scott Grønmark.

ATENÇÃO: A cerimônia em memória de Amanda Beth Cohen foi transferida para o Fellowship Hall e acontecerá das 17h às 18h esta noite. Caso tenha qualquer informação de interesse da polícia quanto a este assunto, recomendamos que entre em contato com o detetive Ryan Dunlavey, do Departamento de Polícia de Mount Pleasant.

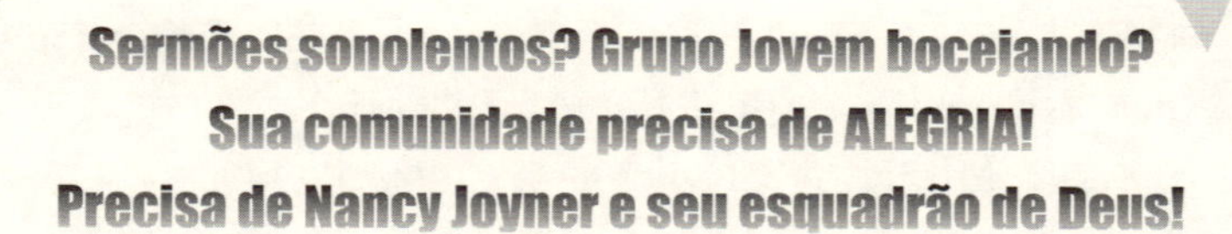

Com mais de trinta anos de experiência com bonecos e fantoches, Nancy traz ânimo à pregação, mas sem esquecer de Deus! Seus espetáculos de fantoches de qualidade para adultos são apropriados a qualquer local de culto tradicional, das mais diversas vertentes protestantes. Apresenta clássicos como:

O Gigante Egoísta — um gigante solitário aprende a deixar o amor entrar!

O cão na manjedoura — o que um vira-lata perdido viu naquela primeira véspera de Natal!

Meu amigo Danny — uma adaptação atualizada, mas fiel, de Daniel na Cova dos Leões!

Até lá embaixo — uma perspectiva diferente sobre a história que todos pensávamos saber sobre a Torre de Babel!

Ela também apresenta vários espetáculos voltados para os adolescentes, por meio dos quais os jovens aprendem e riem muito!

Fiel na festa — o garoto mais inteligente na festa é aquele que diz não!

Bom Halloween — há mais travessuras do que doçuras nesta festança sem adultos!

Dr. Errado e Sr. Certo — às vezes o Sr. Certo pode ter um lado ruim!

Olhe para cima! — confiamos demais em nosso GPS e nos telefones e, se não tomarmos cuidado, eles podem nos levar a lugares incomuns.

E também shows para crianças!

Nancy Joyner:

★ . . . Ministrou workshops em mais de 21 conferências
★ . . . Manipuladora de fantoches na Olivet Nazarene University (2003)
★ . . . Realizou shows em 39 dos 50 estados! (E em Guam!)
★ . . . Treinada por Henry Dispatch e pelos Manipuladores de Bonecos de Story Land!

1ª edição OUTUBRO DE 2024
impressão BARTIRA
papel de miolo LUX CREAM 60G/M²
papel de capa CARTÃO SUPREMO ALTA ALVURA 250G/M²
tipografia GRANJON